조선혼담공작소
꽃파당

조선 혼 담 공 작 소

김이랑 지음

꽃파당

🍪 마카롱

– 차례 –

"왜 이름이 하필 꽃파당이오?"

"그게 왜 궁금한 것이냐?"

"사람들이 그랬소. 꽃같이 낯짝 반반한 사내놈들이 늙은 아낙들이나 하는 천한 매파질을, 한 놈도 아닌 여러 놈이 모여서 하는 괴이한 당이라고."

"듣고 보니 딱히 틀린 말도 아니구나."

"진정 그런 뜻입니까?"

"꽃 같은 남녀가 검은 머리 파뿌리 될 때까지 함께 잘 살 수 있게 인연의 끈을 이어주는 당이라는 뜻이다."

"개똥 같은 소리. 인연을 어찌 만들겠소. 인연은 그냥 만나는 것이오."

"아니, 사람 인연은 절로 맺어지는 게 아니다."

"그럼 무엇이오?"

"사람은 우연히 만나지만 그 사이의 끈을 잇는 것은 사람이고, 그것을 두 사람이 인연으로 만들어가는 것이다. 너와 나처럼."

1. 사라진 신부

　세월의 흔적이 묻어나는 작은 기와집 앞은 아침부터 가마와 말, 그리고 혼수를 옮기는 짐꾼으로 북적였다. 혼행* 준비를 구경하려 집을 에워싼 사람들까지 모여드니 한층 더 시끌벅적했다. 사대부 집안 혼례라고는 하나 대례를 치른 것은 아니었다. 그런데도 방합례** 다음 날, 사람들은 누군가를 목이 빠져라 기다리고 있었다. 이 분위기에 상관없이 신랑 신부가 먹다 남긴 입맷상***의 온면을 먹고 있는 태평한 두 남자가 있었다. 그들의 눈길은 신방만 처다보는 사람들을 쭉 훑다가 젊은 아낙에게서 멈췄다.

　"저어기 서까래 밑, 키 오 척에 다홍치마 여인."

　제법 날카로운 눈매를 지닌 왼쪽 남자가 단 한 번의 눈짓으로 여인을 콕 집어냈다. 그와 시선이 마주친 여인은 한눈에 봐도 육 척이 넘는 키에, 날카로운 턱선, 단정한 입매를 지닌 왼쪽 남자가 자신을 뚫어져라 처다보자 어쩔 줄 모르며 얼굴을 붉혔다. 제법 오른 살집과 둥근 얼굴 때문에 보

---

* 신랑이 신부를 데리고 신랑 집으로 가는 것
** 신방에 함께 들어가는 의식
*** 잔치 중에 큰상을 차리기 전 간단하게 차려 대접하는 음식상

호 본능을 일으키는 가녀린 지기들과 늘 비교당했던 그녀는 한양에서도 좀처럼 보기 드문 잘생긴 외모의 남자가 관심을 보이자 저도 모르게 어깨가 올라갔다.

"에이, 언니 농담하오?"

여인을 본 오른쪽 남자가 이맛살을 찌푸렸다. 왼쪽 남자처럼 수려한 외모는 아니었지만 균형 잡힌 몸을 받쳐주는 화려한 두루마기가 해사한 외모를 빛나게 했다. 게다가 홍색 선을 두른 태사혜*는 이제 막 명나라에서 제물포로 들어온 신상 중의 신상이었다. 자신보다 유행에 민감한 남자가 마땅치 않은 여인은 한껏 어깨를 올린 채 오른쪽 남자의 시선을 새침하게 외면했다. 그때, 두 남자가 약속이나 한 듯 여인에게 다가갔다. 여인의 심장이 널뛰기 시작했다. 드디어 잘생긴 왼쪽 남자가 더없이 고혹적인 미소를 지으며 입을 열었다.

"못생겼어. 두상은 황 대감 댁 논밭보다 크고 양미간도 두만강인 데다, 눈은 쫙 찢어진 것도 모자라 짝짝이라니. 게다가 안 그래도 작은 키를 상체가 모두 잡아먹었군. 심히 짜리몽땅해. 그러니 스물 먹은 노처녀가 되도록 혼담을 넣는 사내가 없지. 그렇게 혼자 방구석에서 허벅지만 찌르다가 서른 넘기기 전에 절명할 팔자야."

어지간한 여인보다 더 붉고 예쁜 입술에서 나온 연이은 독설에 여인은 대꾸조차 못 하고 눈만 껌벅였다. 그녀가 진정할 틈도 주지 않고 이번에는 오른쪽 남자가 말하기 시작했다.

"이 다홍치마는 명나라 자인 공주가 즐겨 입는다 하여 한양의 모든 여인이 한 번쯤은 걸쳐봤다는 그 비단이군요. 색이 아주 끝내주네요."

자신의 안목을 알아봐주자 여인은 금세 상한 마음을 풀었다. 하지만 오

---

* 남자용 신발의 한 종류

른쪽 남자의 말은 여기서 끝이 아니었다.

"하지만 사람에게는 각자 어울리는 색채가 있는 법. 이 빛깔은 낭자의 까만 얼굴을 더 칙칙하게 만드는군요."

"당, 당신들 누구야!"

"우리는…."

오른쪽 남자가 말을 꺼내려던 찰나 신방 문이 거친 소리를 내며 조금씩 열리기 시작했다. 사람들이 목 빠지게 기다리던 두 사람이 모습을 드러냈다. 홍색 저고리에 족두리를 쓴 새신부와 혼례 후 더 늠름해진 듯한 새신랑. 그들의 등장에 사람들은 휘파람까지 불며 열렬히 환호했다.

"아, 드디어…."

오른쪽 남자, 고영수가 안도의 한숨을 쉬며 축하의 의미로 한 손을 높이 들어 펼쳐보였다. 그러자 다홍치마 여인에게 여과 없는 독설을 내뱉은 왼쪽 남자가 당연하다는 듯 입꼬리를 살짝 올리며 영수의 손바닥에 자신의 손바닥을 맞부딪치고는 말했다.

"뭘 또 긴장하고 그러나. 전문가답지 않게."

주변을 살피던 수줍은 새색시는 혼행을 떠나기 위해 가마에 오르며 잠시 영수에게 시선을 보내다가 이내 허공으로 눈길을 돌려버렸다. 그 눈빛이 마음에 걸린 왼쪽 남자가 신부를 계속 바라봤지만 신부는 언제 그랬냐는 듯 잔잔한 미소로 인사를 대신했다.

"뭔가 개운하지 않은데…."

"언니, 이제 가자. 이 집이라면 아주 지긋지긋해."

영수가 왼쪽 남자의 팔을 끌어당기며 발걸음을 재촉했다. 머뭇거리던 왼쪽 남자는 돌아서다가 잊은 게 생각난 듯 다홍치마 여인에게 향했다. 두 사내에게 된통 당한 여인은 그들이 다시 다가오자 긴장한 나머지 딸꾹질을 하기 시작했다.

남자는 영수의 설마 하는 얼굴에도 불구하고 쌈지*에서 세함**을 꺼내 여인의 손에 꼭 쥐어주었다.

"처녀 귀신 될 생각이 아니라면 찾아오시오. 내 구제해줄 테니."

영수와 왼쪽 남자는 안됐다는 듯 여인의 어깨를 두드리고 사라졌다. 두 남자의 모습이 더 이상 보이지 않자 여인은 손에 쥔 종이를 펴보았다. 종이에는 '혼인, 재혼, 이혼 전문 꽃파당 - 마훈'이라고 쓰여 있었다.

"저 사내가 그 유명한 꽃파당 마훈이구먼. 진즉 알았으면 붙들고 내 딸 혼사 좀 부탁해보는 건데."

여인이 들고 있는 세함을 슬쩍 훔쳐본 늙은 아낙이 한탄했다. 영문을 모르고 갸웃거리는 여인이 답답했는지 늙은 아낙이 속사포처럼 말을 이었다.

"설마 꽃파당을 모르는가? 상대가 누구든, 무슨 일이 있어도 어떻게든 착! 이어주는 혼담공작소 꽃파당을?"

"중매쟁이란 말이오?"

"보통 중매쟁이가 아니지. 저 꽃 같은 얼굴이 무려 셋이나 있다네. 셋! 그러니 꽃 같은 매파들이 당을 이룬다 하여 꽃파당이라 부르지 않겠나?"

"중신아비가 얼굴 반반해서 어디다 쓰려고요."

"모르는 소리 말게. 말하지 않았나. 어떻게든 착! 이어주는 곳이라고. 이 혼사만 봐도 알 수 있지. 신랑네 어머니가 남편도 없이 삯바느질로 아들을 장원급제시킨 독종으로 얼마나 유명한데. 그렇게 평생 아들만 바라본 양반이 아들 혼사에 얼마나 사활을 걸었겠는가."

"저 사내가 그렇게 독종이란 말이오? 저리 곱디고운 얼굴로?"

* 바지 주머니
** 설에 세배 손님을 받지 않는 고위 관료의 문 앞에 방문객이 두는 명첩으로, 이 책에서는 명함의 의미로 쓰임

"지금까지 열여섯의 매파가 다녀갔지만 모두 퇴짜. 지난번 매파가 겨우 성사시킨 것도 혼례식 직전에 이 댁 마님이 확 엎어버렸다니까. 그런 혼사를 저 여자나 홀리게 생긴 기생오라비들이 단 한 번의 잡음도 없이 성사시켰으니…. 다들 긴가민가해서 기다리고 있는 거야. 진짜 혼례를 하나 못하나. 근데 진짜 하네. 거참, 신통방통한 재주일세."

"꽃파당의 마훈이라…."

여인은 조금의 미안함도 없이 독설을 내뱉던 못된 남자를 떠올리고는 세함을 있는 힘껏 구겨버렸다.

"에이, 기분 나쁜 놈."

× × ×

그 시각, 혼행길에 나선 신랑 신부의 말과 가마가 잠시 휴식을 취하고 있었다. 신부의 시선이 닿지 않는 보리밭에서 급한 볼일을 해결하고 온 신랑이 출발을 알리기 위해 가마의 문을 두드렸다.

"출발해도 되겠소?"

신랑은 신부가 부끄럼을 탄다고 생각해 가마 앞에 몸을 바짝 대고 다시 한번 물었다. 이번에도 아무 답이 없었다.

"실례지만 좀 열겠소."

신랑이 가마 문을 열었다. 그런데 가마 안에 신부는 온데간데없고 급하게 세필로 적은 종이 하나만 덜렁 남아 있었다.

'서방님, 신시*까지는 꼭 돌아오겠습니다. 저를 믿고 조금만 기다려주

* 오후 세 시부터 다섯 시

13

시어요.'

신랑은 텅 빈 가마를 보며 주저앉았다. 시부모를 만나기도 전에 줄행랑을 친 새색시라니. 이 일을 어쩌면 좋단 말인가.

× × ×

운종가[*].

허름한 국밥집에 민상투[**]를 튼 두 사람이 앉아 주모의 신호를 기다리고 있었다.

"내가 '시-작' 하면 그때부터 먹는 거다. 시-작!"

주모의 신호와 함께 두 사내가 뜨거운 국밥을 넘기기 시작했다. 대장장이로 보이는 남자는 제 연장도 내팽개친 채 국밥을 먹는 데 열과 성을 다했으나 자꾸 혀를 데어 금세 그릇을 놓고 말았다. 하지만 상대편은 달랐다. 미색 바지에 흰색 저고리, 반소매 배자를 걸치고 상투를 튼 사내는 뜨겁지도 않은지 김이 폴폴 나는 국밥을 숨도 안 쉬고 넘겨버렸다. 모두의 시선이 집중된 가운데 쌀 한 톨까지 쓱싹 비운 남자가 고개를 들었다. 남자치고 가녀린 인상이긴 했지만 상투를 튼 머리하며 소매 사이로 드러나는 잔근육이 영락없는 사내였다.

"내가 이겼으니 국밥 두 그릇 값에 당신 밀린 외상값까지 닷 냥."

대장장이는 그의 눈치를 보다 자기가 언제 그런 말을 했냐는 듯 어깨를 으쓱하더니 밥상을 뒤집고 줄행랑을 치려 했다.

---

[*] 많은 사람이 구름같이 모였다 흩어지는 거리라는 뜻으로, 조선시대에는 지금의 종로 네거리가 그 중심이었다
[**] 성인 남자가 머리를 위쪽으로 끌어 올려 틀어 감은 머리

"어쭈? 어딜 도망가려고."

사내는 국밥을 먹는 속도만큼이나 빠르게 대장장이의 옷깃을 잡아챘다. 사내에게 멱살잡이를 당한 대장장이가 손아귀 힘에 압도되어 두말없이 돈을 건넸다. 사내는 그 돈을 주모의 손에 꼭 쥐여주었다.

"그놈의 정 때문에 외상 좀 그만 주시오."

사내의 말은 걸걸했지만 그 안에 담긴 따뜻함을 아는 주모가 말없이 사내의 손에 한 냥을 도로 쥐여주었다. 사내는 내키진 않았지만 주모의 성의를 거절할 수 없어 못 이기는 척 받아 쥐었다.

"나 가오."

"개똥아, 반찬 좀 가지고 가."

주모의 말에 사내가 자신이 가지고 갈 종이 뭉치를 가리켰다. 오늘 명나라에서 새로 들어온 종이였다. 부엌으로 향하던 주모의 발길이 제법 무거워 보이는 종이 뭉치 앞에서 멈췄다.

"읏-차."

개똥은 마음으로 고마움을 보내며 종이 뭉치를 들어 올렸다. 하지만 무게를 못 이겨서인지 우두둑 소리와 함께 종이를 묶은 끈이 툭 끊어졌다. 날렵한 몸놀림으로 종이가 흩어지는 것을 간신히 막은 개똥은 난감함에 머리를 잠시 긁적였다. 지전* 주인이 오는 미시**까지는 종이 진열을 다 마쳐야 하는데 국밥 대결 때문에 시간을 많이 지체했다. 끈 없이 종이 뭉치만 들고 가려면 행여 종이가 흩어질까 조심조심 걸어야 해서 제시간에 도착하기는 어려울 것이다. 개똥이 주변을 살피는데 주인이 잠시 자리를 비운 밥상 아래 긴 끈 하나가 떨어져 있었다. 허름해 보이는 끈을 찬찬히 살펴보니, 종이를 묶었던 끈과 별다르지 않아 보였다.

---

* 온갖 종이를 파는 가게
** 오후 한 시부터 세 시

"이보시오, 여기 주인 없소?"

개똥은 끈의 주인을 큰 소리로 불러보았지만 묵묵부답이었다. 애가 탄 개똥은 결국 주모가 쥐어준 한 냥을 그 상 위에 올려놓고 끈으로 종이를 묶었다.

"주모, 이 끈 좀 주워간다 전해주시오."

한 손으로 종이 뭉치를 거뜬히 쥐고 가는 개똥의 모습에 늙은 아낙들이 침을 꿀꺽 삼켰다.

"사내는 자고로 저래야지. 허여멀게서 서책만 보는 서방은 아무 쓸데가 없어."

"동네에 저런 사내가 있었던가? 주모랑 친한 것 같은데 우리 새끼하고 맺어주게 중신 좀 서봐요."

아낙들의 흥분에 주모의 속이 타들어 갔다. 제 속으로 낳지는 않았지만 친자식보다 아끼는 아이였다. 괜찮은 혼처만 있으면 돈을 쥐어줘서라도 보내고 싶은 마음이 굴뚝같았다. 문제는….

"자네 자식 중에 고추 달린 놈이 있든가?"

"아니, 계집만 셋이오."

"근데 어찌 중신을 서주겠어?"

"계, 계집이란 말이오?"

그렇다. 개똥은 계집이었다. 일하기 편하게 오라비의 바지를 주워 입고, 댕기 살 돈이 아까워 숟가락으로 머리를 대충 말아 올리고 다니니 사내라고 오해받는 일이 다반사였다. 먹고사는 게 힘들어 치마를 두르는 기쁨을 모르고 자란 것이다. 주모는 안타까움에 한숨이 절로 나왔다.

개똥이 한양에 처음 올라온 것은 석 달 전이었다. 십 리 길 밖에 있는 사내 냄새도 기가 막히게 맡는 주모조차 그 행색과 걸걸함에 개똥이가 사내임을 의심하지 않았다. 어느 날 한량들이 주막에서 술을 먹고 행패를 부렸고, 개똥이가 단숨에 제압했다. 그때 다친 팔을 치료해주려던 주모는 한 사코 마다하는 개똥에게서 사내가 아닌 계집의 향기를 맡았다. 그러고 보니 손에 잡힌 것은 계집의 얇디얇은 손목이었다.

"모른 척해주시오."

주모의 눈이 번득이는 것을 본 개똥의 얼굴에 난처함이 스쳤다.

"왜 남장을 하고 다니느냐?"

"남장을 한 게 아니오. 일하기 불편해서 이렇게 입고 다니는 거지."

여인의 향기가 지워질 만큼 거칠게 살아야 했던 계집의 구구절절한 사연을 알아봐야 가슴만 아플 것이다. 주모는 딸을 보듬는 심정으로 반찬 몇 가지를 싸주었다.

"고마움의 표시야."

"고맙소."

주모가 기억하는 개똥과의 첫 만남이었다.

주모의 한숨은 거기까지였다. 담바구*를 피우려 잠시 자리를 비웠던 마훈이 갓끈이 사라진 걸 알고 소리를 질렀기 때문이다.

갓끈 하나로 질긴 인연이 시작되리라고는 주막에 있던 누구도 예상하지 못했다.

× × ×

종이 뭉치를 들고 가던 개똥의 어깨가 가벼워졌다. 반사적으로 개똥은 자신의 종이 뭉치에 손을 댄 사내의 팔을 단숨에 꺾었다. 상대는 힘 한번 못 쓰고 제압당했다.

* 담배

"야야, 개똥아. 나야, 나."

익숙한 목소리였다. 남자의 정체를 눈치챈 개똥이 보란 듯이 힘을 더 주었다.

"아아! 나라고, 이수. 네 오라버니!"

"오라버니는 무슨. 보름 일찍 태어난 것 가지고 생색은."

개똥은 그제야 사내의 팔을 풀어주었다. 등 뒤로 쇠 냄새가 풍겨왔다. 철장 이수. 그는 어릴 때부터 여주에서 함께 놀며 자란 하나뿐인 동무이자 개똥이 유일하게 기댈 수 있는 상대였다. 이수는 더 좋은 일거리를 찾아 한양으로 가겠다는 그녀의 결정에 군말 없이 짐을 꾸려 함께 올라왔다.

"내가 들어줄게."

이수는 한사코 마다하는 개똥의 짐을 빼앗아 자신의 어깨에 얹고는 배시시 웃었다.

"너, 혼인시켜달라고 중매쟁이들을 그렇게 못살게 군다더라?"

이수가 온 중매쟁이들에게 혼담을 넣어달라고 사정하고 다닌다는 소문이 돌고 돌아 개똥의 귀에까지 들어왔다. 그녀는 그런 이수가 귀여워 웃음이 났다.

"어떤 계집인데? 방물장수 이 씨 딸? 박 대감네 새로 들어온 수복이?"

개똥이 궁금해서 몸을 바짝 들이밀수록 이수는 점점 뒤로 물러나다가 허리가 꺾일 지경이었다.

"한양 온 지 얼마나 됐다고 벌써 혼례 타령. 예뻐?"

개똥은 이수가 말해주지 않자 섭섭한 모양인지 상투 튼 머리를 긁적였다. 이수는 흐트러진 개똥의 머리를 가지런히 매만져주며 웃었다.

"어, 예뻐. 진짜 예뻐."

"미인에 약한 건 나라님이든 백정이든 하나같이 똑같다더니."

개똥은 이수를 한심한 듯 쳐다보더니 그가 든 종이 뭉치를 빼앗아 들고 지전으로 발길을 옮겼다.

"진짜 예쁘다니까."

이수는 기분이 좋은 듯 개똥에게 꺾였던 팔을 매만지며 그녀의 뒷모습을 한참 바라보았다.

× × ×

개똥은 주인이 오기 전에 가까스로 지전에 도착했다. 주인이 가게 안을 쓱 살피고 다시 마실을 나가자 개똥은 파지를 한데 모았다. 종이를 네 푼 이상 사가는 선비들에게 주는 견본용 파지였지만 주인이 자리를 비울 때면 늘 개똥의 차지였다. 짚으로 파지를 감춰둔 자신의 비밀 장소를 보는데 그 밑으로 고운 홍색 치맛단이 삐져나와 있었다.

'들어올 때부터 종이가 흐트러져 있는 게 이상하다 싶더니 좀도둑이 들었구나.'

그녀는 문 옆에 세워둔 대나무 막대를 단단히 쥐고 볏짚을 제쳤다.

"잘못했습니다아! 전 그저 혼서지를 찾다가…."

개똥은 사시나무 떨듯 하는 가녀린 여인의 모습에 멈칫했다. 모란꽃을 수놓은 활옷*에 족두리를 쓴 여인은 이제 막 혼례를 올린 것처럼 보였다. 개똥은 알지 못했지만 그녀는 오늘 아침 혼행길에서 사라진 신부였다.

"평생을 품에 지녀야 할 혼서를 잃어버렸습니다. 부디 혼서지 하나만 내어주십시오."

울먹이는 신부의 간절한 요청에 개똥은 어찌할 바를 몰랐다.

"혼서지는 어제 다 팔렸소."

* 전통 혼례 때 새색시가 입는 예복

"이 지전이 마지막인데. 더는 없는데…."

개똥의 말이 사형 선고처럼 들렸는지 신부는 기어이 울음을 터트렸다. 한번 눈물이 터지자 자신이 새색시라는 사실도 잊었는지 꺼이꺼이 울며 요란하게 눈물을 토해냈다.

"시댁에 들어가기도 전에 쫓겨나게 생겼습니다. 으어엉."

혼서가 무엇인가. 혼인을 허락해주어 감사하다는 의미로 신랑 집에서 신부 집에 보내는 편지가 아니던가. 신부가 신랑에게 일부종사하고 죽을 때 함께 묻는다는, 평생을 간직해야 하는 편지를 잃어버렸다는 신부의 말에 개똥도 난감해졌다. 예쁘게 찍은 연지와 고운 화장이 대책 없이 번지는 것을 보니 시댁에서 쫓겨날지도 모르는 이 신부를 어떻게든 도와주고 싶어졌다.

"종이의 촉감은 어떠했소? 기억하시오?"

다 같은 종이처럼 보여도 그 질감이나 색깔은 천차만별이다. 개똥은 신부의 설명을 들으며 눈을 감고 편지지의 느낌을 상상했다. 신부가 설명을 마쳤을 때 개똥은 정답을 찾았다는 듯 만족스러운 미소를 보였다. 선지宣紙는 백지담서지白紙淡書紙, 서간지書簡紙는 붉은색으로 물들인 것이었다.

"혼서지를 구할 방도가 있을 것 같습니다."

×　×　×

운종가를 따라 큰길 양쪽으로 형성된 좁은 피맛길*로 들어가면 간판도 없는 가게가 하나 나온다. 다른 가게와 달리 이곳은 지체 높은 사람들이 문지방이 닳도록 드나들었다. 이곳이 바로 '꽃파당'이다. 피맛길은 이 가게

---

* 지체 낮은 이들이 양반을 피해 숨어 다니기 위해 형성된 길

하나 때문에 양반들로 넘쳐났다. 그런데 사람이 늘 끊이지 않던 이곳이 오늘은 어쩐지 고요했다. 문에는 '금일 휴업'이 내걸려 있었다. 애써 찾아온 이들이 아쉬워하며 발걸음을 돌렸다.

고요한 문밖과 달리 꽃파당 내부는 그야말로 살얼음판이었다. 자신이 아끼던 귀한 갓끈을 웬 사내놈이 가져갔다는 사실도 잊을 만큼 마훈은 심각했다. 그러니 신부가 없어졌다며 사모관대*를 한 채 달려온 신랑의 심정이야 오죽하랴.

"오기로 한 신시가 이미 지났소. 어찌하면 좋소!"

신랑 집에서는 이미 폐백을 차려놓고 새 식구를 맞을 준비를 마쳤을 터였다. 마훈은 저도 모르게 손톱을 물어뜯었다. 이미 열여섯 번이나 퇴짜를 놓은 만만치 않은 집의 혼사였다. 신랑의 어머니는 사주가 좋지 않다거나 함진아비를 박대했다는 사소한 이유로도 혼담을 깼다. 이번 혼사를 진행할 때도 신부가 마음에 들지 않으니 어마어마한 지참금을 달라며 버텼다. 마훈에게는 포기하든가 더 좋은 신부를 구해오라며 억지를 부렸다. 하지만 마훈은 새로운 신부를 찾는다는 말만 들어도 진저리를 치는 신랑을 꼬드기는 쪽을 택했다. 마훈은 장원급제한 신랑이 주변 사람들에게서 잘 부탁한다는 명목으로 한몫 단단히 챙겼다는 사실을 알고 있었다. 고민 끝에 신랑에게 지참금을 장만하게 한 다음 그의 어머니에게는 비밀로 했다. 결국 그녀는 제집 재산을 들여 맞이한 신부에게 애지중지하는 아들을 장가보낸 것이다.

'어떻게 이뤄낸 혼사인데, 이대로 깨지게 둘 수는 없지. 다 된 혼례에 실패하면 지금 맡아둔 혼담도 줄줄이 취소될 텐데.'

그때 문을 거칠게 두드리는 소리가 들려왔다. 영수가 성가신 듯 문을

* 전통 혼례 복장

열었다. 마훈에게 세함을 받았던 다홍치마 여인이 서 있었다.

"낭자, 오늘은 영업을 하지 않소."

영수가 볼멘소리를 하며 문을 닫으려 하자 다홍치마 여인의 짧은 다리가 문 사이로 들어왔다.

"분위기 파악도 못 하시오?"

"신부와 웬 사내가 말을 타고 달려가는 걸 방금…"

"거기가 어디오?"

신부라는 말에 방에 있던 모든 이들이 그녀를 쳐다봤다. 여인은 생전처음 받는 지나친 관심에 어쩔 줄 모르며 신부가 있는 곳을 쭈뼛쭈뼛 알려주었다.

"밖에 말이 있소?"

마훈이 급하게 채비를 하며 신랑에게 물었다.

"그럼 좀 빌립시다."

마훈은 신랑의 대답 따위는 애초에 관심 없다는 듯 뛰쳐나갔다.

"말도 못 타잖아, 언니!"

뒤늦은 영수의 외침이 마훈에게 들릴 턱이 없었다.

× × ×

개똥이 신부를 태우고 급히 달려온 곳은 허름한 초가집이었다.

"백지담서지와 붉은 서간지."

개똥이 허공을 향해 소리치자 투박한 손 하나가 탁상에 종이를 탁 올려놓았다.

"거참, 오늘따라 혼서지 찾는 치들이 왜 이렇게 많아. 마지막이다."

노인은 돈을 달라는 듯 손을 삐죽 내밀었다. 노인은 단 한 번도 공짜로 무언가를 내주는 법이 없었다. 개똥은 돈 대신 손바닥을 툭 부딪쳤다.

"내일 작업할 게 많잖아요. 두 시진* 도와주는 걸로 퉁치시오."

조선지 장인인 그는 이 집에 틀어박혀 종이를 만들었다. 개똥은 지전의 짠 임금만으로는 부족해 이 노인의 심부름 값을 보태어 먹고살았다.

개똥은 모처럼 기분이 좋았다. 혼서지를 받은 신부가 옷소매로 찍어 누르던 눈물을 멈추고 웃었기 때문이다. 환하게 웃는 그녀를 보며 개똥은 저도 모르게 미소를 지었다.

'혼례를 마친 여인의 모습은 저리 아름답구나.'

개똥은 신부의 복색을 하나씩 살피다가 자신의 모습을 내려다보았다. 미색 바지에 흰색 반소매 저고리, 엉성한 민상투…. 영락없는 사내의 꼴이었다. 신부는 개똥이 그런 생각을 하는 줄도 모른 채 고마움의 표시로 그녀를 꼭 끌어안았다. 처음에는 사내와 말을 함께 탈 수 없다며 완강히 거부하던 여인이 혼서지 하나에 이렇게 좋아하는 모습이라니…. 도와주길 잘했다는 생각에 마음이 뿌듯해졌다. 그때였다. 개똥의 눈앞이 번쩍였다.

마훈이 다홍치마 여인의 제보를 듣고 제대로 탈 줄도 모르는 말의 목을 끌어안다시피 붙들고 겨우 도착한 곳에서는 말도 안 되는 광경이 펼쳐지고 있었다. 신부가 웬 남자를 껴안고 있는 민망한 모습에 가슴 깊은 곳에서부터 화가 치밀었다.

'내가 얼마나 공들인 혼산데, 저놈이 모든 일을 망쳐버렸다.'

마훈은 있는 힘껏 개똥에게 주먹을 날렸다. 그러고도 분이 풀리지 않는지 무방비 상태로 나가떨어진 개똥의 멱살을 잡았다.

"호랑말코 같은 놈이 감히 남의 혼사에 잿밥을 뿌려도 유분수지!"

"아니… 이보시오, 뭔가 오해가 있는 것 같다…."

* 한 시진은 두 시간을 말한다

"언감생심 감히 사대부 집 아녀자를 넘봐?"

"에헤이, 조선말은 끝까지 들어봐야 한당께."

사실 마훈이 온 힘을 다해 내려쳤지만 허약한 그의 주먹은 개똥에게 솜방망이 정도였다. 개똥은 다시 주먹을 쥔 마훈의 손을 움직이지 못하도록 막은 다음 넘어뜨렸다. 간단하게 제압하고 일어서려던 개똥이었으나, 마훈은 허약할지언정 누구보다 끈질긴 사내였다. 그는 어떻게든 개똥을 이겨보겠다고 아등바등하다 결국 그녀가 상투를 틀기 위해 머리에 꽂아둔 숟가락을 뽑고 말았다. 바닥에 누운 마훈의 위로 개똥의 긴 머리카락이 흩날렸다. 보드라운 머리카락은 그의 콧날을 거쳐 입술을 건드렸다. 입술이 간질거리자 그는 저도 모르게 푸핫, 하고 숨을 토해냈다.

"여인이란 말이야?"

"그러니까 조선말은 끝까지 들어보랬잖소!"

이때만 해도 마훈은 이 사내처럼 걸걸한 여인이 어떻게 변할지, 자신에게 어떤 존재가 될지 전혀 예상하지 못했다.

"그만두지 못하나!"

그때였다. 어떤 목소리가 두 사람 사이의 묘한 공기를 가른 것은. 목소리의 주인을 확인한 마훈의 얼굴에 당혹감이 서렸다. 개똥이 조선지 장인이라 부르는 노인, 윤동석과 마훈의 시선이 마주쳤다. 두 사람 사이에는 그들이 안부 인사조차 편하게 나눌 수 없게 만든 한 여인이 있었다.

2. 망나니 도령

초가집 처마에 빗물이 잠시 머무르는가 싶더니 툭 떨어졌다. 빗물 한 방울이 신호탄이 된 봄날의 소나기는 어느덧 저희끼리 모여 경쾌한 박자로 후드득 떨어지기 시작했다. 노인이 내리는 빗물을 멍하니 바라보고만 있자 마훈이 조용히 그의 곁으로 다가갔다. 삼 년 만의 재회였다.

"봄비가 꽤 세차군요."

"자네 이젠 주먹질까지 하나? 못 본 사이 많이 달라졌구먼."

노인이 못마땅한 듯 혀를 찼다. 조금 전 마훈과 격투를 벌였던 개똥도 신부와 함께 잠시 비를 피하기 위해 처마 밑 마루에 앉아 있었다.

"언제까지 이곳에서 갇혀 지내실 겁니까."

"난 여기가 편해. 조용하고, 아무것도 들리지 않고…."

노인이 씁쓸하게 말하며 개똥을 바라봤다. 마훈 역시 그 시선을 따라 그녀를 보았다.

"닮았어."

"무엇이 말입니까?"

"저 아이, 개똥이 말일세. 먼저 간 우리 수연이를 닮았어."

마훈의 얼굴에 당혹감이 스쳤다. 다른 누구도 아닌 윤수연과 닮았다니…. 그럴 리가.

"당치도 않은 말씀입니다. 저 사내인지 계집인지 분간도 안 가는 아이가 어찌 수연 아씨를…."

노인이 껄껄 웃으며 답했다.

"자네, 수연이를 본 적이 있는가."

"없지만, 아닙니다. 수연 아씨가 저러실 리 없습니다."

"보았으면 닮았다고 생각했을 것이네. 살기가 팍팍했는데 석 달 전에 저 아이가 온 다음부터 좀 살만해졌어. 근데 자네 때문에 다시 평화가 깨지는 건 싫으이. 노인네 그만 괴롭히고 이제 그만 가게."

"어르신."

"어이, 개똥아. 오늘 신세 진 건 내일 와서 갚아야 한다."

노인은 마훈의 존재를 무시하듯 개똥에게 다짐을 받으며 안으로 들어가 버렸다.

'저 아이가 수연 아씨와 닮았다고? 어르신도 나이가 들어 총기가 흐려진 건가.'

마훈은 노인의 말을 부정하며 개똥을 향한 시선을 거두었다. 그러거나 말거나 새색시는 마훈의 주먹질로 생채기가 난 개똥의 뺨을 후후 불어주며 어쩔 줄을 몰랐다. 그러고는 속상하다는 듯 마훈에게 한마디를 던졌다.

"여인의 얼굴에 생채기를 내면 어쩌란 말입니까."

"오해 사게 생긴 본인 죄지 어찌 내 잘못입니까. 거친 팔자걸음에 상투까지 튼 행색이 딱 사내가 아닙니까."

마훈은 입을 삐쭉 내민 채 못마땅한 듯 개똥을 바라보다 결국 하고 싶은 말을 늘어놓았다.

"누가 널 여인으로 보겠느냐? 내가 여자라고 하는 편이 더 믿을 만하겠다. 혹, 여인들이 종종 혼담을 넣지 않던가?"

"저, 저…!"

개똥이 눈썹을 추켜올렸다. 삐뚤어진 입술로 남들은 마음에 담아두기만 하는 말들을 거침없이 내뱉는 모습이 기분 나쁜 사내였다.

"까다로운 도성 여인들의 인기를 한몸에 받는 게 어디 쉬운 줄 아시오? 선비님보다 내가 여인들에게 인기가 더 많을 거요."

개똥은 걸걸한 목소리로 껄껄 웃으며 마훈의 말을 받아쳤다. 마훈은 잠시 할 말을 잃었다. 자신의 독설을 들은 사람들의 반응은 둘로 나뉜다. 하나는 얼굴을 붉힌 채 마땅한 말을 못 찾아 눈만 껌벅거리는 것. 두 번째는 상대 역시 마훈의 단점을 꼬집으며 멱살을 잡고 싸우자고 덤비는 것. 그런데 자신의 말에 허허실실 웃으면서 맞대응까지 착실하게 하는 사내, 아니 여인의 반응에 그는 처음으로 할 말을 찾지 못했다. 거기다 존대도 하대도 아닌 애매한 말에 걸걸한 말투까지…. 모든 게 그를 당황하게 만들었다.

그녀는 분명 둘 중 하나일 것이다. 속도 없고 긍정적이기만 한 멍청한 여인이거나, 속으로 이를 갈면서도 밖으로는 태평한 척하는 여우 같은 여인이거나.

"시간이 촉박합니다."

신부의 애타는 한마디에 마훈은 그제야 정신을 차렸다. 자, 이제 무패 신화 꽃파당이 실력을 발휘할 시간이다.

×　×　×

백지담서지를 앞에 둔 긴 손가락이 빠르고 정확하게 내용을 적어 내려 갔다. 신부 측 주혼자의 성과 직함, 감사의 인사까지 깔끔하고 능숙하게 세필로 써낸 마훈은 종이를 아홉 번 접어 혼서 봉투에 넣고 붉은 혼서보에 싸서 근봉을 둘렀다. 잃어버린 혼서가 마훈의 손에서 다시 탄생하는 순간이었다.

"다행히 그 혼서는 제가 신랑 측 아버지를 대신해 쓴 것입니다. 서체도 같고 글자 하나 다르지 않으니 의심 살 일은 없을 겁니다. 이제 가시기만 하면 됩니다."

경건하고 공손하게 혼서를 신부에게 건네는 마훈의 모습은 거만하게 비아냥대던 조금 전과는 사뭇 달랐다. 개똥은 그 모습이 낯설면서도 싫지 않았다.

하지만 혼서를 받아든 여인의 표정은 좋지 못했다.

"이제야 생각이 났습니다. 어찌하면 좋습니까."

금방이라도 울음을 터트릴 듯이 신부의 눈에 눈물이 다시 그렁그렁해졌다.

'이 여인은 혼례 한 번 치르기가 왜 이리도 어렵단 말인가.'

마훈의 한숨이 커졌다.

"또 무엇이 말입니까?"

"향기가 났습니다."

"향기?"

"혼서에서 백단향이 났어요. 좋은 일에는 좋은 향기를 넣는 거라고 서방님이 말씀하셨는데…. 가짜라는 게 들통날 거예요."

"쯧, 글렀구먼. 왕실에서나 쓰는 귀한 백단향을 지금 당장 어디서 구하나."

개똥이 걱정스러워 안에서 상황을 주시하고 있던 노인이 못마땅한 듯 혀를 찼다.

"내가 운종가로 가보겠소."

안 되겠다 싶었는지 개똥이 급히 일어섰지만 마훈은 여유만만하게 그녀의 팔을 잡아당겼다.

"그럴 거 없다. 일이 재밌게 돼가는군."

마훈의 뜻 모를 미소에 두 여인이 잔뜩 긴장했다. 좋은 징조인지 나쁜 징조인지 전혀 예측할 수 없는 얼굴이었다.

"신부께서는 지금 혼서를 가지고 혼행에 다시 나서세요. 곧 신랑이 보낸 사인교*가 도착할 겁니다."

"하지만 혼서가…."

"이 혼담이 실패하는 일은 없습니다. 저만 믿으세요. 이미 시간이 많이 지체되었습니다. 어서요."

잔뜩 긴장한 신부는 마훈을 잠시 바라보더니 이내 혼서를 품에 안고 뛰어나갔다.

"그럼, 나도 이만 가보겠소."

개똥은 노인에게 향하는 것인지 마훈에게 향하는 것인지 모를 애매한 인사를 건넸다. 신부가 마음에 걸렸지만 이제 개똥이 할 수 있는 일은 없었다. 개똥이 자리를 뜨려 할 때 마훈이 그녀의 상투를 또 움켜잡았다. 오늘 이 상투, 수난의 연속이다.

"일을 벌였으면 끝까지 책임을 져야지."

"난 도와주기만 했소. 혼서지 구해준 것도 나고, 선비님께 맞아준 것도 난데 도대체 무슨 책임을 져야 한단 말입니까?"

"하긴 틀린 말은 아니네. 그럼 낭자인지 도령인지 구분도 안 가는 자네는 어여쁜 신부가 시집살이 첫날부터 소박을 맞든 말든 그냥 제 갈 길 가게."

마훈은 미련 없다는 듯 발길을 돌리고는 속으로 하나, 둘, 숫자를 세기

* 네 사람이 메는 가마

시작했다. 셋을 미처 세기도 전에 개똥이 그를 붙잡았다.

"뭘 도와주면 되겠소?"

마훈의 생각이 들어맞았다. 개똥은 속도 없고 긍정적이기만 한 멍청한 여인인 동시에 남의 어려움은 그냥 지나치지 못하는 대책 없는 선행심까지 가진 이였다.

"가서 망나니를 데려오거라."

✕　✕　✕

그 시각, 연緣기방.

화려한 조각이 곳곳에 새겨진 위풍당당한 연기방의 낮은 대체로 한가했다. 대부분의 기녀는 새벽녘까지 가야금과 춤을 추던 피곤한 손가락을 축 늘어뜨리고 낮잠을 즐겼다. 전날의 피로를 말끔히 털어내야 또 매혹적인 웃음을 흘리며 사내들의 가슴을 뛰게 할 수 있으니 말이다. 하지만 오늘 기녀들의 눈은 낮잠 없이도 말똥말똥하니 생기가 넘쳐 보였다. 갓을 벗고 팔을 괸 채 서책에 몰두하는 고운 도령이 바로 기녀들의 낮잠이었다.

도령이 집어 든 서책은 두보의 《두공부집杜工部集》이었다. 그는 기녀들을 의식한 듯 목소리를 가다듬으며 시를 읊기 시작했다.

"건곤일야부乾坤日夜浮. 친붕무일자親朋無一字, 노거유고주老去有孤舟. 하늘과 땅이 밤낮으로 떠 있네. 그리운 친구들은 소식 하나 없는데, 늙은 나는 외로운 배에 의지하고 있네."

기녀들의 마음이 술렁이기 시작했다. 하지만 그가 잠시 방심한 사이 서책 사이에 숨겨둔 춘화첩이 툭 떨어졌다. 그걸 본 기녀들은 실망하기는커녕 요염하다며 소란을 피웠다.

"어찌 저희를 놔두고 그림 속 계집년에 눈독을 들이십니까."

"너희들은 옷고름 한 번 풀 때마다 전두*를 달라 조를 것이 아니더냐. 야박하게."

"저희도 공짜로 내어드릴 수야 있지만 행수께서 아시면…."

"전두 낼 돈도 없는 자를 누가 기루에 들이라고 했더냐!"

예상대로 행수기생** 매향의 호통이 떨어졌다. 그녀는 늙었으나 매혹적인 얼굴에 묘한 분위기를 풍겼다. 기녀들이 모두 고개를 떨구고 있는데 사내는 이 상황이 익숙한 듯 매향에게 손까지 흔들어 보였다.

"오랜만이네, 행수. 섭섭하게 왜 이러시나. 나 모르나?"

"여긴 나라님이 와도 맨입으로 가실 수 없는 곳입니다. 도련님이 달아두신 외상값이 벌써 이백 냥입니다. 당장 외상값을 치르시든지 관아에 끌려가 죗값을 받으시든지 둘 중 하나를 택하십시오."

사내는 자기보다 신분이 낮은 행수의 냉대에도 대수롭지 않게 웃어 보이며 몸을 일으켜 그녀에게 화첩을 쥐어주었다.

"이건 적적할 때 보시게."

사내가 씨익 웃더니 그제야 상황을 파악하고는 뒤로 슬금슬금 물러나기 시작했다. 사내를 잡아가려는 포졸들이 대문 앞까지 와 있었다.

"자네 정말 이러긴가? 내 외상값은 조만간 갚겠네."

행수를 흘겨본 그는 기녀들에게 일일이 눈인사하는 여유를 보여준 뒤 체면도 내려놓고 버선발로 도망쳤다.

"행수님, 정말 저 도령한테 밉보이면 어쩌시려고 그러우."

한 기생이 도망가는 도령을 걱정스러운 얼굴로 바라보며 손까지 흔들어

---

* 광대, 기생, 악공 등에게 그 재주를 칭찬하여 사례로 주는 돈이나 물건
** 관아 소속의 기생 중 우두머리

주었다.

"모르는 소리. 저 망나니를 쫓아내야 돈이 줄줄이 엮여 들어온단다."

행수는 알 듯 말 듯 한 미소를 지으며 도령을 바라보았다.

한편 개똥은 마훈의 협박 같은 부탁으로 일명 망나니를 찾으러 연기방에 막 발을 내디딘 참이었다.

"저 도령이오, 망나니."

문지기가 가리킨 것은 갓도 거꾸로 쓰고 체면을 구긴 채 줄행랑치는 사내였다.

"저런 행색으로 폴짝폴짝 뛰어다니는 양반이라니…. 보아하니 정말 망나니로구나. 오늘따라 이상한 사내들만 꼬이네."

개똥은 귀찮다는 듯이 사내의 뒤를 쫓아갔다. 적막함만 가득한 기방 안은 꽤 넓었다. 개똥은 방을 일일이 들락거리며 망나니를 찾기 시작했다. 관군들도 그를 찾고 있어 반대편 방도 소란스러웠다. 그러거나 말거나 마음이 급한 개똥은 방에 들어가자마자 허공에 대고 소리쳤다.

"이보시오, 망나니. 허수아비가 급히 찾습니다. 이보시오, 망나니!"

개똥의 외침은 관군에게 그를 당장 잡아가라고 하는 것이나 다름없었다.

"쉿!"

병풍 뒤에 몸을 숨기고 있던 망나니가 개똥을 잡아끌었다.

"허수아비가 보냈느냐?"

눈을 동그랗게 뜬 개똥이 무언가를 말하려고 했지만 사내는 큰 손으로 개똥의 입을 막고 고개를 내저었다. 개똥이 고개를 끄덕였다.

"급한 일이라더냐?"

개똥은 급한 정도를 알리기 위해 고개를 크게 끄덕였다. 그때 관군들의 발소리가 더 가까워졌다. 망나니 도령은 행여 소리가 새어 나올까 개똥을 자기 쪽으로 더 바짝 끌어당겼다. 개똥은 당황하여 버둥거렸다. 그녀를 둘러싼 온 공기가 망나니 도령의 숨으로만 이뤄진 듯했다.

"오해하지 말거라. 이렇게 보여도 사내에게 그러는 놈은 아니니…. 마음속으로 딱 열만 세거라. 그때까지도 이 꼴이면 확 물어버리든가."

사내가 개똥을 조용히 훑어보았다. 상투에 꽂은 숟가락에 묻은 밥풀이 눈에 들어와 웃음이 터지려는 걸 겨우 참았다. 까무잡잡한 피부에 큰 눈망울, 갸름한 콧날, 자그마한 입술, 그리고… 입술에 있는 점. 그 점이 사내의 시선을 사로잡았다. 낯익은 얼굴이었다.

개똥은 자신의 입을 틀어막고 있는 사내를 올려다봤다. 열을 세는 것은 이미 잊은 지 오래였다.

"혹시 나를 어디선가 본 적이 있느냐?"

주변이 고요해졌다. 들리는 것은 사내의 마른 숨소리뿐이었다. 가까이에서 사내의 숨소리가 짙어지자 개똥은 저도 모르게 그의 손바닥을 콱 물어버렸다.

"악!"

"이보시오, 망나니. 관군들도 뜬 것 같으니 망나니 노릇은 그만하고 착한 일 좀 하면 어떻소?"

사내는 어이가 없어 옆에 있지도 않은 마훈에게 이를 갈았다. 망나니. 그것은 마훈과 사내의 암호명이었다. 그들은 문제가 생겼을 때 서로를 망나니와 허수아비로 칭하며 긴급함을 알렸다. 빼어난 외모에 반해 아무것도 모르고 다가갔다가 독설에 당한 여인이 한둘이 아니라는 뜻으로 사내가 마훈에게 붙여준 이름 '허수아비'. 그리고 딱히 설명할 것도 없이 자신을 지칭하는 말 '망나니'. 그래도….

"도준이다. 내 이름은."

사내는 어쩐지 저 남자에게만큼은 망나니로 불리고 싶지 않았다.

× × ×

용호골, 신랑 김 씨의 집.

혼인을 중매하는 여인, '매파'. 마훈은 '중매쟁이' 혹은 '중신아비'라 불리는 것을 마다하고 굳이 여인을 일컫는 매파라는 칭호를 자신에게 주었다. 내외법이 엄한 양반 부녀자들이 그를 피하면 장옷*을 쓰고서라도 그 집 문턱을 넘었다. 천한 여인이 아니면 할 수 없는 일을 사내가, 그것도 버젓이 갓을 쓴 사내가 업으로 삼고 있는 것이다. 마훈이 매파가 된 것은 처음에는 괜한 치기 때문이었다. 하지만 나중에는 오기로 변했고, 지금은 그 이유조차 알 수 없게 되었다.

다만 한 가지만은 분명했다. 꽃파당에서 일할 때는 갓을 써도, 바지를 입어도, 남자인 자신을 매파로 불러준다는 것. 그것 하나면 충분했다. 마훈은 얼굴도 모르는 한 사내와 여인이 만나 '행복'을 만들어내는 이 기막힌 과정을 포기하고 싶지 않았다. 그는 다시는 드나들지 않으리라 다짐했던 신랑의 집 문턱에서 심호흡을 했다.

"어이, 허수아비. 망나니 왔네."

어느새 도착한 도준이 이맛살을 찌푸리며 마훈에게 다가왔다.

"또 여긴가?"

"이젠 정말 마지막이야. 증인이 필요하니 너도 따라 들어오고."

"가게를 비워놨소."

협박에 못 이겨 따라오긴 했지만 그녀는 비워 둔 가게가 슬슬 걱정되기 시작했다.

'이러다 종이가 없어지기라도 하면…'

---

* 여자들이 나들이할 때 얼굴을 가리느라고 머리에서부터 길게 내려 쓰던 옷

지전 주인이 역정 낼 것을 생각하니 개똥의 간담이 서늘해졌다.

"일을 벌였으면 끝까지 책임을 저야지."

'대체 저 당당함과 뻔뻔함은 어디서 나오는 거지?'

개똥은 이내 포기한 듯 두 사람을 따라 들어갔다.

예상대로 신랑의 어머니는 꼬장꼬장한 성격을 자랑했다. 아무리 신부와 말을 타고 간 사내가 개똥이고 실은 여인이라고 설명해도, 신랑의 어머니는 옷을 벗어보라는 둥 무례하게 굴며 도통 믿을 생각을 하지 않았다. 도준도 개똥이 여자라는 사실에 놀라움을 감추지 못했다. 옆에 앉아 있던 신랑이 몇 번이나 어머니를 말려보려 했지만 서늘한 눈빛에 말도 제대로 꺼내지 못했다. 게다가 그녀는 신부가 혼서를 잃어버렸다는 말을 듣자 금방이라도 숨이 넘어갈 듯 분노를 금치 못했다. 개똥은 애써 만들어낸 혼서의 비밀을 이렇게 쉽게 밝히는 마훈의 속내를 이해할 수 없었다.

"혼서가 없는 혼인은 무효네. 이 혼사, 없던 일로 하겠네."

"이미 합궁례*까지 마쳤습니다."

"일단 새로 혼인할 혼처를 알아봐 주게."

"그 말씀은…."

"우리 집안은 혼서 하나 제대로 간수하지 못하는 사람을 정실로 맞을 수 없네. 허나 어쩌겠나. 이미 합궁례까지 마친 것을. 친정으로 돌려보내거나 첩으로 들일 수밖에."

"그깟 종이 쪼가리가 뭐라고! 제정신이시오?"

참다못한 개똥이 소리를 지르며 벌떡 일어나려 했으나 마훈이 조용하지만 거칠게 그녀의 허벅지를 팔꿈치로 눌렀다. 매서운 압력이었다.

"그렇다면 저희 쪽에선 이혼 소송을 준비하겠습니다."

* 신랑과 신부가 한방에서 몸을 합하는 절차

마훈이 승부수를 던진 뒤 도준을 바라보았다. 도준은 준비한 듯이 서류 장부를 꺼냈다. 그러고는 씨익 웃으며 마훈의 말을 속사포로 이어받았다.

"신부가 혼수 지참금으로 준비한 은화 백 냥, 고급 비단 이십 필을 받았음에도 불구하고 김 씨 댁은 새로 들어온 식구를 따스하게 맞이하지 못하고 일부러 혼서를 빼돌려 곤란하게 하였습니다. 이를 사유로 내일 동이 트는 대로 사헌부에 이혼 소송을 접수하겠습니다."

"살다 살다 별 해괴망측한 소리를 다 듣는구나. 누가 혼서를 빼돌렸다고 하는 게냐!"

도준이 조목조목 설명하자 신랑의 어머니는 당황스러움을 감추지 못해 소리만 질러댔다. 개똥은 마훈이 망나니를 급하게 찾았던 이유를 그제야 이해했다.

"어디선가 백단향이 나지 않습니까?"

"백단향은 혼서에 사용한 게 전부였네. 무슨 냄새가…"

코를 킁킁거리던 신랑의 어머니가 행동을 멈췄다.

"영훈아, 왜 네 옷에서…"

신랑은 '백단향'이라는 말이 나오자마자 입술을 떨며 불안해했다. 그가 신부를 잃어버렸다며 꽃파당에 왔을 때 풍겼던 향기였다. 애초에 심약한 신랑이 혼서를 없애지도 못하고 품 안에 가지고 있다가 결국 들통난 것이다. 신랑은 숨겨두었던 혼서를 꺼내더니 무릎을 꿇고 제 어미 앞에 엎드렸다.

"혼서가 없어졌다 하면 미신을 쉽게 믿는 어머니께서 혼례를 미루실 거라 생각하여 그랬습니다."

"이렇게까지 한 이유가 무엇이냐."

"화평기방 섬섬이가 자기와 혼인하기 전에 다른 처를 들이면 죽어버리겠다고 해 겁이 나서 그랬습니다. 잘못했습니다, 어머니. 과거 공부가 무료하여 그만…."

신랑의 어머니가 긴 한숨을 내뱉었다. 다 큰 아들을 때릴 수도, 내쫓을 수도 없는 노릇이었다.

"대명률*에 의하면 부부는 인륜의 근본이니 적첩嫡妾**의 분수를 어지럽힘은 불가하다 했습니다. 엄연히 혼서를 주고 혼인한 처가 있는데 첩을 얻고자 했으니 소송의 이유로 충분하지요. 또한 요즘 임금께서 나라의 녹봉을 받는 자가 첩을 거느리는 것에 대해 엄히 단속하고 계신데, 어사주까지 받은 정육품 낭청이 출사길에 오르기도 전에 처첩 문제로 이혼 소송을 벌인다면 그 결과가 어찌 될지…. 제가 소송 쪽으로는 좀 합니다만."

도준이 종지부를 찍었다. 신랑의 어머니가 헛기침을 큼, 하고 내뱉었다. 물러설 곳이 없었다.

"알았네. 이 일은 없던 걸로 할 테니 겁 좀 그만 주시게."

결국 신랑의 어머니가 꼬리를 내렸다. 그제야 마훈이 개똥의 허벅지를 누르고 있던 제 팔꿈치를 풀었다. 그 역시 신혼 생활에 깨가 쏟아져야 할 신부를 제 손으로 소박맞게 하는 건 아닌지 내심 불안했었다.

"아들 단속은 내가 하겠네. 다만 이 일은 며느리에게 말하지 말아주게나. 그래도 평생 모시고 살 지아비 아닌가."

"마님이 진정 그 여인을 며느리로 맞아들일 준비가 되셨다면 기꺼이 그리하겠습니다."

마훈과 도준은 서로를 바라보며 씨익 웃었다. 잘 해결되었다는 뜻이었다. 어느새 개똥도 표정을 풀었다.

* 조선시대 현행법, 보통법으로 적용된 중국 명나라의 형률서
** 본처와 첩을 아울러 이르는 말

드디어 미뤄졌던 신부의 현구고례見舅姑禮*가 진행되었다. 하루 종일 울어 눈이 부은 신부는 영수의 마법 같은 화장으로 다시 곱디고운 새색시가 됐다. 본의 아니게 집안 행사에 초청된 네 사람은 신랑의 어머니가 준비한 푸짐한 밥상에 체면도 내려놓은 채 입으로 수저를 빠르게 밀어 넣었다. 이른 시간부터 사라진 신부 찾기에 여념이 없어 끼니를 거른 탓이었다.

"이보시오, 선비님."

개똥의 물음에 마훈이 무슨 일이냐는 표정으로 돌아보았다.

"지체 높은 양반집 도령 같은 사람이 천한 상민이나 하는 중매를 한다기에 한심해 보였는데 그 재미가 무엇인지 알 것도 같소."

"그럼 너도 한번 해보든가."

마훈은 다홍치마 여인에게도 건넸던 자신의 세함을 개똥의 손에 쥐여 줬다.

"내일 사시**까지. 마침 매파를 구하고 있으니 관심 있으면 와보든가. 오늘 도와준 답례로 기회를 주지. 실력도 한번 볼 겸."

마훈은 별다른 설명도 없이 자리에서 일어났고 도준과 영수도 그를 따라 나섰다. 투박하고 덜렁대는 것처럼 보여도 책임감이 있는 개똥이 싫지 않은지, 돌아선 마훈이 슬며시 웃음 지었다. 혼자 남은 개똥은 한 손에 쥔 세함과 환하게 웃는 신부를 번갈아 보았다.

"촌스럽게 꽃파당이 뭐야, 꽃파당이."

개똥은 저도 모르게 소리 내 웃었다. 처음 느낀 재미, 그리고 처음 보는 신기한 사람들. 개똥의 가슴이 묘하게 두근거리기 시작했다.

---

* 신부가 폐백을 가지고 처음으로 시부모를 뵙는 것
** 오전 아홉 시부터 열한 시

3. 꽃파당 단골, 이수

　피맛길 좁은 골목에 자리 잡은 꽃파당은 간판조차 없는데도 아침부터 문전성시를 이루었다. 그 옆에 예전부터 자리 잡고 있던 바리전*으로서는 큰 낭패였다. 상민들만 다니던 이곳에 양반들의 출입이 잦아지자 번거롭게 고개 숙일 일이 많아지면서 손님이 뚝 끊긴 것이다.

　그런데 오늘 꽃파당의 문전성시는 여느 날과는 좀 다른 모양새였다. 나이 지긋한 대감이나 마나님이 아닌, 꽃단장한 어린 낭자가 가득한 것이 아닌가. 새참 시간에 겨우 짬을 내 꽃파당으로 달려온 이수는 기나긴 줄을 보고 당황했다.

　'시간도 없는데 오늘따라 무슨 일이지?'

　쇠를 달구느라 벌겋게 달아오른 얼굴로 연장을 넣은 전대도 풀지 못한 채 달려와 초조한 듯 상황을 살피는 이수는 꽃파당에 매일 눈도장을 찍는 단골이었다.

　"요즘 성혼 기간인가 봐요."

* 놋그릇 가게

머릿기름을 바른 자신의 모습을 작은 면경*으로 만족스럽게 보고 있는 끝줄의 여인에게 이수가 슬쩍 말을 걸었다. 하지만 여인은 그에게서 나는 진한 쇠 냄새에 이맛살을 찌푸리며 턱짓으로 방을 가리켰다.

'꽃파당 수습 매파 모집. 여인 환영.'

이수는 줄을 선 지 얼마 되지도 않았는데 금세 자기 뒤로 여인 서넛이 더 늘자 곧 상황을 파악했다. 뒷줄의 처자들은 행여 자기 차례가 안 올까 싶어 이수에게 눈치를 주었다. 여인 모집하는 데 웬 사내가 껴 있느냐는 무언의 압박이었다.

"저도 급하거든요. 아주 많이."

이수는 사람 좋게 허허실실 웃으며 자리를 지켰다.

× × ×

운종가, 지전.

"또 어디로 내 종이를 빼돌리려고!"

지전 주인의 높은 언성에 거래를 하던 상인들의 눈길이 한곳을 향했다. 주인의 발길질에 개똥은 가게 밖으로 나가떨어졌다. 그녀는 익숙한 듯 입가의 피를 닦고 사람 좋게 씨익 웃었다.

"아저씨, 오해랑게요. 나중에 다 설명하겠소. 내가 지금 좀 급해요!"

개똥은 조금 전 혜정교에 설치된 앙부일구**로 시간을 확인하고 온 터였다. 마흔이 오라던 사시는 이미 지났다. 주인이 모처럼 쉬는 날이었던 개똥을 지전으로 불러 멱살잡이한 것은 모두 꽃파당 때문이었다. 그녀의 걱정대로 어제 자리를 비운 사이 종이를 도둑맞고 만 것이다.

* 거울
** 조선 시대에 사용하던 해시계

"내 비싼 새끼들이 일 연*이나 사라졌는데 오리발을 내밀어? 어제 가게 비우고 훔친 종이 내다 팔았지?"

"진짜 오해라니까요."

"그럼 내 새끼들이 발이 달려서 도망이라도 갔단 말이야? 그리고 이거, 이거 때문에 종이가 죄다 구겨져서 못 쓰게 생겼잖아!"

분을 참지 못한 주인이 개똥에게 던진 것은 원래 끈을 대신해 종이를 묶은 갓끈이었다.

"내 새끼들 어디다 팔아먹었어? 일도 못 구하던 놈을 불러다 써줬더니 고마운 줄도 모르고 도둑질을 해?"

'아…, 이게 다 꽃파당 때문이야. 꽃파당이 아니라 독파당이 따로 없구나.'

그렇게 생각하던 것도 잠시, 마훈의 세함을 내려다본 개똥은 벌떡 자리를 털고 일어났다.

'그곳으로 가야겠다.'

처음에는 개똥도 자신의 생계를 거머쥔 지전 주인의 기분을 거스르면서까지 그곳에 가려는 이유를 알지 못했다. 하지만 금세 답이 나왔다. 삯이 높은 곳만 찾아다니며 일하던 자신이 하고 싶은 일을 처음으로 찾았기 때문이다. 마훈이 준 기회를 허공에 날려버리고 싶지는 않았다. 개똥은 바닥에 떨어진 갓끈을 집은 다음 주인의 옷을 세심하게 털어주었다.

"뭐, 뭐 하는 거야?"

개똥은 주인이 방심한 사이 그를 가게 안으로 밀어 넣고 재빨리 지전 문을 닫았다. 그러고는 제 머리에 꽂은 숟가락을 빼 문고리에 꽂아서 주인을 가뒀다. 풀린 머리카락이 개똥의 어깨에 내려앉았다. 난감해하던 개똥은 머리카락을 돌돌 말아 갓끈으로 상투를 틀어 올렸다. 제법 그럴듯

* 전지 오백 장

했다.

"아저씨, 두 식경*만 예서 기다리시오. 잔소리도 꾸중도 그때 들을 테니. 금방 와요, 금방."

× × ×

"완벽하네요. 청포향 가득한 비단 같은 머릿결 하며 가지런하고 붉은 입술. 여인의 성숙함이 막 드러나기 시작하는 열여덟. 혼담이 줄을 서겠어요."

마훈의 칭찬을 들은 여인의 입가에 미소가 번졌다. 이수가 지루함을 참으며 길게 늘어진 줄을 서고 있는 사이 꽃파당 안에서는 진풍경이 펼쳐지고 있었다. 매파를 뽑기 위해 앉아 있는 마훈의 옆자리에는 옥색 비단에 세심한 자수가 놓인 도포를 입은 영수가 꾸벅꾸벅 졸고 있었다. 벌써 마흔일곱 번째 처자이건만 앞선 마흔여섯 명의 처자들과 한 치의 어긋남도 없이 지루하고 고루한 답변으로 면접에 응하고 있었다. 망나니 선비 도준은 갓까지 벗고 불통을 받은 처자들과 골패**를 하면서 앞에 앉은 어여쁜 처자에게 눈까지 찡긋하고 있었다.

마훈은 휴대용 앙부일구를 바라보았다. 오시 일각***이 넘어가고 있었다. 지루함과 짜증을 참지 못한 마훈의 심보가 조금씩 뒤틀리기 시작했다.

"그런데… 그래서 어쩌자는 거요?"

마흔일곱 번째 여인은 당황했다.

"자수나 놓는 귀한 양반집 규수께서 그 고운 치맛자락 질질 끌고

* 한 식경은 약 삼십 분을 말한다
** 구멍의 숫자와 모양에 따라 패를 맞추는 전통적인 노름 기구
*** 오전 열한 시 십오 분

반촌에 사는 반인[*]들의 혼사를 주관할 수 있겠소? 참고로 이곳에서 기거해야 하는 것은 물론, 사내들 속적삼도 빨아야 하오. 어떻소? 처자만 좋다면야 우리도 고운 얼굴 매일 구경할 수 있으니 눈요기도 되고 괜찮을 것 같은데."

"아니, 급한 일이 생각나서…. 이만."

여인은 자기가 쓰고 온 장옷도 잊은 채 꽁지가 빠지도록 도망쳤다. 마훈은 골패를 떼고 있는 도준을 흘겨보았다. 골패 타령까지 부르던 도준도 마훈의 따가운 시선을 느끼고는 여인들을 모두 내보냈다.

"진짜 못 해먹겠네. 도대체 사람이 왜 더 필요한 건데?"

마훈이 말했다.

"언니, 저번에도 사내가 제집 안방을 드나든다고 발고한 부인 때문에 관아에 끌려갔던 거 잊었소? 우리는 여인이 필요하오. 도준 언니는 마음에 드는 처자가 있소?"

마훈의 마음에 드는 처자를 찾는 것이 불가능하다고 생각한 영수가 도준에게 물었다. 그런데 이 작자는 도박에 이어 낮술까지 하고 있었다. 문쪽을 살핀 마훈이 다시 휴대용 앙부일구를 바라봤다. 아직 개똥이 오지 않았다.

"기껏 세함까지 챙겨줬더니."

"누구 기다리는 사람이라도 있소?"

"아니다. 아직 많이 남았어?"

영수가 대청을 살폈다. 제 순번을 기다리며 꽃단장을 한 처자가 서넛, 그리고 그 앞으로 상투를 튼 남자의 뒤태가 보였다.

"서넛 정도? 어라? 사내도 있네? 방을 잘못 봤나?"

[*] 대대로 성균관에 딸려 있던 사람으로, 쇠고기 장사를 하는 사람이 많았다

마훈은 사내라는 말에 멈칫했다. 여기 올 처자들 중에 사내라고 오해받을 자는 한 사람뿐이다.

"들여."

마훈은 자신이 직접 데리고 오기라도 할 듯 조급한 마음을 내비쳤다.

"뭐?"

"들이라고. 내가 부른 거야, 그 사내."

영수가 사내를 데려왔다. 땀에 흠뻑 젖은 얼굴을 닦아내는 사내는 오랜 시간 기다리느라 지친 기색이 역력했다.

"진정 자네가 불렀나?"

남은 잔을 비워내며 어이없어하는 도준의 물음에 마훈이 낭패라는 표정을 지었다. 마훈의 말을 빌리자면 그는 이 꽃파당의 '징글징글한 단골손님'이었다.

"자네 '금일 휴업'이라는 말 모르나? 오늘은 면접만 본다고 친히 방까지 붙여놨는데."

"아, 그 뜻이었군요. 어째 여인들이 줄을 엄청나게 서더라니. 아시다시피 제가 글을 몰라서."

"하아, 언제쯤이면 포기하려나. 자네 중매는 안 선다니까."

벌써 열두 번째 거절이었다. 이수는 짬이 날 때마다 꽃파당을 찾아와 자신이 반한 어느 처자에게 혼담을 넣어달라고 졸라댔다. 이 정도 정성이면 맡아줄 만도 하건만 마훈은 높은 성혼 사례비를 불러가며 그를 번번이 돌려보냈다. 그래도 이수는 포기하지 않고 끈질기게 졸라댔다.

마훈이 징글징글한 단골을 또 어떻게 내쫓을까 궁리하고 있을 때, 바리전골 주인이 문을 쿵쿵 두들겼다. 장사가 안 된다는 무언의 항의였다. 마훈은 알아서 처리하겠다며 밖으로 나갔다.

"그럴 줄 알고 오늘은 이걸 가져왔지요."

마훈이 나가자 이수는 쌈지에 챙겨온 물건을 꺼냈다. 대장장이의 품에서 제법 귀해 보이는 노리개가 나오자 영수의 눈이 금세 커졌다.

　"이건 중전마마 같은 귀한 신분이 아니면 가질 수 없다는 삼천주 노리개가 아니냐. 알이 크고 빛깔도 곱고 매끄러운 게 아주 귀한 것이구나. 일개 철장인 네가 어떻게 이걸 가지고 있지?"

　여인보다 여인의 물건을 더 환히 꿰고 있는 영수가 노리개를 찬찬히 살피며 말했다.

　"죽은 제 어미의 유일한 유품입니다. 이것만은 간직하고 싶었는데 나리께서 워낙 완고하시니…. 이걸로는 사례비가 안 되겠습니까?"

　영수는 마훈을 살폈다. 그는 아직도 바리전 주인과 실랑이 중이었다. 얼른 제 품에 노리개를 챙겨 넣은 영수가 이수의 손을 꼭 잡았다.

　"아이고, 안 되긴 왜 안 돼. 상사병에는 약도 없어요. 병나기 전에 해결합시다. 꽃 피는 춘삼월이 오기 전에 납기*를 할 테니 우리만 믿어요."

　지금껏 이수를 하대하던 영수였는데 어느새 자연스럽게 존대하고 있었다.

　"약조한 겁니다. 절대 무르면 안 돼요!"

　열세 번 만에 겨우 혼담을 약속받은 이수는 너무 기뻐 저도 모르게 영수를 잡은 손에 힘을 주었다. 이제 그녀에게 청혼만 하면 될 일이었다.

　"알겠소. 꽃파당이 한 입 가지고 두말하는 거 봤소? 그런데 처자는 누구요?"

　"용도골 사는 개똥입니다. 가만히 웃기만 해도 얼마나 예쁜지, 하늘에서 내려온 선녀가 따로 없습죠."

　어차피 신랑 될 사람의 신부 자랑은 나이와 지역을 불문하고 제 눈에

* 신부 측에서 혼인 날짜를 택해 신랑 측에 보내는 것

안경이었다. 영수는 마훈이 돌아올까 초조한 마음에 이수의 말을 듣는 둥마는 둥 하며 그를 뒷문으로 내보냈다.

"꽃파당일언중천금. 약조 못 지키면 내가 열 배로 물어준다."

영수의 감당할 수 없는 약조까지 듣고 나서야 이수가 돌아갔다.

"내 생에 삼천주 노리개를 손에 넣다니."

아직도 믿기지 않는지 영수가 노리개를 요리조리 만져보았다. 노리개는 영수의 손에서 영롱하게 빛나고 있었다. 이를 보던 도준은 영수가 마훈에게 들켜 원성을 살까 슬슬 걱정이 되기 시작했다. 마훈이 거절한 혼담을 번복한 일은 지금껏 없었다. 마훈은 자기만의 기준을 정해두고 그에 맞는 혼담만 받았다. 처음에는 돈인가 싶었는데, 아니었다. 조선 최고의 매파라는 명성을 얻은 그는 이름값만큼이나 많은 걸 숨기고 있는 의뭉스러운 사내였다.

"뒷감당을 어떻게 하려고."

도준이 걱정스러운 목소리로 물었다.

"언니도 참, 그깟 철장 혼담이야 나 혼자서도 할 수 있어. 상대 여인이 용도골 처자던데, 이름이 뭐랬더라? 나중에 다시 물어봐야겠다."

그때 바리전 주인의 살인적인 잔소리 폭격을 맞은 마훈이 피곤한 얼굴로 돌아왔다. 영수는 노리개를 재빨리 품에 넣었다.

"쉿! 큰언니한텐 비밀이야."

영수는 노리개에는 관심도 없는 도준의 입단속도 잊지 않았다.

"뭘 그리 급하게 숨겨."

"아냐, 옷이 구겨져서."

"그쪽도 구겨졌네."

마훈의 손이 구겨진 영수의 옷에 막 닿으려던 찰나, 제 발 저린 영수가 황급히 뒤로 물러나다가 제대로 닫히지 않은 문 뒤로 넘어졌다. 그때 영수의 눈에 다 해진 짚신이 들어왔다. 굳은살과 상처 때문에 거칠긴 해도 영수의 손 크기와 비슷해 보이는 작은 발은 분명 여인의 것이었다.

"왔네, 내가 부른 사람."

마훈의 표정이 호기롭게 변했다. 지전 주인을 가둬두고 한달음에 달려온 개똥이 한창 숨을 고르고 있었다.

'면접을 보러 오면서 김치 국물이 묻은 저고리를 그대로 입고 오다니. 대충 돌돌 말아 튼 상투하며…, 어?'

상투를 튼 끈이 마훈의 시선을 사로잡았다. 국밥집에서 잃어버린 갓끈이었다.

'그날 주막 근처를 다 돌아보아도 찾지 못했던 갓끈이 저기에 있었군.'

따로 놓고 보면 볼품없어 보일지 몰라도 갓에 달면 품위가 생기는 제법 값나가는 물건이었다.

'갓끈으로 상투를 튼 처자라…'

마훈은 개똥의 행색에 어이가 없어 실소를 터뜨렸다. 정말 답이 없는 여인이었다.

"아직 안 끝났소?"

"끝났지."

개똥을 갓끈 도둑으로 오인한 마훈의 불편한 심기가 말투에 고스란히 드러났다. 숨 가쁘게 달려온 개똥의 얼굴에 실망감이 스쳤다.

"그래도 일각은 내주지. 돌려받을 것도 있는 것 같고."

✕ ✕ ✕

북촌의 한 사가私家.

담벼락 아래 장옷을 쓴 여인이 사람들의 시선을 피해 몸을 숨겼다. 여인의 귀에 누군가의 일정한 발소리가 들려왔다. 그녀는 발소리의 주인을 확인한 다음 그를 따라 어느 집 마당을 지나 은밀한 곳으로 향했다. 이곳에서 일하는 몸종들도 존재를 모르는 집 안의 가장 깊숙한 그곳은 이 집의 주인 한성부윤 도봉수만을 위한 공간이었다. 문이 열리자 여인의 눈에 도봉수가 들어왔다. 그녀는 조심스레 장옷을 벗었다. 세월의 흔적은 느껴지지만 여전히 선이 고운 연기방의 행수 매향이었다.

"얼마 전, 귀한 연회를 저희 기방에서 열어주셔서 큰 도움이 됐습니다."

"연회를 즐기기에 그만한 장소가 없지."

"그런데 아드님은…."

"별일 없으면 되었네. 혹 다른 기방에 기웃거릴지 모르니 그쪽에도 미리 언질을 해주게."

"어차피 대감마님의 명이라 어느 누구도 거스르지 못할 것입니다."

모두의 칭송을 받으며 한양을 통치하는 한성부윤 도봉수. 그에게는 기루에 출석 도장을 찍으며 한량 노릇을 하는 아들 도준이 가장 큰 골칫거리였다. 도봉수는 아들이 집에서 서책을 읽는 시간보다 기루에서 머무는 시간이 많아지자 과감히 그를 내쫓았다. 하지만 그게 결국 독이 되었다. 도준이 중매쟁이 일을 한다며 집에 돌아오지 않은 지 벌써 한 해가 넘은 것이다. 가진 것을 빼앗고 외상도 할 수 없게 조치를 취해두었지만 아들은 오히려 더 밖으로 나돌며 망나니라는 소문만 키워놓았다.

'그때 그 일만 아니었다면….'

도봉수는 옛 생각에 심기가 불편해져 차를 한 모금 마시고는 잔을 내려놓았다.

"도제조*를 만났는가?"

* 조선시대 육조의 속아문이나 군영 등에 두었던 정일품 자문직

매향이 사람들의 눈을 피해 도봉수를 만난 진짜 이유는 이것이었다.

"예, 전하께서는 초사흘을 넘기기가 힘들 것이라고 내의원 도제조께서 전해달라 하셨습니다."

"후사는?"

"그게 아직…."

도봉수는 속이 바짝 타들어 갔다. 임금의 생이 며칠 남지 않았는데 그의 자리를 이어받을 후사가 없었다. 도봉수는 이번 판이 어떻게 돌아갈지 도통 감을 잡을 수가 없었다.

"그런데 대감, 실은 강몽구 대감께서 말입니다. 요즘 사람을 시켜 철장 하나를 감시하고 있답니다. 별일 아닌 듯하지만 마음에 걸려서."

"철장을?"

"예, 이수라고 하는 자인데 요즘 그 집 주위가 강 대감 댁 수하들로 가득하다고 합니다."

매향의 말에 도봉수는 마음이 초조해졌다. 좌의정 강몽구. 그는 자신에게 이익이 될 일이 아니면 쉽게 움직이지 않는 자였다.

"철장 이수라…. 그자에 대해 자세히 알아보게."

고작 철장 따위가 무엇이길래 감히 강몽구를 움직인단 말인가. 분명 무언가가 있을 터였다. 도봉수의 눈빛이 날카롭게 빛났다.

✕　✕　✕

꽃파당.

개똥과 마주 앉은 마훈은 한숨부터 나왔다. 이러니저러니 해도 개똥은 마훈이 억지로 부탁한 것을 다 해결한 처자였다. 그래서였을까? 마훈은 그녀에게 조금 큰 기대를 가졌다. 하지만 막상 뚜껑을 열어보니 매파에 지원한다면서 혼담에 대한 지식이 전혀 없었다. 그녀는 함이 무엇인지도 몰랐다. 함께 일하게 된다면 하나부터 열까지 가르쳐야 할 것이다. 과연 사내인지 계집인지 구분도 안 되는 그녀에게 그렇게까지 할 가치가 있을지 마훈은 확신이 서지 않았다.

"재미를 알 것도 같다며? 그러면 뭐라도 공부를 해왔어야 할 거 아냐. 이건 너에게 기회를 준 나를 모욕한 것이나 다름없다."

개똥은 깐깐한 저 사내에게서 좋은 말이 나올 것이라 예상하지는 않았지만, 한숨을 뚫고 나온 그의 말에 마음이 상했다.

"그런 거 알아볼 시간도 없었소. 좀 가르쳐주면 될 것 아닙니까."

"그래. 봐주라, 좀. 대충하고 갑시다, 언니."

속이 상한 개똥의 말에 구경하던 영수가 편을 들고 나섰다. 이제 영수는 완전히 지쳤다. '잔심부름하는 매파 하나 뽑자고 이렇게 진을 빼는 게 말이 됩니까?'라고 따질 수는 없지 않은가. 마훈은 영수의 애원에도 아랑곳하지 않았다.

"한 낭자의 혼담이 들어왔어. 근데 우리가 맺어줄 수 있는 사내는 흥부와 놀부뿐이야. 낭자는 두 형제 중 누굴 신부와 맺어주겠소?"

"거시기, 그거야… 신랑 신부…."

개똥은 갑작스러운 질문에 난감했다. 그래도 자신의 생각을 소신 있게 말하려 운을 떼었으나 치고 들어오는 마훈의 말 때문에 그마저도 입 밖으로 내지 못했다.

"신랑 신부의 마음이 중요하다, 두 사람 중 신부가 사랑하는 쪽을 연결해줘야 한다, 이런 대답은 앞서 마흔일곱 번째 처자까지 토씨 하나 안 빼먹고 한 말이야. 그 얘길 또 할 거라면 그냥 지금 자리에서 일어나. 우린 중매쟁일 뽑는 거지, 연애쟁일 뽑는 게 아니니까."

자신이 하려던 대답을 마훈이 속사포처럼 내뱉자 개똥은 당혹스러웠

다. 놀부는 천하의 심술궂은 놈이다. 흥부는 대책 없이 착하기만 한 놈
이다. 거기다 자식을 스물다섯이나 낳은 무책임한 가장이 아니던가.

"둘 중 누구라도 될 수 있어요."

개똥이 답을 내렸다. 마훈은 의외라는 표정으로 그녀의 다음 말을 기다
렸다.

"답은 신부가 어떤 사람이냐에 따라 달라져요. 욕심 없고 착한 처자라
면 당연히 놀부와 맺어줘야 하지 않겠소? 그래야 놀부가 동생 재산 안 넘
보고 자기가 가진 것에 만족하며 살 테니. 반대로 제 욕심부터 차리는 처
자라면 현실 감각 없는 흥부를 붙여줘야지요. 놀부하고 붙여줬단 다 같
이 패가망신으로 가는 지름길이요."

한가히 부채질을 하던 도준의 손이 멈췄다. 아까부터 마훈과의 기싸움
에서도 전혀 주눅 들지 않아 신기했는데 대답까지 패기 넘치는 처자였다.

"신부 하나 잘 붙여준다고 그들의 성격이 정말 변할 거라고 믿나?"

"사람에겐 사람을 바꾸는 힘이 있소."

마훈은 뜸을 들이듯 잠시 말이 없었다.

'잘못 말했나?'

긴장한 채로 내뱉어 자신이 한 말이 기억도 나지 않는 개똥이 초조해했다.

사람이 사람을 바꾼다. 조선지를 만드는 노인은 그녀가 수연을 닮아 옆
에 두었다고 했다. 눈앞에서 수연을 본 적은 한 번도 없지만, 마훈은 그럴
리 없다 확신했다. 하지만 노인의 말이 맞는 듯도 했다. 개똥에게서 수연
의 모습이 보이는 것도 같았다.

"수습 기간은 초하루부터 그믐까지 한 달. 그 기간을 버티면 지전에서
받는 삯의 두 배를 주지. 그리고….'

마훈은 잠시 말을 멈추고 개똥의 상투를 바라봤다.

"댕기를 묶고 오도록. 우린 중매쟁이 처자를 뽑았지 중신아비를 뽑은

게 아니니까."

"머리가 무슨 상관이오? 일만 잘하면 될 거 아니오?"

"훔친 갓끈으로 상투를 틀어도 상관없다?"

"훔쳤다니? 내가 도둑인 줄 아시오?"

"그거."

마훈이 턱짓으로 개똥의 상투를 가리켰다. 개똥이 자신의 상투를 만지작거렸다.

"그게 어떤 끈인지 알기나 해? 마포나루에서 장장 한 시진이나 줄을 서서 사 온 거란 말이다. 비싼 건 알아가지고…."

마훈은 갓끈을 낚아챌까 하다가 문득 머리를 푼 개똥의 모습을 떠올리고 얼굴을 붉혔다.

"주막에서 주웠소. 주운 사람이 임자 아니오? 이깟 너저분한 갓끈 하나 가지고 도둑이라니."

개똥은 오히려 마훈을 쪼잔한 사람으로 몰며 항변했다. 역시 상대를 불쾌하게 하는 데 도가 튼 여자였다.

"그래서, 숟가락 처자의 이름은?"

도준이 끼어들어 물었다. 기방에서부터 묘하게 도준의 눈길을 끌었던 사내, 아니 여인이었다. 그러고 보니 마훈도 그녀의 이름을 몰랐다.

"개똥이오, 개똥. 성은 없소."

개똥이라는 말에 도준과 마훈이 크게 웃었다.

"왜 남의 이름 갖고 그러시오? 내가 개똥이건 소똥이건 무슨 상관이오?"

"이름 한번 잘 지었다. 누가 지어줬느냐?"

술이 확 깬 듯한 도준이 개똥의 앞으로 바짝 다가갔다. 정말 궁금해하는 눈치였다.

"내 오라버니가 지어줬수다. 됐소? 그런 댁들은 이름이 뭐요?"

"난 소똥이, 저쪽은 말똥이다."

마훈이 큭큭거리며 배를 쥐었다. 하지만 영수만은 웃지 못했다. 그의 얼굴에 불안감이 스쳤다. 상황을 모르는 도준과 마훈은 영수의 표정을 보고 의아할 수밖에 없었다.

'설마 저 처자는 아니겠지.'

영수는 그 개똥이 이 개똥이 아니기를 진심으로 빌고 또 빌었다.

4. 왕이 된 남자

경복궁의 공기가 무겁게 가라앉았다. 서릿발의 기운을 안고 내시가 사정전* 지붕에 올라가 상위복**을 눈물로 외쳤다. 천자가 세상을 떠난 것이다. 왕의 승하 소식이 퍼지자 한양 일대는 엎드려 곡을 하는 이들로 넘쳐났다.

지난 삼십 년간 구중궁궐 암투에서도 꿋꿋이 살아온 고독한 왕. 뛰어난 정치가는 아니었지만 화려한 연회를 열 수도 있는 내탕금***으로 백성들의 가난을 잠시나마 어루만져주었던 왕의 죽음은 한양에 먹구름을 드리웠다.

물론 꽃파당에도 먹구름이 끼었다.

"임금이란 분이 때도 정말 못 맞추네. 암수 서로 정다운 이 꽃다운 기간에 돌아가시다니. 혼례를 앞둔 사내들 마음은 타들어 가고 우린 줄줄이

---

* 임금이 평소에 정사를 돌보던 곳
** 상위(上位)는 '임금', 복(復)은 '돌아오라'는 의미. 임금이 죽으면 내시가 임금의 웃옷을 어깨에 메고 지붕 한가운데서 "상위복"이라고 세 번 부르고 웃옷을 던진 후 이를 임금 위에 덮는다
*** 왕실에서 사사로이 쓸 수 있는 임금의 개인 비자금

굶어 죽게 생겼구먼."

당분간 일을 하지 못하게 된 마훈의 입술은 벌써부터 근질거렸다. 임금의 승하로 졸곡*까지 백성들의 혼인과 고기를 먹는 행위가 금지된다. 독하게 일하고 고기로 그 고됨을 해소하는 마훈은 당분간 그 즐거움을 잊어야 할 터였다. 그의 심기가 불편해졌다. 반대로 마훈의 말을 들은 영수는 한시름 놓았다. 그 개똥이 저 개똥이가 맞으면 어쩌나, 애가 탔는데 다행히 졸곡까지 시간을 벌 수 있을 듯했다. 나라님께서 돌아가신 게 이리 다행일 줄이야. 그런 영수의 마음을 아는지 모르는지 마훈은 서책이라도 정리할 요량으로 반닫이**로 향했다. 영수가 다급히 그 길을 막고 섰다. 개똥을 갑자기 들이는 바람에 삼천주 노리개를 반닫이 안에 급히 넣어두었기 때문이다. 영수는 마훈 몰래 이 혼담을 주선할 것인지, 이 문제를 마훈에게 솔직하게 이실직고할 것인지 고민 중이었다. 문제는 아까 본 처자가 그 개똥이 맞는지 알 수가 없다는 것이었다. 한성 바닥에 성도 없는 개똥이 한둘이 아니었다.

"언니, 궁금한 게 있는데…."

영수가 마훈의 눈치를 보며 더듬더듬 말했다.

"그 이수라는 자 말이오. 징글징글한 단골. 왜 끝까지 거절했소?"

"내 맘이지."

"그러니까 그 마음의 기준이 뭐요, 똥고집 양반. 그자가 어디 지체 높은 집 자제도 아니고, 한낱 상민 혼담이 뭐가 무서워 몸을 사린단 말이오? 우리가 높은 양반들 혼사를 주로 주관하기는 하지만 돈을 주겠다는데 못할 것도 없잖소. 도대체 뭐가 문제인 거요, 응?"

"사람."

* 상을 당한지 석 달 만에 지내는 제사
** 앞의 위쪽 절반이 문짝으로 되어 아래로 젖혀 여닫게 된 궤 모양의 가구

"뭐요?"

"그 개똥이란 자 말이다. 사낸지 계집인지 구분이 안 갈 만큼 걸걸한 데다, 아는 건 또 어찌나 없던지 매파질을 제대로 하려면 한 해는 족히 걸릴 것 같다. 내 기준의 발끝에도 못 미쳐. 환장할 뻔했다."

"엥? 마음에 들어서 뽑은 게 아니었소?"

"들었지. 딱 하나. 그 아이는 사람이 사람을 바꿀 수 있다고 했지."

'뭔 소리야.'

영수는 이수로 시작된 물음이 왜 개똥의 이야기로 옮겨갔는지 어리둥절했다.

"서로 모르는 사람이 만나 평생을 함께하자고 약속하는 것이 혼례다. 그러려면 그 사람이 어떤 사람인지가 가장 중요해. 내 마음은 딱 거기에 있다."

"이수라는 자가 영 못 미덥고 별로요? 내 보기엔 꽤 성실하고 순정파 같던데. 그만하면 사람 참 괜찮아 보이건만."

"안다, 나도. 허나 그 작자는 사람이 안 보여."

'이건 또 무슨 소리야. 이 형님 오늘 뜬구름 여러 번 잡으시네.'

마훈은 단지 그의 행동을 막으려 질문을 던진 영수에게 혼인 적령기 장부를 던지듯 꺼내놓았다.

혼인 적령기 장부. 마훈이 어디서 알아 오는지 알 수는 없지만, 꽃파당에는 매해 정보가 수정되는 혼인 적령기 장부가 있다. 조선 팔도의 혼기 찬 남녀의 부모님과 조상, 재력, 성품, 그리고 집안 내력이나 신병神病까지 모두 기록되어 있는 꽃파당의 가장 큰 무기. 거기에는 모든 조건이 등급별로 나뉘어 있었다. 이 나라 남녀는 대부분 얼굴 한번 본 적 없는 상대와 조건에 맞춰 혼인한다. 그래서 못 살겠다고 앓는 소리를 내는 부부들이 많다. 어떤 이는 남편이 요절해 평생 과부로 살고, 가문끼리 조건이 딱 맞아 혼인한 부부 중에도 성격이 물과 불같아 몇 십 년을 살고도 서로를 이해하지 못한 채 생을 끝내는 사람들도 있다. 매파가 자신이 알고 있는 정보만으로 혼담을 성사시키다 이 같은 낭패를 보는 것이다. 여자 매파가 주름잡던 혼인 시장에서 마훈과 영수가 당당히 갓을 쓰고 무패 신화를 이어가며 업계 최고로 군림할 수 있었던 건 바로 이 장부 때문이었다.

"이십오 년 전, 주막집 딸이 누가 아비인지도 모를 아이를 하나 낳았지. 그게 바로 철장 이수. 아무도 그의 아비가 누군지 몰랐고, 주막집 딸이 남자를 만나는 걸 본 적도 없다 했지. 철장의 어미는 끝까지 입을 닫고 세상을 떴어. 그런 뒷맛 찝찝한 배경을 가진 자의 혼사를 받았다가 알고 보니 역적의 아들이었다, 뭐 이런 출생의 비밀이라도 밝혀지면 뒷감당을 어찌하려고 그래?"

"그, 그렇지? 나, 나도 그렇게 생각해."

영수는 그제야 마훈이 불안해하는 이유를 알 수 있었다. 이 혼사는 어떻게든 물러야 한다. 정말 뒷감당을 할 수 없게 되기 전에. 영수는 최악의 경우를 생각해보고는 마음이 초조해졌다.

✕ ✕ ✕

개똥의 발걸음은 빨랐다. 갓 만든 뜨끈한 매화산자*가 품 안에서 온기를 내고 있었다. 댕기를 드리라는 마훈의 요구에 대한 그녀의 대답은 간단했다.

"그딴 거 없소."

까칠한 마훈도 이 대답을 듣더니 개똥을 측은하게 보며 괜찮은 걸로 하

---

* 찹쌀가루 반죽을 기름에 튀겨 엿물에 담갔다가 쌀나락을 튀긴 매화꽃 모양의 고물을 묻힌 유밀과

나 사라고 댕기값을 쥐어줬다. 방물전*에 간 개똥은 망설이다가 가장 저렴한 빨간색 댕기를 하나 골랐다. 그리고 남은 돈으로 매화산자를 산 것이다.

'식기 전에 집에 도착해야 해.'

개똥은 제 짚신이 해지는 줄도 모르고 뛰고 또 뛰어 집에 도착했다.

"오라버니!"

개똥이 소리치자마자 방 안에서 신난 목소리가 들렸다.

"개똥아!"

문이 열리기 무섭게 사내가 어린아이처럼 개똥의 품에 안겼다.

"개똥이 냄새다. 개똥이 냄새 좋다."

사내의 덩치는 제법 컸다. 시원한 눈매와 용감해 보이는 콧날에 앙다문 입까지, 제법 호기로워 보였다. 하지만 개똥을 품에 꼭 안고 엄마의 냄새를 맡듯 킁킁거리는 모습은 영락없는 어린아이의 모습이었다.

"안 심심했어?"

"개똥이 보고 싶었다. 개똥이 그랬다. 나 안 심심했다."

벽에는 개똥이 지전에서 구해온 파지들이 붙어 있었고, 종이는 엉성한 솜씨로 그린 개똥의 얼굴로 채워져 있었다. 개똥은 오늘도 하루 종일 그림놀이를 하며 방 안에서만 시간을 보냈을 오라비를 생각하니 가슴이 미어졌다.

개똥보다 두 살 많은 오라비 강. 어미는 기둥서방과 눈이 맞아 기방을 도망 나온 기생이었다. 쫓기는 신세였던 어미는 제 신분이 탄로 날까 두려워 아이들의 존재를 관아에 보고하지도 않았다. 그렇기에 두 사람은 천민도 아닌 그저 '존재하지 않는 사람'이었다. 하지만 불꽃같던 사랑은 금세 식어 어미는 다른 남자와 밤도망을 쳤고 아비는 그 분을 참지 못해 술을 먹

* 장신구를 파는 가게

고 개울을 건너다 물귀신이 되었다. 아무도 없는 빈방에서 오누이는 서러워 울고 또 울었다.

강은 살기 위해 누이를 데리고 여주로 도망쳤다. 열다섯에 온갖 고생스러운 일을 다 해가며 없는 신분을 만들었고 누이의 세끼 밥을 책임졌다. 매일 잠도 제대로 못 자고 돈만 벌었던 강에게 피로는 독이 되어 돌아왔다. 그는 삯을 제법 많이 준다는 집의 기왓장을 갈다 깜빡 졸았고, 그것이 돌이킬 수 없는 사고로 이어졌다. 그 후로 강은 누군가가 보호해줘야만 하는 어린아이가 되어버렸다. 강은 누이의 이름도 기억하지 못했다. 다만 지나가는 강아지를 보고 개똥이라 부르더니 언제부터인가 누이를 개똥이라 부르기 시작했다. 오라비의 사랑만으로 자랐던 그녀는 기꺼이 개똥이 되어주었다. 자신에게는 오라비 노릇을, 오라비에게는 형 노릇을 하며 옆에서 든든한 울타리가 되어주던 이수마저 없었다면 견딜 수 없었을 시절이었다. 오라비를 지켜줘야 하는 누이. 치마를 살 돈이 없어 오라비의 해진 바지를 입고, 고된 일을 하느라 댕기가 거추장스러워 숟가락으로 상투를 튼 여인. 그것이 지금의 개똥이었다.

"개똥이, 개똥이, 개똥이."

강은 자신이 그린 그림을 자랑하듯 하나하나 가리키다 개똥을 다시 가리켰다.

"에잉, 내가 저렇게 코도 작고 눈도 찢어졌어? 잘 봐. 이렇게 눈도 크고…."

"개똥이! 이 배은망덕한 년!"

개똥이 날벼락을 맞은 건 그때였다. 종이가 없어졌다며 불같이 화를 내던 지전 주인이 개똥이 잠가둔 가게 문을 열고 나와 집까지 찾아온 것이었다. 개똥이 챙긴 것은 파지뿐이었지만 집 안 가득 붙어 있는 종이를 본 주인은 사라진 종이도 개똥이 빼돌린 것이라 확신했다.

"생전 하지도 않던 댕기에 매화산자까지 사 오다니, 이게 다 내 새끼들 빼돌려 받은 뒷돈이 아니고 뭐란 말이냐."

"아저씨, 저건 오라버니가 심심할까 봐 몇 장 가져다 둔 파지요. 파지값 은 내가 다 물어드리겠소."

"됐고, 모든 진실은 관아에 가서 밝히자."

"아니 되오. 아저씨, 진짜 아니오. 내 말 좀 들어주시오. 일하는 동안 내 가 잔꾀를 부리거나 문제를 일으킨 적이 있었소? 제발 오라버니를 봐서라 도 한 번만 봐주시오."

"바보나 데리고 사는 하자품을 먹여주고 입혀줬더니 은혜를 이런 식으 로 갚아? 내가 아니면 네가 이 한양 바닥에서 입에 풀칠이나 했을 것 같 아? 관아로 가자. 가서 밝혀보자고!"

그녀는 행여 오라비가 이 말을 들을까, 그의 귀를 막고 지전 주인을 노 려봤다. 하지만 주인은 개똥이 막을 새도 없이 억센 손놀림으로 그녀를 마 당에 내던졌다. 가짜 신분이 탄로 날까 봐 겁먹은 개똥은 그의 바짓가랑 이를 잡고 늘어졌다.

"아저씨, 이건 오해요. 우리 방에 들어가서 천천히 장부를 점검해봅시 다. 네?"

"이렇게 증좌가 명백한 마당에 어디서 수작질이야. 어서 가!"

주인은 안 가려고 버티는 그녀의 멱살을 잡고 질질 끌고 갔다.

"우리 개똥이 안 된다!"

사고가 난 건 그때였다. 강은 개똥이 질질 끌려나가는 것을 보고 주인 에게 달려들었다. 그 순간 주인이 중심을 잃고 지게가 있는 장작 쪽으로 넘어졌다. 까슬한 나무에 긁힌 그의 다리에서 금세 피가 흘러나왔다. 주인 은 피를 보자마자 에라 모르겠다는 듯 대자로 뻗어 소리쳤다.

"아이고, 동네 사람들! 관아에 보고 좀 해주시오. 천한 놈이 사람을 패오. 아이고, 동네 사람들. 나 죽네, 나 죽어.”

과장된 곡소리에 사람들이 몰려들었다. 그 지역 순라를 돌던 포졸들의 발걸음이 빨라졌다. 그들은 개똥이 막을 틈도 없이 재빠르게 강을 끌고 갔다.

“오라버니!”

“개똥아, 개똥아!”

관아에 들어선 개똥은 주변을 살폈다. 개똥을 자식처럼 아끼는 주모가 부탁해줘서 겨우 만나기로 한 나장*은 아직 보이지 않았다. 잠시 후 나장의 모습이 눈에 들어왔다.

“어찌 되었소?”

“그게 좀 힘들겠소. 상해를 입은 데다 집 안에서 발견된 파지가 명백히 그 지전 것이라….”

“내가 가서 다 설명한다지 않소. 잃어버린 종이도 내가 다 보상할 테니 제발 우리 오라버니 좀 살려주시오, 제발.”

“김가가 워낙 거세게 항의하고 있으니…. 김가가 발고를 취소하지 않는 이상 힘들 것이오. 그게 그 성정 더러운 양반은 왜 건드려가지고.”

김가는 지전 주인을 지칭하는 말이었다. 개똥은 내삼문 안쪽으로 보이는 청유당**과 공고***를 바라보자 더욱 애가 탔다. 이 일을 수습할 수 있는 이는 오직 김가뿐이다. 그에게 가야 한다. 어떤 대가를 치르더라도 오라비를 꺼내야만 한다. 개똥은 눈물범벅이 된 얼굴을 훔치며 김가에게로 달려갔다.

“의원이 보름은 자리보전을 해야 한단다. 종일 부지런히 일해도 먹고살

* 군아에 속한 하졸
** 감사, 병사, 수사 및 고을의 수령들이 공사(公事)를 처리하던 공간
*** 관아에서 쓰는 기구를 넣어두는 창고를 이르던 말

기 힘든 판에 이 일을 어찌할 거야. 아이고, 나 죽겠네."

한껏 콧대가 높아진 김가는 제 방에 누워 개똥을 맞았다. 그는 몸을 조금만 움직여도 끙끙 앓는 시늉을 했다.

"종잇값과 약값까지 확실하게 갚겠소. 제발 관아에 실수였다고 말해주시오."

"그 말투! 계집이 나긋나긋하지 못하고 가게 주인에 대한 예의도 없이 맞먹으려 드는 것 같아 예전부터 영 거슬렸다."

"안 그러겠소…, 아니 습니다. 아시잖습니까. 오라버니가 아는 거라곤 제 이름 두 글자뿐입니다. 그런 이가 옥사에 갇혀 지내는 게 얼마나 무섭겠어요. 제발 한 번만 선처를 해주십시오."

무릎을 꿇은 개똥은 이마가 바닥에 닿도록 허리를 굽혔다. 그녀는 눈물이 차오르는 걸 애써 누르며 주먹을 꼭 쥐었다. 이런 서러움 따위 참아내야 한다.

"방법이 하나 있기는 한데…"

"무엇입니까?"

"우리 아들이 이번에 군역을 져야 하는데, 그놈이 어릴 때부터 몸도 약하고 비실대는 게 영 마음이 안 놓여서 말이야. 내가 몸이 이래서 군포를 부담할 여건도 안 되고. 그래서 말인데, 자네가 대신 군역을 져주면 내 당장 관아로 갈 수 있을 것 같기도 하고…. 아이고, 허리야."

엄청난 말을 내뱉어놓고 딴청을 피우는 김가를 앞에 두고 개똥은 당혹스러웠다.

"아저씨, 전 계집입니다."

"누가 널 계집으로 보느냐. 나도 네가 귀띔해주지 않으면 깜박 속았을 텐데. 그러니까 눈 딱 감고 갔다 와라. 내가 네 오라비는 잘 보살펴줄게. 장가도 보내주고. 아, 언제까지 품에 두고 있을 거야? 나이가 스물이 넘었는데. 내 괜찮은 혼처도 알아볼 테니까 걱정하지 말고."

김가는 개똥의 손을 꼭 잡았다. 처음부터 이것을 노린 듯 갑자기 사근사근하게 말하는 김가였다. 개똥은 심란했다. 종종 남자로 오해받기도 했고, 그것을 이용해 이익을 보는 일도 많았다. 자신을 사내라고 아는 사람에게 군이 해명하지 않은 건 그래야 삯을 더 많이 받을 수 있었기 때문이다. 그런데 그 대가가 군역이라니. 처연하고 고달픈 인생에 그녀는 자기도 모르게 눈물이 핑 돌았다.

✕ ✕ ✕

"이게 뭐야."

이곳에도 눈물이 핑 도는 인물이 있었으니, 마훈의 눈을 감쪽같이 속이고 대뜸 노리개부터 챙긴 영수였다. 그 눈속임은 금세 탄로 나고 말았다. 영수가 잠시 방심하고 자리를 비운 사이 마훈이 반닫이를 열었다가 값비싼 노리개를 발견한 것이다.

"아니, 언니 그게… 그 노리개가 흔한 게 아니라…. 게다가 별로 어려워 보이는 혼처도 아니고."

영수의 변명을 듣는 마훈의 얼굴에 못마땅함을 넘어 살기가 스쳐 지나갔다. 영수는 그 살벌함에 입을 꾹 다물었다.

"그자의 집이 어디야."

낮게 깔린 마훈의 목소리에는 기어이 노리개를 돌려주고 오겠다는 의지가 배어 있었다. 그는 영수가 돌려주겠다며 만류하는데도 고집을 꺾지 않았다. 그제야 영수는 돌려주지 못하는 이유를 실토했다.

"언니, 사실은 그 혼사 못 하면 열 배로 돌려주기로 했는데…."

'저 살벌한 눈빛…. 이번 달 삯이 나오면 사려고 새로 들어온 두루마기

를 짐해뒀는데, 물 건너갔구나.'

영수의 한숨이 깊어졌다.

× × ×

"어디를 갔다고?"

상복을 입은 채 입궐 채비를 하던 한성부윤 도봉수의 움직임이 멈췄다. 왕의 유지를 받든 도승지가 좌의정 강몽구의 감시 대상이었던 철장의 집으로 향했다는 보고를 받았기 때문이다. 강몽구에 이어 도승지까지⋯. 전하의 유지, 이수, 그리고 강몽구라는 이상한 조합이 마음에 걸렸다. 불길한 예감이 스쳐 갔다.

"아무래도 예감이 안 좋아. 그 철장의 집으로 갈 채비를 해라."

그는 앞서가던 수하보다 발걸음을 빨리했다.

섬기던 임금이 세상을 떠난 지금, 상복을 입고 대궐에 드는 것을 최우선으로 해야 할 자신이 급하게 향하는 경유지가 부디 제 생각과 다른 곳이기를 그는 바랐다.

철장 이수가 사는 곳은 소박한 초가집이었다. 마훈은 영수를 협박하다시피 해서 알아낸 이수의 집 마당에 앉아 그가 돌아오기를 기다렸다. 이제 곧 일이 끝날 시간이었다. 어떻게든 이 혼사를 물러야 한다. 마훈은 오직 그 생각뿐이었다. 때마침 이수가 땀범벅이 된 채 지친 몸을 이끌고 들어왔다.

"선비님! 어쩐 일이시오? 아, 내 혼사 때문에 오셨구나. 다른 선비님이 장담에 장담을 하시더니. 안 그래도 내일 다시 찾아뵈려고 했습니다."

혹시나 개똥이 자신을 거절하지는 않을까 애가 닳는 이수였다.

"아니, 그보다…."

"지기가 청혼하면 많이 당황하겠지요? 개똥이가 싫어할까요?"

조바심 난 이수가 마훈이 말할 틈을 주지 않고 계속 이어나갔다. 개똥의 반응이 어떨지 퍽 궁금한 모양이었다.

"잠깐, 개…; 뭐요?"

마훈의 얼굴에 당황한 빛이 스쳤다. 개똥, 낯설지 않은 이름이었다.

"혹시 그 숟가락으로 상투 튼…; 아니죠?"

"와, 역시 조선 최고의 매파는 다르네요. 아십니까?"

슬픈 예감은 틀리는 법이 없다.

"아니, 그게 아니라."

낭패다. 하필 혼처가 개똥일 게 뭔가. 꽃파당에서 일을 해야 하는 개똥이 시집을 가는 것도 못마땅했지만, 출생이 불확실한 이자가 상대라는 게 더 문제였다. 개똥의 신원 또한 불확실했다. 성도 없고 내력도 없는 이름이 아니던가.

"개똥이한테 나는 하나뿐인 동무요. 내 얘기를 하니 혹 놀라 자빠지지는 않았소?"

"그보다 먼저 할 말이 있소. 내 말부터 잘 들으시오."

서당 개 삼 년이면 풍월을 읊고 매파질 삼 년이면 절대 이어지면 안 될 인연을 단번에 알아보는 법이다. 이 혼사에서는 불길한 기운이 느껴졌다.

"실패하면 열 배 약속하셨소. 열 배. 잊지 마시…."

그때였다. 구름처럼 몰려온 군사들이 이수의 집을 에워싸기 시작한 건. 상황을 설명하려던 마훈 역시 할 말을 잃고 그들을 바라봤다. 군사들을 뚫고 당당한 걸음걸이로 나온 도승지의 말은 더 가관이었다.

"용도골 이수는 전하의 유지를 받드시오!"

도승지의 우렁찬 목소리에 이수와 마훈은 상황도 파악하지 못 한 채 졸지에 죄인처럼 엎드렸다.

"이보시오, 손님. 혹시 뭐 명에서 온 세작* 같은 거요?"

마훈은 바싹 엎드린 채 주위를 살폈다. 군사가 족히 백 명은 넘는 듯했다. 아무리 큰 죄를 져도 나라에서 이 많은 군사를 동원할 리 없었다. 그런데 정작 이수는 영문도 모른 채 고개만 설레설레 저었다.

"용도골 이수는 전하의 유지를 받드시오!"

도승지가 다시 한번 외쳤다. 그제야 마훈의 판단력이 작동하기 시작했다. 분명히 전하의 유지라고 했다. 그러고 보니 군사들은 이수를 잡아가기 위한 자세가 아닌 그에게 부복하는 자세를 하고 있었다. 도승지는 이수의 앞에서 두루마리를 펼쳐 들고 유지를 읽기 시작했다.

"짐은 기력이 쇠하여 세상과의 연이 다하였다. 하나뿐인 나의 아들 이수는 내 뒤를 이어 부디 태평성대의 조선을 만들어다오."

도승지는 말이 끝나자마자 전하를 외치며 부복했다.

"지, 지금 저들이 뭐라고 한 겁니까."

"모, 모르겠습니다."

이수는 어안이 벙벙한 채로 고개를 들어 군사들을 바라보았다. 왕자들의 명이 짧아 후사를 남기지 못했던 왕에게 민간에 꼭꼭 숨겨둔 왕자가 있었던 것이다. 평생을 철장으로 살아온 이수가 어느 날 갑자기 만백성의 왕이 되어버렸다. 그렇다는 건….

도승지의 말이 떨어지기 무섭게 군사들이 이수의 뒤로 섰다. 왕의 행군에 동참한 자들답게 웅장하고 진중한 표정을 짓고 있는 그들 사이에서 정신을 못 차리는 건 이수와 마훈뿐이었다. 두고만 볼 수 없던 군사들은 이수를 거의 끌고 가다시피 했다. 여전히 상황 파악이 되지 않은 이수는 바

* 간첩

둥거리면서도 마훈의 손을 꼭 잡고 다시금 약속을 확인했다.

"약속은 꼭 지키는 겁니다, 매파님."

마훈은 그의 손을 얼떨결에 맞잡았다.

"개똥이에겐 칼 주문이 대량으로 들어와 지방으로 급하게 내려갔다고 전해주십시오. 꼭이오!"

이수의 모습이 사라지자 마훈은 털썩 주저앉아버렸다. 이 약속을 했다는 것은 자신이 임금의 혼사를 맡게 되었다는 뜻이었다. 그 말은 개똥을 국모의 자리에 올리라는 의미이기도 했다. 마훈은 너무도 엄청난 일에 눈을 질끈 감았다. 어떻게든 이 혼담을 물러야만 한다.

5. 죽은 여자, 윤수연

북촌, 강몽구의 사가.

너른 대청과 기하학 무늬가 새겨진 수막새, 아름다운 꽃문양이 조화를 이룬 이 집은 그곳을 지나는 이들이 한 번씩 곁눈질로 훔쳐보는 북촌의 상징이다. 한성부윤 도봉수의 사가는 주인의 소박함을 읽을 수 있어 경외심이 든다면, 나라님이 두 번 바뀌는 동안 권력의 중심에 서 있던 강몽구의 사가는 그 웅장함으로 압도적인 권력을 드러내 두려움을 느끼게 했다.

경외심과 두려움이 맞붙은 만남. 강몽구의 사가에서 벌어진 두 사람의 회동은 한낱 대장장이가 하루아침에 왕이 된 것보다 더 큰 사건이었다. 갑작스러운 도봉수의 연통에 태연함을 가장한 강몽구의 얼굴에도 초조함이 서렸다. 그날 이후, 두 사람은 한 번도 제대로 얼굴을 맞대고 담화를 나눠 본 적이 없었다. 그 일이 있기 전까지 두 집안은 자식들의 혼담이 오갈 만큼 가까운 관계였다. 강몽구가 쓴 입맛을 다셨다.

"한성부윤 대감께서 막 당도하셨습니다."

수하가 도봉수의 도착을 알려왔다. 강몽구는 굽은 몸을 애써 다시 세웠다.

"입단속은?"

"그 고을의 현감을 시켜 단단히 단속해두었습니다. 염려하시는 일은 없을 것이옵니다."

강몽구는 어제 일을 생각했다. 왕의 유지를 받은 도승지는 많은 이들의 주의를 끌만큼 요란하게 새로운 왕을 모셔갔다. 몰려든 사람들은 한낱 대장장이가 왕으로 승급되는 일을 두 눈으로 지켜봤다.

대장장이 이수. 그자는 강몽구 자신이 택한 군주였다. 도봉수를 포함한 모든 이가 선대왕의 미움을 사 유배를 간 이복동생 연후군이 왕위를 이어받을 것이라 생각했다. 하지만 강몽구는 선왕이 꼭꼭 숨겨 두었던 비밀을 알고 있었다. 오래전 선왕이 호위 무사만 데리고 떠난 암행에서 만난 주막집 딸과의 하룻밤 연으로 태어난 아들. 왕자의 난 속에 핏빛 즉위식을 해야 했던 선왕은 충신이라 믿은 강몽구에게 죽기 전에 그 비밀을 털어놓았다. 그래서 모두가 연후군의 동태를 살필 때 강몽구만이 이수의 사가를 살폈다.

이수는 자신이 만든 왕이다. 그렇기에 누구도 그 품위를 상하게 해서는 안 된다. 상민이라는 수식어도 붙어서는 안 되고, 천자문도 모르는 멍청한 대장장이라는 것도 알려져서는 안 된다. 그래야만 자신이 그런 왕의 뒤에 숨어 천하를 평정할 수 있을 테니까. 그래서 강몽구는 이수가 왕이 되는 장면을 목격한 사람들의 입막음을 단단히 했다.

"한데…"

수하가 머뭇거리며 강몽구의 눈치를 살폈다.

"무슨 일이냐? 누군가가 재물을 요구하더냐?"

"그건 아니옵고 그 중매쟁이가 있었습니다. 전하와 함께 말이옵니다."

강몽구는 수하의 말이 좀처럼 이해되지 않아 그를 바라보았다. 수하가 곤란한 듯 주저했다.

"마흔이라고, 부윤 대감의 아드님께서 자주 드나드신다는 꽃파당의 중매쟁이 말입니다. 그자도 입단속을 시키긴 했으나 도준 도련님과 친구처럼 지낸다는데 혹시 이 일을 가지고 안 좋은 소문이라도 내면…."

"좋은 소문이면 되겠는가?"

때마침 한성부윤이 들어왔다. 두 사람의 말을 들은 것인지, 듣지 못한 것인지 알 수 없는 얼굴이었다.

"준이, 그 망나니가 내게 무슨 소식을 전해주어야 하는가?"

도봉수가 새로운 임금의 소식을 모르는 것처럼 능글맞게 웃어 보였다. 한성에서 가장 사람 좋은 양반으로 불리는 그지만, 그건 도봉수를 몰라서 하는 말이다. 그는 한양, 아니 조선에서 가장 치밀한 사람이다.

"전하의 품위를 위해 입단속 좀 시켰네. 임금께서 한낱 야장*이었다는 소문이 퍼지면 민심이 동요할 게 아닌가. 어서 오시게. 이 얼마만의 발걸음인가."

어차피 도봉수를 속일 수는 없다. 지금까지 이수의 존재를 모른 척해왔다는 것만으로도 그의 심기를 거스르기 충분했다. 강몽구는 결국 모든 패를 내보이는 쪽을 택하며 도봉수를 끌어안았다. 도봉수의 몸짓과 행동은 곧 민심이었다. 백성들의 존경을 받는 한성의 통치자 한성부윤 도봉수. 그에게 무언가 숨기고자 한다면 그 대가가 배로 돌아올 게 뻔했다.

"경하드리네. 이제 조선은 자네 손바닥 안이 아닌가."

"무슨 소릴. 이미 한성은 자네 손바닥 아니던가."

강몽구는 도봉수의 뼈 있는 말도 너스레로 받아쳤다.

"자주 좀 오시게. 조정 신료들은 어찌나 따분하고 고루한지. 내 자네와 바둑 두던 때가 그리워 미치겠다네."

* 대장일을 하는 기술직 노동자

"앞으론 자주 둘 수 있을 걸세."

도봉수의 말에 강몽구가 당황했다. 절대 허언을 하지 않는 도봉수였다.

"무슨…?"

"이제 약조대로 우리의 혼담을 진행해야지. 그간 자네가 정무로 바빠 시간이 너무 많이 지체되었군."

삼 년 전에 깨진 도준과 강몽구의 금지옥엽 딸 지화의 혼담. 도봉수는 이제 와 새삼 그 말을 꺼낸 것이다. 깨진 게 아니라 정무가 바빠 미뤄둔 것뿐이라는 그럴싸한 핑계를 대며.

"이보게, 우리 지화는…."

'중전이 될 거란 말일세.'

강몽구는 마지막 말을 겨우 집어넣었다. 왕이 어서 세상을 뜨길 바랐던 이유. 아무도 모르게 이수의 행적을 좇으며 숨죽였던 이유. 바로 아무것도 모르는 무지렁이 왕의 짝으로 자신의 딸을 이어주기 위해서였다. 그러니 지화를 도준 따위에게 넘겨줄 리 없었다. 강몽구는 도봉수에게 넘어가지 않기 위해 마음을 단단히 다잡았다.

"그래, 그 일에 지화의 공이 컸지."

도봉수가 비꼬듯 지화의 이야기로 맞받아쳤다. 다시 꺼낼 일 없을 줄 알았던 그 일.

"다시는 그 일과 내 딸 아이 이름을 연관 짓지 말게. 지화는 관련이 없다 하지 않았나. 그리고 그 일이라면 나는 이미 잊었네."

"벌써 잊었나? 자네와 내가 죽인 그 아이, 윤수연."

삼 년 만에, 그 이름이 다시 불렸다. 그간 삼키지도 못하고 뱉지도 못했던 그 불편한 이름을 도봉수 스스로 꺼낸 것이다. 그만큼 그는 지화와 아들의 혼사에 필사적이었다. 이 혼사만이 강몽구의 독주를 막을 수 있는 길이다.

× × ×

개똥의 몸놀림은 느릿느릿했다. 종이를 훔친 죄로 옥에 갇힌 그녀는 볏짚 더미에 누워 한가하게 휘파람을 불어대고 있었다.

"아이고 좋소. 맛있는 밥도 나오고 바닥도 뜨끈뜨끈한 게. 여서 몸 좀 비비고 가겠소."

개똥이 딴청을 피울수록 옥사 앞에 앉은 지전 주인의 속은 더 타들어 갔다.

"네가 이렇게 나오면 내가 네 오라비를 구하고 싶어도 그러기 힘들어. 혹여 나라에 노비로 귀속되기라도 하면 영영 못 만나는 건 알지? 내, 네가 훔쳐 간 파지며 종이며 모두 없었던 일로 할 테니 어서 결심을 해라, 응?"

주인의 속이 시커멓게 탈 만도 했다. 개똥이 주인의 함정에 빠졌다는 걸 알았을 때 빠져나가기에는 이미 늦은 상태였다. 선택할 수 있는 것은 둘 중 하나. 남장을 한 채 군역을 지거나, 오라비를 포기하거나. 시간을 끌면 끌수록 오라비의 가짜 신분이 밝혀질 가능성이 높았다. 사실 애가 타는 건 오히려 개똥이었다. 하지만 화가 나는 건 어쩔 수 없었다. 평생을 존재하지 않는 사람으로 살다가 겨우 다른 사람 이름을 빌어 어렵게 살아온 대가가 이거라니. 개똥은 서러워 주먹을 움켜쥐었다. 양반으로 태어났다면 삶이 달랐을까?

"그러게 말이오. 아들 소집 시간이 내일 묘시*라고 했소? 어서 가서 작별 인사나 하는 게 어떻소? 전장에 나가 못 돌아오는 경우도 허다하다고 하던데."

개똥이 너스레를 떨었다.

* 오전 다섯 시에서 일곱 시

72 꽃파당

"야, 개똥아. 풀어준다잖아. 내가 강이 책임지고 보살펴준다잖아. 네가 파지며 종이 훔쳐 간 게 어디 보통 죄인 줄 알아? 모두 덮어주겠다잖아. 너 진짜 이럴 거야?"

결국 지전 주인이 폭발했다. 그는 개똥을 잡아먹을 듯이 이를 갈았지만 그녀는 눈 하나 깜빡하지 않았다.

"내 오라버니 석방부터. 그다음이 아저씨 차례요. 순서 헷갈리지 마시오."

개똥은 오라비의 석방 전에는 절대 움직이지 않겠다는 듯 다시 볏짚 위로 몸을 뉘었다. 결국 제 덫에 걸린 주인이 일어났다. 아들의 군역을 막기 위해서는 곤히 잠든 현감이라도 깨워야 했다.

"오라버니."

개똥은 나란히 있어 보이지 않는 옥을 향해 나직하게 불렀다.

"개똥아, 개똥아. 무섭다, 개똥아."

풀 죽은 강의 목소리가 옆에서 들려왔다. 나장의 말에 따르면 강은 이곳에 들어오면서부터 개똥만을 찾으며 밥을 입에 대지 않았다고 한다. 어떻게든 강을 빨리 꺼내주어야만 했다.

"오라버니, 나 돈 벌러 멀리 가."

"개똥이 멀리 가는 거 싫다."

"가서 돈 많이 벌어올게. 오라버니 좋아하는 종이에 그림 실컷 그리게 종이랑 붓이랑 예쁜 염료도 많이 사 올게."

강은 말이 없었다. 그를 두고 가야 하는 개똥의 마음이 더욱 불편해졌다.

"몇 밤?"

"좀 많이."

"안 된다. 개똥이 밉다."

"오라버니가 그 밥 다 먹으면 좀 더 빨리 올 수 있어."

"약속?"

"응, 약속."

강이 창살 사이로 손을 뻗어 개똥을 향해 새끼손가락을 내밀었고, 개똥도 손을 뻗어 자신의 새끼손가락을 걸었다. 그제야 마음이 놓이는지 강이 수저를 들었다. 입맛까지 다시며 후루룩 음식을 넘기는 그 소리에 개똥은 겨우 한시름 놓았다. 그녀는 손에 쥔 빨간 댕기를 보며 쓴웃음을 지었다.

"내 주제에 댕기는 무슨."

× × ×

한성부의 뒷문으로 누군가의 태사혜가 툭 떨어졌다. 한두 번 해본 일이 아닌 듯 익숙하게 담벼락에 올라앉은 긴 그림자는 누군가가 지나가자 얼른 뛰어내려 몸을 바짝 숨겼다. 사내는 포졸의 눈을 피해 태사혜를 입에 문 채 당직실로 향했다. 그곳에는 관복을 입은 이 참봉이 촛대에 제 머리가 닿는 줄도 모른 채 조서를 펼쳐놓고 꾸벅꾸벅 졸고 있었다. 까치발로 문을 연 사내는 그 광경을 보며 숫자를 세기 시작했다. 하나, 둘, 셋.

"앗, 뜨!"

사내의 예상대로 불에 덴 이 참봉은 자리에서 펄쩍 뛰었다.

"도 주부* 나리!"

데인 자리에 침을 묻혀가며 아픔을 참던 이 참봉이 그제야 사내를 발견하고 놀랐다. 어둠에 그 모습이 잘 보이지 않던 사내가 촛대 앞으로 다가오자 예리해 보이는 얼굴이 드러났다. 망나니라는 이름이 더 잘 어울리는 사내, 도준이었다.

* 각 아문의 문서와 부적을 주관하던 종육품 벼슬

"나리, 진짜 이러실 겁니까? 제가 나리 일을 하느라 뼈가 끊어질 지경입니다. 나리, 전 나리처럼 빵빵한 배경도 없을뿐더러 소과*하나 합격하자고 모친이 초가집을 팔았습니다. 거기다 집에는 목구멍이 포도청인 자식 새끼들이 줄줄입니다. 제발 저 좀 살려주십시오, 예?"

이 참봉이 거의 울 것 같은 얼굴로 사정했다.

"그놈의 나리 소리 좀 그만하게. 공으로 받은 관직이 어디 관직인가. 그저 녹봉을 용돈 삼아 쉬엄쉬엄 놀고먹으라고 나라님이 굽어살펴주시는 게 바로 음서제 아닌가. 누가 만들었는지 신통방통하네."

도준이 태평한 얼굴로 대꾸했다.

"나리!"

과거 공부는 제쳐두고 매일 기방으로 향하는 아들의 꼴이 한심했던 한성부윤 도봉수가 억지로 쥐여준 관직이었다. 나라의 녹을 먹는 관원이 되면 책임감이 생길 것이란 기대는 큰 오산이었다. 도준은 녹봉까지 착실히 받아먹으며 그 돈을 모두 기루와 투전에 갖다 바쳤다. 그 꼴을 보는 도봉수는 미칠 노릇이었다. 결국 어쩔 수 없이 도준의 일을 대신할 직무 대행 참봉까지 만들고야 말았다.

"그래서 녹봉의 반을 자네에게 떼어주지 않나. 아무튼 보고할 것 있으면 해보게."

이 참봉은 그를 흘겨보더니 결국 조서를 꺼냈다.

"어제 발견된 사체가 있습니다."

태평하던 도준의 눈빛이 달라졌다.

"어제 목멱산 부근에서 집주름**이 발견했는데, 아쉽게도 사체가 너무 오래되어 백골밖에 남지 않았습니다."

* 생원과 진사를 뽑던 과거
** 집을 사고팔거나 빌리는 흥정을 전문적으로하는 사람

"누구인지 확인할 수 없겠구나."

"다만 이게 나왔습니다."

이 참봉이 조서에 그려놓은 증거품을 보여주었다. 그것은 매화 모양의 뒤꽂이*였다. 반쪽이 잘린 채였다.

"입고 있던 옷에서 나온 걸로 보아 품고 있었던 것으로 추정됩니다."

도준은 그것이 무엇을 의미하는지 알았다. 그는 떨리는 손으로 조서를 찢어 제 손에 쥐었다.

"찾았다, 윤수연."

"예?"

독특한 매화 모양의 뒤꽂이는 분명 도준의 집안을 상징하는 문양이었다. 이 매화 뒤꽂이의 주인은 수연이다. 안도의 한숨과 함께 착잡한 마음이 깃들었다. 제발 그녀의 시신이라도 찾을 수 있기를 바랐다. 아니, 차라리 어디선가 잘 살고 있다고 믿게끔 영원히 발견되지 않기를 더 바랐는지도 모른다. 어떤 마음이 더 간절했는지는 그조차도 몰랐다. 어쨌든 이 뒤꽂이가 수연이 죽었다고 말해주고 있다.

"수고했다. 이번 일에 대해 좀 더 알아봐다오."

도준은 놀란 마음을 애써 진정시키며 담벼락에 기대앉아 조서를 바라보았다.

"거기 누구냐!"

아뿔싸. 도준은 그제야 자신이 아직 한성부를 벗어나지 않았음을 깨달았다. 그는 담벼락을 넘는 데 겨우 성공했지만 밖에도 포졸들이 진을 치고 있었다. 이대로 잡혀 수연에 대한 조사를 하고 있었다는 게 아버지에게

---

* 쪽진 머리 뒤에 덧꽂는 장식

알려지면 큰 낭패였다. 그는 포졸들의 눈을 피해 샛길로 숨었다. 샛길은 두 갈래로 갈라졌다. 지나가는 사람이 몇몇 보이는 왼쪽 길을 택한 도준은 얼른 도포를 벗어 던지고 품 안에 있던 술을 제 몸과 입에 들이부었다.

'답이 없을 땐 미친놈이 되는 게 최고지, 암.'

도준은 그 자리에 대자로 누웠다. 완벽한 주정뱅이로 보였다. 잠시 길을 잃고 헤매던 포졸들이 몰려오는 발소리가 들렸다. 포졸들은 그를 향해 혀를 차며 그대로 지나쳐 다른 쪽으로 향했다.

"에이, 아깝게. 절반도 안 남았네."

포졸들의 소리가 멀어지자 그는 다시 장난기 가득한 얼굴로 일어나 술병에 묻은 술을 혀로 핥으며 입맛을 다셨다. 그러나 방심은 금물이라던가. 포졸이 가고 나니 그보다 더 곤혹스러운 상황이 찾아왔다. 도성의 통행금지를 알리는 인정 소리가 들린 것이다. 정신을 차린 도준은 재빨리 성문을 향해 달려갔지만 이미 때는 늦었다. 한성부 포졸을 간신히 피한 그는 순라군*의 손에 잡혀 끌려가는 신세가 됐다.

도준은 통행금지를 어겼을 뿐 아니라 과음으로 통행을 방해했다는 죄목까지 더해져 꼼짝없이 옥에 갇히는 신세가 됐다. 도준은 포졸들에게 질질 끌려 들어가다가 바깥쪽 옥사에서 자신을 보고 있는 개똥을 발견했다.

"어? 너는?"

무심히 바라보던 개똥도 그제야 도준을 알아보고 놀랐다.

"선비께서 어찌 여기 계시오?"

도준이 바짝 다가와 코를 킁킁거렸다.

"음주 가무는 아니고, 몰골이 영 별로인 걸 보니 쌈박질을 한 게로군."

최고의 망나니답게 척하면 척, 개똥의 상황을 단숨에 파악한 그는 개똥

---

* 도성 안팎을 순찰하던 군인

을 바짝 잡아당겨 살폈다.

"분명 어디서 본 놈인데. 기방 기둥서방은 아닌 것 같고. 어디서 봤지?"

도준은 개똥에게서 익숙함을 느꼈다. 늘 주변에 있었던 것 같은 오래되고 친숙한 느낌인데 누구인지 생각이 날 듯 말 듯 했다. 도준은 개똥을 볼 때마다 드는 그 느낌이 당황스러웠다.

"혹시 취향이 그런 쪽이시오?"

"뭐? 무, 무슨 개똥 같은 소릴! 개똥이 주제에!"

개똥의 말뜻을 알아차린 도준은 얼굴을 붉히고 호통을 쳤다. 하지만 개똥에게 제대로 따질 새도 없이 포졸들이 그를 강이 있는 옥사로 끌고 갔다. 도준을 알아본 포졸이 어쩔 줄 모르며 파루*까지만 기다려 달라고 사정했다.

"이보시오, 선비님."

멀리서 개똥이 부르는 소리가 들려왔다.

"거기 남자가 하나 있을 것인데, 지금 자고 있소?"

도준은 개똥의 말을 듣고서야 옥사 구석에 웅크리고 자는 한 남자를 발견했다.

"그래, 아주 잘 잔다."

"오라버니가 추위를 많이 타서 그러는데 뭐라도 좀 덮어주시면 안 됩니까?"

'오라버니?'

도준은 개똥이 자기 이름을 지어준 게 오라비라고 말했던 것을 기억했다. 사내의 허우대는 멀쩡해 보였으나 어린아이처럼 잠꼬대를 하는 것이 어딘지 부족해 보였다. 옥 안을 둘러보았지만 강에게 덮어줄 만한 것은 없

* 통금 해제를 알리는 종

었다. 덮어줄 것이 없다 하면 될 일이지만 개똥의 불안한 목소리가 마음에 걸린 도준은 선뜻 자신의 도포를 벗어 강에게 덮어줬다. 강은 따스한 온기가 마음에 들었는지 웅크렸던 몸을 조금 폈다.

"우리 오라버니 보며 음흉한 생각하면 안 되오!"

개똥은 도준이 정말 남색을 한다고 믿는지 여전히 경계심이 가득했다.

"그런 거 아니라니까 그러네. 그나저나 친오라비냐?"

"예, 저랑 닮지 않았습니까? 그러는 선비님은 형제가 어찌되시오?"

"없다."

어쩌다 보니 옥사는 호구 조사의 장이 되어버렸다.

"친누이 같은 이는 있었지."

도준은 그동안 아무도 묻지 않았고 자신도 할 생각이 없었던 이야기를 저도 모르게 내뱉기 시작했다. 혼잣말인 듯 개똥에게 하는 말인 듯. 들으면 어떻고 듣지 않으면 어떠냐는 심정이었다.

"꼭 피가 섞여야만 형제는 아니잖소. 우리 오라버니 이름은 강이오. 선비님 누이 이름은 어떻게 됩니까?"

"지화, 강지화라 한다."

실로 오랜만에 꺼낸 이름이었다. 개똥과의 대화가 깊어갈수록 입속 술냄새는 점점 희미해져 갔다. 그는 품에서 꺼낸 술병을 창살 사이로 내밀어 개똥에게 보냈다. 포졸이 압수하려 했지만 그의 신분을 알고 있는 다른 포졸이 가까스로 말려 가지고 있던 것이다.

"술친구 좀 해주게. 혼자 마시려니 외로워 죽겠네."

목마름을 술로 채우고 새 나갈 길 없는 비밀을 안주 삼으며, 자신의 이야기를 들어도 안 들어도 그만일 사내 같은 묘한 계집을 술친구로 둔 지금, 도준은 최고로 편안한 술상을 받는 듯했다. 안 그래도 술이 필요한 참이었던 개똥이 술병을 받아들었다. 한 모금 마시자 입안에 독한 향이 맴돌았다.

"어떤가? 혼돈주는 비율이 생명이지. 막걸리 한 사발과 소주 한 잔의 기막힌 조화."

"예, 맛이 좋습니다."

개똥의 목소리가 가늘게 떨렸다. 이번에 동원된 군사는 전쟁을 위해 명나라로 차출될지도 모른다고 했다. 자신을 가녀린 여인이라 생각해본 적은 없지만 남자도 기피하는 군역을 지는데 담담할 리 없었다. 도준은 이때까지도 그녀의 떨림을 눈치채지 못했다.

"개똥이라고 했지? 달도 밝은데 한 곡조 뽑아보아라. 술값은 해야지."

"혼돈주가 왜 좋은 줄 아시오? 흐릿해져서 그러오. 세상도 흐릿하고, 이상한 거나 시키는 선비님도 흐릿하고, 하란다고 하는 나도 흐릿해졌나 보오. 에휴, 똥을 싼다, 똥을 싸."

다시 혼돈주로 입을 적신 개똥이 쑥스러운 듯 큼큼거리더니 노래를 부르기 시작했다.

"하늘은 어이하여 높고도 멀며
땅은 어이하여 넓고도 아득한가.
천지가 비록 크다 하나
이 한 몸 의탁할 곳이 없구나.
차라리 이 강물에 빠져
물고기 배에 장사 지내리."

〈산유화〉*였다. 개똥은 저도 모르게 나오려는 눈물을 가까스로 참았다.

---

* 남편에게 버림받은 향랑이 죽기 전에 불렀다는 노래

도준은 한동안 침묵을 지키더니 이내 박수를 쳤다. 사내처럼 거칠고 어디 사투리인지도 알 수 없는 묘한 말투를 쓰는 개똥을 여인이라고 생각한 적은 없다. 하지만 분명 그가 들은 곡조, 그것은 구슬픈 여인의 목소리였다.

그때 포졸들이 들어왔다. 그들은 어찌할 바를 모르며 도준이 갇힌 옥사의 문을 열었다. 도준의 정체를 눈치챈 포졸이 위에 보고해 파루 전에 손을 쓴 듯했다. 옥에서 나온 도준이 개똥을 찾았다. 무슨 말이든 하고 싶었다. 그때 그의 발밑으로 술병이 데구루루 굴러왔다. 술병 주둥이에는 개똥의 빨간 댕기가 묶여 있었다.

"그 심보 고약한 선비님께 전해주시오. 새로운 수습을 구하는 게 좋을 것 같다고."

"왜 갑자기?"

도준은 당황스러웠다. 마흔 이후 관심이 가는 사람은 처음이었기 때문이다.

"더 좋은 삯을 주는 곳으로 가기로 했어요. 그리 전해주시오."

술 취한 자의 투정인 듯 체념인 듯 말하는 개똥은 전혀 기뻐 보이지 않았다.

×　×　×

북촌, 왕의 임시 거처.

대례복을 맞추는 것부터 왕실 예절 교육까지, 이수는 몸이 열 개라도 모자랄 판이었다. 왕제 교육을 받아본 적이 전혀 없으니 그의 상궁은 "틀렸사옵니다", "아니 되옵니다", "다시 해보십시오"라는 말을 "전하"라는 말보다 더 많이 했다. 이곳은 처음 경험하는 궁 생활에 이수가 혼란을 느낄까 염려한 좌의정 강몽구가 특별히 마련해준 거처였다.

"왕이 되느니 차라리 백정으로 사는 게 낫겠다."

"전하!"

대전 상궁의 잔소리는 끊일 틈이 없었다.

"거, 왕 노릇 해먹기 더럽게 힘드네. 그나저나 나는 대체 언제 혼례를 올릴 수 있는 것이냐?"

조선의 가장 높은 곳에 서고도 대장간에서 자고 싶다며 상궁들을 기함하게 한 이수였다. 하루아침에 상팔자가 된 그의 낯빛은 점점 어두워져 갔다. 그때 마훈이 들어왔다. 투정만 부리던 이수의 얼굴에 금세 활기가 돌았다. 이수는 가지 않으려는 상궁을 눈짓으로 물러가게 한 뒤 다급하게 마훈을 앉혔다.

"안 그래도 내 선비님을 불러들이려 했습니다. 이제 무엇을 하면 되겠습니까?"

이 남자, 이수는 왕씩이나 돼서 자신의 혼인이 물 한 바가지 떠놓고 절만 올리면 되는 일이라 생각하고 있다. 개똥과의 혼례가 애초에 불가하다는 사실조차 머릿속에 없었다. 마훈은 한숨이 나왔다. 도대체 어디서부터 어떻게 설명해야 수긍을 할까.

"전하께서 하실 것은 없사옵니다."

"그래도 무엇이든 말해보십시오. 다 도와드리겠습니다. 참, 개똥이가 기함하진 않았…"

"이 혼담은 진행할 수 없사옵니다."

마훈이 감히 왕의 말을 끊었다. 그는 노리개를 돌려주며 이수의 제안을 단칼에 거절했다. 이제껏 그가 혼담을 거절했던 이유를 하루 종일 나열해도 모자랄 판이었다. 하지만 그 많은 이유 중 가장 큰 문제는 바로 개똥이 양반이 아니라는 것이었다. 사대부의 자식도 아니고 부모도 없는 개똥이 중전이 될 방법은 새 왕조를 세우는 것 말고는 없었다.

"그 이유는 전하께서 더 잘 알고 계시지 않습니까."

"…"

알고 있었다. 숨 쉬기도 불편한 용포를 입던 순간 이수는 생각했다.

'이제 그 아이에게 알콩달콩 살자는 청혼은 영원히 못 하겠구나.'

그럼에도 개똥을 놓을 수 없었다. 너무 소중해서 양반들처럼 정식으로 혼담을 넣어 꽃가마에 태워 자신에게 데려오고 싶었던 그녀다. 그래서 마훈의 단호한 거절에도 아랑곳하지 않고 매일 끈질기게 찾아가 혼담을 넣어달라고 했다. 평생 자신의 울타리였던 개똥이 없는 삶이라면 천하를 가진들 무슨 의미가 있을까.

"어떻게든 되게 하십시오. 나와 약속하셨소. 왕명이오."

"왕명이어도 어쩔 수 없습니다. 개똥 처자는 후궁, 아니 궁녀조차 될 수 없는 몸이옵니다. 전하의 무리한 바람에 여러 사람의 목숨이 달려 있습니다. 아시겠습니까?"

"휴…"

"땅이 꺼지겠습니다. 더 좋은 혼처를 알아봐 드리지요."

그때 상궁이 차를 내왔다. 그들이 하는 말이 영 궁금한 눈치였다. 그런 상궁의 시선조차 신경 쓰지 못할 만큼 이수는 다급했다. 그는 자기도 모르게 속마음을 내뱉었다.

"내가 이 자리를 포기하면 되겠습니까?"

"전하!"

이수는 상궁을 있는 힘껏 노려봤다.

"지금 중요한 이야기를 하고 있지 않은가!"

이수가 조급한 마음에 상궁을 다그쳐 그녀를 두 번 기함하게 했다. 왕의 말에 상궁이 물러났다. 이 정도면 자신의 뜻을 확실하게 전했다고 생각한 마훈 역시 몸을 일으켰다. 잠시 생각에 잠겨 있던 이수가 아무 일도 아니라는 듯 한마디를 내뱉었다.

"내가 내려갈 수 없다면 개똥이를 올리면 될 것이 아닙니까?"

마훈의 눈에 당혹감이 서렸다. 그 말은 성도 없는 천한 개똥이를 양반으로 만들라는 것인가?

"그럼 될 것 아닙니까. 어디 이름 없는 양반 자리라도 사면 되잖소. 항간에 들리는 소문으로는 그런 일도 파다하다는데. 어차피 개똥이는 신분이 없는 아이입니다. 도망간 기녀의 여식이라 호적에 오르지도 못했소. 그런 이에게 신분을 만들어줄 수는 있잖습니까."

"이, 이보시오, 전하. 지금 무슨 소릴 하고 계시는지 아시오?"

마훈은 저도 모르게 이수를 철장 대하듯 나무랐다. 이수는 그런 마훈의 무례함도 상관없다는 듯 오히려 납작 엎드리며 사정했다.

"제발 부탁입니다. 아니, 내가 이렇게 빌겠습니다. 그럼 개똥이도 편하게 살 수 있고, 신분을 내어줄 가문도 영광일 것이 아닙니까."

'가문의 영광…'

그때 마훈의 머릿속을 스쳐 가는 이름 석 자가 있었다. 윤수연. 윤동석의 여식. 잘못된 혼사 때문에 불명예를 안았던 집안. 마훈에게 윤수연은 평생 아픈 이름이었다. 개똥이가 그런 그녀의 명예를 되찾아줄 수 있다면…

"이 혼사 받아들이겠습니다."

그의 말 한마디에 정적이 흘렀다. 이수는 갑작스러운 마훈의 대답에 할 말을 찾지 못했다.

"선비님, 지금 그러니까…"

"개똥이와 전하의 혼사를 진행하겠다는 말입니다."

"그럼 내가 삼천주 노리개 말고도 온갖 재물을 다 드리겠습니다."

"성혼 사례비는 필요 없습니다. 대신 조건이 있습니다."

"무엇입니까?"

이수는 저도 모르게 침을 꼴깍 삼켰다. 막상 결심을 하니 마훈마저 입술이 파르르 떨렸다. 이제는 되돌릴 수 없다.

"윤수연. 윤수연의 이름을 되찾아주십시오."

"윤수연? 그게 누구요?"

"앞으로 전하께서 평생을 함께할 중전마마의 이름입니다."

마훈이 비장하게 말을 이었다.

"억울하게 죽은 여인입니다. 사람들은 그녀가 죽었는지 살았는지도 알지 못합니다. 소문만 무성할 뿐. 그 여인의 이름을 되찾아주십시오. 꼭 개똥이를 중전의 자리에 올려 그 가문의 영광을 되찾아 부디 그녀가 편히 떠날 수 있게 해주십시오."

성혼비가 높기로 유명한 마훈이 이번 혼담에서 바라는 건 그뿐이었다.

"이건 전하와 제가 감히 조선을 상대로 벌이는 사기극입니다. 자신 있으십니까?"

마훈은 각오한 듯 담담한 시선으로 이수를 바라보았다. 이수의 눈빛이 흔들렸다.

6. 빨간 댕기

"이름을 빌려달라?"

가만히 듣고 있던 노인의 목소리가 떨렸다. 노인 윤동석은 개똥이 때문에 뜻하지 않게 마훈을 제 구역에 들인 것을 후회했다. 삼 년 만에 본 마훈은 말투와 표정, 눈빛까지 모든 것이 달라져 있었다. 자신을 바라보던 선하고 천진난만한 눈빛은 이미 사라진 지 오래였다.

마훈 또한 초가집에서 윤동석을 마주했을 때 그를 쉽사리 알아보지 못했다. 강사*의 나이에 귀한 딸을 얻어 마냥 행복하기만 했던 아비는 어느새 진갑**을 넘었고 세상과 담을 쌓은 채 종이를 만드는 장인이 되어 있었다.

"이미 죽은 사람 두 번 죽이지 말게. 이제 그만 좀 내버려 두게, 우리 수연이."

윤동석은 하얗게 센 수염을 더듬으며 떨리는 입가를 눌렀다.

"그 이름 안 듣자고 귀 막고 눈 감고, 종일 종이 냄새만 맡고 살았네. 이

* 마흔 살
** 예순두 살의 생일

렇게라도 살게 그냥 좀 두게."

이 정도로 물러날 생각이었다면 찾아오지도 않았을 것이다. 마훈은 잠시 아련해졌던 눈빛을 바꾸고 윤동석에게 말했다.

"한성부에서 아가씨의 시신을 발견했다 합니다. 이름도, 사연도 모르는 이가 되어, 그분이 준 뒤꽂이 하나 품은 채 사체로 돌아왔습니다."

"앞장서게. 내 손으로 직접 거둬올 것이야. 내 곁에 둘 게야."

윤동석이 맨발로 달려 나갔다.

"그런다고 뭐가 달라집니까?"

끝내 마훈이 소리를 지르고 말았다. 이성을 잃고 걸음을 재촉하던 윤동석이 멈칫했다.

"되찾아 묻어주고 비석 세워 일 년에 한두 번씩 향을 피우면, 아가씨가 덜 억울해하겠습니까? 유골은 까마귀가 파먹다 남은 잔해일 뿐입니다. 그깟 뼛조각을 평생 끼고 살 생각입니까?"

"네 이놈!"

윤동석이 마훈의 뺨을 때렸다. 지금은 한낱 늙은 조선지 장인일 뿐이지만 한때는 사간원지사*까지 지낸 인사였다. 그가 노한 기세로 마훈을 노려보았다. 하지만 마훈도 지지 않았다.

"이제 와서 재조사를 한다 하여도 그들을 단죄할 수 있는 증거는 아무것도 없습니다. 제 말이 틀렸습니까?"

윤동석은 말이 없었다. 죽은 자식에 대한 그리움이 내려앉은 이마에 주름이 서서히 짙어졌다.

"그 이름, 행여 생채기라도 날까 애지중지 귀애하던 그 이름을 빌려주십시오. 많은 사람들이 기억하게 할 겁니다. 가장 높은 곳에 올려 그자들을

* 국왕에 대한 간쟁과 논박을 담당하던 관청인 사간원에 속한 종삼품의 벼슬

모두 밟아줄 것입니다."

윤동석의 눈빛이 흔들렸다. 하지만 그에게는 목구멍으로 차마 넘기지 못하는 또 하나의 이름이 있었다.

"개똥이, 그 아이는 어쩔 텐가?"

이번에는 마훈의 가슴이 죄책감으로 흔들렸다. 그렇다. 이 혼사는 개똥의 것이다. 하지만 그녀가 모르는 사이에 결정된 혼담이다. 순정을 가장해 자신의 욕심을 채우려는 남자와, 자신의 상처를 묻어버리려는 남자를 위한 혼담. 개똥의 의사 따위는 묻지 않아도 상관없는 걸까?

×　×　×

개똥은 엉망이 된 자신의 집을 바라보았다. 방 안이며, 마당이며 지전 주인과의 난리 때문에 모든 것이 흐트러져 있었다. 개똥은 이 세상에 저 혼자만 남은 것 같아 눈물이 핑 돌았다. 그 마음을 아는지 모르는지 외로운 달빛이 그녀를 부드럽게 비추었다.

"개똥아! 괜찮아?"

익숙한 목소리. 개똥의 눈물이 쏙 들어갔다. 하지만 뒤돌아보니 아무도 없고 바람만 휭 지나갈 뿐이었다.

'이수 이 녀석은 꼭 필요할 땐 안 나타나고. 인사도 없이 떠나면 녀석이 많이 아쉬워할 텐데…'

개똥은 갑자기 이수의 사람 좋은 미소가 보고 싶어졌다. 생각해보니 석 달 전 한양에 올라왔을 때 이수의 도움이 없었다면 정착하지 못했을 것이다. 집을 구할 때도, 일을 구할 때도 이수가 항상 곁에 있었다. 개똥이 일하느라 강의 끼니를 챙겨주지 못하면 이수가 짬을 내 챙겨주었다. 고마움을 어찌 표현해야 할지 몰라 망설일 때면 이수는 특유의 미소를 지으며 개똥에게 농을 했다.

"그렇게 고마우면 나한테 시집와라, 개똥아."

"지나가던 개가 웃겠다."

하지만 이제는 고마움을 전할 시간이 없다. 지금이라도 이수에게 달려가 도움을 청해볼까 했지만 그는 자기가 대신 군역을 지겠다고 나설 것이다. 개똥은 더 이상 지기에게 폐를 끼치고 싶지 않았다.

'내 짐이다. 언제까지나 이수가 들어주길 바랄 수는 없지. 장가갈 준비로 제 코가 석 자인 녀석인데. 이럴 때 기댈 부모라도 있으면 얼마나 좋아. 내 인생은 왜 이 모양인 걸까.'

개똥은 자신의 처지가 서러워서, 그리고 혼자 남아 자신을 그리워할 오라비 강이 생각나서 쓰라린 가슴을 부여잡고 홀로 눈물을 쏟아냈다.

×　×　×

꽃파당.

지루한 표정으로 앉아 있는 도준의 콧대에 파리가 앉았다. 꽃파당은 여느 때와 달리 인적 하나 없이 조용하기만 했다. 새벽까지 옥에 있었던 도준의 눈꺼풀이 자꾸만 내려왔다. 그러다 병풍 뒤에서 부스럭거리는 소리에 잽싸게 눈을 떴다. 화려한 자수를 얹은 도포 자락을 휘날리며 태를 뽐내는 영수였다. 그는 갓을 쓴 자신의 얼굴을 면경으로 바지런히 살폈다. 도준은 졸고 있었다는 걸 들키지 않기 위해 뒤로 넘어간 고개를 애써 바로 세웠다.

"어떻소, 언니? 이게 더 낫나?"

"응, 그게 먼젓번 도포보다 화려하니 곱구나."

"도포는 아까부터 그대로였소! 갓이 바뀌었잖소. 여태 뭘 보고 최고라고 치켜세운 거요? 지금껏 나 혼자 바보짓 한 거요?"

"큼."

도준은 민망한지 기침을 내뱉었다. 사실 영수의 의류연*은 한두 번이 아니었다. 비단 빛깔을 따지는 것은 물론 그게 어느 해에 유행했는지도 꿰뚫는 섬세함은 사내에게서 쉬이 볼 수 없는 것이었다. 제가 산 옷을 자랑하는 낙으로 사는 이 남자는 선왕의 장례 때문에 밖을 활보하지 못해 근질거리는 몸을 이렇게 풀고 있었다. 하지만 도준의 눈에는 영수의 갓부터 도포까지 전부 똑같아 보였다. 같은 갓을 가지고 아까와 어떻게 다르냐며 저리 집요하게 물으니 안 오던 졸음도 올 판이었다.

"아까 건 갓끈이 옥색이라 이 도포와 색이 맞지 않았지. 하지만 이 갓은 아까 쓴 갓보다 폭이 좁아 얼굴이 커 보이는 게 탈이야. 어떡할까, 언니? 응? 대답 좀 해봐."

'여기 오지 말고 기루에 가서 옥련이 옷고름이나 한 번 더 풀어보고 올걸.'

도준은 아침 댓바람부터 꽃파당을 찾아온 것이 후회되어 제 발등을 찧고 싶었다.

"내 보기엔 네 얼굴이 그만그만하니 어떤 갓을 써도 고만고만하다. 이 얘길 꼭 저 얼굴만 고운 망나니 입으로 들어야겠냐."

평소보다 한 다경** 정도 일찍 들어와 이 상황을 보고 있던 마훈이 혀를 차며 아껴두었던 차를 꺼냈다.

"언니도 왔소? 아침 댓바람부터 모두 어쩐 일이오? 있던 혼례도 취소되는 무료하기 짝이 없는 요즘 같은 날에?"

투명한 다기에 차를 넣고 뜨거운 물을 붓자 꽃봉오리가 조금씩 피어오

* 오늘날의 패션쇼를 이르는 말로 작가의 조어
** 차 한 잔 마실 시간으로, 약 십오 분

르기 시작했다. 금잔화였다.

"그나저나 철장과 개똥이의 혼례는 어찌 되었소? 잘 해결되었소?"

노리개 때문에 마훈의 눈치를 보느라 물어보지 못했던 것을 영수가 슬쩍 물어보았다. 마훈이 그런 그를 흘겨봤다.

"우리가 못난이 박 씨를 재가시켜준 일을 기억하느냐."

"기억하다마다. 곡취창* 때문에 얼굴도 못 들고 다니던 박 씨를 인삼잎 달인 물로 목욕까지 시켜가며 뽀얀 쌀뜨물 피부로 만들어주지 않았소. 춘삼월에 피는 화사한 매화처럼."

"다시 네 재기가 필요하다. 여인으로 꽃피워줄 사람이 생겼어."

"뭐요? 혼담이 들어왔소? 어느 댁이오? 북촌 대제학**의 여식? 아닌데, 그녀는 일패一牌 기생보다 더 곱다고 한양 바닥에 소문이 자자한데."

"그런데 국상에 혼사 진행이 가능하단 말이야? 줄곧 때까진 혼인 금지 아닌가."

잠자코 이야기를 듣던 도준이 의아해하며 물었다.

"곧 풀릴 거야."

마훈은 이수에게 즉위식을 올리는 대로 혼인과 고기 금지령을 풀어달라고 청했다. 왕이 사가에서 자랐다는 소식으로 시끌벅적한 이 시기에 대소 신료들이 이를 만류할 리 없었다. 혼란의 시기에는 시선을 다른 곳으로 돌려 소란을 잠재우는 게 그들의 방식이었다.

"그리고 이 혼사는 최소 육 개월은 각오해야 하는 긴 싸움이 될 거야."

꽃파당이 정적에 휩싸였다. 최소 육 개월이라니. 항상 한 달도 길다며 일을 빨리 진행시키려 안달이었던 마훈이 아닌가. 도준은 이번 일이 만만치 않을 것임을 예감했다.

*여드름의 옛말
**홍문관과 예문관의 으뜸 벼슬로, 정이품

"다른 혼사도 계속 진행하되 이 혼사를 가장 우선순위로 두도록. 우리는 신부 측의 모든 걸 맡게 될 거야."

마훈은 고민을 거듭했다. 도준과 영수에게 모든 걸 털어놓을지 말지. 그는 비밀을 안고 가는 쪽을 택했다. 철장 이수의 정체도, 개똥이 앞으로 하게 될 일도 모두 감출 생각이었다. 이 혼사는 조선을 상대로 하는 거대한 사기다. 혼사 한 번 치르려다 모두가 초상을 치를지도 모를 일이었다. 게다가 도준은 한성부윤 도봉수의 아들이다. 어떤 식으로든 말이 새어나갈 위험이 있다.

"연유나 알고 가세. 대체 누구의 혼사기에 자네가 이리 나서나."

질문을 한 도준도 입을 다물고 있는 영수도 그 궁금증을 해소하지 못해 애가 탔다. 마침내 마훈의 입에서 그 이름이 나왔다.

"전 사간원지사의 여식, 윤수연."

"그, 그게 무슨!"

도준이 입술을 바르르 떨었다.

'사체까지 발견된 수연 낭자라고? 그럴 리 없어.'

도준은 마훈이 잘못된 정보를 들고 왔다고 여겼다. 도준의 떨림을 무시하는 건지, 보지 못한 건지 마훈은 누군가를 열심히 찾았다.

"그건 그렇고 가장 중요한 사람이 안 보이잖아. 얜 뭘 한 게 있다고 첫날부터 지각이야? 말단이 겁도 없이."

'아!'

도준은 자신이 기루로 가지 않고 영수의 지루한 의류연을 관람한 이유를 그제야 기억해냈다. 이것을 전해주기 위해서였다. 도준은 술병에 묶여 있던 빨간 댕기를 마훈에게 내밀었다.

"이걸 자네에게 전해주라더군. 삯이 더 좋은 곳으로 가게 되었다고."

혼인하지 않은 여인의 상징. 자신에게 청혼해달라며 유혹하는 손짓. 이

걸 왜 자신에게 전한 걸까. 그제야 마훈은 그녀에게 댕기를 사라며 돈을 준 것을 떠올렸다.

"장사하는 계집이 뭐 이리 의리가 없어?"

앞으로 중전이 될지도 모르는 여인이라는 것도 잊은 채 마훈은 제 성질껏 쏘아댔다. 개똥이 도망가서 혼인을 못 치를지도 모른다는 생각에 조바심이 나는 것인지, 아니면 모처럼 잘 키워서 실력 좋은 매파로 만들고 싶다는 생각이 들게 한 이가 말도 없이 가버린 것에 대한 배신감이 드는 것인지, 마훈으로서는 알 길이 없었다.

"삯이 좀 짜긴 했지."

"그러니까 협상이란 게 있는 거잖아! 진짜 단순무식한 개똥 같으니라고!"

영수의 빈정거림에 마훈은 저도 모르게 소리를 질렀다. 마훈은 불안한 눈빛으로 자신을 바라보는 도준을 외면한 채 도포를 집어 들었다.

"그 아이, 어디로 갔다고?"

혼담이 오가는데 정작 당사자가 없다니 낭패였다. 무슨 수를 써서라도 개똥을 다시 데려와야 한다.

×　×　×

개똥은 자기보다 머리 하나는 더 큰 우락부락한 사내들 사이에 껴 있었다. 이방은 그들의 호패를 하나하나 확인하며 한 사람씩 나룻배에 태웠다. 개똥은 자신의 위패*를 보여주고 통과했지만 발이 쉬이 떨어지지 않아 한 걸음, 한 걸음 무겁게 나룻배에 올랐다.

* 가짜 호패

운종가에서는 제법 큰 키와 거친 말투 때문에 종종 사내로 오해받기도 했지만, 사내들 사이에 섞여 있으니 누가 봐도 여인처럼 보였다. 그녀는 행여 여인인 것을 들킬까 평소보다 더 거칠게 행동하며 양반다리를 하고 앉아 침을 퉤 뱉어보았지만 사내들이 그녀를 보는 눈길이 어째 심상치 않았다.

"이런 젠장. 간밤에 여편네가 달달 볶으며 제 옷고름을 풀어대는 바람에 곤욕을 치렀소. 부녀자 성미가 그리 급해서야 원. 댁들은 괜찮았소?"

개똥은 욕까지 섞어가며 그들의 관심을 돌려보려 했지만 그럴수록 사내들의 시선은 집요해졌다.

"글쎄. 부녀자 성미가 급한지 어떤지는 우리가 지금 확인해보려고."

"꺼지시오!"

한 사내가 개똥에게 바짝 다가왔다. 개똥은 이를 악물고 그의 손을 막아냈다.

"무슨 소란이오?"

결국 배를 띄우려던 이방이 다가왔다. 이 배는 부산까지 갈 예정이었다. 제아무리 개똥이라도 이들 사이에서 무사히 목적지에 당도할 수 있을지 자신이 없었다. 사내들이 자신을 점점 노골적으로 바라볼수록 그녀는 위축되어갔다.

"아무래도, 이쪽이 조방* 냄새를 풀풀 풍기는 게 계집이 아닐까 싶습니다. 꼭 확인해봐야 할 듯싶은데."

사내는 결국 개똥에 대한 의심을 이방에게 전했다. 잠시 개똥의 행색을 찬찬히 살피던 이방이 갸웃거리며 대수롭지 않다는 듯 말했다.

"벗어보시오."

* 부엌

여기까지 와서 자신이 계집인 것을 들킬 수는 없었다. 오라비의 안전과 맞바꾼 일이었다. 여기서 모든 게 들통난다면 분을 못 이긴 지전 주인이 오라비에게 또 어떤 죄목을 뒤집어씌워 분풀이를 할지 알 수 없었다.

"시간이 지체되었소. 더 늦기 전에 얼른 확인하고 출발합시다."

이방은 설마 계집이 다른 곳도 아닌 이 위험천만한 곳에 발을 들였으리라고는 꿈에도 생각하지 못했다. 그로서는 소란을 일으킬 명분을 남겨두고 배를 띄우고 싶지 않았다. 벗어보라는 이방의 말에, 관심 없어 보이던 사내들도 개똥에게 시선을 돌렸다.

"몸에 큰 상처가 있어 안 되겠소."

개똥의 대답이 건방지다 생각했는지 이방이 억지로 옷을 벗기려 들었다. 그때 누군가 이방의 손을 붙잡았다. 마훈이었다. 배를 놓칠세라 허겁지겁 달려와 숨이 턱까지 차올랐지만 이방의 손만은 놓지 않았다.

"뭐냐, 네놈은?"

갓은 어디다 버리고 뛰어왔는지 행색이 초라한 마훈의 모습을 본 이방이 대뜸 반말부터 던졌다.

"헉헉, 오랜만에 뜀박질을 했더니. 후, 아이고, 숨이 차서 미치겠네."

마훈은 영문도 모른 채 두 눈만 껌벅이는 개똥을 무작정 끌고 가려 했다.

"무례하다! 나라의 공무 집행을 방해하려 들면 어찌 되는지 모르느냐?"

이방이 그의 길을 가로막고 섰다.

"무례는 관리님이 범하고 있소. 내가 지금 그대의 목숨을 구해줬다는 것을 정녕 모른단 말이오? 내가 조금만 늦게 와도 그대의 목이 당장 날아갔을 것이오!"

마훈은 목에 선을 그어 보이며 죽는 시늉을 했다. 그러고는 안 가려고 안간힘을 쓰며 버티는 개똥을 향해 무릎 꿇었다.

"죽을죄를 지었사옵니다, 아가씨. 모든 게 소신의 불찰입니다. 이들 모두를 의금부로 압송하겠사옵니다."

영문을 모르는 개똥은 도대체 어느 장단에 맞춰야 할지 몰라 어안이 벙벙해져 있었다. 이방과 사내들은 지금 이 상황이 어떻게 된 것인지 이해하려 해봤지만 도무지 답이 나오지 않는다는 표정이었다.

"이보시오, 아가씨라니. 지금 무슨 망발이오?"

개똥의 당황한 표정을 보는 마훈은 여전히 당당했다.

"규방이 적적하여 잠시 세상 구경을 나선 아녀자를 희롱하려 들다니. 죄가 아니고 무엇이란 말이오?"

이방은 콧방귀를 뀌었다. 개똥이 여인이라 한들 입은 옷으로 보아 백정의 딸이거나 가난한 농민의 여식 중 하나일 터였다.

"저 계집이 여인이라면 법을 위반한 것이니 그냥 넘어갈 수 없소. 공무를 방해한 당신도 함께 군아로 가서야겠소."

개똥은 암담함을 느꼈다. 자신을 구하려 마훈이 던진 거짓말이 더 큰 문제가 되어 돌아온 것이다.

"그냥 넘어갈 수 없다? 후회하실 텐데? 전 사간원지사 윤동석 대감을 아시는가?"

"삼 년 전 피접*을 간 이후 두문불출하시긴 하였어도 한양에서 그분 함자 한 번 안 들어본 이가 있겠소."

'도대체 저 계집과 윤동석 대감이 무슨 상관이라는 거지? 저놈이 뒤를 봐주는 이가 있다고 자랑하는 건가? 홍, 그래봤자 네놈이 그 집 문지기밖에 더 알겠냐.'

이방은 뒷짐을 진 채 무시하는 표정으로 마훈을 바라봤다.

"내 그분께 가서 지금 이 상황을 그대로 고해주리다. 한낱 이방이 세상

---

* 앓는 사람이 다른 곳으로 자리를 옮겨서 요양한다는 뜻의 '비접'의 원말

구경 나온 따님을 희롱하는 사내들을 보고도 가만히 있었다고."

이방이 그 말뜻을 이해하기까지는 한참의 시간이 걸렸다.

'윤동석 대감의 여식이라니…. 저 처자가?'

자신이 저지른 무례한 행동이 주마등처럼 스쳐 지나가자 이방의 얼굴이 새하얗게 질렸다. 이방은 자기도 모르게 개똥의 앞에 무릎을 꿇었다. 뒤늦게 사태를 파악한 사내들도 너나 할 것 없이 개똥에게 무릎을 꿇더니 살려달라 애원했다. 개똥은 예상치 못한 전개에 어쩔 줄 몰랐다.

"내 갓끈 들고 어딜 도망가려고? 그리고 똥머리 너, 이거 계약 위반인 거 알지? 진짜 살다 살다 내가 남한테 무릎을 꿇다니. 내 구겨진 체면 어떡할 거야? 반성 좀 하고 있냐?"

아까부터 말이 없는 개똥의 모습에 마훈은 슬슬 불안해졌다. 그는 개똥의 상투를 잡아당기려다가 이건 아니다 싶어 슬며시 손을 내렸다. 마훈은 개똥의 감사 인사를 기대했으나 끌려오는 그녀의 표정에는 노기가 가득했다.

"지금 선비님이 무슨 짓을 했는지 알고 있소? 오라버니를 구할 마지막 방도였소. 신분 사칭까지 하게 만든 댁 때문에 우리 오라버니가 죽게 됐단 말이오!"

개똥은 애가 타고 속이 상했다. 음흉한 사내들의 시선을 견디고 배에 오를 용기도, 그걸 포기하고 오라비를 버릴 마음도 자신에게는 없었다. 신분이 천하다는 이유로, 가난하다는 이유로, 호적이 없다는 이유로 자신은 늘 최악과 차악 사이에서 고민해야만 했다. 그럴 수밖에 없는 현실이 억울하고 분했다. 자기에게 잠시나마 귀한 신분을 준 마훈이 미우면서도 고마웠다. 감정이 뒤섞여 눈물이 차올랐다.

"그렇게 도와준다고 고마워할 줄 알았소? 더 비참하오. 윤수연이라고 하셨소? 평생 그 사람처럼 살아보지도 못할 텐데 왜 잠시나마 기대하게 하시오. 왜 희망을 주시오. 왜 나한테 선택권이 있는 것처럼 행동하느냐 말이오!"

기어이 개똥의 눈에서 눈물이 쏟아졌다. 고된 삶 속에서도 꾹꾹 눌러 참았던 눈물이었다. 살기 바빠 다른 삶을 생각해본 적이 없어 그다지 억울하다는 생각도 없었다. 그런데 왜…

"선택권이 있다면, 선택할 것이냐?"

마훈은 개똥의 눈물을 닦아주는 대신 차가운 목소리로 물었다.

"윤동석의 귀하디귀한 여식으로 살게 해주면, 최선을 다해 그 사람으로 살겠냐고 묻는 것이다."

"…"

개똥은 말문이 막혔다. 한 번도 생각해보지 않았기에 고민하지도 않았던 삶이다. 그 삶을 자신에게 주겠다고?

"나는 기회를 그리 많이 주는 사람이 아니다. 윤수연은 네가 어떻게 하느냐에 따라 널 보호해줄 수도 있고, 네 오라비를 지켜줄 수도 있는 이름이다. 하지만 네가 그 이름의 특권만 누리고 의무를 지려 하지 않는다면 네 오라비를 죽이고, 너도 죽일 수 있는 이름이지. 어떻게 하겠느냐? 선택은 네 몫이다."

다시 태어나지 않는 이상 그런 삶은 없을 거라 여겼다. 개똥의 작은 가슴에 파문이 일었다. 하지만 그녀는 쉽사리 대답하지 못했다. 어딘가에 함정이 있을 것만 같았다.

"윤수연, 이제부터 이게 네 이름이다."

마훈은 불안해하는 개똥에게 도준이 전해준 빨간 댕기를 건넸다. 개똥의 첫 댕기였다.

"망설이지 말고 여인이 되거라. 그리하면 내가 널 가장 높은 곳까지 올려줄 테니. 나한테 오거라, 개똥아."

　개똥의 대답을 듣기 위해 고집스럽게 버티고 있던 마훈의 도포가 바람에 휘날렸다. 그가 건네려 한 댕기도 그와 그녀의 손 사이에서 아슬아슬하게 팔락이고 있었다. 개똥은 날아갈 듯한 댕기를 겨우 잡았다. 놓칠 듯 말듯 한 댕기가 위태로워 보였다.

7. 오만한 꽃, 강지화

마훈은 꽃파당 툇마루에 앉아 멍하니 자리를 지키고 있었다. 밖은 다시 여느 때처럼 활기를 띠었다. 비록 국상 중이긴 했지만 즉위식이 며칠 앞으로 다가온 까닭이었다. 사람들은 새 왕이 몸이 허약해 강원도 시골에서 서책이나 읽으며 생활하다 한양에 왔다고 알고 있었다. 그들은 끝까지 그렇게 믿을 테지만 왕이 죽고 그다음 왕이, 또 다음 왕이 세월을 거치는 동안 언젠가는 탄로 날 거짓말이다. 한낱 야장이 하루아침에 왕이 된 이야기. 그는 어떤 임금으로 남게 될까. 그리고 개똥은 역사에서 어떻게 기억될까. 하긴, 그건 역사에 이름을 남긴 다음에 걱정할 일이다. 마훈은 한숨을 내쉬며 어제 개똥과 나누었던 대화를 떠올렸다.

"똥 싸지 마시오."

험한 꼴을 당할 뻔한 개똥을 구해주고, 새로운 이름을 주어 세상 가장 높은 곳까지 올려주겠다고 약속했건만 그녀의 대답은 매몰찼다.

"선비님이 무슨 말을 하는지 도통 모르겠소. 그리고 어떻게 이름이 사람을 지킨다는 것이오. 이보시오, 선비님. 우리같이 태어날 때부터 조상은커

넝 씨를 준 제 아비가 누군지조차 모르는 사람한텐 말이오, 이름은 그저 이놈인지 저놈인지 구분하기 위한 수단일 뿐 아무것도 아니란 말이오. 윤수연이란 이름이 가문을 보호하고 날 지켜준다? 그 말을 누가 믿겠소."

예상치 못한 빈정거림에 마훈의 눈빛이 서늘해졌다. 그 이름이 어떤 이름인가. 자신조차 함부로 입 밖에 내지 못한 이름이다. 아비도 모르는 천한 누군가에게 주려던 이름이 아니었다.

"오냐오냐했더니 건방이 하늘을 찌르는구나. 계집인지 사낸지 구분도 안 되는 못난 치를 기껏 생각해줬더니."

개똥은 기가 찬 듯 제 상투를 풀었다. 종이 냄새가 머릿결을 타고 마훈의 코끝에 닿았다. 투박하고 거친 그 향이 그녀의 인생을 대신 말해주는 듯했다.

"나라고 처음부터 이러고 살고 싶었겠소? 나는 지금 여기 내 발로 서 있는 것조차 힘겹단 말이오. 이름 따위 빛내서 어디다 쓰겠다고. 똥 싸는 소리 말고 이거 가지고 가던 길이나 가시오."

개똥은 마훈의 손에 갓끈을 쥐여주고는 쌩하니 돌아서 버렸다.

"똥 싸는 소리라니."

그놈 참. 당돌하다 해야 할지 어이없다고 해야 할지. 마훈의 손바닥에는 어제 개똥이가 쥐여주고 간 갓끈이 있었다. 잃어버렸던 갓끈을 이제야 되찾았으나 마훈은 찜찜했다.

"괘씸한 놈!"

그는 눈앞에 있지도 않은 개똥을 잘근잘근 씹으면서도 문앞에 서성이고 있는 것은 아닌지 살펴보는 자신이 미련스럽고 어이없어 대자로 누워버렸다.

"정말이지 밉살스러운 소리만 골라 하는 입을 꿰매버리든가 해야지. 나,

꽃파당 마훈이야. 실패를 모르는 전설의 매파! 이런 말까지 내 입으로 직접 해야 알아? 아닌가, 했어야 하나?"

마훈이 누워서 혼자 화를 냈다가 후회를 했다가를 반복하는 사이 갑자기 영수의 머리가 그의 시야를 가로막았다. 그는 상복에도 수를 놓아 자신만의 의상을 만들어 입고 있었다.

"큰일 났소."

"또 뭐."

마훈은 귀찮은 듯 돌아누웠다. 주문한 옷이 안 온다는 사소한 일이려니 했다.

"소설가 휘가 혼사를 무르겠답니다."

영수의 말에 마훈이 벌떡 일어나다 서로 부딪힐 뻔했다.

"다 된 혼사를 물러?"

어쩐 일인지 일사천리로 진행되던 혼사도 개똥이 꽃파당에 발을 딛은 순간부터 꼬이는 것 같았다.

'이게 다 똥머리 때문이다.'

마훈이 서둘러 나갈 채비를 했다.

× × ×

"제 오라버니는 노비가 아닙니다!"

좌의정 강몽구의 웅장한 사가 앞에 꿇어앉은 개똥의 모습은 작고 초라했다.

"오라버니를 돌려주세요, 제발."

개똥은 아무도 나오지 않는 대문 앞에서 한 시진 째 외쳐보았지만 돌아오는 것은 없었다. 마훈과 헤어져 집으로 돌아온 개똥은 지전 주인을 만나 사정을 설명하고 방법을 마련할 생각이었다. 하지만 엉망이 된 집 안 어느 곳에도 오라비 강은 없었다. 사람들은 지전 주인 김 씨가 개똥이 나루로 떠나는 것을 보자마자 돈이 될 만한 것을 챙겨 아들과 함께 도망갔다고 했다. 인적이 드문 새벽에 도망간 그들을 목격한 이는 손에 꼽을 정도였다. 관아에 강을 고발한 지전 주인은 강의 호패가 위패인 것을 알게 되자, 그가 도망친 노비일 것이라 생각해 강몽구의 집에 싼값에 팔아넘겨 버렸다. 지전 주인은 혹여 개똥의 마음이 변하거나 계집인 것이 들통나 제 아들이 끌려가게 될까 봐 처음부터 작정하고 일을 꾸며 도망친 것이었다. 뒤늦게 소식을 들은 개똥은 강몽구를 직접 만나게 해달라고 사정했지만 문지기가 절대로 들여보내 주지 않았다. 개똥이 할 수 있는 건 무릎을 꿇는 일뿐이었다.

"섬월아, 쟤 뭐니?"

장옷을 쓰고 운종가에 가려던 지화의 발이 멈췄다. 강지화, 강몽구의 하나밖에 없는 여식. 나는 새도 떨어뜨린다는 강몽구를 꼼짝 못 하게 만드는 유일한 사람이었다. 지화는 오늘 발간될 휘의 소설을 사기 위해 서두르던 참이었다. 그런데 대문 앞에 그녀가 아끼는 사인교 대신 사내 복색을 한 채 머리를 풀어헤친 거지가 무릎을 꿇고 있었다. 빛나도록 편안하다 하여 '광안'이라 이름 붙인 지화의 사인교는 그 거지 때문에 뒤로 물러나 대기 중이었다. 지화는 제 새 운혜*를 내려다보았다. 조선에는 단 세 켤레밖에 들어오지 않았다는 장인 사마토의 작품이었다. 여기서 사인교까지의 거리는 단 열 걸음. 하지만 새벽에 내린 여우비로 땅이 젖어 있었다. 고민할 것도 없이 지화는 섬월을 불렀다.

"저거 얼른 치우고 내 광안이 가져와."

---

* 여자들이 신는 신발의 하나

사가 밖이라 어쩌지 못하고 개똥을 내버려 뒀던 문지기와 가마꾼들이 안절부절못했다. 누군가에게 팔리고 팔려 떠돌던 자신들의 처지와 개똥의 처지가 비슷해 그녀를 매몰차게 대하기 어려웠던 것이다.

"나 두 번 말해?"

지화의 눈빛이 매서워졌다. 하인 서넛이 개똥을 잡아끌었다. 하지만 개똥은 끝까지 버티며 오라비를 돌려달라고 소리쳤다.

"이번에 종놈을 하나 사들였는데 누이가 찾아와 저러고 있습니다. 저 아이는 천인이 아니라 하는데, 호패도 위조로 드러났고 노비를 매매했던 자도 하루아침에 사라지고 없으니, 저희로서도 난감할 따름이옵니다."

하인 하나가 지화에게 상황을 설명했다. 아직도 개똥은 가지 않겠다며 버티고 있었다. 지화는 결국 못마땅한 제 마음을 풀기 위해, 종 하나가 청소하려고 들고 온 물바가지를 잡아채 개똥을 향해 있는 힘껏 뿌렸다.

촤아.

요란한 소리 뒤에 지화의 눈에 들어온 건 개똥이 아닌 도포 자락이었다. 사내의 도포 자락에서 물이 뚝뚝 떨어지고 있었다.

"아이고, 도준 도련님!"

하인들의 웅성거리는 소리를 듣고서야 지화는 고개를 들어 그의 얼굴을 보았다. 자신의 정혼자였던 도준. 그는 제 옷이 다 젖는 것도 상관하지 않고 개똥이 봉변을 당하지 않도록 막아선 것이었다. 삼 년 전 묻어두었던 혼사 이야기로 양가 대감이 회동을 한 후에 강몽구가 그를 불러들인 참이었다. 대문을 막 나서던 도준은 상황을 파악하기도 전에 자기도 모르게 개똥을 보호했다.

"심보는 여전하십니다, 지화 낭자."

지화에게 말을 건네면서도 도준의 시선은 여전히 개똥을 향했다. 다행히 개똥은 괜찮은 것 같았다. 조금 튄 물이 개똥의 입가에 닿아 진흙 냄새를 풍겼다. 지화가 뿌린 물은 청소를 하려고 가져온 게 아니라 하고 난 물이었던 모양이다. 도준은 제 엄지손가락으로 개똥의 입가를 쓱 닦아냈다. 저도 모르는 묘한 감정에 개똥이 침을 꿀꺽 삼켰다.

"망나니 도련님이 예까진 어인 행차십니까."

가시 돋친 지화의 얼굴이 어느새 원망으로 떨려왔다. 삼 년 만의 재회였다. 수연이 죽고 혼담이 깨진 지 삼 년이 지났다. 한때는 보지 못하면 하루도 못 살 것 같던 얼굴이었다. 지화는 저도 모르게 울컥하는 마음을 다스리려 치맛자락을 움켜잡았다.

"내가 망나니라는 소문이 북촌까지 났소? 내 좀 더 분발하여 한양뿐 아니라 조선을 빛내는 망나니가 되어야 할 텐데. 요즘은 우리 위대하신 한성부윤 대감께서 내 용돈을 모두 끊어버리는 바람에 활동이 좀 뜸하게 됐소."

"오라버니, 도대체 언제까지 이러고 살 거야? 내가…."

그녀는 '기다리고 있어'라는 말을 차마 하지 못하고 삼켜버렸다.

"가던 길 가시오, 낭자. 반가웠소."

도준의 예의 바른 인사가 지화의 화를 더욱 돋웠다.

"할 말이 그게 다입니까?"

"그럼 우리 사이에 무슨 할 말이 더 있겠소."

도준은 애초에 지화가 눈앞에 없다는 듯 끝내 그녀를 마주 보지 않았다. 그는 쥐가 나서 제대로 일어서지 못하는 개똥의 어깨를 감싸 부축해주었다. 지화는 개똥의 작은 흔들림까지 세심히 챙기는 도준의 모습에 약이 올라 죽을 것 같았다.

'한낱 천민에게까지 자상할 건 뭐란 말이야.'

지화는 생각했다.

"한양의 기루란 기루는 모두 찍고 다니며 여심을 홀리시더니, 이젠 다른 방향에도 진출하셨나 보네요. 멀쩡하게 생긴 양반이 취향하고는."

섬월은 개똥을 남자라 오해하여 혀를 찼다. 지화가 흘겨보자 머쓱해진 섬월이 자신의 입술을 때렸다.

지화는 지화대로 속이 타들어 갔다. 도준이 사내인지 계집인지 구분도 안 되는 치를 위해 몸을 던졌다. 어릴 적 자신을 보호해주던 도준은 이제 개똥의 어깨를 감싼 채 걸어가고 있다. 지화는 조선 땅에 세 켤레밖에 없다는 귀한 신을 두 사람을 향해 던졌다. 진창에 빠진 신은 그 값이 무색하게 초라히 나뒹굴었다.

"섬월아, 저거 뭐 하는 물건인지 알아 와. 하루라도 빨리."

개똥의 뒷모습을 좇던 지화의 눈이 매섭게 빛났다.

도준은 강용구의 사가 근처를 벗어나서도 개똥의 어깨를 놓지 않았다. 하지만 그의 머릿속은 옛 생각에 조금씩 뒤엉키고 있었다.

"그렇게 뛰지 말라고 하지 않았어? 뛰어다니다 이렇게 무릎에 생채기가 나면 어찌하냔 말이다."

자신이 부르면 버선발로 뛰어오다 곧잘 넘어져 생채기가 나던 여인, 아니 소녀.

"오라버니가 반가워서 그랬지."

그러면서도 뭐가 그리 좋은지 헤실헤실하던, 누이동생이라 여긴 사랑스러운 여인.

"앞으로는 내가 달려갈 테니 너는 뛰어오지 말거라."

그녀가 바로 지화였다. 그때만 해도 혈육처럼 아끼던 서로에게 하나밖에 없는 존재였다. 도준은 제 몸처럼 아끼던 어린 지화를 생각하며 씁쓸한 표정을 지었다. 언제부터 이렇게 된 것일까.

개똥은 도준의 체온을 느끼면서도 아무 말도 못 하고 목을 쭉 빼 주변

풍경만 살폈다. 평소의 개똥이라면 불편하다며 진즉 팔을 뺐을 것이었다. 하지만 오늘따라 가만히 제 어깨를 받쳐주는 도준의 품이 좋았다. 그것은 사고를 당하기 전 오라비 강의 손길과 비슷했다. 그리운 시절의 오라비를 오랜만에 본 느낌이었다. 그 역할을 대신해왔던 이수가 없는 지금, 도준의 존재는 큰 의지가 되었다. 그러다 남의 집에 두고 온 강을 잊고 있었다는 걸 깨달았다. 개똥은 정신이 퍼뜩 들어 도준의 팔을 뿌리쳤다. 무안해할 법도 하건만 도준은 개의치 않는 듯 웃을 뿐이었다.

"선비님, 그게 저…."

"선비님은 무슨. 민생 등치는 돌중이나 나라 재산 말아먹는 선비나. 편하게 불러라. 어차피 이제 우린 다 같은 중매쟁이들이 아니냐."

"예?"

"지전 주인도 내뺐고, 군역 얘기도 들었다. 내게도 어느 정도 책임이 있는 것 같으니."

"책임이요?"

'아무튼 나라의 녹을 받기는 하니까'라는 말은 할 수 없어 도준은 그저 씨익 웃었다. 마훈에게 사정을 들어서일까, 아니면 그날 옥사에서 나눴던 술잔에 핀 정 때문일까. 숟가락을 제 머리에 꽂을 만큼 억척스럽게 삶을 이어온 개똥이 도준의 머릿속에 계속 맴돌았다. 이보다 예쁜 여인은 많았다. 이보다 가련한 처자들도 많이 봐왔다. 왜 유독 개똥에게만 관심이 머무는 건지 자기도 이해할 수 없었다. 윤수연이라는 이름까지 다시 등장한 이 시기에.

"들어가자. 한 번 튕긴 건 없었던 일로 할 테니까. 에이취."

멋있는 척하던 도준이 몸을 힘껏 뒤로 젖히며 재채기를 했다.

"일단 옷부터 훔쳐야겠구나."

× × ×

　수많은 사람들이 몰린 낙관회*는 세책가**를 통째로 빌려 진행했다. 줄을 선 이는 대부분 여인이었다. 소녀건 아낙이건, 사대부 마님이건 너나 할 것 없이 휘의 신간 패설《월인화》를 하나씩 들고 있었다. 줄의 가장 앞에 잘생긴 용모와 친절한 말투로 여인의 마음을 사로잡으며 새 책에 낙관을 찍어주는 남자의 모습이 보였다.

　"그러니까, 여인만 보면 다리를 달달 떤다고? 아주 멀쩡한데?"

　마훈의 시선은 새 책에 낙관을 찍어주는 사내 대신 그 옆에 누구도 거들떠보지 않는 키 작고 못생긴 사내 쪽으로 향했다. 사실 소설가 휘는 낙관회의 주인공인 잘생긴 도령이 아니라 저 볼품없는 사내였다. 그는 잘생긴 사내의 시종인 양 시종일관 옆에 붙어서 혼사에 관여하며 꽃파당의 속을 긁어놨다. 마훈도 그의 능청에 깜박 속아 잘생긴 사내를 신랑감으로 알고 혼사를 진행해왔다.

　소설가 휘, 그는 장안의 화제인 패설《한양기담》의 저자였다. 그가 쓴 패설의 내용은 간단했다. 만석꾼의 아들과 가난한 백정의 딸이 집안과 신분의 반대를 넘어서 행복하게 잘 산다는 이야기다. 백정의 딸은 본래 어느 귀한 양반의 딸이라는 출생의 비밀이 밝혀지는데, 그 집안은 대대로 만석꾼 집안과 원수지간이다. 두 사람은 이 모든 난관을 극복하고 행복하게 산다는 말도 안 되는 이야기였지만, 필사본과 방각본이 모두 동날 만큼 인기가 하늘을 찔렀다.

　게다가 주인공이 서책에서 튀어나온 것처럼 잘생긴 소설가 휘의 외모와 상냥한 성정까지 화제였다. 그와의 혼인을 희망하는 자가 한양 처자의 반

---

* 지금의 사인회
** 책을 빌려주는 가게

이라고 해도 과장이 아니었다. 수많은 매파들을 제치고 한양 제일의 인기 낭재*를 얻은 줄 알았건만, 국상 이후 처음 받은 손님이 사기꾼이었다니. 마훈은 고개를 절레절레 저었다.

신부 측에서 보낸 연길단자**도 도착했으니 이제 함만 보내면 되는데, 그 사이 겁을 먹은 낭재 휘가 꽃파당에 사실을 고백한 것이다. 그는 여인만 보면 다리를 달달 떨어 주체를 못 한다고 했다.

"괜찮을 줄 알았는데, 혼례가 다가올수록 증상이 더 심해지오. 지나가는 여인들만 봐도 다리가 후들거려서 제대로 서 있지도 못한단 말이오. 어떡하면 좋겠소?"

마훈은 한숨을 내쉬었다. 자신의 본모습을 공개하지 못한 것이 정혼자와 꼭 혼인하고 싶은 마음 때문인지, 독자들의 환상을 지켜주기 위한 작가 정신 때문인지는 몰라도, 이 소문이 퍼지는 날에는 꽃파당의 명성도 땅에 떨어질 것이다.

"언니, 어떡하오?"

휘가 스스로 찾아오기를 기다렸건만 아무래도 마훈이 찾아가야 할 듯싶었다. 지금 가장 필요한 사람은 남자라고 하기에도, 여자라고 하기에도 애매한 개똥이었다.

✕   ✕   ✕

강몽구의 사가.

"이름은 개똥이라 하옵고 한양에 온 지는 석 달 정도 되었다고 합니다. 사내같이 하고 다니나 계집이라고 하옵니다. 그리고…."

* 신랑감
** 신부 집에서 혼례 날짜를 적어 신랑 집에 보내는 것

"그리고? 계속 말해."

"그것이…."

"계속 말하라니까!"

앙칼진 지화의 목소리가 섬월의 귓전을 맴돌았다. 지화는 자신이 원하는 만큼 속 시원히 개똥의 신상을 알아 오지 못한 섬월에게 화가 났다. 사내에게 그런 관심을 보냈다고 해도 속이 뒤집히는데 그런 게 계집이라니. 지화의 독기가 방 안을 가득 메웠다.

"도준 도련님께서 계신 꽃파당에 새로 온 매파라고 하옵니다."

'아, 매파를 하나 뽑는다고 했지.'

얼마 전 꽃파당에 지원했다가 질겁하고 돌아온 철없는 지기가 생각났다. 도준과의 혼담이 깨졌으니 자신이 가져도 되냐며 자신만만하게 허락을 요구하던 지기의 도발에도 태평하던 지화였다. 기루를 휘저으며 아무 여자나 만나는 것처럼 보이는 도준이었지만 누구에게도 마음을 준 적은 없었다. 단 한 사람을 제외하고는. 지화의 얼굴이 붉으락푸르락했다.

"새로 온 매파? 그럼 같이 일을 한다는 말이야?"

"그렇사옵니다."

교자상에 얹은 손가락을 번갈아 두드리던 지화가 있는 힘껏 상을 내리쳤다. 가뜩이나 종종 꿈에 나타나 괴롭히는 수연 때문에 미칠 지경인데, 거지 같은 계집애까지 신경 써야 한다니.

"그 오라비는?"

"걱정하실 것은 없사옵니다. 반푼이입니다."

"반푼이? 그럼 모자라다는 말이야?"

"예, 아가씨. 돌려보낼까요? 그렇지 않아도 지전 주인 김가가 그 사실을 말하지 않은 채 팔아넘기는 바람에 마님께서도 곤란해하셨습니다."

지전 주인이 강을 팔아넘기면서 한 푼이라도 더 챙기려고 그를 멀쩡하고 성실한 사내라고 소개했던 것이다.

"아니. 제아무리 반푼이라도 쓸모는 있겠지."

지화의 한쪽 입꼬리가 묘하게 올라갔다. 전쟁을 준비할 때는 적을 옭아 맬 인질이 많을수록 좋은 법이다.

× × ×

연기방.

병풍 하나를 가운데 두고 선 두 사람 사이로 옷들이 허공을 갈랐다 떨 어졌다. 도준은 기방의 담벼락을 훌쩍 넘어 개똥을 빈방으로 데려오는 길 에 빨랫줄에 널린 계집종의 옷을 몰래 훔쳐 왔다. 하지만 아쉽게도 사내의 옷은 널려 있지 않았다. 개똥은 급한 대로 도준이 젖은 옷 대신 입을 수 있도록 제 옷을 주기로 했다. 개똥은 도준이 훔쳐 온 옷을, 도준은 개똥의 옷을 입게 된 것이다.

"어허, 실눈 뜨고 훔쳐보는 것 다 보인다. 엉큼하기는."

옷을 입느라 바쁜 개똥이었지만 도준이 던진 농에 저도 모르게 웃고 말 았다. 사내와 한 방에서 옷을 갈아입느라 긴장했을지도 모를 개똥에 대한 배려였다. 마지막으로 개똥이 허공으로 바지를 획 던졌다. 도준은 살에 들 러붙은 바지를 벗고 개똥의 바지를 입었다. 우스운 제 복색을 요리조리 살 피던 도준은 개똥의 바지 쌈지에서 무언가를 발견했다. 개똥은 옷을 다 갈 아입고도 뭔가 어색한 느낌에 아직 병풍 너머로 건너가지 못하고 있었다.

"다 되었느냐?"

"아니 그게…."

머뭇거리는 개똥의 머리 위로 빨간 댕기가 불쑥 내려왔다.

"이걸 빠뜨렸지."

한 손에 빨간 댕기를 쥔 도준은 다른 한 손에 든 작은 병을 흔들어 보였다. 어린 기생에게 방을 빌릴 때 함께 챙겨온 동백기름이었다.

"옷도 훔쳤는데 이왕이면 제대로 해야지."

개똥은 빨간 댕기를 건네던 마훈의 말을 떠올렸다.

'망설이지 말고 여인이 되거라. 그리하면 내가 널 가장 높은 곳까지 올려 줄 테니. 나한테 오거라, 개똥아.'

그렇게 마음을 흔드는 제안은 받아본 적이 없다. 자신이 없어 고민도 않고 단칼에 거절하긴 했지만 마훈이 그녀에게 주고 간 빨간 댕기가 다시 마음을 흩트려놓았다. 오라비를 구하기 위해 사내로 살겠다고 결심한 순간부터 인연이 없을 거라 여겼던 댕기가 제 손에 다시 돌아온 것이다.

도준은 그런 개똥의 마음을 읽었는지 병풍 뒤에 있는 그녀를 다정한 손길로 끌고 와 면경 앞에 앉혔다. 그 뒤에 앉은 도준이 능숙한 손길로 개똥의 머리를 풀더니 이내 땋기 시작했다. 부드러운 손길에 졸음이 몰려왔다. 도준은 면경에 비치는 반쯤 졸고 있는 개똥의 모습을 보며 제 이야기를 시작했다.

"아까 내게 물을 끼얹은 여인 말이다. 그 여인의 머리도 내가 자주 이리 땋아주었다. 옥에 갇혔을 때 내게도 친누이 같은 이가 있었다고 말했지. 그 여인이 그 사람이다. 여자 형제가 없는 나에게 매일 우리 집에 들락거리던 지화는 친동생 같은 아이였다. 행여 다칠까 눈이 가고, 갖고 싶은 것은 꼭 손에 쥐어주고 싶은 그런 귀한 누이 말이다. 그런데 그런 동생이 오라비가 가진 물건이 많이 탐났던 모양이다. 나 혼자 갖게 되자 화가 난 누이가 내 손에 쥔 소중한 것을 부수기 시작했지. 바보 같은 난 시간이 지나서야 그게 망가진 걸 알았다. 질투에 눈이 먼 누이가 내 손에서 무엇을 앗아가는지도 모른 채 그저 예전처럼 누이를 향해 웃어줬지. 내 소중한 사람, 수연 낭자가 죽어가는 동안 난 정말 아무것도 몰랐다."

도준은 눈에 가득 고인 눈물을 들키지 않기 위해 눈가를 얼른 훔쳐냈다. 꾸벅꾸벅 졸던 개똥은 어느 틈에 잠에서 깨어나 도준의 이야기를 듣고 있었지만, 뜨거워진 눈시울을 감추고 여전히 조는 시늉을 했다. 개똥은 도준이 이야기하는 수연 낭자가 마훈이 말한 수연이라는 사람과 같다는 것을 그때는 알지 못했다.

머리카락을 만지는 도준의 손길이 더욱 능숙하고 부드러워졌다. 그의 손길에는 봄날의 햇살처럼 사람을 무장 해제시키는 힘이 있었다. 개똥은 저도 모르게 정말로 잠이 들어버리고 말았다.

8. 그들만의 환영 인사

 촤락, 개똥의 머리 위로 소금 눈이 내리는가 싶더니 그녀가 앉은 자리에 수북이 쌓였다.

 "네가 얼마를 가져오든, 몇 번을 찾아오든, 내가 줄 수 있는 건 이것뿐이다."

 지화는 돈을 들고 와서 오라버니를 돌려달라 하는 개똥에게 이렇게 답했다. 개똥의 두 번째 수모였다. 이번에는 대신 막아줄 도준도 없었다. 지화는 다 떨어져가는 옷을 입고도, 사내인지 계집인지 구분도 안 되는 거친 걸음걸이로도 도준의 관심을 받는 이 계집년이 정말 마음에 들지 않았다. 지화의 머릿속에는 온통 그날 생각뿐이었다. 저 계집년을 대신해 몸을 날린 도준과 그의 도포에 흘러내리던 흙탕물. 어릴 때 자신에게만 내주었던 그 따뜻한 손길을 받는 개똥이 미워서 견딜 수 없었다.

 "그럼 우리 사이에 무슨 할 말이 더 있겠소."

 도준의 차가운 마지막 한마디는 삼 년간 기다렸던 그녀의 마음을 처참히 짓밟아버렸다. 삼 년 전 그 일은 정말로 자신이 의도한 것이 아닌데. 그저 도준을 뺏기는 게 두려웠을 뿐인데. 그것 하나 때문에 자신을 이렇게까지 매몰차게 대할 줄은 몰랐다.

"한 번만 더 찾아오면 네 오라비를 아무도 못 찾을 곳에 팔아버릴 줄 알아."

그 서러움, 도준에 대한 삐뚤어진 마음이 고스란히 개똥에게 향했다.

'절대 그 종놈을 내주지 않으리라. 이 아이가 웃는 꼴은 절대 보지 않을 것이야.'

돌아서서 매몰차게 문을 닫는 지화의 발걸음은 그렇게 못된 심보를 품고 있었다.

개똥은 몸 여기저기 붙은 소금을 털어냈지만 머리에서 아직도 짠 내가 풍겼다. 이자가 원금의 절반가량인 고리대까지 얻어 마련한 돈이건만. 그렇다고 관아에 고발할 수도 없는 노릇이었다. 도망친 기생이 낳은 자식이라는 게 탄로 나면 자신도 나라에 속한 노비가 되어 어디로 팔려 갈지 모를 일이었다. 차라리 오라비가 있는 곳이라도 알고 있는 지금이 그런 상황보다는 나을 것이다.

"개똥아, 개똥아."

개똥은 담장 건너편에서 들려오는 소리에 반사적으로 몸을 돌렸다. 장성한 사내의 걸쭉한 목소리 속에 여린 마음이 묻어나는 그 음성은 분명 오라비의 목소리였다. 강은 담장 아래 숨어 있었다. 지화에게 수모를 당하고도 잘 참아낸 서러움이 강을 보자마자 북받쳐 올랐다. 다행히 별 탈 없이 잘 지내는 것처럼 보였다.

"걱정하지 말게. 내가 다치지 않게 잘 지켜보고 있으니."

그제야 개똥의 시야에 강의 옆에 꼭 붙어 있는 하인 복장의 남자가 들어왔다.

"개똥아, 개똥아. 돈 많이 벌어 왔어?"

강은 담벼락 위로 흙 묻은 제 손을 뻗으려 애썼다. 개똥도 힘껏 손을 뻗어 강의 손을 꼭 쥐었다.

"아니, 밥 잘 먹고 있으면 올 거야. 밥 잘 먹나, 안 먹나 내가 감시한다?"

"잘 먹고 있을게, 개똥아. 얼른 돈 많이 벌어서 강이 데리고 가."

개똥은 대답 대신 고개를 끄덕였다. 그리고 옆에 있는 남자를 바라봤다. 분명 처음 보는 사람인데 그는 개똥을 잘 아는 듯했다.

"그런데 제 오라버니는 어찌 아시고."

"부탁을 받았네. 왜 그 있잖은가. 한양서 가장 유명한 중매쟁이 독파당인가 뭔가. 마훈이라던가?"

"그 선비님이 부탁했다고요?"

개똥이 제대로 된 수를 내기도 전에 오라버니를 보호하다니. 그는 정말 어디로 튈지 모르는 데다 선수를 치는 것에도 탁월했다.

× × ×

두 사람은 약속도 없이 광통교 중간에서 마주쳤다. 개똥은 운종가로 향하는 길이었고, 마훈은 그녀의 집으로 향하는 길이었다. 예상치 못한 개똥의 등장에 마훈은 저도 모르게 안심이 되어 미소를 지으려다 그런 자신의 모습에 놀라 입꼬리를 얼른 내렸다.

"내게 혼담을 넣은 집안을 알려주시오."

인사도 없이 불쑥 내뱉은 개똥의 물음에 마훈이 당황했다.

"지금은 말해줄 수 없다."

이수가 개똥을 정혼자로 생각하고 있다는 것을 지금 알릴 필요는 없다. 윤수연이라는 이름을 거저 주겠다는데도 버거워하는 아이다. 이수가 왕이 되어 자신을 중전 자리에 올리려 한다는 엄청난 계획을 알게 된다면 뒷걸음질 칠 게 뻔했다. 왕 역시 그 점을 가장 염려했다. 그녀가 여인이 될 때까지, 자신을 고귀한 존재로 받아들일 때까지, 이 일은 마훈과 왕만의 은밀한 비밀이어야 한다.

"그럼 하나만 말해주시오. 내가 윤수연이 되면 나는 새도 떨어뜨린다는 강 대감 댁을 이길 수 있소? 내가 우리 오라버니를 되찾을 수 있겠소?"

오라비를 구하기 위해 사내들만 득실거리는 군에도 가겠다 한 그녀였다. 오라비를 구하기 위해서라면 다른 사람의 이름으로 하는 혼인도 주저하지 않을 것이다.

"조선서 강 대감을 이길 수 있는 건 그 낭재 댁뿐이다."

아무리 힘이 없는 왕이라 한들 그는 한 나라의 군주다.

"그거면 됐소. 선비님께 가겠소."

개똥은 더는 궁금해하지도 않고 그렇게 대답했다. 개똥의 그 말이 마훈의 가슴을 파고들었다. 차라리 거절했다면 좋았을까. 과거의 죄를 덜자고 다른 이에게 죄를 짓는 마훈의 마음이 갈피를 잡지 못하고 흔들렸다.

'개똥이 그 아이는 어쩔 텐가?'

자신을 꾸짖던 윤동석의 날카로운 질문이 이미 베고 간 자리를 개똥의 말이 다시 한번 헤집어놓았다. 자신의 가시 돋친 말에도 속없이 웃던 아이였다. 처음 보는 신부의 어려움도 못 본 척 지나치지 못한 멍청하도록 착한 여인이었다. 하지만 오라비를 빼앗긴 그 며칠 사이, 개똥은 세상에게 상처받았다. 그리고 여린 가슴에 스스로 가시밭길을 깔아버렸다. 더 이상 아무도 밟지 못하도록 말이다. 저런 여인을 이용해도 되는 걸까. 마훈은 그녀를 말리고 싶은 제 입술을 꽉 물었다.

"내가 할 수 있겠소?"

그건 개똥이 스스로에게 묻는 말이기도 했다. 평생을 천한 신분으로 살아온 자신이 하루아침에 사대부집 규수가 되어 그 이름에 누가 되지 않도록 살아갈 수 있을까. 갑자기 밀려오는 두려움에 몸이 떨렸다. 그녀는 마훈에게서라도 확답을 받고 싶었다. 하지만 그가 누구던가. 마훈은 단호하게 고개를 내저었다.

"나도 모른다."

"그럼 선비님을 잘 따라가면 할 수 있을 것 같소?"

"그것 또한 모른다."

마훈은 아무런 확답도 주지 않았다. 선택은 개똥의 몫. 마훈은 그렇게 겁을 줘서라도 개똥이 거절해주기를 바랐는지도 모른다.

"그래도 믿어보겠소."

바람은 보기 좋게 빗나갔고 불안은 현실이 됐다.

"사람은 사람을 바꾸는 힘이 있소. 내 인생을 선비님께 걸어보겠소."

마훈의 복잡한 심경을 아는지 모르는지 개똥은 굳었던 입매를 풀었다. 그 사이로 희미하지만 옅은 미소가 떠올랐다. 그녀는 며칠 만에 처음으로 웃었다. 마훈은 혼서지를 잃어버린 신부가 무사히 현구고례를 마쳤을 때 환하게 웃던 개똥의 모습을 떠올렸다. 그 미소를 지켜낼 수 있을까. 마훈은 갑자기 두려워졌다.

'그래, 어차피 평생 혼자 살 수도 없는 노릇이고 언제까지 종이만 날라서는 오라버니를 감당할 수도 없을 것이다. 오라버니를 지켜낼 힘만 얻을 수 있다면 얼굴 한 번 못 본 이에게 시집을 가는 것도 괜찮다.'

개똥은 집으로 돌아오는 내내 그렇게 자신의 마음을 가다듬었다. 그리고 마훈을 처음 만났던 날 보았던 신부를 떠올렸다. 신부의 환한 미소, 그 입술 색같이 선명한 홍색 치마와 여인의 선을 잘 드러내 주는 아름다운 저고리. 그에 반해 사내인지 계집인지 구분도 안 되는 자신의 행색.

'나도 그렇게 될 수 있을까. 아니, 내가 윤수연이라는 이름으로 살아갈 수 있을까.'

"개똥아!"

골똘히 생각에 잠겨 있던 개똥의 머릿속에 익숙한 목소리가 불쑥 끼어들었다. 개똥은 목소리의 주인공을 확인하기도 전에 그를 확 끌어당겼다.

"벌써 장가라도 간 줄 알았잖아! 왜 이렇게 통 나타나질 않았어!"

이수는 개똥의 갑작스러운 행동에 정신이 혼미해졌다. 오랜만의 외출, 오랜만에 맡는 개똥의 냄새. 궐에서 그토록 그려왔던 것들이었다.

"장가는 네 허락이 떨어져야 가는 거지. 대량 납품이 들어와서 한동안 바빴어."

자연스레 함께 걸어가는 두 사람의 모습은 예전과 같았다. 달라진 것이 있다면 그들 뒤에 바짝 붙어 따라오는 건장한 호위 무사 둘이 있다는 것이었다. 이런 사실을 알 턱이 없는 개똥은 거리낌 없이 이수의 목을 조르는가 하면 그의 머리를 장난스럽게 헝클어트리기도 했다. 그럴 때마다 호위 무사들이 움찔움찔했다. 이수에게 자연스럽게 어깨동무를 하던 개똥이 멈칫했다. 개똥은 이수 쪽으로 최대한 몸을 숙이더니 눈빛이 매섭게 달라졌다.

"너 요새 일 안 하고 뭐 하나?"

이수는 정곡을 찌르는 개똥의 말에 뜨끔했다.

"어?"

"적당히 둘러댈 생각 마."

개똥은 이수의 거짓말을 원천 봉쇄했다.

"어떻게 알았어?"

더 이상 물러설 길이 없는 이수는 재빨리 백기를 들었다.

"쇠 냄새가 안 나잖아. 나는 네가 다섯 보 떨어져 있어도 네 냄새를 맡을 수 있다."

이수는 특유의 사람 좋은 미소를 지어 보였다. 왕실의 수업만 받다가

거우 빠져나온 이수였다. 사가를 그리워하는 왕의 상사병에 결국 강몽구가 두 손을 들었다. 단, 호위 무사가 두 명 따라붙어야 한다는 것이 조건이었다. 이수의 상사병이 사가가 아니라 개똥 때문이라는 사실을 강몽구는 꿈에도 생각하지 못했다. 상사병을 앓던 이수는 이제 개똥을 아내로 맞는 기분 좋은 상상으로 한껏 들떠 있었다. 개똥의 집 앞까지 온 이수는 그녀의 어깨를 잡았다. 무리해서 나온 이유, 개똥에게 하지 못한 말을 할 차례였다.

"나 당분간 멀리 간다."

"어디?"

"옆 고을로 일하러 간다. 내 솜씨가 워낙 좋으니 안 부르는 곳이 없지."

이수가 다시 떠난다는 말에 개똥은 불안을 느꼈지만 이내 마음을 고쳐먹었다. 언제까지나 그에게 의지할 수는 없는 일이다. 하지만 개똥의 불안을 읽지 못할 이수가 아니었다.

"개똥아."

"왜?"

"힘들면 나한테 시집와라."

"똥 싸는 소리 하지 말고 갈 채비나 잘해!"

"진심이라니까!"

"그래, 한양의 모든 처자가 널 마다하면 나라도 네 색시 해줄게. 됐냐?"

물론 이수의 시답잖은 소리에 대꾸하기 귀찮아 한 말이었다. 하지만 색시라는 말에 가슴이 두근거리는 이수는 재빨리 인사를 하고 돌아섰다. 밤이었기에 망정이지 훤한 낮이었으면 달아오른 얼굴을 개똥에게 들켰을 것이다.

"아차, 윤수연 얘길 해준다는 걸 깜박했네. 나중에 이수가 알면 기절할 텐데."

개똥은 이수의 뒷모습을 보며 괜스레 미안한 마음이 들었다.

"하긴 내가 하루아침에 왕이 된 것도 아니고. 양반 족보야 돈으로 살 수 있는 세상인데 뭐."

하루아침에 상민에서 왕이 된 자. 이수는 궐로 돌아가는 내내 마음을 다잡고 또 다잡았다. 개똥을 보고 오니 마음이 한결 단단해졌다.

'기다려라, 개똥아. 너에게 부끄럽지 않은 낭재이자 왕이 되어 네 앞에 나타날 테니.'

× × ×

"말도 안 돼!"

어느 정도 예상한 반응에 마훈은 대수롭지 않다는 듯 제 서안*에 앉아 서책을 읽는 데 집중했다. 의뢰인인 휘의 인기 소설 《월인화》를 세책가에서 번호표까지 받아 가며 빌려왔건만 영수는 영 취향에 안 맞는지 책을 내던지듯 덮었다.

"언니는 이게 괜찮소? 이건 정말 말이 안 되는 얘기요."

"당연히 말도 안 되는 얘기지. 조선 천지에 뭔 놈의 부모 바뀐 기구한 사연이 이렇게 많아."

마훈은 영수를 쳐다보지도 않고 무덤덤하게 대꾸했다.

"그치? 말이 안 되는 거지?"

영수는 자신의 말에 동의를 구하듯 물었다. 하지만 영수가 가리킨 건 휘의 소설이 아니라 한 시진 전부터 와서 이곳저곳을 청소하고 있는 개똥이었다.

* 예전에 책을 얹던 책상

마훈은 개똥의 존재에 대해 차 한잔을 마시듯 차분히, 오늘 저녁 반찬에 대해 논하듯 덤덤하게 알려줬다. 개똥이 치마를 두른 것부터 생소한 일인데, 그가 전 사간원지사의 가출한 딸이며 꽃파당이 그녀의 혼담을 맡게 됐다는 그런 엄청난 사실을 말이다. 영수로서는 살다 살다 처음 느끼는 황당함이었다.

"그래서 그 철장의 혼담을 맡는 걸 반대한 거야. 어디 양반집 규수를 갖다 붙일 곳이 없어서 그런 철장한테 갖다 붙여."

"그런 양반이 할 일이 없어서 중매쟁이를…."

영수는 여전히 개똥을 미심쩍게 쳐다보며 고개를 절레절레 저었다.

"저기도 있잖아. 할 일 없어 중매쟁이나 하는 양반."

마훈이 턱짓으로 도준을 가리켰다. 도준은 마훈의 이야기를 들은 뒤부터 아무 말이 없었다.

'죽은 수연 낭자가 개똥이라니. 그럴 리 없다.'

"자네, 나 좀 보지."

한 시진이 지나서야 도준이 겨우 말을 꺼냈다. 자신에 대한 농에도 전혀 웃지 못한 혼돈 속의 남자가 평화로운 표정의 마훈을 밖으로 끌어내다시피 이끌었다. 개똥은 싸한 분위기의 두 사람을 걱정스럽게 쳐다보다가 다시 제 할 일인 청소에 열을 올렸다.

"개똥이 네가 진짜 전 사간원지사의 여식…이십니까?"

영수는 저도 모르게 나온 하대에 놀라 급히 말을 높였다.

"부르던 대로 부르시오. 저는 여기 꽃파당 수습 개똥이이기도 하거든요."

"그렇지? 역시 개똥이가 입에 착 달라붙고 딱 좋아. 양반집 규수가 어찌 이리 겸손하기까지 한지. 우리 친하게 지내자."

영수는 충격이 가셨는지 서슴없이 손을 내밀며 악수를 청했다.

"…요?"

개똥이 멍하게 그의 손을 바라만 보자 영수가 그럼 그렇지 하는 얼굴로 말을 높이며 무안한 손을 재빨리 거두려 했다. 개똥은 그런 영수의 손을 맞잡았다. 그녀는 조금 전 마훈과 했던 악수가 떠올랐다.

"대신 조건이 있수."

개똥은 자신을 꽃파당으로 데려가려는 마훈을 붙들어 세웠다. 마훈은 그녀가 만일 까다로운 조건을 걸면 그걸 핑계로 모든 것을 없던 일로 하리라 다짐하며 그녀의 다음 말을 기다렸다.

"나를 중매쟁이로 뽑은 거 잊지 마시오. 시집갈 때까진 거기서 일하게 해주시오."

"이런 일을 하는 게 그 댁에 알려지면…"

"빚을 갚고 싶소. 우리 오라버니를 안전하게 지켜주지 않았소. 갚게 해주시오."

"그건…"

마훈은 남에게 좁쌀만큼의 동정심도 가지지 않는 이였다. 못돼먹은 말투와 매몰찬 성격 때문에 그의 외모에 혹해 다가오던 여인들도 새가 허수아비를 본 듯 소스라치게 놀라 도망간다고 하여 '허수아비'라는 별명이 붙은 것도 대수롭지 않게 여겼다.

'어차피 혼자 왔다 혼자 가는 인생, 나부터 챙기겠다는데 그게 뭐?'

마훈은 당당했다.

'그런데 내가 왜 그랬지? 왜 저 아이를 걱정하고 그 오라비까지 신경 썼지?'

저도 모르는 또 다른 자신의 행동이라고 생각하는 수밖에 없었다.

"내가 그런 게 아니다. 그냥 강 대감 댁에 갔다가 박가가 오지랖 넓게 나서길래 그러라고 한 것뿐이다. 내가 아무 이유 없이 누군가에게 선심을 쓸 만큼 심보가 좋아 보이더냐?"

마훈을 빤히 바라보던 개똥의 볼이 불룩해지는가 싶더니 참지 못하고 기어이 웃음보를 터트리고 말았다.

"푸하하하."

크고 숨넘어가는 듯한 개똥의 웃음소리는 품위라곤 요만치도 없지만 마냥 친근했다.

"그렇지. 이래야지. 그래야 내가 아는 선비님이지. 아까는 분위기 잡고 있기에 내가 알던 선비님이 어디로 도망갔나 싶지 않았겠소?"

"그놈의 이랬소, 저랬소. 왜 계집이 그렇게 사내 같은 말투를 쓰는 것이냐? 게다가 가끔 정체 모를 사투리까지 쓰질 않나 말투가 왜 이리 이상해."

자기 흉내를 내는 마훈을 보며 개똥은 또 한 번 뒤로 넘어가는가 싶더니 겨우 웃음을 그쳤다.

"나도 모르겠소. 오라버니가 일하러 다니느라 나를 이 집, 저 집에 맡겼어요. 어떤 집은 이렇게 말하고, 또 어떤 집은 저렇게 말하고. 하도 왔다 갔다 해서 나도 어디서부터 조합이 잘못된 건지 잘 모르겠소. 커서는 먹고살려다 보니 삯이 높은 일을 찾아다니며 험하게 살아서 말투가 남자 같아졌나 보오. 남자들이랑 부대끼며 일하다 보니 이 말투가 익숙해진 것 같소."

"그 남자 같은 말투부터 바꿔봐야겠구나. 그리고 빚 때문이라면 그럴 거 없다. 나에게 너를 맡긴 이상, 욕지기가 나올 만큼 험한 일들이 기다리고 있을 테니. 빚은 그걸로 대신하는 셈 치지."

"빚 때문만이 아니라…."

개똥은 할 말이 있는 듯 한참을 머뭇거리다 입을 열었다.

"좋아하는 일을 해보고 싶어서 그러오."

"…"

"살면서 그래 본 적이 없소. 그 댁이 지체 높은 양반이라면서요. 그럼 앞으로도 쭉 못 해보고 살 거 아니오. 단 몇 달 만이라도 좋으니 내가 하고 싶은 일을 해보고 싶소."

그녀가 어렵사리 꺼낸 말을 하는 사이 두 사람은 어느덧 꽃파당 앞에 다다랐다. 마훈은 문을 열고 들어가려다 불쑥 뒤를 돌았다. 마훈의 뒤에 바짝 붙어 걷던 개똥의 코가 그의 도포에 닿았다. 개똥은 깜짝 놀라 눈을 질끈 감았다. 마훈은 눈을 꼭 감고 멈춘 개똥의 모습에 저도 모르게 웃음이 났다.

'계집 같다가 어떤 때는 영락없이 사내 같고, 사내 같다 싶으면 다시 계집 같아 보인단 말이지.'

마훈이 개똥의 이마를 툭 쳤다. 개똥이 그제야 눈을 뜨고 그를 처다봤다.

"자."

영문을 모르는 개똥에게 마훈이 악수를 하자며 손을 내밀었다. 그녀는 마훈의 손을 맞잡았다.

"꽃파당의 일원이 된 걸 환영한다."

허락이자 환영의 손길이었다. 까슬까슬 가시라도 달린 줄 알았던 마훈의 손은 제법 부드럽고 따뜻했다.

✕   ✕   ✕

늘 여유롭게 걸음을 옮기며 모든 여인에게 노골적인 눈길을 던지던 도준은 기방 복도에 쭉 늘어선 기녀들에게 눈길 한 번 주지 않은 채 방으로 향했다. 대낮부터 행차한 망나니 도준에 기녀들은 흥분을 감추지 못했지만, 그는 자신과 함께 온 마훈만을 방에 들이고 기녀와 술상을 눈짓으로 물렸다. 도준은 기녀들이 모두 가고 복도가 텅 빈 것을 확인하고서야 문을 닫았다.

"뭐가 그리 불안한가."

"지난번에도 말하려 했네만, 자네 정보가 잘못되어도 한참 잘못되었네. 그 아이는 수연 낭자가 아닐세."

누르고 눌렀던 말이 튀어나왔다. 난데없이 수연이라며 나타난 여인. 대체 그녀가 누구인지 도준은 혼란스러웠다.

"나도 그 아이가 나쁜 아이라고는 생각하지 않네만, 아무래도 우리가 속은 것 같네. 그 아인 가짜야."

"왜 그렇게 생각하는가? 그분은 수연 아씨가 맞네."

"한양에서 나라님보다 유명한 중매쟁이인 자네인데, 내 소문 한 번쯤은 들어봤을 거 아닌가."

자신의 사연을 말하지 않는 도준이건만, 먼저 삼 년 전 이야기를 꺼낼 만큼 그는 초조했다.

"아, 삼 년 전 수연 아씨와 자네의 혼담이 오고 갔다는 거? 근데 자네는 얼마 못 있어 지화 아씨와 혼담이 오가지 않았나? 수연 아씨가 다른 사내와 도망을 갔다 했던가? 그 소문 때문에 수연 아씨를 꺼리는 거라면 걱정하지 말게. 다른 사내가 있었던 게 아니라 몸이 좋지 않아 외가로 피접을 갔던 거라 들었네."

마훈은 잊고 있던 게 생각난 듯이 말했다.

"그게 아니란 말일세. 수연 낭자는…."

'죽었단 말일세.'

도준은 마지막 말을 차마 내뱉지 못했다. 분명히 자신이 확인한 일이다. 그녀의 죽음에 충격 받아 삼 년을 망나니로 산 그였다. 그런데 이제 와서 그녀가 살아 있다니. 그럼 한성부 이 참봉이 발견한 사체는 뭐란 말인가.

함께 발견된 매화 모양의 뒤꽂이는 자신이 준 것이다. 그러니 사체는 수연이 분명하다. 아니면 누군가가 조작한 것일까. 그럴 리 없다. 이미 사람들에게 잊힌 그녀의 사체를 누가 조작한단 말인가. 그렇다면 지금 앞에 있는 이자가 무언가를 꾸미고 있는 걸까? 아니다. 명분이 없다. 이런 말도 안 되는 사기극까지 벌이면서 혼사를 진행해 마훈에게 남는 게 뭐란 말인가. 도준은 이 혼란스러움을 어찌하지 못하고 방 안을 서성였다.

"내가 봤네."

수연과의 일을 떠올리던 도준이 퍼뜩 생각난 듯 마훈에게 말했다.

"혼담이 오갈 때 한 번 본 적이 있네. 그 아인 수연 낭자가 아니야. 내 분명히 수연 낭자를 보았네."

"어디서 말인가?"

도준은 삼 년 전 등불놀이 날을 떠올렸다. 그는 거기서 분명 수연을 보았다. 소문대로 멀리서도 빛이 나는 여인이었다. 가지런한 용태와 사뿐한 걸음걸이, 커다란 눈, 그리고 수줍은 미소까지.

"삼 년 전, 윤 대감 댁 여식과 혼담이 돌 때 등불놀이에 가서 보았지. 함께 있던 지기가 알려주었어. 잠깐 스친 것뿐이지만 분명 그 아이는 아니었네."

혹시나 들통이 날까 조마조마했던 마훈이 안도의 웃음을 지었다.

"등불놀이 날엔 한양 인구의 반이 밖으로 나온다네. 거기다 밤늦은 시각이라 사람 얼굴을 식별하기도 어렵지. 그런 데서 삼 년 전에 한 번 스친 사람을 어찌 그리 확신하나. 자네가 잘못 알고 있는 걸세."

"날 모르는가? 내가 어디 한 번 본 것을 잊는 사람이던가?"

지금이야 망나니라 불리는 한량이지만 어릴 적 천자문은 물론이고 소학이든 대학이든 가리지 않고 머리에 필사라도 한 듯 줄줄 외워 소문이 자자하던 도준이었다.

"그렇다면 자네는 날 모르는가? 내가 어디 혼사 정보를 헷갈리는 사람이던가?"

도준은 마훈의 대꾸에 더 이상 말을 잇지 못하고 입을 다물었다. 하지만 마훈은 여기서 그치지 않았다.

"자네 오늘 참 이상하군. 꽃파당의 일원으로서 이 혼담이 혹시 잘못될까 봐 걱정해서 그러는 건가, 아니면 더 좋은 집안에 시집갈 옛 정혼녀를 보니 배가 아파서 그러는 건가?"

"이보게!"

마훈의 빈정거림에 큰소리를 친 도준이었으나 그의 말에 흔들린 것도 사실이었다. 도준이 자신보다 더 믿을 수 있는 자는 마훈뿐이었다. 한양에서 가장 많은 혼사 정보를 가진 마훈이다. 단 한 번도 실패한 적이 없다는 그의 정보가 삼 년 전 등불놀이에서 잠시 스치듯이 보고 간직한 자신의 기억보다 정확할 터였다. 하지만 얼마 전 발견한 시신은 분명 수연의 것이었다. 수연은 죽었다. 머리로는 확신하고 있다. 하지만…. 도준은 마훈을 의심의 눈길로 바라보았다. 그는 도대체 무슨 근거로 그 아이를 수연이라 단정하는 걸까. 마훈은 그런 도준의 의심 어린 눈빛을 차분히 받아냈다.

"며칠 전 수연 아씨를 전 사간원지사와 함께 보았네. 그분이 자기 딸을 잘 보살펴달라 간청하더군. 대답이 되었는가?"

마훈이 쐐기를 박았다. 도준은 포기한 듯 돌아섰다. 그것은 수연의 시신이 아닌 걸까. 아버지가 인정한 딸을 어떻게 가짜라 우길 수 있겠는가. 그래도, 그럼에도 불구하고 도준은 제 눈으로 확인하고 싶었다. 방법은 하나뿐이었다.

도준은 꽃파당으로 향했다. 죽은 자를 확인할 수는 없으니 산 자를 찾아 확인하는 수밖에. 문을 열고 들어가자 때마침 개똥이 빨래를 널고 있었다. 그 모습을 본 도준은 더욱 혼란스러워졌다. 분명 자신이 알고 있던 개똥이, 억척스럽고 이상한 말투나 쓰는 개똥인데, 윤수연이라는 세 글자가 그녀에게 입혀지자 도무지 그녀를 예전처럼 볼 수가 없었다. 심호흡을 한 도준이 그녀에게 성큼성큼 걸어갔다.

"스승님은 어디 가고 혼자 왔…."

도준은 개똥의 말이 끝나기도 전에 그녀의 어깨를 움켜쥐었다. 당황한 개똥이 눈만 껌벅거리며 도준을 바라봤다. 도준과 개똥은 서로 아무 말 없이 눈빛만 주고받았다. 사방은 고요했고 빨래가 펄럭이는 소리밖에 들리지 않았다. 그는 그날의 수연을 기억해내려는 듯 눈을 감았다. 다른 여인보다 조금 까무잡잡했던 얼굴색, 가지런한 일자 눈썹과 각이 잘 잡힌 긴 콧날, 그리고 분홍빛 입술 위의 점. 다시 눈을 뜬 도준의 시선이 개똥의 이마부터 쭉 훑어 내려가다 그녀의 입술에서 멈췄다. 그러고 보니 개똥을 처음 만난 날에도 입술에 난 이 점을 보았다. 도준의 손이 자기도 모르게 개똥의 입술에 가 닿았다.

"왜, 왜 이러시오!"

개똥은 어색한 분위기에서 빠져나오기 위해 도준의 팔을 뿌리쳤다.

"대신 널어줄 거 아니면 방해하지 마시오."

개똥은 일부러 빨래를 크게 털어 널었다. 도준은 그 자리에 멈춰 서서 개똥을 바라보기만 했다. 익숙한 얼굴, 익숙한 향기. 개똥을 기방에서 처음 본 날에도 그런 생각을 했더랬다. 그때는 그렇게 느낀 이유를 깨닫지 못했다. 마훈이 그녀를 수연이라 소개할 때도 그저 잘못된 정보로 치부했다. 그런데 지금은 아무것도 확신할 수 없었다. 삼 년 치 혼란이 한꺼번에 쏟아져나왔다. 수많은 물음표가 도준의 주위를 에워싸며 그를 괴롭혔다. 그는 결국 혼란을 이기지 못하고 휘청거렸다. 무슨 수를 써야 한다.

9. 기묘한 동거

"양반의 첫 번째 조건은 이기심이다."

첫 번째 수업이라 잔뜩 겁을 먹고 나왔던 개똥은 마훈의 한마디에 맥이 풀렸다. 제일 멀쩡한 옷을 골라 다듬이질까지 해서 입고 나온 개똥이었다. 그 까칠한 눈과 입에 걸리지 않고 무사히 넘어가길 바랐건만, 수업은 첫 마디부터 개똥의 예상을 뛰어넘었다.

'타고난 마음이 삐딱하니 나오는 말이 올곧을 리 없지. 다짜고짜 이기심이라니.'

개똥은 도끼로 제 발등을 찍었나 싶어 슬슬 불안해지기 시작했다. 반면 마훈은 더욱 여유롭고 자신만만하게 수업을 진행했다.

"질 좋은 비단으로 몸을 휘감고 단정하게 앉는 법을 배우고, 점잖은 체하면 다 사대부 집 규수가 되는 줄 알았더냐?"

"그걸로도 부족하오?"

"그 정도라면 당장 길에서 동냥질하는 아이를 데려와도 열 명이든 백 명이든 석 달 안에 그럴싸하게 만들어낼 수 있다. 내 입으로 말하기 그렇지만, 여기는 꽃파당이다. 내가 누구인지 친히 설명해줘야 하나?"

저 몹쓸 잘난 척. 개똥은 입을 삐쭉 내밀었다.

"똥 싸는 소리 말고 어서 가르쳐나 주시오. 윤수연이 되는 법 말이오. 빨리빨리 배워야 오라버니도 구할 게 아니오!"

결국 가르침을 받는 쪽 속이 먼저 타들어 갔다.

"쯧, 아직 멀었다."

"선비님!"

"규수와 기녀의 다른 점이 뭐라고 생각하느냐?"

"그야 신분이잖소."

"그 사내 같은 말투 좀 고치라고! 이 똥머리야."

"되면 안 고쳤겠소?"

이미 삐딱해진 개똥에게 마훈의 핀잔이 먹혀들 리 없었다.

'저렇게 사내같이 걸걸한 계집을 어떻게 중전 자리에 올릴 생각을 하느냐 말이야.'

마훈의 한숨이 짙어졌다.

"양쪽 다 세상에서 가장 좋은 비단을 두르고 귀한 재물을 안고 살며, 한 송이의 꽃같이 나타나 사내의 가슴에 불을 지르지. 하지만 규수는 제 욕심을 채우고 기녀는 손님들의 욕심을 채워준다. 규수는 종을 부리며 제가 하고 싶은 걸 얻고 자기 시간을 누린다. 기녀는 손님의 부림을 받고 손님이 해달라는 대로 봉사하며 자기 시간을 내놓지. 그것이 규수와 기녀의 차이다. 그리고 반상*의 법도다."

"그런 도둑놈 심보가 어딨소?"

한참 말을 못 잇던 그녀가 겨우 한마디 내뱉었다. 아무리 무지렁이 개똥이지만 이해도 안 가는 것을 무조건 외우고 볼 수는 없었다.

* 양반과 상사람을 아울러 이르는 말

"그런 편안하고 안락한 삶을 선택하고 싶다 하지 않았느냐?"

마훈의 반문에 개똥은 잠시 말문이 막혔다. 자신이 원하는 삶은 그런 게 아니었다. 개똥이 말했다.

"누가 공주 대접받고 싶다고 했소? 나는 단지 세 끼 밥 안 굶고, 우리 오라버니 놀림당하지 않는 거, 그 정도만 원했소!"

"그래서 네가 평생을 남의 집에서 삯이나 받는 신세를 못 벗어나는 것이다. 사기당하고, 오라비를 빼앗기고, 군역까지 질 뻔했는데 아무 대응도 못 하고. 또 무엇을 잃어야 내 말뜻을 이해하겠느냐."

"…"

"가장 먼저 자신을 생각하거라. 누군가를 위해 치마 대신 바지를 선택하는 희생 말고 네가 뭘 입으면 가장 예뻐 보일지 그것부터 생각하는 습관을 들여. 뭘 해야 다른 이가 행복할지 생각하지 말고, 뭘 하면 네가 더 행복해질 수 있는지부터 생각하는 이기심을 기르라고. 그러지 못하면 넌 꽃파당 일원으로서도, 혼사를 앞둔 양반집 규수로서도 불합격이야."

개똥의 가장 큰 난제, 그것은 살면서 한 번도 품어본 적 없는 이기심을 갖는 것이었다.

×　×　×

"미안해. 우리 집 양반이 느닷없이 방을 차지하고 누워서."

주모는 개똥의 커다란 봇짐이 마음에 자꾸 걸리는지 그녀의 손을 꼭 잡았다. 집이 풍비박산 나고 강이 강몽구의 집에 팔려 가면서 개똥은 갈 곳을 잃었다. 사내 복색을 하고 있었을 때는 마구간에서 말과 함께 자도 대수롭지 않게 보던 사람들이, 개똥이 치마를 두르자 걱정을 하며 관심을 갖는 까닭에 하룻밤을 보낼 곳이 영 마땅치 않았다. 결국 주저하며 주모의 주막까지 왔건만 집을 나갔다가 한 달 만에 돌아온 서방이 방을 차지하고 있어 개똥에게 내어줄 곳이 없었다. 개똥은 미안함에 어쩔 줄 모르는 주모의 어깨를 다독여주고는 주막을 나왔다. 걸을 때마다 거치적거리는 낯선 치맛단이 자꾸 발길을 막았다.

"어이, 수습!"

새 태사혜를 사고 신이 나서 제집으로 돌아가던 영수가 개똥과 마주쳤다.

"…님."

영수는 개똥을 수연으로 대해야 할지 개똥으로 대해야 할지 아직 헷갈려 수습이라 불렀다. 그편이 훨씬 편했다.

"선비님이 어쩐 일로."

방금 산 태사혜의 빛깔과 재질에 대해 자랑을 늘어놓으려던 영수의 눈에 개똥의 봇짐이 들어왔다.

"어디 갑니까?"

"아니, 그런 게 있소."

개똥은 재빨리 봇짐을 뒤로 숨겼다. 사대부 여식이라면서 돌아갈 곳도 없다고 하면 분명 이상하게 여길 터였다.

사실 영수는 이 처자가 그 유명한 사간원지사의 여식이라기에는 이상한 게 많다고 느꼈다. 게다가 그런 집안 딸이 매파를 하겠다니. 하지만 나름의 사정이 있을 것이라고 생각했다.

"애쓸 것 없습니다. 어차피 이곳에 정상적인 놈들은 못 들어오니까. 가출한 양반도 있고, 애초에 양반인지 중인인지 모를 놈도 있으니. 내가 제일 정상이지요?"

정상이라는 말을 하며 영수는 멋쩍게 웃어 보였다.

"말 편하게 하기로 하셨잖소. 난 수습이오."

"그렇지. 그럼 수습, 내가 기막힌 정보 하나 줄까?"

영수는 개똥이 사대부 여식이라기보다는 편한 동무 같았다. 여느 아낙들처럼 함께 앉아 맘껏 수다를 떨고 싶었다. 영수의 가슴에 개똥은 그만큼 편한 존재로 자리 잡았다.

"정보요?"

"우리 꽃파당의 주인이 누구냐. 바로 아주 못된 큰언니지. 그분이 제집 마냥 일 층, 이 층 다 차지하고 산단다. 확 들어가 벌렁 드러누워. 그럼 지가 어쩔 거야? 아침까지만 버티면 나랑 도준 언니가 해결해줄게."

개똥은 신이 나서 제 봇짐을 꼭 쥐었다.

"잡아먹히지 않게 조심하고."

영수는 개똥에게 여유롭게 손을 흔들어 보이며 그녀를 배웅했다.

"아, 삼 일은 갈 수 있으려나."

✕ ✕ ✕

마훈이 가장 싫어하는 사람은 돈 없이 사랑을 들먹이며 중매를 부탁하는 뻔뻔한 인간, 자기보다 훨씬 귀한 집안의 배필을 원하며 자신이 그 사람과 동급인 줄 아는 착각의 달인, 뭐든 재물로 밀어붙이려는 경박한 만석꾼 등등 셀 수 없이 많다. 그중 꼭 하나를 꼽아야 한다면…

똑똑똑. 쿵쿵쿵. 쾅쾅쾅.

잠을 깨우는 몰상식한 자가 가장 싫다.

한 다경 전부터 반복되는 소리에 마훈은 결국 목조 침상에서 내려왔다. 헝클어진 머리와 제대로 뜨지도 못한 눈, 일그러진 눈썹에도 그 나름의 멋이 배어 있었다. 속바지 차림을 신경 쓸 틈도 없이 그 역시 쿵쿵쿵 소리를 내며 일 층으로 내려갔다. 일 층에는 어제 소설가 휘의 혼담과 관련해 꽃파당 모두가 머리를 맞대고 진행했던 회의의 흔적이 여기저기 남아 있었

다. 마훈이 기거하는 곳은 바로 꽃파당의 이 층. 꽃파당은 그의 집무실이
자 집이기도 했다.

"허, 참!"

창으로 내다본 몰상식한 자는 다름 아닌 개똥이었다. 처음에는 조용히
문을 두드리다가 반응이 없자 손과 발로 쾅쾅 치며 소란을 피운 것이다.

"어이, 똥머리. 다 큰 처자가 이 밤중에…."

개똥은 주인의 허락이 떨어질 새도 없이 당당히 꽃파당으로 들어왔다.
위풍당당한 발걸음 뒤로 무언가 커다란 게 질질 끌려 들어왔다. 단순한
봇짐으로 보기 어려운 거대한 짐 꾸러미였다. 마훈은 짐 꾸러미의 끝을
지그시 밟았다. 앞만 보고 가던 개똥의 발이 뒤엉키는가 싶더니 이내 허공
을 갈랐다. 넘어지려는 개똥의 팔을 잡은 마훈은 자신을 흘겨보는 그녀의
시선을 못 본 척했다.

"넘어질 뻔했잖소!"

"설명부터."

마훈은 개똥의 짐꾸러미를 발로 밟은 채, 개똥이 더 들어가려는 것을
막았다.

"나 오늘부터 여기서 살기로 했소."

"뭐?"

마훈은 짐을 밟고 있던 발을 저도 모르게 뗐다. 이거야말로 자다가 봉
창 두드리는 소리였다.

"어디서?"

개똥은 어깨를 으쓱하며 당연하다는 듯 이 층을 가리켰다.

"일이 층 전부 다 차지하고 산다면서요? 그중 하나만 주시오."

"일 층은 집무실, 이 층은 내 집. 그러니까 다 안 돼. 나가."

마훈은 단호했다. 영수의 장난일 게 뻔했다. 영수는 예전에도 여자 매

파를 뽑아 마훈의 생활 공간에 들인 적이 있다. 그녀는 한 다경을 버티지 못하고 쫓겨났고, 하루도 못 가 매파 일도 그만둬야 했다.

"이제부턴 우리 집이오."

"뭐?"

"오라버니 구하려다 고리대를 좀 얻었는데 집이 넘어가 버렸소. 집주릅이 금일까지 집을 비워달라는 통지문을 붙여놨다던데 내가 아직 글 읽는 법을 몰라 낙서인 줄 알고 떼어버렸다가 방금 쫓겨나오는 길이오. 설명이 됐소?"

"됐습니까."

마훈은 이 혼란스러운 와중에도 개똥의 말투를 고쳐주었다.

"설명이 됐습니까?"

개똥이 마지못해 말투를 정정했다.

"사정은 충분히 알았다. 하지만 첫째, 난 혼담을 의뢰받았지 널 부양해달라는 부탁을 받은 적은 없다. 둘째, 네가 말한 '우리 집'이라는 단어는 세를 함께 낼 때만 쓸 수 있는 단어다. 고리대로 허덕이는 네가 집세의 반을 낼 수 있는 능력은 없다. 고로 결론은 '너는 여기 살 수 없다'이다. 자, 이제 설명은 충분히 한 것 같고, 네가 실천만 해주면 될 것 같은데."

마훈은 개똥의 등을 떠밀어 밖으로 내보내고 문을 얼른 닫으려 했으나 그녀가 발을 쭉 내밀어 문이 닫히는 걸 막고는 씨익 웃어 보였다. 마훈은 개똥의 당당함에 무언가 일이 잘못되어가고 있다는 불안감을 느꼈다. 어느새 그녀는 제집인 양 안으로 다시 들어와 이 층으로 올라가려 했다. 하지만 끌고 온 짐꾸러미가 문제였다. 개똥은 황당해하며 따라오는 마훈 쪽으로 돌아섰다.

"들어주시오…겠습니까."

"뭐?"

'잘못 들었나? 영수가 도대체 뭘 가르쳐줬길래 이렇게 당당한 거야?'

마훈은 확연히 달라진 개똥의 태도에 멈칫했다.

"들고 나가려고?"

"올라가려고요."

"어이, 똥머리. 아까 내가 한 말을 이해 못 했느냐?"

"했습니다. 양반의 첫 번째 조건은 이기심이다. 고로 자신을 가장 먼저 생각해라. 선비님한테 폐 끼치기 싫어 밖으로 돌아다니며 추위에 떠느니, 얼굴에 철판 깔고 내 휴식부터 취하려고요."

"뭐라고?"

개똥이 술술 내뱉는 말에 마훈은 기가 찼다. 영수가 가르친 게 아니라 자신이 가르친 걸 믿고 저렇게 당당한 것이었다.

"배움은 실천할 때 빛나는 법이 아니겠소? 스승님."

마훈은 자신이 가르친 내용에 완전히 말려들고 말았다. 이기심을 가르친 스승은 응용력이 뛰어난 제자 덕에 제 따뜻한 안식처를 점령당했다. 그렇게 두 사람의 동거가 그 서막을 올렸다.

✕   ✕   ✕

"개똥아, 안 나오고 뭐 해? 안 가? 빨리 가야 좋은 비단을 구한다니까."

이른 새벽부터 영수가 마당에서 쟁쟁거리며 소리쳤다. 개똥은 부엌에서 졸고 있었다.

"아이, 진짜! 너는 밥을 하루 종일 지어? 대체 뭐 해!"

영수가 답답한 듯 부엌으로 달려 들어갔다. 부엌에 들어간 영수는 개똥을 한심하게 바라보았다.

"밥을 하라고 했더니 여태 졸고 있던 거야? 야, 개똥아, 개똥아!"

"이기심!"

개똥이 정신을 번쩍 차리고 일어섰다. 수업을 듣는 것과 꽃파당 일을 병행하기 위해 새벽같이 꽃파당에 나와야 했던 개똥이 졸음을 이기지 못하고 깜빡 잠들었던 것이다.

"이기심? 무슨 소리야. 빨리 가자, 빨리!"

"어딜 가는 거요?"

"어디긴! 오늘 네 비단 사러 가기로 했잖아. 장신구도 골라봐야지."

영수가 들뜬 얼굴로 말했다. 개똥은 귀찮은 듯 영수의 손에 이끌려 저잣거리로 나갔다.

"네 피부가 까무잡잡하니 밝은 분홍색이나 노란색은 피해야겠구나. 이건 재질이 영 별로다."

영수가 비단을 이것저것 들춰보며 말했다. 개똥은 지루한 듯 넋을 놓고 서 있었다.

"다 비슷해 보이는데. 아무거나 사고 매화산자나 하나씩 먹으면 딱 좋겠소."

"시끄럽고, 이리 와봐."

영수가 감청색 비단을 개똥의 얼굴 아래 대보았다. 개똥은 처음 겪어보는 상황이 어색한지 계속 뒷걸음치려 했다.

"왜 자꾸 뒤로 가. 이것도 괜찮고…. 여기 있다. 이거 한번 대보자."

영수가 뒷걸음질하는 개똥의 한쪽 어깨를 잡고 도망가지 못하게 한 뒤, 남보라색 비단을 그녀의 얼굴에 대보았다. 영수가 제법 진지한 표정으로 자신의 비단을 고르자 개똥은 쑥스러워하면서도 기분 좋게 비단을 둘러보았다.

"비단은 이렇게 올의 간격이 촘촘하고 빛을 받았을 때 화사하게 반사해야 해. 제아무리 예쁜 색깔을 가진 비단이더라도 품질이 좋지 못하면 맵시도 안 나는 법! 이게 바로 한양에서 제일가는 옷맵시를 자랑하는 고영수의 철칙이란 말이지."

영수가 자신감으로 가득 찬 얼굴로 설명했다. 개똥은 어벙한 얼굴로 고개를 끄덕였다.

"감청색 비단 두 필, 남보라색 비단 한 필, 홍매색 비단 두 필만 주시오."

"예, 선비님. 댁으로 가져다드릴까요?"

"가져가겠소."

영수는 비단을 신기한 듯 구경하고 있는 개똥을 턱짓으로 가리키며 말했다.

"저 처자가 들고 갈 것이오."

화들짝 놀란 개똥이 동그래진 눈으로 영수를 쳐다보았다.

"그 정도 고생은 해야겠지? 나는 내 눈으로 찍은 건 내 손으로 들고 가야 해서."

영수가 눈을 찡긋하며 웃어 보였다. 개똥은 한숨을 내쉬며 비단 꾸러미를 어깨에 짊어졌다. 영수가 우아하게 부채질을 하며 걸어가자 아낙들이 모두 그를 쳐다보았다. 반면 개똥은 뒤에서 낑낑거리며 따라갈 뿐이었다. 비단 꾸러미가 무겁지는 않았으나 노리개 구경을 할 때마다 내려놓았다가 다시 들어야 했기 때문에 여간 번거로운 게 아니었다.

"노리개는 끈과 보석, 매듭과 술로 이루어진다. 끈을 묶은 매듭의 개수에 따라 귀한 정도가 달라지지. 이렇게 생긴 것은 단작 노리개, 이것은 삼작 노리개다."

영수가 몇 가지 노리개를 비교해가며 설명해주자 개똥은 고개를 끄덕이며 그의 말에 집중하기 시작했다.

"마음에 드는 것을 골라봐. 개똥이 네 안목 좀 보자."

개똥은 대충 둘러보다가 알이 가장 크고 반짝거리는 노리개를 집어 들었다.

"이게 마음에 듭니다."

"이거? 안경 노리개? 너는 골라도 참…. 이건 실용성은 있지만 너처럼 두 눈 멀쩡한 여인한테는 쓸모가 없다. 차라리 그래, 이 노리개가 좋겠다."

영수가 홍옥으로 만든 노리개를 집어 들었다. 그러자 은은한 사향이 배어 나왔다. 개똥이 저도 모르게 노리개에 코를 들이대고 킁킁거렸다.

"이건 향각 노리개야. 사향 냄새가 나지? 향을 집어넣었기 때문에 몸에서 향기가 나게 해줄 뿐만 아니라 잡귀와 액운, 뱀까지 쫓을 수 있지."

"신기한 것도 많네요. 처음 봤소."

"그리고 급체했을 때 이걸 물에 타서 마시면 체증이 내려가기도 한다. 항상 허겁지겁 먹는 너한테 꼭 필요하겠다. 그치?"

영수가 놀리듯 말했다.

"자, 그럼 다른 장신구도 좀 볼까?"

영수가 노리개를 내려놓고 걸어가기 시작했다. 개똥은 다시 비단 꾸러미를 들고 영수의 뒤를 쫓아갔다.

×　×　×

영수의 수업은 그럭저럭 버틸 만했으나 마훈의 수업은 지옥훈련이나 다름없었다.

"붓에 힘을 주되 팔에는 힘을 빼라니까."

화선지에는 개똥이 엉성하게 그린 글자들이 제멋대로 춤을 추고 있었다. 이를 본 마훈은 붓을 잡는 자세부터 지적했다.

"팔에는 힘을 빼고 붓에는 힘을 주라는 게 가능은 한 거요?"

"참 답답하다. 이렇게 붓을 세우고 끝에만 힘을 주면 되는 것을."

듣다 못한 개똥이 붓을 탁 내려놓았다. 사방으로 튄 먹물 중 한 방울이 마훈의 코 옆에 톡 튀었다. 먹물은 마치 그곳이 제자리인 양 흐르지도 않고 멈춰 있었다.

"스승님, 얼굴에…."

"얼굴?"

마훈은 손을 올려 자신의 얼굴을 더듬었다. 하지만 먹물이 튄 자리만 쏙 빼고 다른 부분만 더듬고 있었다.

"아니, 여기."

개똥은 마훈의 얼굴에 손을 뻗어 검지로 먹물 자국을 지그시 누른 뒤 옆으로 밀어버렸다. 그러자 방울져 있던 먹물이 넓게 퍼져버렸다. 개똥은 애써 웃음을 참고 자세를 고쳐잡았다. 마훈은 진지한 표정으로 다시 수업을 시작했다.

"자, 먼저 붓을 쥐어보아라."

개똥이 마음을 가다듬고 붓을 다시 쥐자 마훈이 그녀의 뒤로 갔다. 그러고는 개똥의 왼쪽 팔에 손을 올리고 자신의 오른쪽 손으로는 붓을 쥔 그녀의 오른손을 감쌌다. 마훈의 손길이 닿자 개똥은 놀라 움찔거렸다.

"내가 붓을 움직일 테니 그 느낌을 잘 기억해봐."

"알았소."

마훈은 정갈하게 글씨를 써 내려갔다. 그가 힘의 강약을 잘 조절하며 붓을 이리저리 움직였으나 개똥은 숨도 편히 쉴 수 없을 만큼 긴장만 하고 있었다.

"이렇게 마지막엔 힘을 살짝 빼고 마무리 지으면 된다. 알겠어?"

"아, 알았소."

개똥은 고개를 숙인 채 대충 대답했다. 이를 눈치챈 마훈이 자세를 풀지도 않은 채 언성을 높였다.

"정신을 어디에다 두고 있는 거냐? 제대로 보지도 않고!"

"아, 어려워서 그랬소. 언문*은 그렇다 쳐도 한문은 도무지 뭐가 뭔지 모르겠소."

참다못한 개똥이 고개를 들어 항의하듯 대답했다. 자세를 풀지 않은 상태에서 개똥이 고개를 드니 그녀의 머리가 마훈의 코앞에 있는 게 아닌가. 당황한 마훈은 헛기침을 하며 개똥을 감싸고 있던 손을 얼른 풀었다.

"어, 어떤 제자가 스승한테 혼날 때 고개를 빳빳이 들어? 다시 고개 숙여!"

"허 참, 이랬다저랬다. 잘난 스승님 혼자 하시오!"

개똥이 화끈거리는 얼굴로 자리에서 일어나자 마훈도 질세라 자리에서 일어나 언성을 더 높였다.

"그래! 어디 그런 필체로 천자문을 떼어보아라!"

그들은 밖으로 나와 개똥은 오른쪽, 마훈은 왼쪽으로 돌아보지도 않고 씩씩거리며 걸어갔다. 밖에 있던 영수가 의아한 표정으로 마훈에게 걸어왔다.

"언니, 개똥이와 또 한판 했소? 개똥이는 천천히 다뤄줘야 말을 잘 듣는…."

"나도 안다. 오냐오냐했더니 하늘 끝까지 기어오르겠구나!"

"근데 언니는 수업을 얼굴로 하는 것이오? 얼굴에 웬 먹물 자국이 그리 묻었소."

"뭐?"

영수의 말에 마훈은 아까 자신의 얼굴을 누르던 개똥을 기억해냈다.

"야, 똥머리!"

* 예전에 한글을 이르던 말

×　×　×

지화는 방 안에 앉아 오래된 종이를 펼쳐보았다. 빛에 바래서 낡을 대로 낡은 종이였지만 보물을 다루듯 조심스레 만지작거렸다.

"아씨, 아직 안 주무세요?"

방 앞을 지키던 계집종이 졸음이 잔뜩 묻은 목소리로 물었다.

"아직 서책을 다 못 보았다."

"무슨 책을 그리 보십니까. 대감마님께서 요즘 걱정이 이만저만이 아니세요. 밤이 깊어도 아씨 방의 불이 꺼지질 않으니."

"넌 알 것 없다! 졸리면 너나 자."

"예."

계집종이 뾰로통한 얼굴로 물러갔다. 지화는 종이를 곱게 접어 서랍에 넣었다. 그것은 연길단자였다. 도준과 지화의 혼담이 오갔다는 유일한 기록. 도준과의 혼담이 파기되었을 때, 어린 마음에 다시 혼담이 오기를 기도하며 몰래 빼두었던 것이다. 지화는 틈이 날 때마다 연길단자를 보며 도준을 생각했다. 지화는 가시 돋은 그 마음에 도준 외에는 아무도 품었던 적이 없었다. 어린 시절부터 도준만을 생각했고 그 마음은 지금도 변함이 없었다.

'아직까지 마음을 놓지 못하는 나도 참으로 어리석구나.'

지화는 슬픈 얼굴로 한숨지었다.

×　×　×

개똥은 마루에 앉아 피곤한 듯 어깨를 두드리고 있었다. 마훈에게서는 말투와 자세, 행실에 대해 밤낮을 가리지 않고 교육받았고, 영수에게서는 몸단장하는 법에 대해 배웠다. 익숙하지 않은 꽃신을 신고 돌아다니느라 발가락에 물집이 잡혀 있었다. 개똥은 버선을 휙 벗어버리고 제 물집을 살펴보았다.

"낭자는 어찌 아무 데서나 발을 보이는 것이오?"

도준이었다. 자신이 수연이라고 말하자마자 존대를 하며 거리를 두던 사내, 자신을 가장 의심하고 있는 사내였다. 개똥은 도준이 다가오기 전에 재빨리 버선을 신으려 했다. 하지만 도준은 개똥이 버선을 신기도 전에 그녀의 발을 잡아챘다. 울퉁불퉁하고 상처가 많은 발이었다.

'개똥이가 정말 수연 낭자란 말인가.'

"정말 날 모르시오?"

"…."

수연이 도준의 옛 약혼녀였다는 것은 개똥도 마훈에게 들어 알고 있었다. 하지만 단 한 번 잠깐 스치듯 본 게 전부라고 했다. 그런데도 어찌 이렇게 수연에게 목을 매는지 신기할 정도였다. 도준은 잠시 개똥을 바라보다 버선을 신겨주었다. 개똥은 가볍게 목 인사를 하고 자리에서 일어났다. 도준은 그녀의 뒷모습을 보다 깜짝 놀랐다.

"그건…!"

돌아서서 가려던 개똥이 고개를 돌려 도준을 바라보았다. 도준은 개똥의 뒤통수를 손가락으로 가리켰다.

"뒤꽂이가…."

개똥이 머리 뒤에 꽂힌 뒤꽂이를 만지작거렸다. 영수가 골라준 뒤꽂이였다.

"아, 이거."

"매화를 좋아하십니까?"

개똥은 의심의 눈빛으로 자신을 좇는 도준에게 뭐라고 대답해야 할지 몰랐다. 그래서 그녀는 대충 고개를 끄덕인 뒤 도준에게서 벗어났다. 개똥이 자신에게서 멀어지자 도준은 품 안에 넣고 다녔던 자신의 반쪽짜리 뒤 꽂이를 꺼냈다.

'우연인가.'

도준은 개똥이 수연이라는 것을 들은 뒤부터 늘 의심의 눈으로 개똥을 보았다. 가장 거슬리는 것은 수연과 같은 위치에 있는 입술의 점이었다. 그 것은 분명 흔치 않은 점이다. 한 번 본 수연의 얼굴이 개똥의 얼굴과 점점 겹쳐 보였다. 결국 그는 정말 수연의 얼굴이 어떠했는지 알 수 없을 정도 로 혼란스러워졌다.

× × ×

칠흑 같은 어둠을 뚫고 궁의 그림자 하나가 길게 늘어졌다. 그림자의 발 걸음은 궁궐이 익숙한 듯 빠르지도 느리지도 않았다. 조선지 장인이라 불 리던 노인 윤동석은 상궁의 안내를 받아 닿은 강녕전에서 현판을 한참 동 안 올려다봤다. 조선의 설계자 정도전이 국왕은 마음을 바르게 하고 인간 의 모든 욕망을 잠재워야 한다는 뜻에서 붙인 이름 '강녕전'. 그러나 만든 이의 바람과 달리 하늘의 침전*은 조용할 날이 없었다.

'이런 곳에서 개똥이가 버텨낼 수 있을까.'

수염을 깎고 의관정제를 한 전 사간원지사 윤동석의 한숨이 강녕전의 공기를 감쌌다.

"오셨습니까, 장인어른."

이수는 윤동석을 향해 검은 익선관**의 위엄이 무색하리만치 정성스레

---

* 임금의 침실이 있는 전각
** 왕과 왕세자가 곤룡포를 입고 집무할 때 쓰던 관

절을 올렸다. 이수의 지시로 밖으로 밀려난 상궁이 봤더라면 거품을 물고 두 번쯤은 쓰러졌을 일이었다. 당황한 윤동석도 그를 따라 무릎을 꿇고 고개를 숙였다.

"장인어른이라니 당치 않습니다. 이름만 빌려줬을 뿐 그 아이는 제 여식이 아닙니다."

윤동석의 반응은 칼 같았다. 재빠른 정정에 이수도 할 말을 못 찾고 머리를 긁적였다. 윤동석은 툴툴거리면서도 제 심부름이라면 모두 해주는 개똥과 함께한 얼마간의 시간 동안 그녀를 딸로 여겼는지도 모른다. 하지만 그녀가 제 딸의 이름으로 살아갈 생각을 하니 개똥이 곱게 보이지 않았다. 마음속 깊이 아직 아물지 못한 상처가 미움이 되어 개똥에게 향했다. 살아 있었으면 많은 것을 누리고 살았을 자신의 딸. 그리고 이제 그 모든 것을 대신 누리고 살게 될 그 아이.

"제 여식의 시신을 거둘 수 있게 해주셔서 감사합니다."

이수는 유일하게 얻은 제 편인 겸사복[*]을 시켜 한성부로 넘어간 수연의 시체를 윤동석의 품에 돌려줬다. 그게 이 사기극을 이끄는 마훈의 또 다른 조건이었다. 딸의 마지막을 보지 못했던 윤동석은 알아볼 수도 없고, 끌어안지도 못할 유골을 보고서야 드디어 딸을 보내줄 수 있게 되었다.

"언제 개똥이를 마음 편히 볼 수 있을까요? 나는 내가 떳떳해지기 전까지 개똥이를 아니 볼 생각입니다."

이수는 점잖게 말했으나 개똥이 생각에 행복한 듯 설레는 표정을 지었다. 그 모습은 마치 아들이 아버지의 옷을 입은 것처럼 곤룡포와 어울리지 않았으나 이상하게 편안해 보이기도 했다.

"전하께서 내시와 궁녀들과의 수다에 빠져 있다 들었사옵니다. 정사를

* 왕의 근접 경호 무사

이해하지 못하니 조례에서는 꾸벅꾸벅 졸고, 관리들이 찍어달라는 대로 상소문에 옥새를 찍어주느라 정신이 없다는 흉까지 돌고 있지요. 전하, 그렇게 백성들의 입에 오르내리면 정사를 돌보기가 쉽지 않으실 것이옵니다."

"그래야 그들이 내게서 관심을 돌리지 않겠습니까. 나는 그러기를 바랄 뿐입니다. 공부는 대신들이 잠든 후에 하고 있으니 걱정하지 마십시오."

그저 사랑을 갈구해 왕의 자리에서 겨우 버티고 서 있는 남자, 그가 바로 이수였다. 처음에는 하루아침에 왕이 된 자신의 운명이 가혹하다 여겼다. 끝도 없는 제왕의 교육, 뒤돌아서 자신을 업신여기는 대신들. 이수는 이 자리가 몸에 맞지 않아 버거웠다. 당장이라도 곤룡포를 벗고 메질을 해서 칼을 만들고 싶었다. 그곳이 그리웠다. 하지만 도망칠 수 없는 굴레였다. 이 삭막한 곳에 개똥이 있어줄 수만 있다면 왕 노릇도 괜찮았다. 그녀가 행복하다면 성군도 될 수 있었다.

"내가 근사해져야 개똥이가 오는 길이 순탄하지 않겠습니까. 성군이 되어야겠습니다. 만백성의 칭송을 받는 왕이 돼야겠습니다. 그래야 개똥이가 국모로 대접받을 수 있겠지요."

윤동석은 이런 이수가 제 딸처럼 안쓰러웠다. 그는 한 번도 입 밖에 내지 않았던 딸 이야기를 꺼냈다.

"제 여식은 죽기 전 한 달간 혼례 준비로 여념이 없었습니다. 사실 저는 의혼*이 들어왔을 때 상대의 집이 마음에 걸렸습니다. 너무 대단한 집안이라 좀 무서웠습니다. 이 나라에서 아녀자가 눈물 없이 사는 게 어디 쉬운 일이겠습니까. 조금이라도 눈물 흘릴 일이 적은 집안으로 보내야겠다 마음먹었지요. 그런데 어디서 낭재를 보고 온 아이가 하루가 멀다 하고 낭재

* 중매자가 혼사를 의논하는 일

자랑을 하는 겁니다. 낭재 이야기를 할 때면 아이의 입가에 미소가 흐르
고 볼에는 홍조가 가득했지요. 내 딸이지만 그렇게 예쁜 모습은 처음이었
습니다. 지금 전하의 모습처럼요."

"저요?"

윤동석은 딸의 이야기에 차오르는 눈물을 얼른 훔쳤다.

"그 마음이 배신당했을 때 제 아이는 버티지 못했습니다. 그걸 받아들
이기에는 제 딸이 너무 어렸거든요. 그러니 전하, 부디 왕이 되어주십시
오. 제 딸의 이름을 가진 그 아이가 이 무서운 곳에서 버틸 수 있도록, 죽
은 제 아이가 두 번 죽지 않도록. 부디 왕이 되어주십시오, 전하."

"…"

한동안은 비웃음을 살 것이다. 상대의 말을 되묻고, 알아듣지도 못하면
서 경연*에서 한자리를 차지하고 있노라면 말이다. 경복궁 최고의 농담거
리가 될 것이었다. 하지만 언젠가는 자신을 경계하지 않던 그들이 땅을 치
고 후회할 것이다. 그는 그런 왕이 되기로 했다.

✕ ✕ ✕

"또 시작이다."

마훈은 제 가슴팍에 개똥의 손이 내려오자 눈을 번쩍 뜨고 조용히 중
얼거렸다. 개똥이 처음 들어온 날부터 마훈은 제대로 자지 못하고 늘 쪽잠
만 잤다. 개똥은 처음 들어온 날부터 마훈의 높은 침상을 점령했다. 마훈
은 자연스레 그 밑에 요를 깔고 잠을 청해야 했다. 개똥에게 일말의 죄책
감을 가지고 있는 마훈이 '이 정도는 양보해주자. 침구를 뺏긴 척, 말도 안

---

* 임금이 학문이나 기술을 강론·연마하고, 신하들과 국정을 협의하던 자리

되는 궤변에 넘어간 척해주자' 하고 한 걸음 물러난 것이었다. 어차피 마훈에게 개똥은 머리를 똥처럼 묶은 똥머리 처자에 불과했다. '함께 살면 가르칠 게 더 많아지겠지. 어차피 내 손으로 임금의 여자로 만들고자 하는 여인이 아니던가'라고 대수롭지 않게 생각했지만 이것은 마훈의 큰 오산이었다. 개똥의 잠버릇은 상상을 초월했다.

첫날의 공격은 발이었다. 새근새근 숨소리와 함께 그의 머리에 뭉툭한 게 툭 닿았다가 떨어지더니 다시 코끝에 닿았다. 눈을 뜬 마훈은 하늘에서 떨어진 것 같은 발의 등장에 기함할 뻔하다가 그것이 개똥의 것이라는 사실에 안도했다. 여인들의 고운 발과는 달리 발톱이 깨지고 여기저기 멍이 가득한 그 발을 보니 선뜻 움직일 수가 없었다.

'이렇게 험한 길을 밟고도 천연덕스럽게 웃던 여인이었나.'

마훈은 저도 모르게 제 손으로 그녀의 발에 난 상처를 어루만지다 화들짝 놀랐다. 얼른 개똥의 발을 들어 던지다시피 침구 위에 툭 놓았다. 쿵소리가 나는 듯했지만 마훈은 뒤도 안 돌아보고 이불을 뒤집어썼다. 그는 자신의 얼굴이 화끈거리고 있다는 것을 알 수 있었다.

그날 이후 개똥의 잠버릇은 매일 밤 마훈을 공격했다. 어떤 날은 새까만 손이 그를 때리기도 했고 또 어떤 날은 울퉁불퉁한 종아리에 맞기도 했다. 긴 머리카락으로 마훈의 코를 살랑살랑 간질이기도 했다. 처음에는 괴롭기만 한 잠자리였는데 마훈은 어느새 개똥을 관찰하느라 밤을 지새우는 자신을 발견했다. 실없는 미소 뒤에 감춰진 상처가 드러날수록 그의 연민도 함께 쌓여갔다. 하지만 그런 마훈의 마음을 알 리 없는 개똥의 잠버릇은 조금도 나아지지 않았다. 뜬눈으로 밤을 지새운 지 벌써 일주일째였다. 더는 버틸 수 없었다.

"도저히 안 되겠다."

그는 영수의 집을 떠올렸다. 영수의 잠버릇도 고약하긴 했지만 이것보단 훨씬 나을 터였다. 마훈이 개똥의 손을 올려주고 살며시 일어나려 하자 개똥이 소리를 내기 시작했다.

"으음."

침구에 살짝 올려놓은 개똥의 팔이 갑자기 움직이더니 이내 허공을 휘휘 가르기 시작했다.

"하다하다 별짓을 다 하는구나."

마훈은 웃기다 못해 어이가 없어 가볍게 무시했다. 하지만 개똥이 갑자기 구르더니 마훈의 앞으로 떨어지려 하는 것이 아닌가. 마훈은 굴러 떨어지려는 개똥의 상체를 양팔로 겨우 붙잡았다. 엎드린 채로 아슬아슬 걸쳐진 상체가 마훈과 닿을 듯 말 듯 했다.

"후아, 후아."

개똥의 가슴이 들숨과 날숨에 들썩일 때마다 마훈에게 바짝 붙었다 멀어졌다를 반복했다.

"어이, 똥머리."

마훈이 당황스러움을 꾹 참고 나직하게 그녀를 불렀지만 한번 잠든 개똥은 미동도 하지 않았다.

"이봐."

개똥은 마훈의 말에 응답하듯 더 크게 숨을 내쉬었다. 개똥을 지탱하고 있던 손이 바들바들 떨렸다.

"일어나봐."

마훈이 한 손을 뻗어 그녀의 뺨을 두드리려던 찰나, 개똥의 머리가 마훈의 얼굴 앞으로 다가왔다. 급한 마음에 자기도 모르게 개똥의 어깨를 잡고 있던 두 팔 중 하나를 떼고 만 것이었다. 중심을 잃은 개똥의 몸은 금세 앞으로 쏠렸다.

"어, 어! 흐읍."

조금만 움직여도 얼굴이 닿을 거리. 개똥의 얼굴이 마훈의 코앞까지 다가왔다. 마훈은 개똥의 숨결이 제 코끝에 닿자 저도 모르게 숨을 혹 참았다. 까맣게 그을린 얼굴에 짙은 눈썹. 그의 마음을 아는지 모르는지 개똥은 너무도 평온했다. 마훈은 바짝 다가온 개똥의 얼굴을 찬찬히 살폈다. 까무잡잡한 피부에 홍시를 베어 문 듯한 다홍색 입술. 그 사이로 가지런하게 놓인 치아. 둥그러니 예쁜 귀.

'이렇게 생겼구나.'

생각해보니 처음 만났을 때도 이런 모양새였다. 그때는 숟가락으로 민 상투를 튼 영락없는 선머슴이었는데 어느새 여인이 되어 있었다. 마훈이 방심한 사이 그녀를 받치고 있던 한쪽 팔이 내려갔고 개똥의 작은 머리가 마훈의 어깨에 자리 잡고 말았다. 개똥은 잠결에 편한 자세를 찾는지 자꾸 마훈 쪽으로 고개를 파고들었다. 마훈은 저도 모르게 개똥의 머리칼을 쓰다듬었다. 그러고는 잽싸게 다시 손을 뗐다.

'내가 무언가에 홀린 것이 분명하다.'

마훈은 땀이 나는 손을 더 꽉 쥐었다. 불편하고 어색했다.

'안 되겠다. 이 불편한 동거에 종지부를 찍을 방법을 찾아야겠다.'

마훈은 다짐하고 또 다짐하며 일 층으로 내려왔다.

× × ×

불행인지 다행인지 소설가 휘의 혼담은 무산되었다. 휘의 거짓말이 들통나서였다면 무패 신화를 지켜오던 꽃파당이 책임을 면할 수 없겠지만, 운 하나는 타고났다 주장하던 휘의 혼사가 무산된 것은 순전히 규수 때문이었다. 폐병이 심해져 피접을 간다나 어쩐다나. 결국 규수 쪽 집안에서 혼담을 취소할 수밖에 없었다. 그렇지 않아도 마훈은 이 혼사를 취소할 참이었다. 이상한 동거녀 개똥이 자신의 구역에 불쑥 들어와 마구 헤집어 놓은 것만으로도 혼이 빠질 지경이었기 때문이다.

"여긴 혼례를 주선하는 곳이지 못난 사내의 병을 고치는 곳이 아니오. 병은 의원에게 가보시오."

하지만 휘는 뻔뻔하게도 이렇게 받아쳤다.

"다시 해주시오. 될 때까지 해주시오. 그게 당신들 임무잖소. 만약 그러지 않으면 내 다음 패설은 당신들 이야기가 될 거요. 어느 날 중매쟁이들이 사는 꽃파당이라는 곳에 한 어여쁜 처자가 들어왔다네. 그녀는 새어머니의 질투와 구박을 피해 그곳에 왔던 거지. 그 처자는 한양서 제일 까칠하기로 유명한 마씨 성을 가진 남자와 사랑에 빠졌지. 하지만 이게 무슨 운명의 장난인지, 그는 재가한 새어머니가 잃어버린 아들이었다네. 마 도령은 낳아준 어미와 사랑하는 여인 사이에서 방황하다가 어느 날 도씨 성을 가진 남자와 눈이 맞아…"

마훈은 두말하지 않고 휘의 혼사를 다시 맡기로 했다. 마훈에게 그런 어설픈 협박이 통할 리가 없지만, 간택령이 떨어지고 나면 어떤 소문이 따라붙을지 장담할 수 없는 일이었다. 쓸데없는 소문이 나는 것은 최대한 피해야 했다.

이후에도 휘는 고질병을 고치지 못하고 여인을 볼 때마다 발을 달달 떨더니 여인의 수가 많아지면 이까지 딱딱거리는 경지에 다다랐다. 총체적 난국이 아닐 수 없었다. 결국 성미를 이기지 못한 마훈이 폭발하고 말았다.

"그 다리라도 좀 어떻게 붙잡아보시오. 복날 개 떨듯 달달 떨어대면 어느 여인이 좋다고 하겠소? 외모도 어디 흠잡을 데가 좀 많아야 말이지. 할 줄 아는 거라곤 거지 같은 패설이나 쓰는 게 다라니. 도대체 어디에다 써먹겠소?"

오래간만에 나온 마훈의 독설에 휘는 허겁지겁 입으로 밀어 넣던 수저를 슬머시 내려놓았다. 마훈은 자신의 눈치만 보는 휘의 모습에 한숨이 절로 나왔다.

　"이대로라면 매파님이 신부를 보쌈해서 혼사를 치른다고 하여도 제게 질려 도망가겠지요?"

　"선량한 매파를 아녀자 납치범으로 만들지 말고 얼른 드시오."

　보다 못한 영수가 수저를 쥐여주며 살살 달래보았지만 소용없었다. 다시 휘의 다리가 달달 떨리기 시작했다. 주위에 처자가 있나 살폈지만 사내들만 있었다. 그때 부엌으로 통하는 문이 열리고 다홍색 치마를 입은 한 여인이 등장했다. 며칠 사이 영수의 손길로 제법 여인의 태를 갖추게 된 개똥이었다. 물론 겉보기만 그러했다. 점잖고 기품 있는 의복을 입힌 것이 무색하게 개똥은 모든 반찬을 넣고 비빈 밥을 담은 놋쇠 그릇과 수저 하나를 들고 탁상에 걸터앉았다. 한쪽 다리를 올려 접은 그 폼이 여염집 할머니와 똑같았다. 개똥은 입맛을 쩝 다시며 비빔밥을 입안으로 욱여넣었다. 그녀는 밥알이 입 밖으로 튀어나오는 줄도 모르고 밥그릇을 삽시간에 비우기 시작했다. 이를 본 영수가 열을 올렸다.

　"언니, 진정 저 아이가 사대부 집 규수가 맞소? 그것도 전 사간원지사 윤동석의 하나밖에 없는 귀한 따님?"

　도준 역시 게걸스럽게 밥을 탐하는 개똥을 신기하게 바라봤다.

　"그럴 리가 없어."

　며칠간 수연의 생사에 대해 생각하고 또 생각해봤던 도준의 행동을 무색하게 하는 개똥이었다.

　"오랜 시간 아팠다잖아."

　마훈은 생각나는 대로 둘러댔지만 수습이 되지 않을 거란 걸 알았다.

　"언니 눈에는 저게 아파서 오랜 기간 피접을 갔다 올라온 얼굴이요, 진정? 생기가 오를 대로 오른 저 모습이? 혹시 수습한테 밤마다 뭘 먹였소? 하긴 아직 안 쫓겨난 거 보니 수습이 여인이긴 한가 보오."

마훈을 골려주려 했던 영수가 그의 서늘한 눈빛에 잠시 입을 다물었다가 그새를 못 참고 다시 호들갑을 떨었다.

"도대체 병명이 뭐요? 아니, 저 여인의 정체가 뭐요?"

도저히 안 되겠는지 마훈이 개똥의 놋그릇을 빼앗았다. 이런 모습만 보였다가는 개똥이만 오매불망한다는 이수조차 달아날 것이다. 마훈은 억울함이 가득한 개똥의 얼굴을 보지도 않고 올려 접은 그녀의 다리를 제 발로 툭 쳤다. 중심을 잃은 개똥의 몸이 마훈 쪽으로 기울었다. 그는 가까이 붙은 개똥에게 나직이 경고했다.

"한 시진 전에 밥을 먹지 않았느냐. 제발 숟가락 좀 내려놓거라. 누가 보면 내가 널 굶긴 줄 알겠구나."

"굶기지 않았습니까? 밥그릇에 반도 채 안 찬 밥이라니. 지전 주인도 그리 야박하게 굴진 않았습니다."

마훈은 말투가 제법 고쳐진 개똥의 불평에 대꾸하지 않고 그녀의 구부러진 등을 툭 쳤다. 개똥은 익숙한지 마훈의 손이 닿자마자 허리를 폈다.

"남이 볼 때나 안 볼 때나, 허리는 곧추세우고 시선은 정면보다 조금 위로. 지금처럼 밥을 뺏겼을 때도 얼굴엔 항상 미소."

"그게 그리 쉬운 줄 아십니까."

"그럼 양반 되기가 쉬운 줄 알았더냐."

"양반 되기?"

도준이 끼어들었다.

"삼 년 동안 개똥이로 살았으니까. 다시 양반이 되어야지."

마훈은 좀 더 신중하지 못했던 자신을 원망하며 입을 꾹 다물었다. 자기가 생각해도 말의 앞뒤가 맞지 않았다.

"밥그릇 언제 다시 가져갔어. 천천히 좀 먹어라, 좀!"

도준은 티격태격하면서도 다정해 보이는 마훈과 개똥의 모습에 마음이 서늘해졌다. 평소 독설을 내뱉는 걸 보면 제 속내를 다 내보일 듯하지만, 사실 단 한 번도 남에게 마음을 내준 적 없는 마훈이 개똥 앞에서 짓는 편안한 미소가 마음에 걸렸다. 도준은 며칠 새 혼란을 겪으면서 결론을 내렸다. 그녀가 수연이든 아니든 이번에는 누구에게도 빼앗기지 않도록 최선을 다해볼 것이라고.

"그런데 말이야…."

가만히 있던 영수가 뭔가 이상하다는 투로 말을 꺼냈다. 두 사람에게 향해 있는 줄 알았던 영수의 시선은 휘에게 가 있었다.

"낭재가 아까부터 다리를 안 떨고 있는데?"

그 말에 생각에 잠겨 있던 도준의 시선도, 옥신각신하던 마훈과 개똥의 시선도 자연스럽게 휘에게 쏠렸다. 당황한 휘는 다시금 다리를 달달 떨기 시작했다. 휘의 행동을 가만히 지켜보던 마훈의 입꼬리가 그제야 위로 향했다.

"모든 독에는 해독제가 있는 법이지."

"뭔 소리야?"

"곧 보름이지? 수습 환영회도 할 겸 다 같이 광통교로 답교놀이*나 갈까?"

답을 얻은 마훈의 표정에는 여유가 넘쳤으나 다른 사람들은 점점 더 오리무중에 빠졌다.

---

* 정월 보름날 밤에 다리를 밟는 풍속

10. 달빛 천자문

보름을 앞둔 달은 조금 부족한 달빛으로 아름다움을 자랑한다. 꽃봉오리가 필 듯 말 듯 애를 태울 때 가장 예쁘듯 보름을 하루 앞둔 살짝 덜 찬 달이 한양살이의 모든 시름을 끌어안으며 밝게 빛나고 있었다.

노란 세상에 제 시름을 기댄 한 여인이 흙바닥에 무언가 써 내려가고 있었다. 한자인지 암호인지 알아볼 수 없을 만큼 엉성한 문자가 그녀의 손끝을 따라 나타났다. 여인의 고개도 손가락을 따라 떨어지고 오르기를 반복했다.

손가락에 묻은 흙을 털어낸 개똥은 바닥에 놓인 짚신 한 짝을 들어 올렸다. 그 밑에 '윤수연'을 한자로 적은 종이가 드러났다. 정갈하고 깔끔한 글씨는 그림인지 글자인지 알 수 없는 개똥의 것과는 딴판이었다. 자기가 바닥에 쓴 글자를 본 개똥이 탄식했다.

"아, 또 틀렸다."

저도 모르게 한숨을 내뱉은 개똥이 초조한 듯 엄지손가락을 입에 물었다. 채 털어내지 못한 흙이 아랫입술에 묻어 원래 있던 점이 더욱 짙어진 것처럼 보였다. 개똥은 그런 줄도 모르고 흙바닥에 적은 글자를 짚신으로 쓱쓱 지웠다. 그러고는 흙바닥에 털썩 주저앉아 어제 마훈에게 받았던 자세 교정 수업을 떠올렸다.

쨍그랑.

개똥의 머리 위에 있던 다섯 번째 접시가 깨졌다.

"어깨는 흔들지 말고 고개는 반듯하게 힘을 주고 가만히 서 있거라."

다른 일을 하고 있던 마훈이 개똥을 쳐다보지도 않고 말했다. 지금 개똥은 머리 위에는 접시를, 양쪽 어깨에는 종지를 올린 채 수련 중이었다. 마훈은 쨍그랑 소리만 듣고도 개똥의 잘못을 단번에 알아냈다.

"너무 어렵습니다. 가만히 있어도 그냥 툭 떨어진단 말입니다."

"네 마음이 흔들리니 그렇게 되는 것이다. 머릿속으로 무얼 생각했느냐."

개똥은 어서 수업을 마치고 편하게 누울 생각을 했다. 그녀가 대답을 못하고 머뭇거리자 마훈이 머리 위에 접시를 새로 올리며 말했다.

"사람들은 지금의 너만 볼 것이다. 선머슴처럼 행실이 얌전치 못하면 남들도 너를 그렇게 대할 것이란 말이다."

"알겠습니다."

"나비가 꽃에 앉았다가 사뿐히 날아가듯, 바람이 대청마루에 잠시 머물렀다 가듯 가볍게 한 걸음 내디뎌보아라."

'가볍게, 가볍게…'

개똥이 겨우겨우 한 발짝 뗐다. 다행히 접시는 깨지지 않았으나 자세에 어색함이 잔뜩 묻어났다.

"그렇게 나에게 열 걸음만 걸어오거라."

마훈이 한쪽 벽으로 성큼성큼 걸어갔다. 그러고는 이제 막 걸음마를 시작한 아이를 기다리는 아비처럼 그녀를 기다렸다. 개똥은 온 정신을 집중해 한 걸음, 한 걸음 내딛기 시작했다. 그녀의 머릿속에는 오직 한 가지 생각뿐이었다.

'하나, …나는 윤수연이다.'

'둘, 나…는 윤수연이다.'

'셋, 나는… 윤수연이다.'

'…여덟, 나는 윤수연…이다.'

'아홉, 나는 윤수연이…다.'

'열, 나는 윤수연이다.'

무사히 열 걸음을 뗀 개똥이 기쁜 얼굴로 마훈을 바라봤다. 하지만 즐거움도 잠시, 마훈의 얼굴이 너무 가까이 있다는 걸 깨달았다. 일자로 뻗은 짙은 눈썹과 오똑한 콧날, 하얀 피부와 붉은 입술까지. 저도 모르게 마훈의 얼굴을 훑어보던 개똥이 그만 중심을 잃고 몸을 휘청거렸다.

"어, 어!"

개똥의 양어깨와 머리에 올라가 있던 그릇이 와장창 떨어졌다.

"그릇이 남아나지 않겠구나. 앞으로는 하나씩 깰 때마다 네가 받는 삯에서 까야겠다."

행여나 개똥이 넘어질까 재빨리 얼싸안은 마훈이 농을 치듯 말했다. 그러다가 자신과 개똥이 껴안고 있다는 사실을 깨닫자 재빨리 그녀를 밀쳐내고는 자못 진지한 말투로 말했다.

"내일은 시험을 볼 것이다."

마훈은 개똥에게 종이 한 장을 대뜸 내밀었다. 한자 세 글자가 정갈하게 쓰여 있었다. 마훈은 개똥과의 첫 수업 이후 가장 기본적인 언문부터 서화를 보는 법, 생활 예절, 삼강오륜까지 틈틈이 가르쳤다. 마훈은 아녀자들이 하는 손바느질에도 능했다. 개똥은 한꺼번에 쏟아지는 가르침이 힘겨운 듯 헐떡이면서도 마훈의 성에 찰 만큼은 해냈다. 마훈은 개똥에게

단 한 번도 살가운 칭찬을 건네지 않았지만 자신을 스승처럼 잘 따르는 그녀를 내심 대견하게 여겼다.

허나 더 이상의 동침만큼은 무리였다. 개똥의 얼굴만 보아도 그날 밤이 생각나 제아무리 까칠한 마훈도 견디기 어려웠다. 마훈은 개똥을 내쫓을 방법으로 한문을 택했다. 개똥의 가장 큰 약점을 이용하기로 한 것이다. 마훈은 한자로 '윤수연'이라고 적은 종이를 건넸다.

"이게 무엇입니까?"

"네 이름이다. 내일까지 외우거라. 시험을 볼 테니. 천자문을 외우라는 것도 아니고 네 이름 세 글자 외우는 것이니 할 수 있겠지?"

붓을 잡는 것도 서툰 자신에게 하루 만에 이름을 써내라고 요구하자 개똥은 당황스러웠다. 눈앞에 보이는 세 글자의 어디가 위고 아래인지 분간도 안 되는데 내일까지 외우라니 막막할 따름이었다.

"이, 이러는 게 어딨소?"

"여기 있소. 됐소?"

마훈은 당황할 때마다 튀어나오는 개똥의 말투를 따라 하며 무심히 자리에 앉았다. 그는 개똥이 해내지 못할 것이라 확신했다.

"못하면 어떻게 되나요?"

"내 공간에서 나가줘야겠지."

"스승님이 그때 이기심을…."

"궤변을 받아주는 건 여기까지. 난 이기심을 가지라고 했지 도적놈이 되라고 한 적은 없다. 내일까지 외우면 당분간 방세는 면제해주지."

尹颺軟 윤수연. 개똥은 읽을 수도 없는 어지러운 한자를 눈에 넣으려고 애썼지만 좀처럼 머릿속에 들어오지 않았다. 하지만 마훈의 고집에 개똥에게도 오기가 생겼다. 다른 건 몰라도 생존 경쟁에서만큼은 져본 적이 없는 그녀였다. 이게 그의 규칙이라면, 까짓것 이겨주리라.

"그야 당연한 거고, 다른 것도 주십시오."

"뭐?"

"지금까지 수업하면서 잘했다, 수고했다, 힘들겠다는 칭찬 한 번 받아보질 못했습니다. 제가 해내면 인정해주십시오. 잘했다 칭찬해주십시오. 제가 이 이름에 부족하지 않다고 받아들여 주십시오."

"좋다. 해내면."

개똥은 다시 한번 짚신으로 바닥을 문지르며 한숨을 내쉬었다. 할 수 있다고 호언장담했건만 결코 쉬운 일이 아니었다.

"괜히 심술이야."

개똥은 마훈의 정갈한 글씨 위에 제 손가락을 얹고 획을 따라가기 시작했다.

뒷문을 나서던 마훈이 멈춰 섰다. 개똥은 아직도 제 이름 쓰는 것을 포기하지 않고 있었다.

"미련한 것."

몇 걸음 떨어져서 봐도 개똥의 손은 추위에 벌겋게 얼어 있었다. 안쓰럽지만 낙제하지 않으면 마훈 자신이 곤란한 상황이었다. 한마디 퍼부으려던 그는 이내 그만두기로 했다. 내쫓으려 내준 과제다. 포기하라고 만든 시험이다. 어찌 저리 악착같고 미련스러운지 마훈은 속이 상했다. 그러면서도 이번만큼은 스승이 아닌 감독관이 되어야 한다고 마음먹었다. 개똥에게 자꾸만 뻗어 나가는 자신의 마음을 이제 잘라내야 한다.

× × ×

"예, 이자가 맞는 것 같습니다."

도준 앞에 무릎 꿇은 자가 고개를 조아리며 말했다. 그의 앞에는 한 남자의 용모파기*가 놓여 있었다. 상투를 틀고 선이 고운 사내의 그림이 눈에 들어왔다. 언뜻 보면 사내 같아도 그 모습을 자세히 들여다보면 큼직한 귀와 짙은 눈썹, 검은 눈동자까지, 개똥의 용모파기가 분명했다.

개똥이 수연이 되고 나서부터 도준은 하루도 마음이 편하지 않았다. 정말 살아 있는 건지, 윤동석 대감의 말처럼 그녀가 단지 아파서 피접을 간 것인지 확신이 들지 않았다. 그의 혼란스러운 마음을 정리할 수 있는 방법은 사실 확인뿐이었다. 도준은 자신의 지위를 이용해 삼 년 전 개똥과 같은 마을에 살았다는 한 남자를 찾아냈다.

"사 년 전부터 한 삼 년간 한마을에 같이 살았습죠. 하지만 이름이 개똥이가 아니라 덕순이었습니다. 여인이 상투를 틀고 다녀서 사람들이 종종 남자로 오해했던지라 똑똑히 기억합니다."

사 년 전이라면 윤동석이 사간원지사로 지내며 북촌에 거주했을 때다. 별당아씨라 불렸던 수연은 좀처럼 밖에 나가는 법이 없어 얼굴을 아는 이가 드물었다. 그래도 장옷을 쓰고 외출하는 것을 본 자가 몇 있었다. 만약 이 사내의 증언이 사실이라면 개똥은 수연을 사칭해 누군가와 혼례를 치르려고 하는 것이다.

'하지만 마훈은 분명 윤 대감에게 부탁받았다고 했다. 그렇다면 윤 대감이 양자로 들인 여식인 걸까? 그럼 왜 개똥이가 수연 낭자라고 속이려 드는 걸까? 혹시 마훈은 이 사실을 알고 있는 걸까? 아니면 나처럼 속고 있는 건가?'

도준의 생각이 다시 복잡해졌다. 마훈과 영수는 신분의 고하를 막론하고 함께 술을 마시고 자신의 쌈지까지 맡길 수 있는 지기들이었다. 그런데

* 용모와 신체적 특징을 기록한 그림으로, 지금의 몽타주

이제는 꽃파당의 누구도 믿을 수 없게 되어버렸다. 도준은 용모파기를 다시 들여다보았다.

'도대체 넌 누구냐?'

"그럼 이 여인은 어떠하냐?"

도준은 개똥의 용모파기 옆으로 한 여인의 용모파기를 올려두었다. 가느다랗고 긴 턱선에, 제법 넓은 이마, 붉고 가는 입술 가운데에 살짝 번진 점 하나. 그건 도준이 단 한 번 본 이의 얼굴을 용모화공의 힘을 빌려 그린 것이었다. 두 사람의 용모파기는 각각 남자와 여자로 보일 만큼 다른 듯했지만, 함께 놓고 보니 점점 비슷해 보여 얼굴을 자세히 기억하지 못하는 이라면 혼돈에 빠질 만했다.

"잘 기억해보아라. 왼쪽의 이 여인이 상투를 푼다면 이런 모습일 수도 있겠느냐?"

"네?"

"이 여인이 상투를 틀면 옆의 용모파기 속 모습일 수 있겠냐는 말이다. 잘 보아라."

남자는 도준이 건넨 두 용모파기를 찬찬히 살폈지만 확신할 수 없다는 듯 고개를 갸웃거렸다.

"분명 다른 용모인 듯하나, 소인이 덕순이의 댕기 머리는 본 적이 없는지라 잘 모르겠사옵니다."

'수연 낭자와 개똥이가 같은 인물일 수도 있고, 아닐 수도 있다? 이거야 원. 답을 얻자고 한 일인데 오히려 더 혼란스러워지다니.'

그때 방문이 열리고 누군가가 제법 잘 차린 주안상을 들고 나타났다. 그 뒤로 이 기방의 행수 매향이 들어왔다. 그녀는 웬만큼 귀한 손님이 아니고서야 주안상을 들일 때 나서는 법이 없는 자존심 센 기녀였다. 게다가 전두가 밀렸다며 도준을 관아에 고발까지 한 이가 아니던가. 그런데 친히 주안상을 들고 오다니 뭔가 꿍꿍이가 있는 것이 분명했다. 도준은 자신의 옆에 앉아 술을 따르는 늙은 여우의 살가운 친절에 의심의 눈길을 던졌다. 첫 잔을 단숨에 비워낸 도준이 물었다.

"전두 없는 나를 매정하게 내칠 때는 언제고?"

"단골손님이잖습니까. 전두는 제가 치르겠습니다. 한데 웬 용모파기이 옵니까?"

매향은 용모파기에 관심을 보이며 빈 잔에 냉큼 술을 따랐다. 술을 받는 도준의 얼굴에 장난기가 올라왔다. 기방을 드나드는 이들이 떠드는 은밀한 소문을 모아 아버지에게 파는 여인.

"죽은 자와 산 자를 골라내고 있네."

도준의 의미심장한 말을 들은 매향의 얼굴에 알 듯 말 듯 한 미소가 피어올랐다. 도준의 눈길이 다시 개똥과 수연의 용모파기로 향했다. 다른 듯 닮았고, 닮은 듯 다른 두 사람. 오늘도 그는 정답을 찾지 못하고 술을 들이켰다.

× × ×

기방에서 나와 술기운에 비틀비틀 걷다 보니 어느새 꽃파당이었다.

'오늘 같은 날에는 마훈과 함께 이 층에서 술 한잔 기울이면 딱 좋을 텐데.'

하지만 지금은 누구도 믿을 수 없는 처지였다. 저도 모르게 꽃파당을 향해버린 발걸음이 조금 우스워 헛헛하게 웃으며 돌아서는데 마당에 있는 개똥이 눈에 들어왔다. 짚신 밑에 깔아둔 종이를 살피는가 싶더니 이내 자신이 쓴 것과 비교하며 울상을 짓는 여인. 그리고 어느 날인가부터 윤수연이라 불리는 사람.

"다스릴 윤, 바람 소리 수, 부드러울 연."

여기저기 생채기가 난 개똥의 손이 획을 긋다가 멈췄다. 노란 달빛을 가린 사내의 그림자가 길게 늘어섰다. 기방에서나 맡을 수 있는 난향과 그림자를 감싸고 풍기는 술 냄새. 고개를 들어 보지 않아도 알 수 있는 도준의 망나니 향기였다. 언제나 술병과 함께 있는 선비, 세상만사에 가장 무심한 사내.

"전 사간원지사의 여식이 아직 자기 이름도 깨치지 못하고 뭐 하셨습니까."

개똥, 아니 수연의 등장으로 매일 밤낮을 혼란 속에 잠든 도준이 심술궂은 말을 내뱉었다. 그는 주변에 보이는 나뭇가지를 꺾어 여봐란듯이 기세 좋게 윤수연의 이름을 적어 나갔다. 획이 취기에 비틀거리는 듯도 하였으나 그 비틀거림마저 매력적이었다. 정갈하고 엇나감이 없는 마훈의 필체와는 또 다른 필체. 개똥은 글씨가 곧 붓을 든 자의 성품을 나타낸다던 마훈의 말을 떠올렸다.

"우와."

눈이 휘둥그레진 개똥이 감탄을 내뱉었다. 거침없이 써 내려가는 도준의 모습에 개똥의 졸음이 단숨에 달아났다.

"어떻게 쓰는 겁니까? 가르쳐주십시오."

개똥은 도준이 도망이라도 갈까 봐 그의 도포 자락을 꼭 붙들었다. 그녀의 다급한 손길과 간절한 눈길에 도준의 술기운도 확 달아났다.

"낭자, 내겐 이걸 한 식경 만에 익힐 방법이 있습니다."

"진정입니까? 저 좀 가르쳐주십시오."

"대신 글자 하나를 가르쳐줄 때마다 내 질문 하나에 답을 해주시는 거요. 대답하기 곤란하면 이 혼돈주 한입으로 대신해야 합니다. 어찌하시겠습니까?"

도준은 품에서 술병을 꺼내 윤수연이라 적은 글씨 아래 두었다. 직접 확인해야 했다. 개똥이 누구인지. 수연이 살았는지 죽었는지.

개똥은 흙먼지가 묻은 손을 탈탈 털었다. 술시*부터 시작했건만 자시** 가 되도록 문자가 어떻게 생겼는지도 외우지 못했다. 세 글자를 거침없이 써내서 스승의 코를 납작하게 해줄 수만 있다면 술 한 병을 못 마시랴. 그녀는 허락의 뜻으로 고개를 끄덕였다. 개똥의 뒤로 가 앉은 도준이 그녀의 손을 잡고는 쫙 펴게 했다.

"한자는 외우는 게 아니오. 그리는 거지. 잘 보시오. 이게 낭자의 손."

도준은 개똥의 손에 나뭇가지를 붓처럼 쥐어준 다음 자신의 손을 그 위에 포갰다. 개똥의 손을 잡은 도준이 한자로 손 수手를 썼다.

"이건 사람의 손을 나타내는 손 수 자요. 여기에 세로로 획을 하나 더 그으면, 어떻소? 꼭 사람이 자를 쥐고 감독하고 있는 것 같지 않소? 이게 바로 다스릴 윤尹. 그대의 성."

도준은 개똥의 이해를 돕기 위해 다시 한 번 윤 자를 함께 써 내려갔다. 개똥은 저도 모르게 손이 떨려와 도준의 눈치를 힐끔 살폈다.

"집중."

단호한 도준의 목소리에 개똥이 얼른 고개를 숙였다.

"다음은 바람 소리 수颼. 먼저 바람이 불어오는 풍경을 그린다고 생각하면서 날렵하게 바람 풍風 자를 그려주시오. 그 옆에 있는 건 쌀 씻는 소리라는 뜻도 있지만 집안에서 불을 맡고 있는 늙은이라는 뜻이기도 하오. 잘 봐요. 원래 글자는…."

도준은 개똥이 이해하기 쉽도록 늙은이 수叟 자를 하나씩 풀어내기 시작했다. 처음에는 갸웃하던 개똥도 도준의 세세한 설명에 금세 고개를 끄

* 오후 일곱 시부터 아홉 시
** 오후 열한 시부터 오전 한 시

덕였다. 이번에는 도준의 눈길이 개똥에게 향했다. 이름 석 자에 마냥 행복해하는 개똥의 웃음에 또다시 혼란스러움을 느낀 도준이 고개를 돌렸다.

"윤, 수, 연."

개똥은 힘겹게 그 이름을 쓰는 데 성공했다. 두 시진이 다 되도록 헤매던 일을 도준이 한 다경 만에 끝내준 것이다. 개똥은 아이처럼 기뻐하며 도준의 목을 끌어안았다. 그에게서는 아직도 술 냄새가 은은하게 풍겼다. 당황한 도준이 개똥을 얼른 품에서 떼어내며 겨우 할 말을 찾았다.

"이, 이제 내게 보답을 해줄 차롑니다. 첫 번째 질문."

도준의 시선이 단번에 개똥의 입술을 향했다. 수연과 같은 자리에 있는 검은 점이 오늘따라 흙까지 묻어 더욱 눈길을 끌었다. 개똥은 제 입술에 흙이 묻은 줄도 모르고 해사하게 웃으며 도준의 질문을 기다렸다.

"첫 번째 질문, 사 년 전 여주에서 산 적이 있습니까?"

× × ×

"윤수연."

매향의 입에서 윤수연이라는 세 글자가 나오자 입맛이 떨어진 듯 도봉수가 술잔을 슬며시 내려놓았다. 매향은 한양에서 일어나는 일, 특히나 정치적인 일이라면 모르는 것이 하나도 없었다. 오죽하면 그녀의 귀와 입을 거치지 않은 양반은 신분을 세탁한 자라는 소문이 돌겠는가. 그만큼 그녀는 세간의 일에 빠삭했다. 사실상 도봉수가 덕망 높은 한성부윤으로서 백성들의 존경을 받으며 자리를 지킬 수 있었던 것도 정보통인 매향 덕분이었다. 그런 그녀의 입에서 윤수연이라는 이름 석 자가 나왔다. 도봉수는 조심스레 그녀의 의중을 떠보았다.

"그게 누군가?"

"삼 년 전에 죽은 여인, 그리고 다시 태어난 여인이지요."

"아, 윤 대감 댁 여식을 말하는 건가. 그 집 여식이라면 익히 알고 있지. 피접을 갔다 돌아왔다더군."

"피접을 간 것이 아니라는 소문도 있사옵니다."

"흠, 그런 소문이 돈다는 말이지. 불러들이거라."

도봉수의 한마디에 기방 문이 살며시 열리고 검은색으로 변복을 한 사내가 들어왔다.

"내가 이 이야기를 매향이를 통해서 들어야 하겠나?"

도봉수는 그가 이 소식을 전하지 않은 것을 심히 언짢아했다.

"네가 본 것, 들은 것, 생각한 것을 그대로 고하거라. 한 치의 거짓도 있어서는 안 될 것이다."

변복을 한 사내는 곤혹스러운 듯 입술을 깨물었다.

"아직 네 처지를 파악하지 못한 모양이구나."

"아닙니다."

도봉수의 협박에 당황한 사내가 어렵사리 수연에 대해 이야기하기 시작했다. 그날 그곳에서 오고간 이야기는 오직 매향과 도봉수, 그리고 변복을 한 사내만이 알 터였다.

× × ×

"어찌하여 금방 탄로 날 거짓말을 하는 것인가. 그 아이를 양자로 들여도 상관없었네. 이름을 빌려줘 봤자 그들은 곧 그 아이가 가짜라는 걸 알아낼 걸세."

원래 살던 집으로의 귀환을 앞둔 윤동석이 초가집에서 마훈과 마지막 회동을 가졌다. 윤동석은 바람 앞 등불 같은 왕에게 조금이라도 힘이 되어주기 위해 정식으로 입궐하기로 결정했다. 숨어 지내기만 했던 윤동석이 세상에 모습을 드러낼 차례였다. 죽었는지 살았는지 모를 딸과 피접을 간다는 이유로 사직서를 내던진 지 꼬박 삼 년 만의 일이었다. 그런 그가 등장하면 도봉수와 강몽구는 개똥이 가짜라는 걸 밝혀내려 혈안이 될 것이다. 윤동석은 죽은 딸이 또다시 도마에 오르내리는 것이 염려되었지만, 그보다는 딸처럼 여기던 개똥이가 더 걱정이었다. 처음에는 딸의 자리를 앗아가는 것 같아 내심 미웠던 개똥이었으나 지금은 그 아이를 수연이처럼 또다시 잃게 될까 봐 조바심이 났다.

"금방 탄로 날 거짓말이기에 하는 것입니다."

"뭐라?"

"대감께선 아씨의 죽음에 대해 일절 입을 열지 않으셨지요. 사람들은 아씨가 몸이 약해 외가로 피접을 갔다고 알고 있습니다. 물론 사내와 밤도망을 갔다는 소문도 돌긴 했습니다만, 그거야 대감께서 아니라 하면 그만입니다. 피접 생활을 증명해줄 가짜 증인들도 철저히 준비해두었습니다."

"하지만 도 대감이나 강 대감이…."

"그렇습니다. 그게 제가 바라는 겁니다. 아씨의 죽음을 알고 있는 건 두 집안뿐입니다. 그들은 개똥이가 아씨의 이름을 가지고 나타나자마자 자신들이 그날 본 게 확실한지 의심하기 시작할 겁니다. 어쩌면 정말 살아 있는지도 모른다며 두려워하겠지요. 그들은 이제부터 귀신과 싸우게 될 겁니다. 누구에게 도움을 청하지도 못하고 끙끙 앓으며 개똥이의 정체가 드러날 때까지 그렇게 괴로워하도록 둘 것입니다."

무서운 계획이었다. 윤동석은 가끔 마훈이 중매쟁이가 아니라, 임금을 농락하고 천하를 발아래 두려는 강몽구의 먼 친척은 아닐까 생각했다.

어쨌든 이제 시작이다.

×　×　×

"첫 번째 질문, 사 년 전 여주에서 산 적이 있습니까?"

마훈은 개똥에게 누가 물어보면 강원도로 피접을 떠났다 왔다고 말하라 일렀다. 하지만 당시 개똥은 여주에서 생활했다. 도준의 얼굴에는 진실을 알고 싶다는 간절함이 배어 있었다. 개똥은 그 절박함을 외면하지 못해 거짓말을 하는 대신 술잔을 들었다. 하지만 도준은 개똥의 침묵에 더 애가 탔다. 개똥이 술로 입술을 축일 때마다 아까부터 신경 쓰이던 점이 자꾸 눈에 들어왔다.

"덕순이라고 들어 보았습니까?"

이번에도 술잔이 개똥의 대답을 대신했다. 도준은 기다리지 않고 마지막 질문을 던졌다.

"너는… 누구냐?"

"…."

개똥은 또다시 술잔을 들었다. 도준의 시선이 개똥의 손을 지나 입술로 옮겨갔다. 달빛 아래 개똥의 모습은 그날 보았던 수연 같기도 했다. 도준은 술잔을 든 개똥의 손을 붙잡고 제 쪽으로 끌어당겼다.

"사람이냐 귀신이냐. 너는 대체 누구란 말이냐."

"저는…."

지금 자신 앞에 있는 사람은 개똥인가, 수연 낭자인가. 도준을 바라보는 개똥의 눈동자가 흔들렸다. 그녀는 도준을 차마 마주 보지 못하고 고개를 떨궜다.

"나는 이제 상관없다."

말을 끝낸 도준의 입술이 개똥의 아랫입술에 포개졌다. 그는 처음 본 정혼녀의 수줍은 얼굴이 마음에 들어 가슴에 담아두었다. 그리고 옥사에서 함께 술잔을 기울인 개똥이 불러주는 노래를 들으며 첫정의 감정을 다시 느꼈다. 이제는 그녀가 누구라 해도 상관없었다.

개똥이 들고 있던 술잔이 바닥으로 떨어졌다. 술병은 도준의 무모한 행동에 중심을 잃고 쓰러졌다. 아직 제법 남은 술이 달빛을 따라 작은 강을 이루며 콸콸 흘러갔다. 그 술의 끝은 누군가의 태사혜에 닿아 두 갈래로 갈라졌다.

개똥의 야참을 사 온 마훈은 달빛 아래 두 사람이 만들어낸 장면을 보고 멈춰 섰다. 그는 윤동석 대감이 했던 말을 떠올리며 입술을 깨물었다.

"그런데 자네는 괜찮겠는가?"

마훈은 처음에는 그 말을 이해하지 못했다. 하지만 자신을 바라보는 윤동석의 눈빛은 마훈을 향한 걱정으로 가득했다.

"귀신과 싸우는 건 그들만이 아니네."

"예?"

"쯧, 이렇게 무뎌서야."

윤동석은 어이가 없었다. 행동과 눈빛만으로 상대의 마음을 읽어낸다는 한양 최고의 매파가 제 변화 하나 눈치채지 못하다니. 윤동석은 개똥의 이야기를 꺼낼 때마다 느껴지는 마훈의 조심스러움과 섬세함만으로도 그의 마음을 어렴풋이 알 수 있었다.

"헛재주야."

"대감."

"자네도 귀신과 싸우게 될 걸세. 멀쩡한 사람을 귀신으로 만들어놓고 잠자리가 편할 줄 알았나."

마훈의 눈이 커졌다. 자신이 그동안 제대로 자지 못한 것을 어떻게 알았을까.

"그러니 귀신에게 잡아먹히지 않도록 조심하게."

윤동석은 알 듯 말 듯 한 미소를 지었다.

윤동석의 말이 마훈의 머릿속을 계속 헤집었다.

'귀신과 싸우는 건 그들만이 아니다.'

마훈은 달빛 아래서 입술을 포갠 두 사람을 보고서야 그동안 제 마음이 불편했던 이유를 알게 되었다. 도준의 입맞춤이 간절해질수록 마훈은 주먹을 더 세게 쥐었다.

"어이, 중매쟁이."

마훈은 그제야 두 사람을 훔쳐보는 자가 자신만이 아니라는 사실을 깨달았다. 계집종을 하나 데려온 규수가 얼굴과 몸을 가리고 있던 장옷을 벗었다. 그녀는 강몽구의 여식 지화였다. 마훈은 도준과 지화 사이에 끊어졌던 혼담이 다시 이어지고 있다는 소식을 들었던 기억이 떠올랐다. 그리고 도준이 이를 피하기 위해 더 심한 망나니짓을 한다는 것도….

'나는 저 아이의 얼굴을 보는 것도 끔찍하네. 저 집과 인연을 맺느니 차라리 조방 하인과 결혼하겠네.'

그 말을 하던 도준의 분노가 지금도 생생했다. 하지만 실제로 본 지화에게서는 사대부 집안 특유의 오만함이 보였지만, 그와 함께 따라갈 수 없는 기품도 느껴졌다. 만약 도준과 혼인이 성사되지 않는다면 반드시 중전 자리를 꿰찰 당당하고 도도한 관상이었다. 지화는 개똥 쪽을 한번 쳐다보는가 싶더니 덤덤한 척 마훈을 바라봤다. 자존심이 많이 상했지만 애써 참는 듯했다. 그녀는 이내 미소까지 지어 보이며 말했다.

"혼담을 의뢰하러 왔네. 저기 저 사내와 말일세. 가능하겠는가?"

마훈의 시선은 지화의 눈길을 따라 달빛 아래 입맞춤을 하는 두 남녀에게 가 닿았다.

"값이 꽤 비쌉니다."

"무너진 내 마음보다 비싸겠는가."

"제 마음보다는 쌀 듯하군요."

마훈이 씁쓸하게 하늘을 쳐다보았다. 기어이 귀신에게 잡아먹히는 밤이 되었다.

11. 답교놀이

"앞으로 이 층은 네가 쓰도록 해라."

보름달이 아직 여물지 않은 그 밤, 윤수연의 이름 석 자를 쓰기 위해 긴장한 채로 붓을 든 개똥에게 마훈이 말했다. 이름을 외우지 못하면 자신의 공간에서 나가야 한다고 냉정하게 말하던 마훈이었는데, 갑자기 선뜻이 층을 내어주는 게 이상했다.

"갑자기 또 무슨 심술입니까. 제가 어제 얼마나 열심히 공부했는데. 도준 선비님한테…"

조금 전 도준과의 일이 생각난 개똥이 입을 꾹 다물었다. 입맞춤이 끝나자 도준은 아무 일도 없었던 것처럼 일어나 비틀거리며 자리를 떴다. 갑작스러운 상황에 어안이 벙벙해진 개똥은 귀까지 빨갛게 달아오른 도준의얼굴도 보지 못했다.

"도준이 그것만 가르쳐준 게 아닐 텐데?"

심술이 덕지덕지 붙은 마훈이 개똥의 눈앞에 얼굴을 들이밀었다. 달빛 아래서 본 도준의 입술과 지금 눈앞에 있는 마훈의 입술이 번갈아가며 개똥의 머릿속을 헤집어놓았다. 개똥은 주춤거리며 뒤로 물러났다. 그런데 이상하게도 도준과의 입맞춤보다 마훈의 붉은 입술을 바라보는 게 더 설렜다.

“참나, 글 말고 뭘 또 가르쳤겠소!”

마훈의 입술이 비죽이 나왔다. 도준과의 입맞춤을 떠올리며 발그스름해진 개똥의 얼굴을 보고 싶지 않았다. 도준에게 배운 한자를 자랑이라도 하듯 써 내려가는 개똥의 모습이 싫었다. 윤수연이라는 이름을 준 건 자신인데 왜 도준과….

“네가 그 이름을 알든 모르든 이제 상관없어졌다. 나가란 소리 안 할 테니 코나 골지 말아라.”

마훈은 심술의 정체를 밝히는 대신 괜히 심술을 부리는 쪽을 택했다.

× × ×

정월 대보름 밤의 종각은 한껏 멋을 낸 젊고 예쁜 남녀들로 북새통을 이뤘다. 이날의 풍습인 답교놀이는 거리로 나와 다리를 밟으며 왔다 갔다 하는 고루한 놀이다. 사람들이 답교놀이에 참석하는 진짜 이유는 남녀유별이 엄격한 조선에서 낯선 이성의 얼굴을 살피고 말을 걸 수 있도록 허락된 유일한 시간이기 때문이다. 노란 달빛이 한양을 수놓기 시작하면, 혼기가 꽉 찬 남녀의 흥은 한껏 달아오른다. 여기에 대금 연주까지 더해지면 젊은이들의 마음은 더욱 두근거린다. 다리 위에 빽빽하게 들어찬 사람들 사이에서 연모하는 이에게 연서를 건네거나, 연정을 품은 이의 손을 꼭 잡아보기도 하는 대보름은 무병장수를 기원한다는 핑계로 모인 남녀가 연애를 기원하는 날인 셈이다.

종각 앞에서 누군가를 기다리는 두 남자는 한껏 빼입고 운명의 상대를 기다리는 한양 여인들의 시선을 한 몸에 받았다. 도준은 여인들의 노골적인 시선에 눈을 찡긋하며 추파를 던졌다.

"강 대감 댁 여식과 혼담이 오간다던데, 그쪽에서 알면 좋다 하시겠네."

여인들을 홀리는 도준의 모습을 못마땅하게 바라보던 마훈이 한소리 했다.

"금시초문이군. 우리 아버지가 나 말고 양자를 들이셨다던가?"

도봉수는 하인을 보내 도준에게 지화와의 혼담을 일방적으로 통보했다. 두 달 뒤라는 구체적인 기일까지 잡아놓았다. 이를 어기면 부자의 인연을 끊겠다는 살벌한 경고도 잊지 않았다. 그럼에도 도준은 마치 처음 듣는 일인 양 능청을 떨었다. 지금 그에게 중요한 건 입맞춤 이후 보지 못한 개똥뿐이었다.

마훈은 어느새 풍물놀이패와 술 한잔 걸치며 노랫가락을 뽑는 도준을 보며 그가 꽃파당에 처음 발을 들였을 때를 떠올렸다. 온실 속 귀한 화초였던 도령은 가출 후 돈이 똑 떨어지고 관아에서 수배령을 내리자 먹고살기 위해 꽃파당을 찾았다. 며칠 못 버티고 줄행랑을 칠 줄 알았던 도준이 도포 자락을 걷어 올리며 청소하는 것도 마다하지 않자 마훈은 비로소 도준을 양반으로 대우해주기 시작했다. 그러자 도준이 손사래를 치며 말했다.

"존대는 됐소. 내 먹을 것, 입을 것, 자는 것을 해결해주는 이와의 사이에 반상의 법도가 무슨 의미란 말이오."

그의 눈빛에는 도망자 신세의 간절함과 함께 자신의 일에 대한 설렘이 담겨 있었다. 그리고 답교놀이가 한창인 오늘 밤, 달빛을 담은 도준의 눈빛은 그가 꽃파당에서 처음 일을 하던 때와 같았다. 아마도 개똥에 대한 간절함과 설렘 때문일 것이다. 마훈은 그것이 자꾸 마음에 걸려 가슴이 답답했다. 왕이 사랑한 여자, 그 여자를 마음에 담아 혼사를 거부하는 양반, 그리고 왕의 여자임을 알면서도 마음을 멈추지 못하는 자신. 마훈은 개똥을 향한 자신의 마음을 인정하기로 했다. 지금 느끼는 이 불편한 감정이 연정이라는 것쯤은 매파인 그가 누구보다 잘 알고 있다. 그러니 부정해도 소용없었다. 허나 누군가를 향해 품은 연정이 얼마나 사람을 무모하고 위험하게 만드는지도 너무나 잘 아는 마훈으로서는 되도록 개똥에게서 멀어지고 싶었다. 하지만 도준이 제 마음을 드러낸 지금, 간택일까지 개똥을 무심한 척 지켜보고만 있을 수는 없었다. 마훈에게는 개똥이 무사히 궐에 입성할 때까지 그녀를 지킬 의무가 있었다. 그러기 위해서는 무슨 수를 써서라도 강몽구의 딸 강지화와 도봉수의 아들 도준의 혼사를 성사시켜야 했다.

"자, 됐습니다."

문이 열리고 한껏 차려입은 영수와 소설가 휘가 등장했다. 처음에는 어색한지 어깨를 움츠리던 휘는 시간이 지나자 길게 늘어진 도포 자락을 휘날리며 제법 수려한 외모를 뽐냈다. 그 모습을 만족스럽게 보던 마훈이 뭔가 이상한 듯 고개를 갸웃거리며 앞으로 다가갔다.

"키가…."

"언니는 날 뭐로 보시는가. 당연히 태사혜에 장지 두 장을 쫙 깔아놨지. 어때? 언니랑 비슷해지지 않았소?"

휘의 구부정한 등은 작은 키로 인한 낮은 자존감 때문이었는지, 태사혜에 장지를 깐 지금은 허리도 쫙 펴지고 한껏 상기된 표정을 짓고 있었다.

"근데 이런다고 해서 내가 어떻게…."

사실 마훈을 제외한 모두가 휘의 꽃단장과 그의 고질병을 고치는 것이 무슨 상관이 있는지 몰랐다. 그저 마훈의 계획을 따르는 수밖에. 마훈이 수많은 여인을 보며 긴장하기 시작한 휘의 어깨를 붙들었다.

"이보시오, 이봉춘 도령."

휘가 깜짝 놀라 돌아봤다. 당장이라도 자신의 정체를 어떻게 알았는지 따지고들 기세였다.

"이곳에서는 인기 패설의 저자 휘가 아니라 이봉춘 도령이오. 여기 사람들은 도령을 계집 같은 허여멀건 사내 휘가 아닌, 혼기 찬 도령 이봉춘으로 보고 있소. 누구든 당신 키가 작고 들창코라고 무시하거나, 소설에 나온 주인공과 딴판이라며 실망하는 일은 없을 것이오. 그러니 가서 마음에 드는 처자를 눈에 담아만 오시오. 그다음부턴 우리가 알아서 할 테니."

휘가 걱정스러운 듯 매파들의 눈치를 살폈다.

"쓱 둘러보니 외모로는 이봉춘 도령이 제일이오. 우리 영수가 솜씨 하난 기가 막히지."

도준이 휘의 긴장을 풀어주려는 듯 엄지를 치켜세웠다. 머뭇거리던 휘가 한 걸음 한 걸음 나아가 다리 위로 올라갔다. 그러더니 어느새 이름 모를 여인과 웃으며 인사를 나누기 시작했다.

"진짜 안 떨고 잘 할까?"

영수가 걱정스러운 듯 휘를 바라봤다.

"개똥이가 왔을 때 저자의 떨림이 멈춘 건, 그녀가 자기 소설에 전혀 관심을 두지 않았기 때문이지. 한성 최고의 소설가를 앞에 두고도 개똥인 오로지 먹을 것에만 집중했으니까. 아마 그가 누군지도 몰랐을 거야. 그래서 이봉춘은 저도 모르게 마음을 놨고 바들바들 떨지 않았던 거야. 항상 자기 본모습을 들킬까 전전긍긍해서 나타났던 증세니까."

"근데 언니, 이봉춘 도령이 정말 저 다리에서 제일이오?"

영수가 도준에게 물었다.

"고객 안심 차원에서 한 말이겠지."

마훈이 말을 가로챘다. 역시 빈말은 안 하는 인물이었다.

"근데 개… 아니, 수연 낭자는?"

도준은 개똥이 단장 중인 문 쪽을 살폈다. 어제 사건 이후 그녀를 어떻게 대해야 할지 몰라 애가 탔다. 개똥 이야기에 영수가 자신만만하게 팔을 걷어붙였다.

"이봉춘은 예고편에 불과해. 자, 다들 놀랄 준비하시고 짜잔."

문이 열리자 꽃신을 신은 여인의 모습이 드러났다. 붉은 계열의 옷을 입은 많은 여인들과 달리 개똥은 봄철 풀밭을 그대로 옮겨놓은 듯한 녹색 계열의 풍성한 치마를 입었다. 그녀의 까무잡잡한 피부와 잘 어울렸다. 연꽃 문양을 세세하게 수놓은 군청색 저고리는 소년과 여인 사이를 지나는 개똥의 묘한 매력을 돋보이게 했다. 거기다 복숭아색 분을 엷게 바른 얼굴과 연시를 머금은 듯한 입술색까지, 개똥은 어느새 수연이 되어 있었다. 누구도 의심의 눈길을 던지지 않을 만큼 제법 근사하고 기품 있는 여인의 모습이었다.

그 모습을 본 마훈은 한참 동안 말이 없었다. 영수의 솜씨는 역시 조선 최고라는 찬사도 아깝지 않았다. 이제 개똥은 꽃파당 매파가 아니라 그들의 관리를 받는 사대부 가문의 규수에 바짝 다가선 듯했다.

"이거 좀 이상하지 않소?"

물론 그새를 못 참고 다시 개똥으로 돌아가긴 했지만. 개똥의 변모에 얼이 빠져 있던 매파들은 머리를 긁적이며 불편한 치마를 들추는 그녀의 모습에 웃음을 터뜨렸다. 개똥에게 어떻게 말을 건네야 할지 복잡한 심경으로 애태우던 도준 또한 익숙한 말투에 긴장이 풀렸다.

"큰언니, 단원 김홍도의 작품보다 이쪽이 더 낫지 않소? 그쪽은 있는 그대로 그리는 거고, 난 무에서 유를 창조해낸 거니까."

"또, 또 거북선보다 더 낯짝 두껍게 나가신다."

말은 그렇게 해도 마훈의 얼굴에는 웃음이 가득했다.

"어쨌든 오늘 두 창조물에 대한 특별 포상금 두둑이 주시고, 내년부터 녹봉 협상에 들어가자고. 이 능력은 가히 국보급이라 봐야지."

"이게 필요하겠군요."

도준은 영수의 기세등등한 말에 아랑곳하지 않고 개똥에게 다가가 삼색의 낙지발술이 달린 자그마한 노리개를 건넸다. 운종가를 대여섯 번 돌고 돌아 사 온 물건이었다. '그 일을 사과해야지. 아니 사과하지 말고 속내를 고백해야지' 하며 도포 자락에 품고, 어떻게 전해줄까 망설이던 것이었다. 하지만 막상 개똥을 보니 마음이 급했다. 군청색 저고리에 얼른 달아주고 싶었다. 도준은 저고리와 치맛단 사이에 노리개를 손수 달아줬다. 허전해 보였던 개똥의 허리춤이 노리개 하나로 활짝 피어났다.

"어허, 곧 혼인할 양반이 왜 자꾸 임자 있는 여인에게 추파를 던지시나."

"…"

영수가 농을 던졌으나 아무도 반응하지 않았다. 개똥은 아까부터 자꾸 자신의 시선을 외면하고 있는 마훈이 신경 쓰였다. 잘했다는 칭찬에는 인색해도 무슨 일이 있으면 꼭 한마디씩 하던 그가 아무 말도 없자 자꾸 초조해졌다. 가슴에 단 노리개보다 약조한 시험에 더 마음이 쏠렸다. 마훈은 됐다 했지만 그녀는 꼭 그 시험을 치르고 싶었다. '한 글자도 틀리지 않고 써내서 스승님을 놀래켜야지. 나에게 이름을 준 것을 후회하지 않게 해주어야지'라는 생각으로 시험을 치를 기회를 찾고 있었다.

"자, 임무도 완수했으니 우린 저 아래 정자에서 진하고 걸쭉한 환영회를 가져봅시다. 어떻소, 언니들?"

"난 주막에 가서 국화주를 좀 사오겠네."

영수의 설레발에 마훈의 발걸음이 주막으로 향했다.

"나도 같이 가겠소."

개똥은 이때다 싶어 마훈을 따라나섰다. 마훈은 대답도 하지 않고 앞서갔다.

"언니, 알고 있소?"

마훈을 졸졸 따라가는 개똥을 보며 영수가 참았던 말을 쏟아내기 시작했다. 도준은 두 사람의 뒷모습을 하염없이 바라봤다. 그런 도준의 모습에도 아랑곳하지 않고 영수의 수다는 계속됐다.

"그, 삼천주 노리개를 주며 혼담을 넣어달라고 부탁하던 단골 철장 말이오. 그가 혼인하고 싶어 했던 자가 바로 개똥, 아니 수연 아가씨였소. 사실 큰언니는 그자의 과거가 없어 불안하다고 했는데, 알고 보니 이런 엄청난 반전을 숨겨뒀던 거지. 저 여인이 소문만 무성했던 윤동석 대감의 여식이었다니. 철장 그자가 대단한 안목이 있었던 거요. 어떻게 저리 귀한 인물을 알아봤을까. 언니는 알고 있던 거 없소?"

"모른다."

도준의 냉량한 대답에 영수가 투정을 부렸다.

"어째 나만 빼고 다들 뭔가 있는 것 같소. 따돌림이 별건 줄 아시오? 에라, 나도 새 벗을 사귀든지 해야겠소."

모른다고 잡아떼는 도준 때문에 토라진 영수가 휙 돌아서 사람들 틈으로 사라졌다. 도준은 멀어지는 개똥과 마훈의 뒷모습이 사라질 때까지 바라보고 또 바라볼 뿐이었다.

개똥은 아까부터 불러도 대답 없는 마훈 때문에 속이 타들어 갔다. 일부러 뒤에서 멈춰 서보기도 했지만 마훈은 그런 개똥을 본체만체하며 국화주만 골랐다. 결국 그가 국화주값을 치르려 손을 도포 안으로 가져갈 때쯤 참지 못한 개똥이 그의 손을 확 잡아챘다.

"무슨 짓이냐."

개똥은 당황한 마훈의 표정을 가만히 살피더니 잡아챈 손을 뒤집어 손바닥 위에 무언가를 그리기 시작했다.

"집세 받으시오."

"…!"

처음에는 무엇인지 알 수 없었던 개똥의 손짓이 한자였음을, 그리고 하루 만에는 절대 외우지 못하리라 생각했던 그 이름임을 확인한 순간 마훈이 애써 외면해온 개똥을 바라봤다. 개똥은 아직도 제 이름을 쓰는 데 한창이었다. 심혈을 기울인 한 획, 한 획이 그녀의 손끝에서 탄생했다. 바람소리 수, 보드라울 연. 보드라운 바람 소리. 부드러운 바람을 탄 듯 수연의 이름이 개똥의 손끝에서 마훈의 마음으로 옮겨갔다.

"트, 틀렸소?"

개똥은 조마조마한 마음을 감추지 못하고 마훈의 눈치를 살폈다.

"틀렸지, 그럼. 여인의 손이 이렇게 투박해서야 원. 누가 귀히 여기겠어."

말은 그렇게 해도 마훈의 눈은 밤새 바닥에 글자를 써보느라 살갗이 벗겨진 개똥의 손을 안쓰럽게 보고 있었다. 도준과의 입맞춤을 목격한 후 애써 외면하던 것들이 보이기 시작했다.

"머리는 나쁘지, 먹는 건 게걸스럽지, 말투는 방정맞지, 잠버릇은 요란하지. 도무지 쓸데가 없구나."

개똥은 금세 풀이 죽었다.

"그래도 잘하셨습니다, 수연 아씨."

"방금 뭐라고…."

처음 받아보는 마훈의 존대에 개똥은 어안이 벙벙했다. 약속대로 마훈의 진심 어린 칭찬을 받은 것이다. 마훈의 얼굴에 웃음기가 어렸다.

"이것이 제가 드리는 상입니다, 수연 아씨."

개똥을 향해 예를 다해 고개를 숙였던 마훈이 조용히 고개를 들었다.

"스승님!"

감격한 개똥이 들뜬 얼굴로 마훈을 올려보았다.

'이제 개똥이는 없다. 이제부터 너는 수연 아씨다.'

마훈은 개똥의 얼굴을 바라보다가 그녀를 끌어안았다. 그리고 부드럽게 등을 쓰다듬었다. 개똥은 어리벙벙한 얼굴로 높이 뜬 달만 바라보고 있었다. 마훈의 귓전과 목덜미에서 청량한 대나무 향기가 났다. 마훈은 마음속으로 개똥에게 마지막 인사를 건넸다.

'이제부터 너는 나에게 수연 아씨다. 때가 되면 왕의 곁에서 조선의 국모가 될 사람이다.'

마훈은 아무 일도 없었다는 듯이 돌아서서 술값을 치렀다. 개똥은 빨갛게 달아오른 얼굴을 두 손으로 감싸며 마훈의 뒷모습을 멍하니 바라보았다. 칭찬이다. 드디어 마훈에게 처음으로 인정받았다. 개똥은 가슴 한쪽이 따뜻해지는 것을 느꼈다.

✕ ✕ ✕

"정말, 스승님은 단 한 번도 실패가 없었소?"

정자에 앉은 개똥은 자꾸 취기가 도는지 술병을 붙잡고 배시시 웃었다. 깔끔하고 정갈하게 차려입었던 영수는 어느새 갓을 제 목에 두르고 주위를 슬쩍 살폈다. 마훈은 잠시 소피를 보러 가느라 자리를 뜬 상태였다. 도준도 이야기가 궁금한지 귀를 기울였다.

"쉬잇!"

영수가 검지를 입술에 대고 조용히 하라는 표시를 한 뒤 입을 열었다.

"무패 신화 마훈, 그거 다 거짓말이야. 어떻게 사람이 실패를 안 해?"

뒷감당을 어찌하려는지 영수가 그동안 숨겨왔던 이야기를 술김에 털어놓았다.

"나도 들은 얘긴데, 큰언니가 처음 중매를 맡은 집안이 어마어마한 집안이었다더라고. 다른 매파들이 그 혼담을 뺏으려고 난리였다는데, 초보 매파였던 큰언니가 그걸 안 빼앗기려고 무리하게 진행했다지 뭐요."

"그럼 그 혼담은?"

"혼사는커녕 그 댁 처자가 낭떠러지에서 뛰어내려 죽었다는 소문까지 돌면서 흐지부지됐다고 하더이다. 큰언니도 한 석 달쯤 폐인처럼 살다가 마음 모질게 먹고 겨우 정신 차렸다 하오. 뭐 그때부턴 우리들이 알던 대로 무슨 일이 있어도 어떻게든 신랑 신부를 착 붙여주는 꽃파당의 매파가 된 거고."

영수의 이야기는 거기서 끝났다. 본 사람도, 들은 사람도 확실치 않은 그저 떠도는 소문이었다.

"그러는 선비님은 어쩌다 이 일을 하게 되었소?"

개똥이 풀린 눈을 부릅뜨며 영수에게 물었다.

"나? 나는 매파가 되기 전부터 잘나갔지."

"에? 뭘 했는데 그렇게 잘나갔소?"

"한양에서 제일가는 옷맵시! 내가 입은 옷은 일주일도 못 가서 다 팔리고 없었지. 내가 지나가면 사람들이 다 쳐다보았단 말이야."

영수는 한껏 의기양양해져서 자기 덕분에 모조리 팔린 옷부터 조선에서 둘째가라면 서러웠던 명성에 대해 길게 늘어놓기 시작했다.

"아니, 이런 사내가 조선 바닥에 누가 있어? 아마 미래에는 멋진 옷을 차려입은 것만으로도 돈이 되는 세상이 올 거야. 운종가에 나 같은 사람이 나타나면 '운종가 맵시'라 불리고, 마포나루에 나타나면 '마포나루 맵시'라 불리면서 관심을 모으겠지. 이런 게 장안의 화제가 될 거라고."

"그게 말이 되오? 어떻게 옷만 잘 입는다고 돈이 되겠소?"

개똥은 영수의 이야기가 허풍처럼 느껴져 못 믿겠다는 듯이 말했다.

"야, 개똥아. 진짜라니까? 얘가 속고만 살았나."

"알겠소. 좋겠소."

개똥이 대충 박수를 치며 맞장구를 쳐주는 척했다.

"그래도 난 지금이 좋아. 훨씬! 우리끼리 평생 같이 일하면서 살았으면 좋겠다! 개똥아, 너 시집가지 마라."

"됐소. 처녀 귀신으로 늙어 죽기는 싫소."

개똥은 금세 흥미가 떨어져 광통교 쪽으로 고개를 돌렸다. 다리를 밟는 사람들이 이쪽저쪽으로 걸음을 옮기고 있는 가운데 흥겨운 풍악 소리가 이어지고 있었다.

"일어납시다."

도준은 그런 그녀의 눈길을 읽고 손을 내밀었다. 신이 난 개똥의 발걸음이 빨라졌다.

× × ×

지화는 한참을 보고서야 녹색 치마를 입은 여인이 개똥이라는 것을 알았다. 양반도 아닌 주제에 양반 행세를 하다니. 무엇보다 넘어질세라 그녀를 살피며 손을 꼭 잡은 도준의 모습에 화가 치밀었다. 제 지기들은 천인들을 피해 하루 전에 미리 양반 답교*를 즐긴 상태였다. 사대부집 처자가 온전한 자유를 얻는 일 년에 한두 번뿐인 날, 지기들과의 꿀맛 같은 휴식을 포기하고 택한 보름날의 다리 밟기였다. 그것도 순전히 도준이 온다는 정보 하나만 믿고 한껏 치장했는데 다른 여인, 그것도 양반 행세를 하는 천한 계집 따위에게 그를 빼앗기다니. 지화의 얼굴이 일그러졌다.

"어? 소금 잘 뿌리는 아씨다."

취기가 살짝 돈 개똥이 지화를 알아봤다. 그녀가 자신에게 어떤 험한 짓을 했는지도 그새 잊어버린 개똥이 지화의 성난 마음을 알아챌 리 없었

---

* 상류층이 보름날을 피해 하루 전인 십사 일 밤에 다리 밟기를 하는 일

다. 개똥은 인파에 밀린 도준과의 거리가 벌어진 사이 지화에게 다가갔다.

"우리 오라버니 잘 있소?"

"그래, 저기 함께 왔단다."

지화의 심술이 개똥을 붙잡았다. 다리 난간으로 개똥을 데리고 간 지화가 길고 흰 손가락 끝으로 강 너머를 가리켰다. 난간 위에 선 개똥은 지화의 손끝을 따라 오라비가 있을 만한 곳을 살폈지만 보이지 않았다.

"어디 말입니까? 안 보이는데."

"아, 그곳이 아니라 이곳이다."

지화의 손가락이 다리 아래를 가리켰다. 개똥이 그 의미를 깨닫기도 전에 지화가 그녀를 난간 아래로 밀어버렸다. 무방비 상태의 개똥이 허공에 붕 뜨는가 싶더니 누가 붙잡을 새도 없이 강으로 떨어졌다.

풍덩.

제법 요란한 소리에 풍악이 일제히 멈췄다. 뒤늦게 사람들이 웅성거리며 모여들었지만 이미 때는 늦었다. 사람들에게 발이 묶여 앞으로 나아가지도 뒤로 빠지지도 못하던 도준은 잔뜩 겁을 먹었으면서도 여전히 오만한 표정의 지화와 눈이 마주쳤다. 그녀의 두 눈에는 삼 년 전과 마찬가지로 질투에 찬 분노가 담겨 있었다.

'네가 또….'

도준은 지화를 원망스럽게 쳐다볼 새도 없이 개똥을 찾아 두리번거리기 시작했다. 얼마 후 또 한 번 물살을 가르는 소리가 들려왔다.

무심히 다리 건너를 바라보던 마훈이 개똥을 발견한 건 개똥이 난간 아래로 떨어지기 직전이었다. 멀리서 보아도 한눈에 알 수 있는 녹색 저고리. 개똥이 물에 빠지는 것을 본 그는 생각할 새도 없이 강으로 뛰어들었다. 물속 깊이 들어가면서 마훈의 머릿속에는 오직 한 가지 생각뿐이었다.

'제발 무사히만 있어다오. 제발 무사히만…'

사방은 고요했다. 어두운 밤, 깜깜한 물속에서 마훈은 개똥을 찾아 이리저리 헤맸다. 하지만 마훈에게는 다른 큰 문제가 있었다. 그것은 바로 그가 헤엄을 칠 줄 모른다는 것이었다. 물에 뛰어들어 개똥을 정신없이 찾으면서 그는 그 사실을 깜박하고 있었다. 이를 자각하자마자 몸에 힘이 빠졌다. 어쩌면 아까부터 계속 가라앉고 있었는지도 모른다.

그 시각, 개똥 역시 깊은 물속으로 서서히 가라앉고 있었다. 온몸에 힘이 없고 나른함이 맴돌았다.

"개똥아… 개똥아…."

잠시 정신이 혼미해진 개똥의 귓전에 오라비 강의 목소리가 들려왔다. 그는 분명 다급하게 개똥을 부르고 있었다.

"개똥아, 개똥아!"

'오라버니, 오라버니.'

강의 목소리에 개똥은 정신을 번뜩 차렸다. 살아야 했다. 자신이 아니면 그 누구도 오라비를 돌봐주지 않을 것이다. 수면 위로 등불이 군데군데 비치고 있었다. 개똥은 불빛을 따라 조금씩 헤엄을 치며 올라오기 시작했다. 수면에 가까워질 무렵, 개똥은 토막처럼 가라앉고 있는 사내를 발견했다. 어두웠지만 한눈에 알아볼 수 있었다. 마훈이었다.

'스승님이 왜 여기에?'

개똥은 의식을 잃은 마훈의 목덜미를 끌어안았다. 그녀의 마음이 다급해졌다.

사람들은 숨을 죽였다. 아직까지 물살은 답을 주지 않고 고요하기만 했다. 강변에 다다른 영수는 입이 바짝바짝 말랐다. 그때 강 한가운데서 누군가가 모습을 드러냈다. 물에 축 늘어진 치맛자락을 겨우겨우 끌며 나오는 건 다름 아닌 개똥이었다. 그녀의 품에 어정쩡한 모습으로 마훈이 안겨 있었다.

"이보시오, 선비님."

숨을 몰아쉰 개똥은 아직도 정신을 못 차리는 마훈을 눕히고는 뺨을 때리며 흔들었다.

"선비 아니고⋯ 스승님이다."

사소한 잘못 하나도 사정없이 집어내는 까칠한 마훈의 목소리는 그가 무사하다는 것을 알려줬다. 마훈은 잔뜩 먹은 물을 토해내며 겨우 정신을 차렸다. 그러는 사이 사람들이 몰려들었다. 영수는 흠뻑 젖은 생쥐 꼴의 마훈과 개똥을 닦아주느라 호들갑을 떨었다. 마훈의 시야에 지화가 들어왔다. 그녀는 사과할 생각은 없으나 혹시나 개똥이 죽었을까 봐 겁을 먹었던 것 같았다. 마훈은 숨도 고르지 못한 채 무거운 몸을 억지로 일으켜 세웠다.

"일어설 수 있겠느냐."

마훈은 개똥만 들을 수 있을 정도의 작은 목소리로 그녀의 의사를 물었다. 개똥은 아무렇지 않다는 듯 고개를 끄덕였다. 마훈은 개똥을 일으킨 후 그녀를 이끌고 지화 앞으로 다가갔다.

"멀쩡하니 다행이구나."

지화는 겁을 먹었지만 해볼 테면 해보라는 듯 고개를 높이 쳐들었다.

"아씨, 잠시 손 좀 빌리겠습니다."

마훈은 개똥의 손에 제 손을 포개는가 싶더니 그대로 지화의 뺨을 세게 내리쳤다. 요란한 소리에 사람들의 시선이 다시 한번 집중됐다.

"네, 네가⋯ 감히!"

오른쪽 뺨을 부여잡은 지화는 당황했는지 말을 이어나가지 못했다.

"아씨, 앞으로 누군가에게 맞으시면 이렇게 되돌려주시고, 누군가가 하대하는 것도 참으시면 안 됩니다. 아시겠습니까?"

마훈의 표정은 단호했다. 그는 놀라서 아무 말도 못 하고 입만 벌리고 있는 개똥을 대신해 지화를 노려봤다. 당장 사과하지 않으면 한 대 더 때릴 수도 있다는 무언의 압력이었다. 실제로도 그는 그럴 생각이었다.

"아씨라고?"

지화의 얼굴이 일그러졌다. 제집 종으로 있는 그 모자란 놈의 누이라고 하지 않았던가. 지화의 머릿속이 혼란스러워졌다.

"아씨께서 우리 아씨를 모르시는 것 같아 이번 한 번만은 이 정도로 넘어가 드리지요."

"뭐? 이것들이 보자 보자 하니까 어디서 양반 행세를…."

지화가 분을 이기지 못하고 손을 올렸다. 그때 누군가 지화의 팔을 붙잡았다. 도준이었다.

"인사하시지요. 전 사간원지사의 여식 윤수연 낭잡니다. 지화 낭자보다 나이가 두 살 위이니 앞으로 깍듯이 대하시지요."

"저, 저 아이가 윤…, 윤수연이라고? 그럴 리가…."

지화가 믿지 못하겠다는 표정으로 개똥을 쳐다보았다.

"오라버니, 미쳤어? 저 미천한 계집이 윤수연일 리가 없잖아. 그 여잔…!"

'죽었어.'

지화는 입 밖으로 나오려던 말을 가까스로 꾹꾹 눌렀다. 도준이 어디 말해보라는 듯 그녀를 노려보았다. 하지만 정작 이 모든 대화의 주인공인 개똥은 아직도 상황을 파악하지 못해 눈만 멀뚱멀뚱 뜨고 있었다. 그저 스승이 드디어 자신을 인정해주었다는 생각에 어깨가 으쓱했을 뿐이다. 그렇다고 아씨라니. 개똥은 그 단어가 어색해서 몸을 부르르 떨었다.

"일단 이 근처 기루에서 몸을 좀 녹인 후에…."

도준이 걱정스러운 마음에 개똥을 끌어당기려 했지만 마훈이 막아섰다. 마훈은 물에 젖은 노리개를 도준에게 내밀었다. 아까 도준이 개똥의 옷에 달아준 그 노리개였다.

"주인을 잘못 찾아간 것 같네."

도준이 받으려는 기색이 없자 마훈은 노리개를 그의 손에 쥐어주었다.

"그리고 지화 아씨."

마훈에게 된통 당한 지화는 그와 눈이 스치자 몸을 움츠렸다.

"아씨께서 제안하셨던 도준 도련님과의 혼담, 이쪽에서 맡도록 하겠습니다."

지화의 얼굴에는 의아함이, 도준의 얼굴에는 낭패감이 스쳤다.

"그러니까 자네는 소속을 명확히 하시게. 자네 정혼자는 이쪽이 아닌 저쪽일세."

마훈은 당혹스러워하는 지화를 턱짓으로 가리켰지만 도준의 시선은 개똥의 곁에서 떠날 줄 몰랐다.

"신랑 없는 혼례, 잘들 해보시게. 지화 낭자께선 신행도 혼자 가셔야겠소. 부디 나 대신 우리 부모님 봉양 좀 잘 부탁하오. 난 이 혼사가 진행되면 부모와 자식 간에 연을 끊을 것 같으니."

도준의 빈정거림에 지화의 눈썹이 꿈틀거렸다. 체면이 구겨진 그녀의 얼굴이 새파래졌다. 도준은 자업자득이라는 듯 지화의 시선을 외면했다.

"그리고, 자네."

성난 도준이 마훈을 바라봤다. 지금 도준은 양반이 한낱 중매쟁이를 부리는 듯한 태도였다.

"공사다망한 건 아네만, 내 혼담도 좀 넣어주시게. 전 사간원지사 윤수연 낭자에게 말일세. 자네와 내가 삼 년을 가족같이 지냈는데 이쪽 일 먼저 신경 써주면 어떻겠나?"

"이쪽은 정해진 낭재가 따로 있네."

"그게 누군가? 도봉수의 아들보다 더 대단하다던가? 말을 해보시게! 혹시 자네가 수연 낭자를 넘보고 있는 것은 아닌가?"

도준은 대답을 듣고야 말겠다는 듯 막무가내로 나왔다. 사실 개똥과 영수도 묻고 싶었던 말이었다. 마훈은 곤혹스러운 듯 한동안 침묵을 지켰다.

"자네와 내가 감히 대적할 수 없는 낭잴세."

마훈은 낭재가 주상 전하라는 말을 겨우 삼켰다. 이 나라의 주인만이 넘볼 수 있는 여자. 도준의 공격에 마훈의 마음이 소용돌이쳤다. 마훈은 궁금해하는 표정의 개똥과 눈이 마주치자 고개를 돌렸다. 어디로든 도망쳐야 했다. 잠시라도 벗어나야 했다. 자기도 모르는 사이 그녀에게 가기 위해 선을 넘어버리기 전에. 그리고 자신의 치부, 수연을 편히 보내줄 수 있게.

12. 한 중매쟁이의 첫정

삼월이라 삼짇날에 여강 위에 이르르니
복사꽃은 반만 피고 배꽃은 활짝 폈네
봉래산 아롱진 구름머리 돌려 바랐더니
내 물결은 호탕하게 돌아가는 흥 재촉하네.

- 이황 〈삼월 삼짇날〉

삼짇날*까지 잠정 휴업합니다.
꽃 피는 춘삼월에 우리도 정분날 짬 좀 냅시다.

- 꽃파당 대표 마훈

한창 북적여야 할 꽃파당 문 앞에 이황의 정갈한 시 한 편과 함께 휴업
을 알리는 방이 붙었다. 그나마 꽃파당 덕분에 사람들이 지나다니던 길이
한산해지니 옆집은 평소보다 파리만 더 날렸다. 꽃파당에 들락거리는 사람

* 음력 삼월 초사흗날

들 때문에 장사가 안 된다고 화를 내던 옆집 주인은 이제 마훈이 언제 돌아오나 목을 쭉 빼고 기다리기에 이르렀다. 일인자가 사라진 중매 업계에는 춘추전국시대가 도래해 그의 자리를 차지하려고 박 터지는 싸움이 벌어질 것으로 예상됐다. 하지만 손님들이 그가 돌아올 때까지 혼담을 미루자 중매쟁이들은 매일같이 꽃파당을 찾아와 그가 언제 오는지 물었다.

답교놀이 이후 마훈은 잠정 휴업을 선언했다. 영수가 이유를 묻자 그는 "사내놈 둘에, 사내 반, 계집 반 섞어둔 것 같은 이 하나만 있는 우중충한 공기에 숨이 막혀 그런다, 왜?"라고 쏘아대고는 어디론가 사라졌다. 개똥의 스승은 영수로 바뀌었다. 마훈은 사대부 아녀자가 가져야 할 마음가짐부터, 옷을 입고 스스로 단장하는 법까지 두 달여간의 교육을 영수에게 일임했다. 물론 이것이 휴가를 가장한 도망임을 영수가 모를 리 없었다. 형제처럼 사이좋았던 마훈과 도준의 관계가 살벌해지면서 그 사이에 낀 영수는 차라리 둘이 잠시 떨어져 있었으면 하는 마음이었다. 그는 이 사태가 어서 지나가기만을 바랐다.

"화장유의 배합이 좋지 않군. 푼돈 아끼자고 신용을 팔다니. 되었네. 돌아가시게."

옥가락지를 낀 곱고 흰 영수의 손이 매분구[*]를 향해 면지[**]를 사정없이 내던졌다.

"서책이나 꿰는 선비라 잘 모르나 본데, 화장유는 적게 섞을수록…"

"비린내가 나지. 빙허각 이 씨의 《규합총서》를 살펴보면 주로 곡식을 주원료로 하는 면약은 비린내가 나기 마련이라 화장유를 섞어 그 냄새를 덮는다고 되어 있네. 한데 그 배합이 좋지 않으면 오히려 더 역한 냄새가 나지. 내 말이 틀렸는가?"

[*] 화장품 행상
[**] 현대의 노화 방지 크림

매분구의 입이 쩍 벌어졌다. 멀쩡하게 생긴 사내놈이 어쩌자고 규방 아녀자들의 백과사전인 《규합총서》를 꿰고 있단 말인가. 매분구는 대꾸도 못하고 얼굴이 노래져서 달아나듯 방을 나갔다.

"그거 아시오? 조금 전에 마 스승님 같았다는 거? 눈 무섭게 뜨고 다다다 내뱉는 모습이 딱 스승님이었소."

"서당 개 삼 년이면 풍월을 읊고, 꽃파당 삼 년이면 마훈의 더러운 성질을 꿴다. 제법 그럴싸했지?"

영수는 개똥에게 스승이라기보다 지기에 가까웠다. 그러고 보니 개똥은 정신이 없어 이수를 생각하지 못하고 있었다. 자신이 힘들 때면 늘 어깨를 내어주던 소중한 지기. 그동안 신경을 너무 못 썼다는 생각에 개똥은 마음이 불편해졌다. 그러다가 이수의 사람 좋은 웃음이 떠올라 그녀는 옅은 미소를 지어 보였다.

"누구를 생각하길래 그렇게 웃어?"

"내 동무 생각 좀 했소."

"너한테 나 말고 동무가 또 있어?"

영수가 눈을 크게 뜨며 물었다.

"에이, 제가 어떻게 선비님을 동무라고 합니까? 사제 관계인데."

"흠, 그런가. 아무튼 개똥이 너, 나중에 시집가서 내 생각하면서도 그렇게 웃어야 한다?"

이 사태에 끼어 가장 힘들었을 개똥이가 제법 잘 지내는 것을 보며 영수는 마음이 놓였다.

"생각은 해보지요."

영수는 개똥에게 예전처럼 말을 편하게 했고, 둘 사이에는 수다가 끊이질 않았다. 어쩌면 영수가 마훈의 빈자리를 채워주려고 애쓴 건지도 모른다.

"너처럼 까무잡잡한 피부에 백분만 바르다가는 처녀 귀신처럼 얼굴만

동동 떠다니기 십상이지. 그러니까 이렇게 칡가루를 개어서…."

영수는 백자 청화에 백분을 담아 칡가루를 섞고 화장유를 살짝 넣었다. 고운 분을 묻힌 화장붓이 개똥의 이마와 콧등을 지나 얼굴 전체를 꼼꼼히 훑고 지나갔다. 발랐는지 티가 나지 않을 만큼 엷게 바른 분은 개똥의 잡티를 감쪽같이 덮어주며 얼굴에 생기를 불어넣었다. 개똥은 붓질하는 영수의 손길을 경대*를 통해 바라보았다. 영수는 그 눈길을 의식했는지 개똥이 익힐 수 있도록 붓질을 점차 느리게 했다.

"이상하지? 자고로 사내라면 뛰어난 성적으로 과거에 합격해 어사주를 받고, 충신으로서 나라에 업적을 남기겠다는 포부쯤은 품어야 할 텐데. 여인들의 비단에 눈을 돌리고, 아낙들의 장신구를 탐하고, 화장법까지 완벽하게 알고 있지. 누군가는 나더러 사내의 가면을 쓴 괴물이라던데, 너도 내가 영… 무서우냐?"

개똥은 씨익 웃더니 아무렇지 않게 제 치마를 들쳐 맨다리를 드러냈다. 거기에는 여인에게서는 좀처럼 볼 수 없는 커다랗고 흉한 상처가 있었다.

"그게 뭐 어떻소? 난 말이오, 장작 패다 다친 이 상처보다 자수 놓다 바늘에 찔린 상처가 더 아파요. 각자 팔자대로 사는 거지. 안 그렇소?"

"너 자꾸 마음에 든다."

영수는 홍화로 만든 연지를 개어 개똥의 입술을 물들이며 홀리듯 말을 던졌다.

"흑심 품은 사내들이 이해되네."

개똥은 그 말뜻을 알아듣지 못하고 머리를 긁적였다.

"그 양반이 가르쳐준 삼종지도三從之道** 같은 거 절대 새겨듣지 마. 여자는 자고로 미종지도美從之道지. 아름다움을 따라가야 세상을 얻는 법. 그러

---

* 거울을 버티어 세우고 그 아래 서랍을 두어 화장품 등을 넣을 수 있도록 만든 가구
** 여자가 따라야 할 세 가지 도리를 이르는 말

니까 잠 좀 잘 자. 큰언니 언제 오나 기다리다 고운 피부 망치지 말고."

마음을 들킨 개똥이 고개를 푹 숙였다. 영수는 개똥이 밤마다 적적한 꽃파당 주위를 맴돌며 누군가를 기다린다는 것을 알고 있었다. 텅 빈 침대, 더는 들을 길 없는 잔소리. 개똥은 허전한 그의 빈자리를 견디지 못하고 뜬눈으로 밤을 지새웠다.

"잘 있겠지요?"

결국 개똥이 꾹꾹 참아왔던 말을 했다. 보름날, 언제부터 보고 있었는지 수영도 못하면서 자신이 물에 빠지자마자 뛰어들던 그의 다급함에 마음이 움직였다. 개똥은 그의 온기가 사라진 제 손을 매만졌다.

"걱정할 거 없어. 어디 가서 남 지적질이나 하고 있겠지. 하루아침에 마음 바뀌서 나타날지 누가 알아?"

'무진장 애쓰고 있겠지. 그 혼란스러운 마음을 잠재우려고.'

영수는 제 마음을 어쩌지 못해 훌쩍 떠나버린 것이 마훈답다고 생각했다. 제 손으로 다른 사내에게 보내야 하는 여인을 담은 속이 오죽할까.

'그래, 고생 좀 해보라지. 그 많은 혼례를 주관하면서도 사람 마음엔 눈곱만큼도 관심이 없던 이 박정한 양반아.'

영수는 자신의 고약한 심보에 놀라 혀를 찼다.

"근데 도준 선비님은?"

마훈의 잠적과 동시에 도준 또한 꽃파당에 발길을 끊었다. 가끔 한 번씩 왔다 가기는 했지만 뭐가 그렇게 바쁜지 얼굴 잠깐 내비치는 게 전부였다.

"그 언니야말로 개과천선했지."

×　×　×

"오늘도 퇴청하지 않으신다더냐."

"당직만 일주일쨉니다."

장옷을 쓴 채 계집종을 거느리고 나타난 지화는 한성부에서 또다시 문전박대를 당하자 불편한 심기를 감추지 못했다. 기방 출입을 딱 끊은 한성 망나니 도준이 제집으로 기어들어 온 것도 사람들의 입방아에 오르내렸지만, 녹봉만 거저 받아먹던 한량 놀이를 포기하고 꾸준히 입청까지 한다고 하니, 개과천선한 도준의 이야기로 소설 한 권은 써낼 수 있을 만큼 한성 바닥엔 그의 소문이 자자했다. 그가 개과천선한 이유로 가장 유력한 것은 집에 들어와 착실히 신랑수업을 받지 않으면 부자의 인연을 끊겠다는 도봉수 대감의 최후통첩이 먹혔다는 설이었다.

지화의 애타는 속을 알면서도, 도봉수의 협박 아닌 협박을 받고도, 강몽구는 여전히 혼사에 대한 답을 주지 않았다. 지화는 도준의 확실한 거절에도 불구하고 그 집안과의 혼사를 무를 뜻이 없었지만 아버지는 움직이지 않았다. 그 이유는 지화와 도준 모두 잘 알고 있었다. 중전의 자리가 비어 있는 지금, 선왕의 장례를 치른 지 얼마 되지 않았으니 슬퍼할 시간을 달라는 왕의 간청은 이제 더 이상 먹히지 않을 것이다. 곧 간택령이 내려질 것이 분명했다.

지화는 천자문도 제대로 모르는 무지렁이 왕 따위의 아내가 되고 싶지 않았다. 한평생 연정을 품은 도준이 없는데 하늘이 내린 자리가 무슨 소용일까. 게다가 죽었던 수연이 살아 돌아오지 않았는가. 삼 년 전, 수연과의 혼담이 깨졌음에도 도준은 지화에게 돌아오지 않았다. 오히려 그녀를 거들떠보지도 않아 둘은 남보다도 못한 사이가 되어버렸다. 두 번이나 도준을 놓칠 수는 없다. 금혼령이 내려지기 전에 얼른 혼례를 치러야 한다.

하지만 도준은 혼사는 뒷전이고 남의 당직까지 대신 서주며 일에 열을 올리고 있었다. 지화에게는 그의 행동이 그날 수연을 함부로 대했던 자신을 향한 시위로 여겨졌다. 지화는 결국 오전 내내 준비한 찬합만을 남겨둔 채 발걸음을 옮겨야 했다.

한성부 당직실은 오늘도 잔치 분위기였다. 지화가 매일같이 가져오는 화려한 음식 때문에 일부러 당직을 서겠다는 자들도 있을 정도였다. 하지만 도준은 그런 지화의 정성에 눈길 한번 주지 않고 밖으로 나왔다.

"백만 년 만에 착하게 살려니 삭신이 쑤시는구나."

도준은 아직도 겨울의 한기가 채 가시지 않은 밤공기를 동무 삼아 기지개를 쭉 켰다. 반쯤 감긴 눈에 힘을 주며 몰아치는 졸음을 억지로 떼어냈다. 아버지와의 약조를 지키려면 더 많이 움직여야 했다.

답교놀이에서 마훈에게 개똥과의 혼담을 진행해달라고 청했던 그 밤, 도준은 그 길로 삼 년 만에 아버지 도봉수의 사랑채에 찾아가 무릎을 꿇었다.

"제가 아버님의 힘이 되겠습니다. 무지한 왕을 앞세워 제 뜻대로 정사를 휘두르는 강몽구 대감의 걸림돌이 되겠습니다. 그러니 아버지, 창의 날카로운 칼날이 되려 하지 마시고 그를 막을 왕의 방패가 되어주십시오. 이 혼인은 안 됩니다."

"갑자기 이러는 연유가 무엇이냐."

의심 많은 아비가 돌아온 탕아의 개과천선을 단번에 믿을 리 없었다.

"그저 제 혼사를 원래대로 되돌려주셨으면 합니다. 삼 년 전 그대로."

"먼저 내게 믿음을 다오."

도봉수가 내건 조건이었다. 그는 수연의 존재에 대해 어느 정도 알고 있었으나 일부러 모른 척했다. 도준이 제자리로 돌아오기만 한다면, 그깟 가짜 윤수연쯤이야 받아들일 수 있었다. 하지만 지금은 때가 아니었다. 그는 시기를 보고 운을 탈 줄 아는 인물이었다.

도준은 아버지와의 약조를 되새기며 품에서 노리개를 꺼내 들었다. 개똥의 저고리에 달아주었던 노리개를 보며 도준은 피곤한 몸과 마음을 추슬렀다. 그는 멀리서 이 참봉이 다가오는 것이 보이자 얼른 노리개를 품에 넣었다. 이 참봉은 앓는 소리를 하면서도 한성부윤의 눈을 속이고 자신에게 수연에 관한 보고를 꾸준히 해온 자였다.

"그만 퇴청 좀 하세요. 그러시는 거 아닙니다, 도 주부 나리."

이 참봉이 볼멘소리를 했다. 그의 말에 따르면 한성부윤의 아들인 도준이 퇴청을 하지 않고 밤을 지새우기 때문에 다른 이들도 집에 가지 못하고 한성부를 지키며 날을 새고 있다는 것이다.

"보고나 하여라."

"대감마님께 이르는 수가 있습니다."

어미의 초가집을 팔아 얻은 관직이라며 몸을 사리던 이 참봉은 이제 도준에게 농도 던질 만큼 여유로워졌다.

"당시 나리 댁과 윤동석 대감 댁의 혼사를 주관한 이는 이 일을 처음 해보는 데다 사내이기까지 한 어설픈 중매쟁이, 이도형이라는 자인데요…."

이도형을 찾아보라고 지시하려던 도준은 말끝을 흐리는 이 참봉의 다음 말을 기다렸다. 하지만 이 참봉은 자신의 말에 확신이 없는 듯 뜸을 들였다.

"그게, 제 생각이기는 한데 말입니다. 사람들이 말하는 그자의 용모가 주부님께서 일하시던 꽃파당의 마훈이라는 자와 흡사합니다. 그만한 용모가 어디 흔합니까."

이 참봉이 확인을 시켜주려는 듯 이도형의 용모파기를 꺼냈다. 확실히 용모파기 속 남자는 마훈과 꽤나 비슷했다. 도준은 불현듯 답교놀이에서 술에 취한 영수가 했던 마훈의 과거 이야기가 떠올랐다. 마훈의 숨겨둔 첫 실패. 어마어마한 집안. 신부 측 규수가 낭떠러지에서 죽었다는 소문까지 돌았다는 그 혼사…. 그것은 수연과 자신의 혼담이었다!

"자네, 사람 하나 급히 찾아주게."

이 참봉이 귀찮다는 표정으로 도준을 흘겨보았다. 도준은 이 참봉이 건네주었던 용모파기를 그의 손에 다시 쥐어주었다.

"마훈, 그자를 찾아오게."

마훈이 답교놀이 이후 휴업을 선언하고 어디론가 떠났다는 소식을 영수에게서 들었다. 자신이 부른다고 선뜻 올 그가 아니었다.

"이렇게 전해주시게. 망나니가 허수아비를 찾는다고."

도준은 마음을 다스리지 못하고 서성거렸다. 꼭 쥔 손에 초조함이 묻어났다. 일이 어떻게 돌아가는지 알 수가 없었다.

'이보게, 마훈. 도대체 자네에게 무슨 일이 있었던 건가.'

× × ×

그 시각, 인적 드문 산골의 한적한 초가집에서 마훈은 대나무를 석회로 끓인 다음 꺼내서 씻고 자탄즙으로 끓여낸 후 다시 도초회로 끓이기를 반복하며 팔 일 동안의 증해 과정을 거친 물을 초지발에 넣어 종이를 뜨고 있었다. 꽤 능숙한 손놀림이었다. 그렇게 두 달여간 지루함을 견디며 그가 만든 종이는 삼 연이 넘었다.

"이쯤 하시게. 이렇게 많은 걸 이 늙은이가 언제 다 팔겠나."

마훈은 아직도 생각을 정리하지 못한 듯 한숨을 토해냈다. 그러고는 다시 도초회를 끓이기 시작했다. 마음을 정리하는 데 손을 놀리는 것만 한 게 없었다. 그런 마훈을 보는 윤동석의 마음은 편치 않았다. 딸을 잃고 난 뒤 그녀와 비슷한 또래만 봐도 눈시울이 붉어져 초가집 밖으로는 나가지도 않던 그였다. 그는 어린 날의 짐을 여전히 짊어진 마훈이 안쓰러웠다.

"인력으로 안 되는 거라면 이쯤에서 그만두시게. 나는 그 아이의 시신을 묻어준 것만으로도 충분하네."

"안 됩니다, 어르신. 그러면 우리는 과거로부터 자유로워질 수 없습니다."

마훈은 끓인 물을 초지발에 넣어 종이를 뜨기 시작했다. 균형 잡기에 실패한 마훈의 종이는 고르게 펴지지 못하고 그의 마음처럼 뭉쳐버렸다.

✕　✕　✕

삼 년 전, 봄날.

누구에게나 처음이라는 말은 설렌다. 혼사를 처음 맡게 된 이도형이 도봉수의 집으로 가는 발걸음에는 처음이라는 단어가 주는 벅찬 즐거움이 녹아 있었다. 이 혼사는 도형에게 온 뜻밖의 행운이었다.

"그 큰 혼담을 저한테요?"

"능숙한 중매쟁이들은 제 잇속 챙기는 것도 익숙하지. 난 착실한 사람을 원하네."

인자하기로 소문이 자자한 한성부윤이 군이 자신을 혼사의 중재인으로 뽑은 이유를 설명해주었다. 어리숙하고 요령 없는 도형은 한성부윤 도봉수의 아들과 사간원지사 윤동석의 딸의 혼담을 얼떨결에 맡고는 한동안 정신을 차리지 못했다.

도봉수가 누구인가. 한양을 지배하는 작은 나라님이라 불리는 덕망 높은 양반이다. 사간원지사 윤동석은 왕의 무한한 신임으로 점점 입지를 넓혀가고 있는 인물로, 이대로 승승장구한다면 삼정승 자리에 오르는 것도 문제없을 터였다. 그런 대단한 두 집안의 혼사를 맡게 되다니 중매쟁이로서 가문의 영광이 아닐 수 없었다. 게다가 이것은 도형의 첫 혼사였다.

사실 도형은 양반의 혼사를 다루던 죽은 어머니의 뒤를 이어 중매쟁이가 되었지만, 사내라는 이유로 양반집에서 늘 문전박대 당했다. 혼사를 치를 때는 세세하게 챙겨야 할 게 많다 보니 중매쟁이들을 집으로 자주 불러들여야 하는데, 사내가 양반집 여식의 방에 드나드는 건 절대 안 될 일이었다. 장옷까지 뒤집어쓰고 규수 집에 쳐들어가 보기도 했지만 관아에 발고를 당해 지은 죄도 없이 삼 일을 옥사 안에서 보내야 했던 적도 있다. 그런 그가 수많은 문전박대의 설움 끝에 첫 중매를 맡게 된 것이다.

"그 댁 낭재는 어떠한가?"

"인물도 훤칠하고 영리해 보였습니다."

도형은 도봉수의 집 정자에서 자신이 보고 있는 줄도 모르고 서책에 빠져든 한 사내를 본 소감을 그렇게 전했다. 좋은 인물과 맑은 인상의 도령은 과거 준비로 여념이 없다고 했다. 음서제를 거부한 제 아들의 기특함을 자랑한 도봉수는 도형에게 이번 혼사로 제 아들을 번거롭게 하는 일은 없게 해달라고 신신당부했다. 낭재를 제대로 살피지 않고 신부 쪽에 혼사를 청하는 게 꺼림칙하긴 했지만 한양 바닥에 명성이 자자한 집안의 자제를 굳이 검증할 필요가 있을까 싶어 대수롭지 않게 넘겼다.

"하나뿐인 귀한 여식일세. 그 아이가 혼사 얘기를 듣고 그렇게 좋아하지만 않았어도 좀 더 비슷한 집안의 남자와 맺어줄 작정이었는데, 한성부윤의 아들이라니. 부디 누이의 혼사라 생각하고 신중에 신중을 기해주시게."

윤동석은 도봉수가 넣은 혼담에도 기뻐하는 기색이 아니었다. 하긴, 그는 사간원지사 자리도 버거워한다는 말이 들릴 만큼 욕심이 없는 사람이었다.

"딸아이가 자넬 보고 싶어 한다네. 별당을 잠깐 찾아주게."

"그건 무엇입니까?"

장옷을 뒤집어쓰고 별당 앞에 머뭇머뭇 서 있던 도형을 발견한 수연은 터져 나오는 웃음을 애써 참았다. 아녀자의 공간을 찾는 데 부담을 느낀 도형이 나름 조치를 한 것인데 정작 그녀는 그것이 우스워 키득거렸다.

발 사이로 언뜻 보이는 수연의 모습은 중매인인 도형도 반할 만큼 품위 넘쳤다. 그는 그녀의 얼굴을 볼 수 없었으나 목소리의 높낮이나 어조, 빠르기로 미루어 보아 그녀가 분명 기품 있는 여인이 틀림없다고 생각했다. 그녀는 여느 양반집 규수들과는 달랐다. 사내라고 무턱대고 경계하지 않았고, 양반이 아니라고 하대하지 않았으며, 양반들에게 천대받는 한낱 중매쟁이인 자신을 소중한 오작교라 부르며 환대해주었다. 윤동석의 완강한 반대만 아니었다면 발을 올리고 도형을 제 별채 안으로 들이고도 남았을 여인, 그게 수연이었다.

수연은 등불놀이에서 우연히 스치듯 지나가다 본 도준을 자신이 찾던 이상형이라고 확신했다.

"사실 강몽구 대감의 여식과 혼례가 정해져 있다 하여, 얼마나 실망이 컸던지 이틀간 곡기를 끊었지 뭡니까. 일이 이렇게 잘된 건 모두 매파님 덕분입니다."

수연은 귀한 집 여식만이 지닐 수 있는 티 없는 미소를 지어 보였다. 발 사이로 얼핏 보이는 그녀의 입매에 도형 역시 미소를 감추지 못했다.

"잘못 아신 것 같습니다. 매파라는 말은 나이 든 아낙에게나 쓰는 말입니다."

"압니다. 그래서 사람들이 중신아비보다는 여자고 좀 더 연륜이 있을 것 같은 매파를 더 선호한다는 것도요. 그래서… 매번 문전박대당하는 것도 압니다."

"…"

"그러니까 더욱이 매파님이라 불러드려야지요. 좋은 호칭을 쓰면 더 잘되지 않겠습니까. 제 혼사를 잘 치러주시고 꼭 훌륭한 매파가 되셔요."

훗날 도형은 이 엄청난 혼사의 중매인으로 자신을 추천해준 이가 수연이었음을 알게 됐다. 그가 어느 집 앞에서 사정없이 내쳐지는 걸 보고 제혼사를 꼭 저 중매쟁이에게 맡겨달라고 떼를 썼다고 한다. 본디 성정이 고운 처자였다.

도형은 그녀가 연지곤지를 찍고 수줍게 가마에 오르는 모습을 상상하며 행복해했다. 이 혼사만큼은 무슨 일이 있어도 틀어져서는 안 된다. 그는 발 사이로 비칠 듯 말 듯 한 그녀를 보며 그렇게 다짐했다.

수연은 시간이 날 때마다 도형을 별당으로 불러들였다. 그녀가 묻는 것은 오직 하나였다.

"오늘 도련님께서는 무얼 하고 계셨습니까?"

그녀의 호기심은 끝이 없었다. 오늘 도준이 무얼 입고 있었는지, 어떤 지기와 어울렸고 어떤 서책을 읽었는지, 어떤 일에 웃었는지, 혹 찡그리는 일은 없었는지, 그녀의 질문은 매일같이 이어졌다. 수연은 스치듯 만난 인연이지만 앞으로 지아비가 될 사람에 대한 기대와 설렘으로 밤잠을 설치는 듯했다. 뜨거운 궁금증과 설렘은 중매쟁이 도형이 처음 목격한 첫 연정의 열병이었다.

수연은 도준의 매일을 궁금해했지만 도형은 수연의 궁금함을 채워주는 일이 쉽지 않았다. 도준은 과거 공부로 하루 종일 방에 틀어박혀 밖에 얼굴을 내비치질 않는 데다, 그런 그를 만나려 도봉수의 집을 매일 들락거렸다가 괜히 밉보여 혼사가 틀어질까 봐 두려웠기 때문이다. 거기에다가 두 명문가의 혼담을 맡았다는 입소문이 돌기 시작하면서 마훈에게 자잘한 중매 요청이 끊이질 않아 도봉수의 집을 드나들 여유가 나지 않았다.

그래서 도형이 선택한 방법은 거짓말이었다. 도준이 입는 옷, 그가 하는 말들을 만들어내다 보니 저도 모르는 도준이 탄생해 있었다. 처음엔 도준의 일과를 있는 그대로 보고하려 했던 도형은 어느새 수연을 만나기 위해 도준의 일상을 만들어내고 있었다. 거짓말은 수연의 마음에 새로운 사내를 만들어냈다. 두 사람은 도형이 만들어낸 인물을 두고 밤새도록 이야기꽃을 피웠다. 수연은 어느새 중매쟁이의 마음에 첫정으로 자리 잡아버리고 말았다.

13. 꽃이 지다

삼 년 전, 강몽구의 사가.

"아직도?"

"예, 벌써 이틀째 물 한 모금 입에 안 대고 있습니다. 하나뿐인 딸년을 정녕 잃으시렵니까?"

평소 남편이 정한 일이라면 숨소리 하나 내지 않던 부인 한 씨가 바닥에 주저앉다시피 하며 강몽구를 흘겨봤다. 강몽구는 부인의 원망스러운 눈빛을 다 받아내며 한마디도 하지 못하고 고개만 숙였다. 한 씨 부인은 물론이고 강몽구도 딸자식 사랑이 유별났다. 어릴 때부터 지화가 원하는 것이라면 자신에게 말하기도 전에 갖다 바쳐온 그였다. 강몽구의 한숨이 짙어졌다.

"그러게 그 아이 마음 뻔히 알면서 어쩌자고…."

한성부윤 도봉수는 성균관 시절부터 함께 동문수학하던 절친한 벗이었다. 하지만 학식이 깊어지고 세계관이 넓어지면 더 높은 곳을 원하기 마련이다. 함께 손을 잡고 계단을 오르던 두 지기는 어느 순간 다음 계단에 한 사람이 설 자리밖에 없다는 것을 깨달았다. 그 계단에 오른 승자는 다행히도 강몽구 자신이었다. 그렇다고 두 사람이 등을 돌린 건 아니었다. 부인들도 남편의 정치와 상관없이 서로의 경조사를 챙기고 상대의 집을 제집 드나들듯 들락거리며 교류를 이어 나갔다. 어려서부터 서로를 의지하고 자란 도준과 지화는 남매 사이 이상이었다. 욕심 많고 도도한 지화가 도준만 보면 졸졸 따라다니며 제가 가진 것을 내어주기 바빴다. 도준이 원한다면 아비 몰래 집문서도 넘겨줄 아이였다.

도준이 지화를 그저 동생으로만 여긴다는 것은 알고 있었지만 강몽구역시 도준이 탐났다. 음서제도 거부하고 과거 시험에 매달리는 성실한 도준은 지화와 혼약을 맺으면 다른 여인에게는 눈길도 안 줄 사내였다. 그래서 일찌감치 도준을 지화의 신랑감으로 점찍어두고 도봉수와 혼담을 주고받아 왔다.

그렇기에 이번 일은 강몽구도 많은 것을 잃을 각오 끝에 내린 결단이었다. 그는 도봉수의 추종 세력들을 잘라내기로 했다. 조선의 수도인 한양을 관리하는 한성부윤이 이 이상 커지면 곤란하다는 게 자신의 뒷배를 봐주는 영의정의 뜻이었다. 왕의 후사가 없는 지금 도봉수의 추종 세력을 내치지 않는다면 그들은 반정反正도 꿈꿀 수 있을 것이다. 그만큼 도봉수를 향한 조선의 신뢰는 두터웠다.

성난 도봉수가 휘두른 칼은 생각보다 매서웠다. 그는 강몽구가 그토록 탐내는 자신의 아들을 사간원지사 윤동석의 여식에게 주려고 했다. 강몽구가 받은 충격도 컸지만 그보다 더 큰 상처를 받은 이는 딸 지화였다. 그녀는 도준의 혼례일이 결정되자마자 이틀째 곡기도 끊고 제 방에 틀어 박혀 나오지 않고 있었다.

"이러다 진짜 자식 송장 먼저 치르겠습니다."

한 씨 부인이 대답 없는 강몽구를 닦달했다. 뭔가 방법을 강구해야 했다. 강몽구는 골똘히 생각에 잠겼다.

× × ×

"이미 납폐까지 오갔네. 말도 안 되는 소리 하지 마시게."

도봉수는 강몽구가 언제가 한 번은 찾아와 한탄할 줄은 알았지만 생각보다 빠른 반응에 적잖이 놀랐다. 도봉수는 이번 혼사를 계기로 윤동석과 함께 자신의 세력을 다시 키워볼 작정이었다.

강몽구는 주저하다가 결국 무릎을 꿇고 머리를 조아렸다.

"이보게, 사림!"

사림은 강몽구의 호였다. 자신에게 머리를 조아리는 지기 때문에 도봉수는 앉지도 못하고 일어서지도 못하는 애매한 자세로 그를 불렀다.

"한 번만 봐주시게. 내 욕심이 지나쳤다는 건 알고 있네. 그래도 이 혼사 한 번만 물러주시게. 안 그러면 내 여식이 정말 굶어 죽겠단 말일세. 임금의 신임으로 사간원지사 자리까지는 얻었지만 그자는 그저 신출내기에 불과하네. 애먼 손 잡지 말고 내 손 잡으시게. 이보게, 명휘!"

강몽구 역시 어린 시절부터 부르던 도봉수의 호를 부르며 다시 한번 고개를 숙였다.

"안 되는 건 안 되는 걸세."

도봉수는 단호했다. 혼담이 무엇인가. 두 가문의 흥망성쇠를 걸고 하는 약속이다. 그는 강몽구가 자신을 버렸을 때 이미 윤동석과 혼사를 빙자해 손을 잡았다. 그것을 이제 와서 없던 일로 할 수는 없는 노릇이었다.

"영의정 대감은 노쇠하여 일 년을 버티지 못하고 자리에서 물러나게 될 걸세. 그때 내 자네의 세력들을 모두 복원해주지. 내가 영의정에 오르면 지금 이 자리가 누구 것이 되겠나?"

윤동석을 버리고 강몽구의 손을 잡는 것. 그건 분명 솔깃한 제안이다. 거기다 강몽구가 절대 다른 마음을 품지 못하도록 귀한 인질 지화까지 손에 넣는다면…. 하지만 도봉수는 결단을 내리지 못했다.

"이보게, 정녕 자식을 앞서 보내는 아비의 모습을 보아야겠는가?"

"하지만…."

이 솔깃한 제안을 눈앞에 둔 도봉수에게 걸리는 건 단 하나, 평판이었다. 이익을 앞세워 손바닥 뒤집듯 혼례를 무른다면, 자신이 한성부윤으로서 얻은 신뢰가 무너질 게 뻔했다. 그 평판을 유지하느라 투박한 여인을 부인으로 맞고도 곱디고운 여인들에게 눈길 한 번 주지 않았던 그였다.

"뒷일을 걱정하는 거라면 안심하시게. 자네가 나쁜 놈이 될 일은 없을 테니."

강몽구의 입꼬리가 올라갔다. 정상을 차지한 그가 자기를 따라 계단을 오르던 이들을 하나씩 넘어뜨릴 때마다 지었던 그 미소였다.

×　×　×

"나도 보았네."

"자네도?"

"그럼. 아주 인물이 훤한 게, 얼굴값 할 상일세."

"쯧, 혼례를 앞둔 처자가 어쩌자고."

소문이란 뿌리는 치들이 그 가벼운 입술로 나불거리는 것에 불과하지만 그것이 뭉치면 실체를 갖고 인격을 형성한다. 소문의 성격이란 그들의 기원만큼이나 하찮아서 보고 싶은 것, 듣고 싶은 것, 말하고 싶은 것만을 고르고 골라 만들어진다. 수연을 둘러싼 소문은 어린 소녀가 감당하기에는 거칠고 모질었다.

강몽구의 종 서넛이 수연에 대한 악소문을 내기 시작했다. 그들은 밤마다 수연이 장옷을 쓰고 밖에 나가는 걸 목격했으며, 다른 남자와 다정히

이야기를 나누는 것을 보았다는 소문을 퍼뜨렸다. 강몽구는 거기서 그치지 않고 사람을 시켜 장옷을 쓰고 나가 수연인 척하며 해괴한 일들을 벌이고 다니도록 했다. 처음에는 긴가민가했던 이들도 직접 봤다는 제보가 줄을 잇자 소문을 믿기 시작했다. 시간이 지날수록 소문은 차마 입에 담지도 못할 만큼 괴이하고 해괴해졌다. 사람들은 수연을 정혼자가 버젓이 있음에도 매일같이 다른 남자를 만나는 파렴치한으로 몰았다. 어느새 수연은 한양에서 가장 많이 입방아에 오르내리는 여인이 되었다.

"이 소식을 도준 오라버니도 아느냐."

하인들이 속닥거리는 모습을 보던 지화가 계집종에게 물었다. 아직 원기가 다 회복되지는 않았으나 수연에 대한 소문 덕분에 생기가 조금씩 돌아오고 있는 터였다.

"알고 계신다고 들었사옵니다. 아씨, 제가 염탐이라도 하고 올까요?"

"아니, 됐다. 소문이 알아서 진실을 잡아먹겠지. 어제 만든 고기전이랑 너비아니나 잔뜩 내오거라. 이제 슬슬 배가 고프네."

지화가 묘한 미소를 지으며 방으로 들어갔다.

얼마 후 도준과 수연의 혼례가 취소되었다. 윤동석의 사가 앞을 지날 때마다 사람들이 침을 뱉는다는 소문이 돌만큼 민심이 험악해졌다.

"무슨 오해가 있을 겁니다. 제가 알아보고 오겠습니다."

이 소문에서 자유로울 수 없는 도형의 속도 말이 아니었다. 도형이 아무리 수연의 결백을 증명하려 해도 소문은 부풀어만 갔다. 그는 지친 수연을 걱정하며 윤동석을 안심시키려 했다.

"아닐세. 이제 와 사람들이 진실에 관심이나 있겠는가. 이사 채비를 하는 동안 우리 아이나 좀 살펴주시게."

윤동석의 목소리는 소문에 당한 수연만큼이나 지치고 힘이 없었다. 도봉수를 직접 만나 빌어도 보고 항의도 해봤으며, 소문의 진원지를 찾으려 사람을 풀기도 했던 윤동석은 결국 아무 소용이 없다는 것을 깨달았다. 소문을 낸 이를 찾아 단죄한들, 딸아이가 받는 의심의 눈길이 걷힐 리 없었다.

'그렇다면 아이를 이곳에서 도망치게 해주자.'

윤동석이 상처받은 딸에게 해줄 수 있는 유일한 일이었다.

별당 앞에 선 도형은 인기척을 낼까 말까 고민하다 결국 댓돌 위에 털썩 앉았다. 그는 소문과는 다르게 사람들의 수군거림 때문에 최근 한 번도 밖에 나가지 못해 먼지만 쌓인 수연의 꽃신을 탁탁 털고 제 도포로 정성껏 닦았다.

"오늘은 도령이 옥색 도포를 입었습니다. 그가 정자에 나가 읽었던 서책은 《시경》인 듯 보였으나 안에 춘화를 숨겨두었고요. 담벼락 밖으로 새초롬한 여인이 지나가자 눈을 못 떼고 침을 꿀꺽 삼켰습니다. 도령은 그 여인의 요염한 눈길을 견디지 못하고 담벼락을 따라…"

"거짓말."

괜히 죄 없는 도준이 미워 도형이 삐뚤어진 상상력을 발휘하자 수연은 참지 못하고 울먹였다. 도형은 물기 가득한 수연의 목소리에서 그녀의 상처를 짐작할 수 있었다.

"매파님이 지금까지 알려준 도련님의 모습과는 다르지 않습니까."

'참모습이 어떤지는 저도 잘 모르겠습니다.'

도형은 그 말을 꾹 눌러 삼켰다. 자기 이익을 챙기느라 상상 속에서 만들어낸 도령.

"다른 혼사를 알아봐 드리겠습니다. 그보다 더 좋은 낭재를 제가 꼭 찾아낼 것입니다."

수연의 혼사만은 자신이 마무리하고 싶었다. 소문이 잦아들면 또다시 기회가 올 것이다.

"안 돼요. 벌써 포기하는 게 어딨어요? 진짜 매파는 당사자들보다 먼저 포기하는 일이 없는 법이에요."

수연은 자신과의 혼담이 오가는 것을 기뻐하며 도준이 그녀에게 보낸 장신구를 손에 꼭 쥐었다. 도씨 가문을 상징하는 독특한 매화 문양이 새겨진 뒤꽂이였다.

"매파님, 내가 용기를 낼 수 있게 좀 도와주세요."

그녀의 목소리는 여느 때보다 구슬프고 간절했다.

✕　✕　✕

도준은 혼례 상대가 수연에서 지화로 바뀌었지만 마치 남의 일처럼 지켜보기만 할 뿐이었다. 그는 등불놀이에서 잠깐 스치듯 만났던 수연과의 인연을 떠올렸다. 당연히 지화가 자신의 짝이 될 것이라 여겨왔던 도준은 혼례 상대가 윤동석의 여식이라는 소식을 듣고 적잖이 놀랐다. 등불놀이에서 수줍지만 곧은 그녀의 눈빛에 반해 삼 일 밤낮을 설레이며 서책 한 줄 제대로 보지 못했다. 그는 어미가 물려준 가문의 문양이 새겨진 매화 모양의 뒤꽂이를 인편으로 수연에게 전달했다. 설렘. 그것은 지화에게서 느끼는 편안함과는 또 다른 감정이었다.

'저런 여인을 반려자로 삼아 평생을 함께 살게 되는구나. 그것도 나쁘지는 않겠다. 아니, 괜찮겠다.'

도형과 수연이 자신에 대한 이야기를 하느라 밤을 지새우는 사이 도준도 수연을 생각하며 가슴 떨려 했다.

하지만 잠깐 마주친 인연이 전부인 수연이기에 난데없는 소문에도 그녀를 무조건 감싸줄 수는 없었다. 그저 스친 인연일 뿐이라며, 딱 그 정도의 배신감만 수연에게 느끼고는 대수롭지 않게 지화와의 혼담을 받아들였다.

그런 도준을 수연이 간절한 마음으로 찾아왔을 때, 그는 '여인이 밤마다 돌아다녔다는 소문이 사실이었구나'라고 생각했다. 자신의 방문 앞에서 서성대며 어찌할 줄 모르는 수심 많은 그림자를 뻔히 보면서도 도준은 문을 열지 않았다. 서책도 눈에 안 들어올 만큼 설렘을 줬던 그 얼굴을 다시 보면 마음이 약해질까 봐 걱정했는지도 모르고, 배신당했다는 생각에 그녀의 얼굴이 보기 싫어 일부러 외면했는지도 모른다. 중매쟁이와 함께 자신의 집에 몰래 들어왔다던 수연은 주저하던 말을 어렵사리 꺼냈다.

"다른 사람들이 뭐라든 도련님만 저를 믿어주시면 돼요. 저는 도련님 이름에 먹칠한 적 한 번도 없습니다. 믿어주세요."

밖에서 들리는 수연의 간절한 목소리는 안타깝게도 도준의 마음까지는 닿지 못했다. 도준은 수연에 대한 소문과 지금 그녀의 모습 사이에서 흔들렸지만 수연과 함께 있는 사내가 자꾸만 마음에 걸렸다.

"돌아가시오. 밤이 너무 늦었소."

도준의 말은 거기까지였다. 자신의 말이 소용없다는 걸 깨달은 수연은 품 안에 두었던 매화 모양의 뒤꽂이를 과감히 반으로 툭 잘라버렸다. 뒤꽂이에 달려 있던 보석들이 사락 떨어져 나갔다.

"도련님이 다른 낭자와 혼인하셔도 괜찮아요. 허나 제 마음만은 여기 두고 가겠습니다."

도준은 멀어지는 그녀의 발소리를 들으며 조심히 문을 열었다. 등불놀이 때 보았던 얼굴만큼이나 뒷모습도 담대하고 기품이 넘쳤다. 도준은 수연이 자신의 진심을 부러진 뒤꽂이에 남겨두고 간 듯하여 가슴이 먹먹해졌다. 그는 혼담을 되돌리기로 마음먹었다. 그녀의 진심을 믿어주기로 했다. 하지만 시간은 도준을 기다려주지 않았다. 도준은 그날 밤 수연에게 믿는다는 한마디를 못 해준 것을 평생 후회했다.

×　×　×

"혼인을 그대로 진행하자니, 그게 무슨 말이냐. 이미 강 대감 댁과 혼담이 오가고 있다는 걸 모르느냐."

도봉수는 아들의 말에 당혹을 감추지 못했다. 도준은 이미 깨진 혼사를 다시 진행하자고 고집을 부렸다.

"피치 못할 사정으로 취소된 혼담이 아닙니까. 강 대감 댁에서도 그 정도의 아량은 베풀어주실 것입니다. 정 마음에 걸리신다면 제가 직접 찾아뵙고 사정을 말씀드리겠습니다."

"안 된다. 밤마다 사내나 만나고 다니는 혼인도 안 한 아녀자를 받아줄 만큼 우리 집안은 막돼먹지 않았다."

"소문일 뿐입니다. 아버님은 한성부의 수장이십니다. 어찌 증거도 없는 일로 힘없는 아녀자를 벼랑 끝으로 몰려고 하십니까."

도봉수는 아들의 반박에 입술을 깨물었다. 어떻게 취소한 혼사던가. 사간원지사 윤동석을 자신의 성공을 위한 발판 삼아 짓밟으며 진행한 혼담이었다. 게다가 이제 수연은 양반집 아녀자의 덕목을 지키지 못한 자로 평생을 낙인찍힌 채 살 터였다. 그가 한 사람의 인생을 무너뜨리면서까지 이루려 한 것이 제 아들로 인해 무너지려 하고 있었다.

×　×　×

수연의 단장은 유난히 길었다. 평소 화장에 익숙하지 않았던 그녀는 계집종의 도움을 받아 화사하게 제 얼굴을 꾸몄다. 홍화 가루로 만든 연지를 발라 발그레해진 자신의 뺨을 보는 수연의 마음이 널뛰었다.

"최고로 예쁘십니다."

"보이지도 않으면서 어찌 그리 말씀하십니까."

"보이지 않아도 소인은 알 수 있사옵니다. 아씨께선 어떤 여인보다도 아름답고 기품이 넘치십니다."

단장을 끝낸 수연은 아직도 마음이 놓이지 않는지 치맛자락까지 한 번 돌려보고 나서야 만족한 듯 고개를 끄덕였다. 도형은 그 그림자를 눈으로 좇았다. 아름다운 나비 한 마리가 팔랑이듯 여인의 향기가 사뿐사뿐 내려앉았다.

도준으로부터 서신을 받은 것은 수연이 그의 집에 찾아간 뒤 하루가 채 지나지 않아서였다. 그간의 오해를 풀고 싶으니 용태바위 앞으로 해시*까지 나와 달라는 내용이었다. 수연은 그의 정갈한 글씨를 보고 또 보며 좋아서 어쩔 줄 몰랐다.

"이번 일이 잘되면 이 은혜 잊지 않을게요, 매파님. 아니지, 잘 안 돼도 그 은혜를 어떻게 잊어. 지기들 시집갈 때마다 내가 매파님을 추천할게요. 근데 매파님, 이름은 좀 바꾸는 게 어때요? 기억에 딱 남게."

마냥 호들갑을 떠는 수연의 모습에 도형의 행복이 차올랐다.

"잘 다녀오세요, 아씨."

"다녀올게요."

그 길이 저승길이 될 줄은 가는 사람도 보는 사람도 미처 알지 못했다.

×　×　×

용태바위에 앉아 어두워서 잘 보이지도 않는 면경을 자꾸만 들여다보던 수연은 애가 탔다. 딱 한 번 보았을 뿐인데 얼굴을 기억하지 못하면 어

---

* 오후 아홉 시에서 열한 시

쩌나 걱정스럽기도 했지만 그날 본 도준의 얼굴은 쉽게 잊힐 얼굴이 아니었다.

"낭자."

나직하게 수연을 부르는 목소리가 들렸다. 수연은 마음을 추스르고 살짝 미소 지으며 뒤를 돌아보았다.

"당신은!"

수연은 너무 놀라 더 이상 말을 잇지 못했다. 한 번도 본 적 없는 사내였다. 얼굴이 잘 보이지 않았지만 직감으로 알 수 있었다. 사내에게선 서늘하고 매서운 향기가 풍겼다. 따스한 화초 같았던 도준과는 전혀 다른 분위기였다. 수연은 어쩌면 이 남자가 소문의 진원지일지도 모른다고 생각했다. 그녀는 사내에게 다가가 얼굴을 가린 갓을 들춰보려 손을 뻗었다. 남자는 수연이 그렇게 행동하도록 처음부터 의도한 듯 그녀가 뻗은 손을 제 쪽으로 확 끌어당겨 안았다. 함정이었다.

"이게 무슨…! 이봐요! 이거 놓으시오!"

"날 원망하지 마시오."

남자는 수연을 더 꽉 끌어안았다. 수연이 사태를 파악하기도 전에 등불이 두 사람을 비췄다. 두 사람은 누가 봐도 오해할 만한 자세였다. 수연은 자신을 외면한 채 돌아가는 사내의 모습을 보았다. 도준이었다. 그의 뒷모습에 냉기가 어렸다.

"도련님! 도준 도련님!"

수연은 쫓아가려 안간힘을 썼지만 그를 붙잡은들 마음까지 붙들 수는 없을 것이었다. 그녀는 자신이 나간 줄도 모른 채 집에서 곤히 자고 있을 아버지도, 친구 같은 중매쟁이 도형도 생각나지 않았다. 그녀의 눈에 보이는 것은 떠나간 도준의 발자국과 발밑에 펼쳐진 바다뿐이었다. 수연은 결심한 듯 꽃신을 벗어 자기 옆에 가지런히 두었다. 자리를 뜨려던 의문의 사내는 수연의 행동을 의아한 눈빛으로 잠시 바라보았다.

"당신도 날 원망하지 말고 이렇게 전해주시오. 이 정도면 아녀자의 결백을 믿어주겠냐고."

"뭐요?"

사내가 그 말뜻을 생각할 틈도 없이 수연이 절벽 아래로 뛰어내렸다. 빨간 치마폭에 쌓여 떨어지는 수연의 모습이 마치 시든 꽃의 최후 같아 사내는 멍하니 그 모습을 바라볼 뿐이었다. 사태를 파악했을 땐 이미 그녀가 물속으로 흔적도 없이 사라진 뒤였다.

× × ×

도형은 별당을 나서다 수연이 깜박 잊고 간 도준의 서신을 발견했다. 도형은 자신이 감히 단 한 번도 욕심내지 못했던 수연의 마음을 사로잡은 사내의 마음이 궁금했다. 그는 실례인 줄 알면서도 조심스레 도준의 서신을 펼쳐 들었다. 서신을 읽어 내려가던 그의 안색이 서서히 변했다. 그는 서신을 꼭 쥔 채 사랑방으로 뛰어 들어갔다.

윤동석은 도형의 난데없는 등장에 기함했지만 도형은 그런 걸 신경 쓸 여유가 없어 보였다. 도형이 식은땀까지 흘리며 서랍을 뒤지기 시작하자 윤동석은 천한 중매쟁이를 나무라기보다는 같이 찾아줘야겠다는 생각이 들었다. 그만큼 도형의 행동은 평소와 달랐다.

"뭘 찾는가."

"사성*, 도 대감 댁에서 보내온 사성이 어디에 있습니까?"

윤동석은 영문도 모르고 사성 봉투를 꺼내 도형에게 건넸다. 빼앗다시

---

* 혼인이 정해진 뒤 신랑 집에서 신부 집으로 신랑의 사주를 적어 보내는 종이

피 사성을 건네받은 도형은 제 손에 피가 나는 줄도 모르고 서둘러 봉투를 열어 사성을 펼쳤다. 신랑의 이름과 사주가 적힌 사성. 도형은 두 문서의 서체를 비교했다. 이름의 흘림까지 두 서체가 일치했다.

"이걸 누가 썼습니까?"

"보통은 신랑 아버지가 쓰지."

"신랑이 직접 쓰는 경우는 없습니까?"

"글쎄. 더러 있기도 하지만 이 글씨는 도봉수 대감 것이 맞네. 그의 서체가 장안에서 유명하지 않던가. 한석봉과 견주어도 절대 지지 않지."

"나쁜 놈들. 우리를 갖고 놀았어."

도형은 도준이 보냈다던 서찰을 구겼다. 도형의 손에서 나온 피가 서찰에 배어 나왔다. 바보처럼 그 서찰 하나에 설레서 잠 못 이루던 여인. 그 서찰 하나로 모든 걸 되돌릴 수 있다 믿었던 어리석은 중매쟁이. 그는 그제야 자신이 얼마나 어리석었는지 깨달았다. 그깟 연정 따위로 해결할 수 있는 것은 없었다.

"그게 무슨 말인가?"

도형의 분노에 윤동석의 눈빛이 불안하게 흔들렸다.

×　×　×

"죽, 죽었다고?"

상석에 앉은 강몽구와 그를 마주하고 앉은 도봉수의 얼굴이 새하얗게 질렸다.

"이 자식아, 일을 어떻게 한 거야!"

강몽구는 손에 집힌 벼루를 사내에게 던졌다. 용태바위에서 수연을 다짜고짜 끌어안았던 사내였다. 벼루는 의문의 사내를 살짝 비껴가 바닥에 떨어져 나뒹굴었다. 강몽구의 얼굴에 낭패라는 표정이 떠올랐다. 혼담 하나 엎자고 멀쩡한 처자를 죽음으로 내몬 것이다.

"아녀자의 결백을 믿어 달라며 가, 갑자기 뛰어내리는 통에…"

"살아 있을 수도 있지 않은가."

강몽구의 목소리가 떨려왔다. 살아 있으면 그것도 문제였지만 죽은 것보다는 나을 듯싶었다. 하지만 그것은 강몽구의 간절한 소망일 뿐이었다.

"거기서 뛰어내렸는데 목숨을 건졌다는 이는 조선 천지에 없습니다. 그런데 어떻게 여인의 몸으로…"

강몽구의 시름이 깊어졌다. 도봉수가 겁에 질린 얼굴로 강몽구에게 쏘아붙이기 시작했다.

"그러니까 어쩌자고 소문을 조작해서 일을 이 꼴로 만들었냐는 말일세!"

"나라고 그 아이가 죽을 줄 알았나. 이게 다 우리 지화와 도준이를 맺어 주기 위함이 아니었나! 그리고 이중으로 혼사를 진행한 자네 탓도 크네."

"지금 그걸 말이라고 하는가! 이게 다 욕심 많은 자네 딸년이 부른 화일세!"

"지금 나와 해보겠다는 건가?"

두 사람의 언성이 높아질수록 문 앞에 선 도준의 주먹이 더 세차게 떨려왔다. 여인의 몸으로 남의 집 담장까지 넘어와 호소했던 이였다. 그런 수연을 믿지 않고 소문에만 의존해 그녀를 평가했던 건 자신이었다. 그의 호수 같은 눈에서 눈물방울이 떨어졌다. 그는 죄책감과 후회를 안고 돌아섰다. 그런 그의 눈에 지화가 들어왔다.

"내 탓이 아니야. 오라버니, 나는 단지, 그냥…"

그녀는 자신을 노려보는 도준의 매서운 눈길을 감당하기 힘들었다. 단한 번도 자기에게 보여준 적 없던 서늘함이 낯설었다.

"너는 알고 있었어. 그러면서 어떻게…."

"오라버니."

그녀는 어떻게든 도준의 마음을 돌리려 손을 뻗었다. 자신의 손길 하나에 어떤 잘못도 용서해주던 도준이었다. 하지만 그는 지화의 손을 뿌리쳤다.

"살인자."

도준을 향하던 지화의 손이 툭 떨어졌다.

'내가 그런 게 아니야. 나는 단지 오라버니가 좋아서….'

지화는 수연의 죽음을 예상하지 못 했다. 단지 둘의 혼담이 깨지고 수연이 다른 배필을 만나길 바랐다. 제 것 같았던 도준을 남에게 빼앗기는 게 싫었을 뿐이었다. 그게 이렇게 끔찍한 결과를 불러올 줄은…. 창백해진 지화의 얼굴 위로 눈물이 흘러내렸다. 일이 이렇게 되었음에도 남은 것은 아무것도 없었다.

도준은 흐르는 눈물을 닦지도 못 한 채 서 있었다. 아버지가 자신에게 어찌 이럴 수 있을까. 자신뿐 아니라 한양 백성 모두가 존경하는 아버지였다. 거기에다가 강몽구 대감과 지화까지 가담했다니. 생전 처음 느껴보는 지독한 배신감이었다. 이런 아버지를 존경한답시고 음서제까지 거부한 자신이 한심했다. 자신의 욕심을 채우자고 꽃 같은 여인을 이리 만든 사람이 제 아버지였다. 가슴 한구석이 뻥 뚫렸다. 도준의 모든 믿음이 무너졌다.

✕　✕　✕

수연의 꽃신을 발견한 윤동석과 도형은 순식간에 빼앗긴 행복에 눈물조차 흘리지 못한 채 절망했다. 꽃신을 딸처럼 끌어안고 곡기마저 끊었던 윤동석은 미련 없이 사직했다. 딸이 아파 외가로 피접을 가야 한다는 이유에서였다.

"왜 알리시지 않습니까. 의금부에 발고하고 그들을 단죄해야 합니다!"

도형은 분한 마음을 가라앉히지 못했다.

"좌의정과 한성부윤에게 그깟 소문 하나 낸 게 뭐가 그리 큰 죄가 되겠나. 진실을 밝힌다 해도 사람들이 관심이나 있을 것 같은가? 내 딸자식을 두 집안의 혼사 놀음에 놀아난 희생양이라고 사람들이 불쌍히 여기는 꼴 보고 싶지 않네! 진실을 밝히는 데 실패해서 역시 외간 남자와 밤마다 통정하던 여인이 맞았다는 소리 듣게 하고 싶지도 않아. 시신도 수습해주지 못한 그 아이가 구천을 떠돌며 그런 말 듣는 건 싫단 말일세! 그냥 어딘가에서 누군가에게 사랑받는 안사람이 되어 아이들이 크는 모습을 보며 행복하게 살고 있을 거라고, 부디 사람들이 그렇게 생각해주었으면 하네."

도형은 윤동석을 차마 붙잡지 못했다. 그는 껍데기만 남아 살아도 사는 게 아닌 상태로 죽은 딸자식을 가슴에 묻은 채 떠났다. 그가 남의 눈에 띄지 않게 한양에 돌아와 조선지 장인 행세를 한 건 불과 몇 달 전이었다. 그는 세상과 담을 쌓고 오직 종이 만드는 일에만 몰두했다. 그것은 상처받은 자신과 죽은 딸자식을 보듬는 그만의 방법이었다.

수연의 죽음으로 지화와 도준의 혼담 역시 깨지고야 말았다. 더불어 강몽구와 도봉수가 일부러 만나는 일도 없었다. 그들은 어쩌다가 마주칠 때마다 행여 윤수연이라는 불편한 이름이 튀어나올까 봐 불안해했다. 한성부윤 아들의 두 번째 파혼 소식에 사람들은 문제가 신랑 쪽에 있는 게 아닌가 수군거리기 시작했고 도준은 그런 소문에 보답이라도 하듯 매일 술과 여자를 끼고 기방 탐방에 나섰다.

도형은 수연이 뛰어내린 용태바위 위에 걸터앉아 표주박에 담은 술을 절벽 아래로 조금씩 뿌렸다. 도형의 얼굴에 쓸쓸한 미소가 감돌았다.

"합환주입니다. 신랑 신부가 혼례를 올릴 때 박에 담아 마시는 술 아시지요? 혼례 후에 그 박을 집에 걸어놓고 만수무강을 기원하는 것이지요. 이건 절대로 깨어져서는 안 됩니다. 이 박을 깬다는 것은 상대에게 바람을 피우든 말든 맘대로 살라고 하는 의미거든요."

도형은 박을 깨서 절벽 아래로 떨어뜨렸다.

"부디 마음대로 사십시오. 거기선 아씨를 믿어주는 사람 만나 행복하게 사십시오. 저는 말입니다, 아씨. 아씨가 말했던 것처럼 혼담자보다 먼저 포기하지 않는 매파가 될 겁니다. 조선 최고의 매파, 절대 실패하지 않는 중매쟁이가 될 겁니다. 아씨의 이름을 걸고 이제 실패하는 일은 절대 없을 겁니다."

도형의 서글픈 다짐이 거센 파도에 휩쓸려갔다. 파도가 그의 말을 수연에게 전해주는 듯했다. 그가 이름을 마훈으로 바꾼 건 그 후였다. 절대 실패하지 않는 매파, 마훈. 그는 수연을 잃고 명성을 얻었다.

14. 당신과의 거리

"그간 잘 지냈소, 낭자."

참으로 오랜만에 찾은 꽃파당이었다. 감회에 젖어 꽃파당 건물을 바라보던 도준은 대청으로 나오던 개똥과 마주쳤다. 개똥은 두 달여 만에 보는 도준이 어색한지 애써 할 말을 찾는 듯 입술을 달싹였다.

"관복이 잘 어울리십니다."

도준은 그제야 자신이 관복을 갈아입을 생각도 못한 채 서둘러 이곳에 왔다는 걸 깨달았다. 못 본 사이 개똥은 수줍음을 타는 여인이 된 듯 도준 앞에서 양손을 가지런히 모으고 고개를 숙였다. 연지를 바른 건지 얼굴이 붉어진 건지는 몰라도 볼에는 붉은 홍조를 띠어 생기가 돌았다.

"혼례… 준비는 잘 되어 가십니까."

개똥의 물음에 도준이 서운한 듯 허탈한 미소를 지었다. 답교놀이에서 자신의 마음을 대놓고 표현한 그였다. 개똥 때문에 부자지간의 연도 끊겠다고 선언했는데 아무래도 그녀는 그저 지나가는 말로 여긴 모양이다. 그날 도준의 행동을 술에 취해서 부리는 순간의 객기라고 치부해버린 걸까, 아니면 아예 잊은 걸까. 자신에게 마음을 호소하던 수연 낭자, 그리고 수연 낭자가 되어 나타난 개똥. 두 여인 모두 도준에게 있어 아픈 손가락이었다. 이젠 진실이 무엇이든 상관없었다.

"그럭저럭. 강 대감 댁이 워낙 적극적이어서 말입니다."

그럴 리가. 도준은 자기도 모르게 나오는 심술 섞인 거짓말에 적잖이 놀랐다. 다행히도 도준의 혼사는 무기한 유보 상태였다. 물론 도준의 부탁으로 아버지가 혼사를 미룬 건 아니었다. 아버지는 돌아온 탕아에게 마음을 열어주는 척하고 있지만 결국 자신의 뜻을 바꾸지는 않을 것이다.

혼례가 늦어지는 건 의외로 강몽구 집안 때문이었다. 혼례를 맡겠다던 매파는 잠적한 상태고, 이를 대신 진행하던 영수가 신부 측에 사주단자를 보냈지만 그 후로 신부 집안에서 일을 진행하지 않고 있었다. 도준과 지화의 사주에 액운이 끼어 있어 당분간 큰일을 피하고 몸을 사려야 한다는 게 신부 측 명리학자의 주장이었다. 강몽구는 행적이 묘연한 마훈까지 들먹이며 혼례일 정하는 것을 피해왔다. 연적 마훈이 도준을 도와주고 있는 셈이었다.

물론 사주가 좋지 않아 혼례일을 앞당기거나 연기하는 건 사주팔자를 믿는 이 나라에서는 흔한 일이었다. 하지만 거절도, 승낙도 하지 않은 채 결정을 계속 미룰 수는 없는 일이다. 도봉수는 강몽구가 돌파구를 찾기 위해 꼼수를 부리고 있다는 걸 알았지만, 자신의 평판을 생각해 일단 모른 척 눈감아주고 있었다. 다만 도봉수의 인내심이 바닥나는 순간 더 이상의 평화는 바랄 수 없을 것이다.

"할 얘기가 있소. 그날은 내가…"

사실 개똥은 두 달째 감감무소식인 마훈을 기다리느라 도준과의 일은 까맣게 잊고 있었다. 곧 돌아온다는 말만 남기고 떠난 이수도, 누군지 모를 낭재와의 혼사도 잊은 지 오래였다. 그녀의 머릿속에는 온통 빈 방의 주인뿐이었다. 그런 개똥의 마음을 알 리 없는 도준은 주저하며 말을 이었다. 소매에 숨겨둔 노리개를 잡은 손에 땀이 흥건했다.

"찾았어!"

그때였다. 도준이 어렵사리 꺼낸 고백 사이로 불청객이 끼어든 것은. 영수의 다급함에 도준과 개똥의 시선이 그에게로 쏠렸다. 그는 숨을 헐떡이며 개똥을 쳐다봤다.

"찾았어! 큰언니 있는 곳. 그 양반이 글쎄 거기 한지 만드는 그 초가집에서 두 달이나…."

영수의 말보다 개똥의 반응이 더 빨랐다. 개똥은 두 사람에게 눈길도 주지 않고 빠르게 걸어갔다.

"개똥아, 같이 가자!"

영수의 외침에도 개똥의 발걸음은 멈출 줄 몰랐다. 영수가 포기한 듯 고개를 저으며 주저앉았다.

"저리 급할까. 하긴 밤마다 대청에 나가 기다린 스승님이니."

도준은 아까부터 멍하니 댓돌을 바라보고 있었다.

"언니는 어쩐 일이야. 관복까지 입고서. 무슨 급한 일 있소?"

이 참봉이 마훈의 소재를 알아 왔다. 얼른 데려오겠다는 이 참봉 대신 도준이 직접 나섰다. 그의 소식을 기다리는 건 자신만이 아니었다. 그래서 옷을 갈아입을 생각도 못 하고 꽃파당으로 달려온 것이었다.

'이 얽히고설킨 혼사를 마무리 지어야지. 수연 낭자의 정혼자가 누구건 무조건 내게 양보해달라고 할 것이다. 안 되면 마훈에게 무릎이라도 꿇으리라. 그렇게 모든 걸 원래대로 되돌리자.'

이렇게 결심하고 달려온 도준이었다. 그런데 자신의 마음을 내보이기도 전에 그녀의 마음을 먼저 들여다보고야 말았다.

"넌 승패가 뻔히 보이는 투전판에 낄래?"

도준이 자조 섞인 미소를 지으며 뜬금없이 물었다.

"언니, 갑자기 뭔 소리야."

"남이 다 이긴 판에 낄 거냐고."

"이 언니가 나랏밥 며칠 공으로 먹더니 정신을 두고 왔나. 미쳤소? 피 같은 내 돈이 걸렸는데 그런 판엔 당연히 안 끼지. 그런 짓 하는 건 오뉴월에 서리 맞고 제대로 돈 망나니지."

도준은 여전히 댓돌에 시선을 고정한 채 영수의 대답을 듣고 있었다.

"그렇지. 그런 짓 하는 건 제대로 돈 망나니지."

"뭔 소리래. 근데 왜 자꾸 그쪽은 쳐다보고…."

영수는 도준의 시선을 따라 댓돌 위를 쳐다보았다. 그제야 영수는 도준이 그곳을 보는 이유를 깨달았다.

"개똥이 이거 정말…."

댓돌 위에는 개똥의 꽃신이 가지런히 놓여 있었다. 봄기운이 완연하기는 해도 이제 곧 해가 질 텐데, 버선발로 그 먼 곳을…. 도준은 그녀의 조급함이 이 정도일 줄은 몰랐다. 도준은 쥐고 있던 노리개를 품에 넣고는 무릎을 꿇고 개똥의 꽃신에 쌓인 먼지를 정성스럽게 털어냈다. 그러고는 꽃신을 영수의 손에 쥐여줬다.

"혼담자가 고뿔*이라도 걸리면 중매쟁이 망신이야."

"언니는 큰언니 보러 안 가? 한솥밥 먹은 게 삼 년인데 보고 싶은 척이라도 해라. 임자 있는 여자 두고 둘이 뭐 하는 거요, 진짜."

"지는 판에 자꾸 돈을 걸고 싶어져서 관두련다. 잘 달래서 데리고 와. 그 양반이 성격은 더러워도 우리 밥줄이잖냐."

도준의 힘 빠진 어깨를 바라보며 영수는 고개를 절레절레 저었다.

"이사를 가든지 해야지. 터가 안 좋아, 터가."

* 감기의 옛말

×　×　×

"아야…."

개똥은 발이 아파서 서너 발자국을 못 가 또 걸음을 멈췄다. 버선에 피가 배어 나오고 있었다. 지전장의 심부름을 할 때도 여분의 짚신 한 켤레는 챙겨야 할 만큼 먼 거리였다. 게다가 초조하고 급한 마음에 자꾸만 발이 엉켜서 넘어지기 일쑤였다. 그때마다 개똥은 대수롭지 않다는 듯 몸을 일으켜 세우고는 또다시 걸음을 재촉했다.

"정말 덜떨어진 것도 정도가 있지."

그때였다. 익숙한 목소리가 들려온 것은. 떨려서 차마 고개도 들지 못하는 개똥을 향해 신 한 켤레가 날아왔다. 개똥이 천천히 고개를 들었다. 두 달 만에 보는 스승이었다. 못 본 사이 마훈은 조금 마른 듯했다. 그래도 눈썹을 치켜올리고 사람을 꿰뚫어 보는 듯한 모습은 그대로였다.

"스승님…!"

"거기까지입니다. 딱 세 보."

마훈이 손가락으로 그녀의 발을 가리키며 말했다. 그 말에 개똥의 상처투성이 발이 멈춰 섰다.

"그 이상 오지 마십시오, 아씨. 이만큼 가까우면 됐습니다. 세 걸음이 매파와 혼담자의 거립니다."

"…."

"그게 무슨 꼴입니까. 우선 그거라도 신으십시오."

망나니가 허수아비를 찾는다는 전갈을 듣고 길을 나섰던 마훈은 개똥을 발견하고 피해 가려다 그녀의 흙투성이 버선을 보고는 미간을 찌푸렸다.

'기껏 귀한 여인 만들어놨더니 저 꼴을 하고 다니다니….'

개똥이 자신을 찾아 정신없이 달려오느라 신발을 두고 왔다는 사실을 알 리 없는 마훈이 먼 길을 대비해 하나 더 챙겨온 자신의 신발을 던진 것이다. 마훈은 미련 없이 돌아서 가던 길을 떠났다. 개똥은 눈길 한 번 제대로 주지 않고 자신을 피해 가려는 마훈을 바라보다가 그가 던져준 신에 발을 욱여넣었다.

그가 간다. 지난 두 달간 얼굴 한 번 안 비추어 사람을 초조하게 만든 무심한 사람이. 다시 가버린다. 멀어진다. 개똥의 발걸음이 급해졌다. 하지만 마훈의 신발은 개똥이 신고 걷기엔 너무 컸다. 그녀는 신발을 끌다시피 하며 마훈을 쫓아갔다.

'돌아가라, 이제. 발걸음뿐만 아니라 마음을 돌리거라.'

질질질. 마훈은 자신을 쫓아오는 발소리를 들으면서도 모른 척 애써 눈을 감았다.

✖ ✖ ✖

인적 드문 골목을 걷는 도준의 발걸음이 무거웠다. 마음을 내보이러 갔다가 상대의 마음만 들여다보고 온 도준의 깊은 한숨이 골목에 울려 퍼졌다. 그때였다. 도준의 머리 위로 무언가 날아오르는가 싶더니 작은 봇짐 하나가 그의 앞으로 떨어졌다. 도준이 봇짐의 정체를 확인하려는 사이 또다시 시커먼 물체가 날아들더니, 이번에는 도준의 앞이 아닌 위로 떨어졌다. 도준이 컥, 하고 버둥거렸다. 그것의 정체는 사람이었다.

"안 다치셨습니까. 제가 서두르다가 그만…."

도준은 어찌할 바를 모르며 자신의 옷을 털어주는 사내를 살폈다. 자신보다 비싼 비단옷을 입고 있었는데, 이상하게도 그의 태도는 아랫사람의 것과 닮아 있었다. 그건 마치 수연의 신분을 쓴 개똥의 모습 같았다. 도준의 머리 위로 떨어진 사내는 개똥이 보고 싶다며 삼일 밤낮을 떼쓰다 결국 내시들의 눈을 피해 궐의 담을 넘은 이 나라 지존, 이수였다. 혼담 때문에 꽃파당을 제집처럼 드나들었던 이수는 매일 술에 취해 있거나 잠만 자던 도준을 단번에 알아봤다. 물론 도준은 매일 자느라 바빠서 그의 얼굴을 자세히 본 적이 없었다.

"괜찮습니다."

"꽃파당 선비님들은 맘씨도 고우시지. 그럼 전 진짜 급한 일이 있어서."

이수는 제 봇짐을 챙겨 들고 얼른 뛰어갔다. 언제 왔는지 장정 서넛이 주변을 살피더니 앞서 뛰어가는 이수를 발견하고는 재빠르고 조심스럽게 그를 쫓았다. 도준은 그의 얼굴을 어디선가 본 것 같은 느낌에 고개를 갸웃거렸다.

"저런 손님이 있었던가?"

고민하며 걷는 사이 강몽구의 집에 도착했다. 화려한 색채를 자랑하는 강몽구의 사가를 보며 도준이 한숨을 내쉬었다.

× × ×

"내 편에 서겠다?"

"예, 대감님 뜻대로 지화가 중전이 되는 걸 돕겠습니다."

강몽구는 뜻밖의 손님을 방으로 들여 의중을 파악하려는 중이었다. 안 그래도 지화와 도준의 혼례를 사주 핑계로 미뤄둔 참이었다. 도봉수의 손을 잡을지 말지 갈림길에 서 있던 강몽구에게 그 아들 도준이 제 발로 찾아온 것이다.

"그냥 봉사하겠다는 것은 아닐 테고."

"윤수연 낭자와 혼인할 수 있게 도와주십시오. 아버지는 지화를 포기하시지 않을 겁니다."

"윤수연? 그 아이가 정말 살아 있는가?"

강몽구는 죽은 줄 알았던 수연이 살아 돌아왔다며 하얗게 질려서 집으로 돌아온 지화의 모습을 생생히 기억하고 있었다. 설마 하는 마음에 조사를 해보았더니 정말 윤수연과 윤동석을 근래에 봤다는 이가 상당했다. 하지만 그 아이가 살아 있을 리 없었다. 혼란스러움에 한참 동안 말이 없던 강몽구가 조심스레 입을 뗐다.

"끈질긴 아이구먼."

도준은 강몽구의 눈빛을 살피며 그의 속내를 파악하려 애썼지만 아무것도 읽어낼 수 없었다.

"자네는 어떻게 생각하나. 그 아이가 정말 살아 돌아왔다고 믿는가?"

"제가 만나 보았습니다. 수연 낭자는 그날 일을 기억하지 못하고 있습니다."

도준의 말은 강몽구를 더욱 혼란스럽게 만들었다.

"윤 대감 쪽에서는 아마 수연 낭자를 중전 자리에 올리고 싶어할 것입니다. 제가 지화가 간택될 수 있도록 도울 테니, 만약 수연 낭자가 삼간택까지 가더라도 저와 혼례를 치를 수 있게 해주십시오."

"이보게, 그건 법도가 아니지 않은가."

"대명률을 역이용하여 법도를 자유롭게 넘나드는 대감이 아니십니까. 그렇게까지 하지 않으려면 재간택 전에 떨어뜨려야겠지요."

"흐음…."

강몽구는 구미가 당겼다. 잘못되어도 자신이 손해 볼 일은 없었다. 제 여식이 중전이 되면 자신은 부원군이 될 것이고, 수연이 중전이 되면 거사를 감행하면 될 일이다. 왕은 중전 간택에 관여할 수 없고, 대비의 자리도 비어 있는 마당에 심사를 맡을 수 있는 건 선대왕의 후궁들뿐이다. 그들은 미리 구워삶아 놓으면 된다.

도준이 두루마리 한 뭉치를 내밀었다.

"내일 조례에 올릴 중전 간택령을 촉구하는 상소문입니다. 간택령이 내려지기만 하면 금혼령도 내려질 것이고, 그러면 지화와의 혼인을 무기한으로 연기할 수 있을 것입니다."

그렇게만 진행된다면 도봉수의 심기를 건드리지 않고 혼담을 파기할 수 있다. 임금의 명인데 제아무리 도봉수라 한들 어쩔 수 있겠는가. 그러나 강몽구는 아무래도 도준이 마음에 걸렸다.

"자네, 아비에게 등을 돌리면서까지 이러는 이유가 뭔가? 혹시 딴마음을 품은 거라면…."

"지는 싸움은 하기 싫을 뿐입니다."

하지만 도준 역시 자신이 이렇게까지 하는 이유를 알 수 없었다.

"그나저나 왕이 한낱 철장 출신인데 우리 지화를 맡겨도 될지 걱정일세."

강몽구의 한숨이 깊어졌다. 도준은 철장이라는 말을 듣고 아까 본 사내가 누구인지 퍼뜩 생각났다. 꽃파당의 단골, 철장 이수! 그가 보위에 오른 왕이었다. 이수가 혼담을 넣은 것은 개똥이다. 그렇다는 건…. 그제야 풀리지 않았던 의문들이 하나씩 풀리기 시작했다.

'이봐, 마훈. 자네 도대체 무슨 짓을 하고 있는 겐가.'

×   ×   ×

질질질. 개똥이 신발을 끄는 소리가 마훈의 귓전을 어지럽혔다. 혼자 갔으면 진작 도착했을 텐데 그는 군이 개똥과 세 걸음 정도의 거리를 유지하며 느릿느릿 가고 있었다. 길눈이 어두운 개똥이 혼자 오다가 길이라도 잃을까 봐 일부러 보폭을 맞춰 걷고 있는 것이었다.

"아녀자의 발소리가 어찌 이리 요란합니까. 신을 질질 끌지 마시고 발뒤축, 앞축 순서로 땅에 닿게 하여 가볍게 걸으십시오."

마훈은 개똥 쪽으로는 시선도 주지 않은 채 소리만으로 그녀의 자세를 파악했다. 개똥이 걸음을 멈췄다. 세 걸음 떨어져서도, 두어 달 가까이 떨어져 지냈으면서도 어떻게 저렇게 한결같을까. 개똥의 발소리가 들리지 않자 마훈은 놀라서 멈추었다가 제 마음을 들키지 않으려는 듯 다시 걷기 시작했다. 개똥이 뒤처지지 않게, 무서워하지 않게, 딱 세 걸음 앞서서. 그때 세 걸음 뒤에서 무언가가 날아와 마훈의 머리를 강타했다. 그는 너무 놀라 뒤통수를 부여잡고 개똥을 돌아봤다. 개똥이 던진 것은 마훈이 준 신발이었다.

"이게 뭐 하는 짓이지?"

마훈의 입에서 저도 모르게 예전처럼 하대가 튀어나왔다.

"도망치신 겁니까!"

"뭐?"

"제가 해도 해도 안 되는 미련한 제자라 실망하셨습니까? 양반집 여식이 되긴 그른 것 같아 도망치신 겁니까?"

"그런 게 아닙니다."

마훈은 곧 평정심을 되찾고 개똥을 바라봤다. 그의 단단한 눈빛이 개똥을 더 다가가지 못하도록 만들었다. 그녀의 서러움이 기어이 폭발했다.

"그럼 대체 왜 그러십니까. 왜 갑자기 존대를 하시고, 말도 없이 사라지고… 왜 자꾸, 왜…"

대답이 없자 개똥은 마훈을 두고 반대 방향으로 걷기 시작했다. 고름과 피로 뒤덮인 발을 내디딜 때마다 견디기 힘든 아픔이 몰려왔다. 보다 못한 마훈이 참지 못하고 개똥에게 다가갔다.

한 보, 그어놓았던 선을 넘었다.

두 보, 닿을 듯 말 듯 한 개똥의 성난 뒷모습과 마주했다.

세 보, 개똥과 나란히 섰다.

네 보, 개똥을 앞질러 그녀의 앞을 막아섰다.

"뭐 하는 겁니까?"

계속 자신을 외면하던 마훈이 앞을 막아서자 당황한 개똥이 말을 더듬었다. 날카로운 눈매와 오뚝한 콧날, 매끄러운 얼굴이 개똥의 시선을 사로잡았다.

"뭐 하는 거겠습니까."

마훈은 개똥의 말투를 따라 하는가 싶더니 무릎을 꿇고 그 위에 개똥의 발을 얹었다. 마훈은 더러워진 개똥의 버선을 툭툭 털고는 그녀가 던졌던 신발을 다시 신겨주었다. 신발이 자꾸 헐렁거렸다. 그는 망설이지 않고 제 갓끈을 풀어 신발이 벗겨지지 않도록 묶어주었다. 비싼 거라며 애지중지하던 그 갓끈을 고작 신발 묶는 데 사용하다니. 개똥은 당황을 감추지 못했다.

"지금 뭐 하는 거예요?"

"…"

"뭐 하냐고요."

"보충 수업한다, 왜! 도대체 어떻게 사람이 그리 미련할 수 있어? 열 번을 일러주면 뭐 해. 백 번을 야단치면 뭐 하나고. 밖에 내놓으면 이렇게 거지꼴인데. 도무지 안심을 할 수가 있어야지. 속 터져서 진짜. 내가 너 같은 걸 키우자고. 어휴, 하고 다니는 꼬락서니가 참 가관이구나."

킥, 그제야 개똥의 입에서 웃음이 터져 나왔다. 터져 나온 웃음은 사방으로 퍼져나갔다.

"저, 저, 어디 아녀자 웃음이 그렇게 헤퍼서야…"

터져 나오려는 웃음을 참던 마훈은 누군가의 발소리가 들리자 행동을 멈췄다. 젊은 남녀가 실랑이를 하며 다가오고 있었다. 그는 재빨리 개똥의 입을 막았다. 이 밤중에 이렇게 외진 곳을 배회하는 남녀라니. 마훈은 개똥의 어깨를 감싸 안고 풀숲으로 몸을 감추었다.

"나한테 왜 이러나, 춘향이."

남자는 춘향이라 부른 여자를 안으며 안타깝게 눈물을 흘렸다. 영문을 모르던 개똥도 마훈과 눈짓을 주고받으며 상황을 파악했다. 지금 나가면 이쪽이건 저쪽이건 오해를 사기 딱 좋은 상황이었다.

목소리의 주인공은 변학도. 이번에 용도골에 새로 부임한 사또였다. 그는 백성의 고혈을 빨아 잔치를 열고, 기생을 밤낮으로 불러들여 술을 즐긴다고 했다. 특히 기생이 아닌 춘향이 관아로 끌려가 이몽룡과 사랑을 확인했다는 이야기는 요즘 장안의 화제였다. 이 이야기가 사실이 아니라 이름 없는 패설가가 인기를 끌기 위해 퍼뜨린 농간이라는 소문도 돌았다. 어쨌든 변학도가 두 사람 사이를 이어주는 오작교 역할을 한 건 사실이었다. 그런데….

"절 원망하지 마십시오, 사또. 어차피 사람 팔자가 그런 거 아니겠습니까."

"날 연모한다 하지 않았느냐. 기적에서 빼주기만 하면 내 아내가 되겠다 약조하지 않았느냐."

어째 돌아가는 상황을 보아하니 소문과 달리 춘향과 변학도는 아주 친밀한 사이 같았다. 게다가 지금 춘향이가 단물 다 빨아먹고 변학도를 버리는 상황이 아닌가. 잠자코 듣고 있던 개똥이 분해서 몸을 버둥거렸다. 두 사람의 실랑이는 계속됐다.

"어찌 바람 같은 여인의 말을 믿습니까. 얼마나 멍청하면 기녀의 사랑한다는 말을 믿습니까."

"춘향아!"

"곧 몽룡 도련님과 남원에서 혼례를 치를 것이니 더는 저를 불러내지 마셔요. 사람들이 오해합니다."

춘향은 귀찮다는 듯 자리를 떴고 절망하던 변학도는 그녀를 쫓아갔다. 그들이 멀어지자 개똥은 참았던 숨을 토해냈다.

"조선 최고의 미인이라더니 조선 최고의 미친년이 아니오? 관아에 고해야겠소. 안 그래도 변 사또는 탐관오리로 낙인찍혀 사람들에게 돌을 맞고 있을 텐데."

또 시작이었다. 마훈은 개똥의 어깨를 감싸고 있던 손에 힘을 주었다.

"이 밤에 네가 사내와 함께 있었다는 건 어찌 설명할 것이냐."

"그야 스승님이지 않습니까. 그리고…"

마훈은 자신을 경계하지 않는 개똥의 말에 화가 나기도 하고 허탈하기도 했다.

"소문에 엮이지 마라, 절대로. 진실은 힘이 없다."

마훈은 개똥의 말을 끊으며 충고했다. 소문 때문에 수연을 두 번이나 잃을 수는 없었다. 개똥은 께름칙하긴 했지만 주의에 또 주의를 주는 마훈의 말을 따를 수밖에 없었다.

"돌아가자."

마훈은 개똥의 발에서 여전히 헐떡거리는 신발이 마음에 걸렸는지 그녀에게 등을 내어주었다.

"왜, 왜 이러십니까."

개똥은 마훈의 계속되는 친절에 적응이 되지 않는 듯 머뭇거렸다.

"네 성격에 그걸 보고도 잘 참았으니 주는 상이다."

개똥은 그의 넓은 등을 가만히 바라보았다.

"얼른 업히지 않고 뭐 해. 밤이 깊었다."

"그래도…"

"너도, 참."

마훈이 벌떡 일어나 개똥의 양팔을 잡아 자신의 어깨에 걸쳤다. 덕분에 개똥은 업히지도, 똑바로 서 있지도 않은 어정쩡한 자세가 되어버렸다.

"이러고 운종가까지 갈 셈이냐."

"스승님."

개똥은 못 이기는 척 몸에 힘을 풀었다. 한 뼘. 개똥의 얼굴과 마훈의 목덜미의 거리. 닿을 듯 말 듯 한 그 거리에 긴장한 마훈은 애꿎은 개똥의 신발만 만지작거렸다. 개똥은 마훈의 목덜미를 바라보았다. 그에게선 항상 청량한 대나무 향기가 났다. 개똥은 저도 모르게 자신의 얼굴을 마훈의 등에 파묻었다.

"스승님."

"…"

"스승니임."

개똥이 채근하는 목소리로 다시금 그를 불렀다. 목소리에는 어린아이의 그것처럼 즐거움과 설렘, 장난기가 묻어 있었다.

"이제 안 가실 거죠?"

개똥은 마훈이 다시 도망치기라도 할까 봐 그의 목을 꼭 끌어안았다. 마훈은 목에 닿는 개똥의 숨결에 숨이 턱 막혔다. 이제는 좀 괜찮아진 줄 알았는데…. 그는 자신의 마음을 행여 들킬까 두려워 아무 대답도 하지 못했다. 개똥은 그걸 아는지 모르는지 예고도 없이 자기 마음을 솔직히 털어놨다.

"보고 싶었습니다, 스승님."

자신이 한 말이 무엇을 의미하는지, 얼마나 위험한 발언인지도 모르는 이 여자. 행여 임금이 알게 되면…. 마훈은 멀리 보이는 익숙한 발끝에 저도 모르게 멈춰 섰다. 그 길 끝에는 이수가 서 있었다.

"전…"

이수는 입을 달싹이는 마훈을 가벼운 몸짓으로 제지했다. 몸짓만으로도 자연스럽게 명령을 내리는 모습이 이젠 제법 왕다웠다. 마훈은 그제야 자신이 개똥을 업고 있다는 것을 깨닫고 그녀를 떨어뜨리듯 내려주었다. 차분해 보이지만 굳은 이수의 얼굴에서 마훈은 자신의 실수를 깨달았다. 왕이 보는 앞에서 감히 왕의 여자를 안고 있었다니. 마훈이 할 말을 못 찾고 입만 뻐끔거리고 있을 때 그제야 이수를 발견한 개똥이 달려가서 그의 목부터 덥석 끌어안았다. 왕의 호위 무사들이 칼을 빼 들려 했다. 이수가 재빨리 눈짓하지 않았다면 이미 개똥의 목에 칼이 날아들었을 것이다.

"너, 이제 돌아온 거야?"

너라는 말에 두 호위 무사가 미간을 찌푸렸다. 마훈이 어찌할 바를 모르고 허공에 손을 저어대며 불안해했다. 이 상황에서 태평한 건 이수와 개똥뿐이었다.

"근데 때깔이 어찌 이리 좋아졌어? 어느 집 일을 하는데 이렇게 팔자가 좋아?"

자신을 서슴없이 대하는 개똥을 보며 이수는 좀 전의 일은 금세 잊어버린 듯이 배시시 웃어 보였다.

"나만 때깔이 좋아진 게 아닌 것 같은데. 여인이 되었네."

개똥이 머리를 긁적이며 어색하게 웃었다. 그러다 빨간 댕기가 손에 닿았다. 그녀는 저도 모르게 얼굴을 붉히며 마훈을 훔쳐봤다. 그 눈길을 따라가던 이수의 시선이 닿은 곳도 마훈이었다. 하지만 개똥은 언제 그랬냐는 듯 이수의 손을 잡아끌었다.

"가자. 가서 국화주 진탕 마시고 회포나 풀자."

개똥의 막무가내에 이수는 별수 없다는 듯 끌려갔다.

"어? 다들 여기에 있었네?"

운종가 근처에서 꽃신을 들고 배회하던 영수가 그들을 발견하고 달려왔다. 영수는 잠적했던 마훈을 흘겨보는 것도 잊지 않았다.

"언니, 그렇게 사라지면 내가 못 찾을 줄 알았소? 하여간. 어? 당신은 그 철장?"

상황 파악을 하지 못한 또 한 명의 등장에 이수를 지키는 이들의 얼굴이 험악해졌다. 영수는 그들의 살벌함을 눈치채지 못한 채 마훈에 귀에 제 얼굴을 바짝 갖다 대며 속삭였다.

"삼천주 노리개, 잘 해결된 거 아니었소? 저치가 왜 다시 찾아온 거요? 혹시 손해배상을 바라는 거요? 우리 꽃파당 무사한 거 맞소?"

그의 귓속말은 마훈뿐 아니라 호위 무사의 귀에도 들어가 까딱하다가는 왕을 능멸한 죄로 끌려갈 판이었다. 체념한 마훈이 이제 사실을 털어놓기로 했다.

"모두 예를 갖춰. 주상 전하시다."

마훈의 말이 활시위를 떠났다.

"에?"

영수는 두 눈이 휘둥그레졌다. 개똥도 아직 상황 파악을 못 한 듯 눈만 끔뻑거리며 임금을 찾았다.

"수연 아씨, 이분이 아씨의 낭재이자 주상 전하이십니다."

마훈이 이수를 가리키며 알려주었다.

"스승님, 이 봄날에 더위를 먹은 건 아닐 테고, 기력이 떨어져서 머리가 어떻게 된 거 아닙니까? 똥 싸지 마시오."

개똥이 생각할 것도 없다는 듯 코웃음을 쳤다.

"그래, 언니. 뭔 소리야? 한낱 철장이 어떻게 왕이 돼? 왕? 왕이라고? 언니, 왜 그러는 거요. 진정 꽃파당 문 닫을 생각이오? 평소 안 그러던 양반이 실성을 했나."

"맞소, 스승님이 실성을 했소."

영수와 개똥이 어이가 없다는 듯 맞장구치며 깔깔거렸다. 이 분위기에

목젖이 보이도록 웃어대는 건 둘 뿐이었다.

"야, 이수야. 네가 말 좀 해봐. 왕이라고? 네가 주상 전하라고?"

보다 못한 개똥이 이수에게 달려가 그의 어깨를 툭툭 치려했으나 그의 앞까지 가서 발걸음을 멈추고 말았다. 냄새가 나지 않았다. 개똥은 이수에게서 늘 풍기던 쇠 냄새가 지난번부터 사라졌다는 것을 기억해냈다.

"우리가 맡은 혼담이야. 이 나라 왕의 혼례."

개똥은 마훈과 이수의 얼굴을 번갈아 가며 쳐다봤다. 강몽구 대감을 이길 수 있는 유일한 낭재. 오라비 강을 되찾게 해줄 수 있는 집안. 맞다, 궐이라면 가능하다. 마훈은 여태껏 신랑이 누구인지 말해주지 않았다. 왕이라니, 왕과의 혼사라니⋯. 개똥은 머리가 멍해져 왔다.

"어떻게⋯. 언니, 이게 사실이오?"

영수가 긴장한 표정으로 말했다.

"너무 긴장하지 마세요. 저는 여전히 꽃파당의 징글징글한 단골일 뿐입니다."

이수가 사람 좋게 웃어 보였다. 하지만 지금 보니 가슴 속 칼날을 숨기기 위해 일부러 지은 웃음인가 싶어 등골이 서늘해졌다.

"이건 뭐, 조선 최초로 꽃파당이 주관하고, 경복궁이 후원하는 혼사라 이건가."

영수가 답답함에 자조하듯 내뱉었다. 개똥은 몸을 덜덜 떨었다.

"이게 다 무슨 말이야. 네가 왜 갑자기 왕이⋯. 그보다 매일같이 꽃파당에 가서 혼담을 넣어달라고 조른다던 상대가 나였어?"

그렇다. 그들은 개똥이 받을 충격을 알면서도 일을 추진해왔다.

"개똥아."

이수가 손을 뻗었다. 개똥은 겁이 나서 한 걸음 물러났다.

"난 그냥 이수야. 네 지기. 하나뿐인 동무."

"근데 왜…."

"그냥 물 한 잔 떠놓고 초라하게 네 머리를 올리고 싶진 않았어. 그래서 나는…."

이수의 조급한 변명에 개똥이 몸을 돌렸다. 하지만 그곳에는 어쩔 줄 모르며 개똥을 바라보는 마훈이 있었다.

"왕의 혼담이 탐나 나한테 신분을 준 거였소?"

"개똥아."

"말 좀 해보시오! 부귀영화가 탐이 나 호적도 없는 나를 윤수연으로 삼은 거 아니오!"

개똥이 모두를 외면한 채 뛰어갔다. 다급해진 이수가 쫓아가려 했지만 마훈이 고개를 가로저었다. 시간을 주자는 의미였다.

"이제 곧 간택령이 내려질 겁니다."

마훈은 단지 도준의 연락 때문에 도성을 다시 찾은 것이 아니었다. 간택령. 이제 그녀를 보낼 시간이 왔기 때문이었다.

"최소 육 개월이라더니."

"그래요. 내가 아버지의 죽음을 슬퍼할 시간을 달라 신료들에게 부탁하였잖습니까."

자신도 몰랐던 간택령 소식에 이수도 초조해졌다. 하지만 마훈은 확신했다. 도봉수 집안과의 혼례를 어떻게든 막아보려는 강몽구에게 간택령보다 더 좋은 수는 없었다. 그는 천하를 갖기 위해 어떻게든 왕을 움직일 것이다.

"이제 한계일 겁니다."

"그럼 내가 어떻게 하면 되겠습니까?"

"제게 생각이 있습니다."

15. 정사암 간택령

　마훈과 이야기를 나누던 중에도 계속해서 개똥이 간 곳을 살피며 어쩔 줄 모르던 이수는 결국 그녀가 있는 꽃파당으로 찾아갔다. 이수는 예전처럼 어깨동무도 하며 친근하게 달라붙었지만 개똥은 그를 없는 사람처럼 무시하며 제 이름을 쓰는 데 열중했다. 개똥은 배신감을 느꼈다. 누구보다 가까운 사이라고 생각했는데 자신에게 어떠한 언질도 주지 않았던 그가 미웠다. 그리고 이 나라의 왕인 그가 자신의 낭재가 되어야 한다는 사실이 개똥을 당혹스럽게 만들었다. 그런 개똥을 보는 이수는 애가 탔다. 어디서부터 어떻게 말해야 할까. 이수는 개똥의 눈치를 살폈으나 개똥은 입술을 다문 채 아무 표정도 없었다.

　"나도 얼마 전에 알았어."

　"…"

　"나한테 시집와라, 개똥아."

　개똥이 계속 말이 없자 호위 무사들이 그녀에게 눈치를 주었다. 심술이 난 개똥은 입을 더욱 꾹 다물었다.

　"개똥이어도 좋고, 수연 낭자라도 좋아. 내 곁에만 있어 줘. 내 아내가 되어주면 안 되겠어?"

이수의 간절함에 개똥의 눈빛이 흔들렸다. 이래도 되는 걸까. 개똥은 뒤를 돌아보았다. 사실 이수가 자신의 낭재라면 이보다 좋을 수는 없을 것이다. 오라비만 무사히 빼내 줄 수 있다면 누구라도 상관없다. 처음부터 그렇게 생각하고 결정한 일이 아니던가. 그게 하나뿐인 지기 이수라면 가장 좋은 경우의 수일 것이다. 그런데 왜 이렇게 화가 나는 걸까. 이수보다 자신을 속인 마훈에게 더 화가 났다. 개똥은 마훈의 마음에 따라 이 혼담을 무를 수도 있을 거라고 내심 기대했는지도 모른다. 그녀는 돌아오는 마훈을 보기 위해 목을 길게 빼고 골목 쪽을 바라보았다.

"네 마음은 어때?

이수는 개똥의 대답을 기다렸다.

'제발, 좋다고 말해다오. 너를 위해 이 자리를 버티고 있다.'

이수의 간절함과 상관없이 그녀의 시선은 여전히 길목 어딘가를 향해 있었다. 그러다 체념한 듯 개똥이 대답했다.

"누구라도 상관없사옵니다."

자신이 원하는 단 한 사람의 입에서 나온 말에 이수는 마음이 아팠다.

밤공기가 서늘했다. 개똥을 두고 온 이수의 마음도 서늘했다.

"왕이 되면 뭐든 할 수 있을 줄 알았는데, 평생 가슴에 둔 여인의 마음조차 얻기 힘들구나."

이수의 자조 섞인 말에 호위 무사들도 한숨지었다. 그들 중 하나가 서늘한 이수의 어깨 위로 마고자를 얹어주었다. 그러나 이수에겐 그 따스함이 전해지지 않는 듯했다.

"전하, 오늘은 이만 돌아가시지요."

"윤 대감 댁으로 갈 것이다."

"전하. 밤이 깊었사옵니다. 행여 옥체가 미령해지시면…"

"윤 대감 댁으로 가자."

이수는 고집을 꺾지 않았다. 조정에서는 "경들 뜻대로 하시오"라며 하품이나 해대던 그였지만 지켜보는 이가 없는 지금은 달랐다. 그는 사실 윤동석의 집에서 몰래 수업을 받고 있었다. 궁에서는 강몽구가 이수의 교육을 책임지고 있으나 그 또한 믿을 수 있는 자가 아니었다. 이수는 마훈의 충고대로 윤동석을 자신의 측근으로 두고자 했다. 윤동석은 좋은 신하이자 엄격한 스승이었다. 이수는 그렇게 조금씩 성장하고 있었다.

×　×　×

왕의 인륜대사를 위한 왕비 간택령이 떨어졌다. 강몽구의 요청과 어마어마하게 쏟아진 상소문으로 이수는 결국 못 이기는 척 간택령을 허했다. 금혼령이 내려지고, 전국 각지에서 광영을 보겠다고 제 여식의 사주단자를 궁에 올리기 시작했다. 개똥의 사주단자도 곧 도착할 것이었다. 왕의 혼인을 진행할 때는 육 개월의 시간을 두고 왕비를 간택하는 것이 일반적이지만, 내명부를 책임지는 국모의 자리가 너무 오래 비어 있다가는 나라의 위상이 흔들릴 수 있다는 게 좌의정 강몽구의 주장이었다. 물론 선왕의 장례를 치른 지 얼마 되지 않았으니 백성들이 슬퍼할 시간을 주는 것이 그 자리를 이어받은 왕의 도리가 아니겠냐는 한성부윤 도봉수의 말도 일리가 있었으나, 대신들은 약속이나 한 듯 간택령을 내려달라고 읍소했다. 이수는 그런 신하들을 보면서 쓰게 웃었다.

철장이었을 때 그가 생각했던 왕은 감히 처다볼 수도 없는 높은 곳에서 백성들과 나라의 생살여탈권生殺與奪權을 쥐고 있는 두려움의 존재였다. 하지만 왕좌에 앉은 지금, 알아듣지 못할 소리를 하며 인장을 찍어달라 조르는 대신들을 보고 있노라면, 생살여탈권은 그들이 쥔 게 아닌가 하는 생각이 들었다. 경의를 표하는 척하며 왕을 찍어 눌러도 허허실실 "그리하라"만 내뱉어야 하는 허수아비. 말 한마디 하고 싶은 대로 내뱉을 수 없고, 좋아하는 이와 혼인할 수도 없는 황금으로 둘러싸인 지옥이 왕의 자리였다. 이수는 대신들의 기만과 조소를 알면서도 그 자리에 버티고 서 있어야 하는 자신의 신세에 한숨이 절로 나왔다. 이제 한계일 거라던 마훈의 말대로 간택령은 더 이상 미룰 수 없게 되었다. 이제부터가 본격적인 시작이었다.

자신이 만든 칼을 쓸 사람만 생각하며 기분 좋게 땀을 흘리던 대장장이 이수. 그런 그의 고됨을 조금이라도 덜어주었던 개똥. 그리고 그 일상을 깨고 들어온 조선 최고의 중매쟁이 마훈. 이수는 대신들의 투정만 가득한 조례에서 그날의 일을 떠올렸다.

이수는 그날, 그들과 함께 있었다. 그들이 변학도의 말을 엿듣기 훨씬 전부터. 세 보를 두고 마훈을 따라가는 개똥의 세 보 뒤에 이수가 있었다. 으레 그랬듯이 윤동석을 만나기 위해 호위 무사들과 조용히 야행에 나선 참이었다. 처음 개똥을 발견했을 땐 먼발치에서만 보다 오려고 했다. 하지만 결국 개똥과 딱 마주치고 말았다. 이수는 사실 그날 그렇게 자신의 신분을 알릴 생각이 없었다. 개똥이 중전 간택 후보에 올랐을 때 자신의 모습을 드러내고 싶었다. 만백성이 우러러보는 왕의 면모를 갖춘 채 '짠!' 하고 나타나리라 생각했다. 그는 그날만을 손꼽아 기다리며 윤동석에게 학문을 배우는 것을 게을리하지 않았다. 그렇게 매일 참고 노력해온 그였다. 하지만 마훈에게 수줍게 보고 싶었다 말하는 개똥을 보고 있자니 더는 견딜 수가 없었다. 마훈과 함께 벌인 조선을 상대로 한 사기극. 주모자인 이수 역시 마훈에게 사기를 당한 듯했다. 그래서 이수는 자신의 신분을 밝히는 마훈을 말리지 않았다.

"가례도감*이 설치되면 도제조는 좌의정 강몽구 대감이 맡게 될 것입니다. 필요한 인력은 그의 수하들로 채워지겠지요. 그들은 초간택에서 수연 아씨를 떨어뜨리려고 할 것입니다."

이수의 심기를 괴롭히는 이, 마훈이 지금 눈앞에 있다. 사가에 있을 때 가까이 지내던 이가 보고 싶다는 핑계로 이수가 불러들인 것이었다. 그는 마훈의 속내를 묻고 싶었지만 돌아올 대답이 무서웠다. 신분만 빼면 자기보다 못한 것이 없는 조선 최고의 중매쟁이. 개똥을 두고 그와 경쟁할 수 있을까? 그는 가만히 마훈의 머리끝부터 발끝까지를 훑어보았다.

"듣고 계시옵니까?"

"그렇다면 개똥이는 초간택도 넘기기 어렵지 않겠습니까."

이수가 머릿속 가득한 상념을 털어내고 물었다.

"전하의 허수아비를 가례도감에 넣으세요."

"허수아비?"

마훈의 별명 허수아비. 그는 자신의 별명에 착안해 이 묘안을 생각해낸 것이다.

"잘 여문 벼를 굶주린 새들로부터 실질적으로 지킬 수는 없으나, 밭에 가만히 서 있는 것만으로도 위험을 줄 수 있는 주인의 든든한 지원군. 안타깝게도 혼례 심사에 당사자인 전하는 참여할 수 없습니다. 그 결정권은 내명부에 있죠. 하지만 지금 왕실의 내명부는 거의 전멸 상태이지요. 지병으로 누워 일어나시지 못하는 대비마마, 후사가 없어 궐에서 내쳐질 위기에 처한 선대왕의 후궁들. 누가, 어떤 권한으로 중전 간택을 심사할 수 있겠습니까?"

"그렇다는 건…."

---

* 가례와 관계된 업무를 총괄하기 위해 임시로 설치하던 기구

"명분만 잘 내세우면 전하께서도 이 간택에 참여하실 수 있다는 얘깁니다. 단, 직접 참여한다면 신료들이 법도를 들먹이며 반발할 테니 전하를 대변할 수 있는 사람이 필요합니다. 그러니 허수아비를 뽑아 가례도감에 심어두십시오."

'허수아비라…'

마훈의 묘안에 이수의 시름이 오히려 깊어졌다. 심어둘 허수아비가 있기는커녕 자신 역시 강몽구의 허수아비가 아니던가.

"누구를 뽑으면 좋겠소?"

이수는 자신의 사람이라 부를 이가 없어 당황했지만 마훈은 이마저도 예상한 듯했다.

"아무래도 수연 아씨의 아버지인 윤동석 대감이 제일 믿을 만하지 않겠습니까?"

이수는 고개를 가로저었다. 그러다 퍼뜩 좋은 수가 떠올랐다. 위험이 크지만 이보다 안전한 방법도 없었다.

"매파님께서 하시지요."

"예?"

마훈은 예상을 벗어난 이수의 대답에 할 말을 찾지 못했다.

첫 수업 때 글자 하나 제대로 읽지 못해 허둥대는 이수에게 윤동석이 가장 먼저 가르쳐준 것이 있었다.

"적인지 동지인지 알 수 없을 땐 일단 가까이 두십시오. 가까이에 두고 보아야 손을 잡아야 할지, 비틀어야 할지가 보입니다."

이수는 마훈을 가까이에 두기로 했다. 마훈이 개똥의 손을 잡고 궐로 들어와 자신에게 넘겨주길 바라면서.

"하지만 저는 관직이 없습니다."

당황한 기색을 내보이는 법이 없는 마훈도 표정을 숨길 수 없었다. 개똥이 입궐하고 나면 보고 싶어도 볼 수 없으니 마음이 흔들려도 조금만 견디자고 생각하며 겨우 버티고 있었다. 그런데 궐까지 들어와서 개똥을 또 봐야 한다니.

"드려야지요. 명색이 왕인데 그 정도 배짱은 부려야 하지 않겠습니까."

마훈은 이수의 겁먹은 눈빛을 읽었다. 그는 행여 자신에게 개똥을 빼앗길까 두려워하는 것이다. 왕이 된 지금도 마훈에게 하대조차 편히 하지 못하는 이다. 아무것도 아닌 개똥을 반짝이게 만들 이, 개똥을 가장 높은 곳에 올려줄 자. 이자가 정말 개똥을 행복하게 해줄 수 있을까? 마훈은 꼬리를 물고 이어지는 의문에 당황했다.

'내가 지금 무슨 걱정을…. 아니 된다.'

마훈은 벌써 이수를 탐탁지 않게 여기고 있었다. 정말 자신의 마음이 변해버리기 전에 그녀를 궐로 보내야 한다.

"전하께서 꼭 해주셔야 할 일이 또 하나 있습니다."

"무엇입니까."

이수가 의아한 얼굴로 물었다.

"전하."

그때 문밖에서 상궁의 목소리가 들려왔다.

"무슨 일이냐."

이수는 이제 제법 근엄한 태도를 갖추고 있었다. 문이 열리고 상궁 하나가 잰걸음으로 들어왔다. 상궁은 품에서 서신을 꺼냈다.

"고영수라는 자가 급한 일이라며 매파님께 연통을 보냈사옵니다."

상궁에게 서신을 건네받아 덤덤하게 펼쳐 든 마훈의 얼굴이 순식간에 굳어졌다.

"이 똥머리가 진짜…. 말은 기가 막히게 잘 들어요."

마훈은 화가 나는 것을 넘어 헛웃음이 나왔다. 개똥의 일이라 짐작한 이수가 마훈의 눈치를 살폈다.

"무슨 일입니까?"

"개똥이가 한성부에서 조사를 받고 있다고 합니다."

마훈의 한숨이 깊어졌다. 이 여인은 그새를 못 참고 또 사고를 치고 말았다.

× × ×

도준은 피곤했다. 며칠째 야근으로 집에도 못 들어가고 있는데, 좌의정 강몽구가 자신을 가례도감의 낭청*으로 임명했다. 위로 제조**와 도청***이 임명되긴 했지만 그가 실질적인 책임자였다. 각지에서 올라온 수십 개의 사주단자 중 초간택에 올릴 흠이 없고 명망 있는 여식 십여 명을 선발하는 것은 강몽구가 도준에게 준 첫 권한이었다. 본래 중전 간택은 희망자를 받아 그중 가장 훌륭한 여인을 뽑는 것이 원칙이지만 이미 내정자가 있는 것이 일반적이었다. 이번 내정자는 조정 신료들이 암묵적으로 동의한 강몽구의 여식 지화였다. 하지만 윤동석이 다시 사간원지사로 돌아오자 그의 여식을 지지하는 세력도 만만치 않았다.

그런데 이 중요한 시기에 개똥이 제 발로 한성부에 찾아올 줄은 몰랐다. 개똥을 초간택에서 떨어뜨리고도 남을 일이지만, 도준은 이런 식으로 그녀를 떨어뜨리기는 싫었다. 삼 년 전 수연은 소문에 의해 화를 당했다. 이 일로 개똥을 떨어뜨린다면 자신의 행동이 두 집안이 벌인 파렴치한 짓과 다를 게 뭔가. 우선 그녀를 한성부에서 내보내고 봐야 했다.

---

* 도감 등의 임시 기구에서 실무를 맡아보던 벼슬. 정오품에서 정육품
**각 사(司) 또는 청(廳)의 우두머리가 아니면서 각 관아의 일을 다스리던 직책으로 정이품
*** 도감에 속한 벼슬로 정삼품에서 정오품

"그냥 돌아가세요. 못 들은 걸로 하겠습니다."

개똥은 고집스럽게 마음을 돌리지 않았다. 아니, 오히려 개똥은 이해가 안 간다는 듯 제 할 말을 쏟아내기 시작했다.

"제가 두 눈으로 똑똑히 봤습니다. 그 변학도라는 사람은 춘향인지 추향인지 하는 제정신 아닌 여자한테 물린 거라니까요. 머리에 꽃 꽂은 뱀을 예쁘다고 쓰다듬었는데 확 물려버린 거죠. 그 기녀는 꽃뱀이에요, 꽃뱀."

오늘 아침, 변학도에게 희롱을 당했다는 성춘향의 고발이 한성부에 들어왔다. 이미 백성들의 고혈을 빨아먹는 탐관오리로 낙인찍힌 변학도는 바로 체포되었다. 현재 변학도의 유배까지 논의되고 있는 상태인데, 그가 옥사를 옮기는 과정에서 백성들에게 달걀 세례까지 당하게 되자 지켜보던 개똥이 더는 참지 못하고 한성부로 찾아온 것이다.

"수연 낭자, 잘 들으세요. 낭자는 그날 해시에 혼례도 치르지 않은 처녀가 목멱산 부근에 있었다고 얘기하는 거예요. 그것도 천한 중매쟁이랑 같이. 그것이 무슨 의미인지 정말 모르십니까."

또다시 소문에 휩싸이게 할 순 없다. 그 밤에 외간 남자와 함께 있었다는 소문이 돌면 그 상처를 개똥이 감당할 수 있을까.

"선비님께서도 그리 생각하시오? 천한 중매쟁이라고?"

"아니, 낭자 내 말은…."

흥분한 개똥의 입에서 다시 예전 말투가 나왔다. 도준은 제 실수를 깨닫고 수습하려 했지만 이미 내뱉은 말이었다.

"그래도 별수 없소. 나 혼자 살자고 죄 없는 사람을 모른 척할 순 없소. 난 못하오."

"가짜잖소."

"뭐가 말입니까."

"윤수연, 아니잖소."

결국 그는 끝까지 입 밖에 내지 말자 생각했던 말을 꺼냈다. 개똥은 너무 놀라 입도 뻥긋할 수 없었다.

"여기는 한성부입니다. 사대부 집 처자가 한밤중에 웬 사내와 함께 있었다는 게 알려지면 모두 낭자를 수상하게 여길 겁니다. 조사하자고 마음먹으면 낭자의 죽은 부모님 무덤까지 샅샅이 파헤칠 수 있는 게 이곳입니다. 가짜 신분이 들통나는 건 시간문제입니다."

알고 있었다. 자신이 가짜라는 것을. 알면서도 모른 체한 것이었다. 개똥은 그의 반격에 숨을 죽였다. 도준의 입에서 또 무슨 말이 나올지 몰라 마른침을 삼켰다.

"장난친 게 들통나면 낭자 혼자 죽는 줄 아시오? 이를 함께 공모한 마훈도, 꽃파당도 다 죽어요. 게다가 지금 왕을 상대로 하고 있는 일은…"

도준은 말을 마치지 못하고 기가 막힌 듯 숨을 토했다.

"그런데도 여길 와서 한가하게 남의 억울한 사정이나 풀어주시겠다?"

마훈이 위험하다. 거기까지는 미처 생각지 못한 개똥이었다. 그녀의 눈썹이 파르르 떨렸다.

"곧 전국에서 처녀들의 사주단자가 올라올 겁니다. 낭자의 사주단자도 있겠지요. 난 흠 있는 처자들을 먼저 떨어뜨리고 초간택에 오를 이를 엄선할 거예요."

개똥은 무어라 답해야 할지 난감했다. 여기서 무슨 말을 한단 말인가.

"난 낭자가 초간택에서 떨어져 내게 왔으면 좋겠습니다. 하지만 이런 방법은 싫습니다. 그러니까 그냥 돌아가세요. 변학도 일은 제가 어떻게든 해보겠습니다."

사실 도준은 초간택에서 그녀를 떨어뜨릴 작정이었다. 삼간택까지 든 처녀는 중전으로 간택되지 못해도 왕의 여자가 된다. 강몽구에게 부탁은 해두었지만 그는 독사 같은 인물이다. 유순한 척, 도준의 말을 들어줄 것

처럼 답했지만 언제 독을 쏘고 도망칠지 모른다. 삼간택, 그것만은 막아야
한다.

"싫습니다."

하지만 그녀는 여전히 고집스러웠다. 개똥은 두려운 얼굴로 고개를 저
었다.

"싫어요. 남이 누명을 쓴 것을 보고도 못 본 척해야 얻을 수 있는 자리
라면, 싫습니다. 나는 선비님 말처럼 가짜가 맞소. 개똥이란 이름도 가짜
예요. 원래 이름이 뭔지도 잊어버리고 살았습니다. 내일을 걱정할 틈이 없
어 오늘 딱 하루만 보고 살았어요. 지금도 그래요, 선비님. 내일 무슨 일
이 닥치든 지금 당장 속 편한 게 제일입니다. 맞을 매는 맞고, 말해야 할
건 하고, 발 뻗고 편하게 자야겠습니다."

'이런 미련한 처자를 보았나.'

도준의 한숨이 짙어졌다.

"원하는 대로 다 해보세요."

결국 그가 백기를 들었다. 도준은 융통성이라고는 찾아볼 수 없는 개똥
을 뒤로한 채 밖으로 나왔다. 상투까지 틀고 험하게 살았다면서 어찌 저렇
게 물러서 포기할 줄을 모르는지. 도준은 혀를 찼다. 전혀 다른 환경에
서 자라 공통점이라고는 눈곱만큼도 없는 두 윤수연인데, 희한하게도 저
고집 하나만은 판박이였다.

"이 참봉, 낭자를 집까지 모셔다 드리거라."

그는 어떻게든 변학도를 풀어줄 방법을 찾아 혼자 해결할 생각이었다.
하지만 지시를 받은 이 참봉이 곤란한 듯 머뭇거렸다.

"그게… 부윤 대감께서 중요한 증인이니 붙잡아두라고 하셔서…"

'아버지! 벌써 소문이 거기까지 퍼졌구나. 이미 늦은 건가.'

도준은 생각보다 커진 일에 마음이 불안해졌다.

×　×　×

"왕의 허수아비라…."

도봉수는 마훈에게 세 달짜리 임시 관직을 내려달라는 왕의 생떼에 고민에 빠졌다. 한낮 중매쟁이에게 도준과 같은 권한을 위임하겠다니. 왕은 이를 들어주지 않으면 옥쇄를 숨기겠다고 엄포를 놓았고, 어쩔 수 없이 도봉수가 한 걸음 물러났다. 마훈이 끼어들면 판은 더욱 흥미진진해질 것이다. 자신의 딸을 중전으로 올리려는 강몽구의 속이 오죽 타들어 가겠는가. 어차피 누가 되든 자신과는 상관없는 일이었다. 도봉수는 이미 다른 노선을 타고 있었다.

"어쩌시렵니까."

수하가 그의 곰방대에 불을 붙여주며 걱정스럽게 물었다.

"어쩌긴. 잡아놓고 하나씩 하나씩 벗겨내면서 윤동석 그자를 벌거숭이로 만들어야지."

윤동석의 이름을 곱씹고 있으려니, 그와 그의 여식이 더욱 괘씸해졌다. 모든 게 다 수연이 나타나면서부터 꼬였다. 그 집안과 혼담만 오가지 않았으면 제 귀한 아들이 망나니라 손가락질받으며 살지 않았을 것이다. 일단 수연이 진짜인지부터 확인해볼 것이다. 그런 다음에 풀어줄지 말지를 고민하면 된다.

"변학도는?"

"그게… 그것 때문에 수연 아씨가 온 것이라 합니다. 그의 결백을 밝히겠다고."

"쯧."

도봉수는 못마땅하여 있는 힘껏 혀를 찼다. 그 아이가 진짜건 가짜건 자신이 가는 길마다 걸리적거리는 것은 틀림없었다. 사실 변학도 사건은 도봉수의 작전이었다. 민심이 흉흉하여 영웅이 하나 필요했고, 도봉수의 사람이 이몽룡을 끌어들인 것이다.

"일이 귀찮게 되어가는군. 이 사실이 소문나지 않게 입단속 잘하고 이몽룡과 성춘향 이야기에 살을 좀 더 붙이거라. 백성들이 더 분개하도록. 민심을 움직이는 데 사랑만 한 게 없지. 강독사도 붙이고 방각본도 더 찍어내. 민심이 들끓으면 새로운 왕조의 탄생이 더 절실해지겠지."

강몽구가 혼담을 거절했을 때도, 도준이 원수 같은 수연을 며느리로 맞아달라고 요구했을 때도 도봉수가 "그래 오냐, 그러자" 하며 가만히 두고 본 데에는 이유가 있었다. 그는 새 왕조를 꿈꾸고 있었다. 한낱 대장장이 따위가 왕좌에 오르다니. 조선 땅에서 그런 일은 있을 수도, 있어서도 안 됐다. 그는 얼마 전 매향의 기루에서 오갔던 대화를 떠올렸다.

"자네 그게 무슨 소리인가?"

강몽구가 술잔을 내려놓으며 말했다. 노련한 그도 적잖이 당황한 표정이었다. 매향이 손뼉을 치자 밖에서 대기하던 기생들이 모두 물러가는 소리가 들렸다. 그녀는 병풍 뒤에서 문서를 하나 가지고 나왔다. 매향이 가늘고 긴 손가락으로 펼친 문서에는 대신들의 이름이 적혀 있었다.

"우리 쪽에 서겠다고 한 이들의 명단일세."

"허…, 자네 언제부터 준비해왔던 겐가?"

"그게 중요한가? 앞으로의 일이 중요하지. 어떤가. 내 뜻에 따를 텐가?"

"믿을 만한 자료인가? 어디 한번 보세."

강몽구가 이름을 찬찬히 읽어 내려갔다.

"이렇게 되면 누이 좋고 매부 좋은 일이 아닌가. 도준이가 왕위에 올라 지화와 혼인을 하면 중전이 되는 것이고, 자네는 부원군이 될 것이네. 이보다 더 좋은 묘수가 어디 있겠나."

강몽구가 만족감을 드러냈다. 지화는 도준과 혼사를 치를 수 있는 것이고, 도준의 바람대로 수연은 간택에서 떨어지는 셈이었다. 수연쯤이야 후궁으로 들여앉혀도 무리가 될 것은 없었다. 강몽구는 금세 제 이익을 빠삭하게 계산했다.

"한데, 여기 도준이의 이름이 없네."

"그 아이는 아직 모르네."

그렇다. 정작 왕이 될 이가 이 사실을 모른다는 것만이 문제였다. 도봉수는 도준이 왕위에 오르는 것을 생각하며 입맛을 다셨다. 윤동석과 강몽구, 누구와 싸우게 되든 결국 모두 자기 발아래 있게 될 것이다. 그렇게 되어야만 한다.

"그나저나 그 무지몽매한 왕은 무슨 바람이 불어 갑자기 윤동석 편에 선 건가?"

도봉수는 미련한 왕이 왜 굳이 윤동석의 여식을 눈여겨보는지 알지 못했다. 자기 아들이 왜 가짜 윤수연의 정체를 알고도 눈감아주고 있는지도. 그 모든 게 한낱 사랑에서 비롯되었다는 것을 알게 된다면 그는 어떤 표정을 지을까.

×　×　×

한성부 조사실에 있는 개똥을 찾아간 마훈은 한참 동안 입을 다물고 있었다. 잘못을 꾸짖는 스승처럼. 개똥은 눈 둘 곳을 몰라 이리저리 시선을 돌렸다.

"다 죽이시렵니까?"

첫마디의 위력은 무서웠다. 개똥이 가장 무서워하는 부분이었다.

"아씨께 다들 목숨을 걸었습니다. 임금은 왕좌를, 도준은 천륜을. 아씨

때문에 모든 게 들통날지도 모릅니다. 정말 하나도 두렵지 않으셔서 이런 무모한 짓을…."

"누가 임금에게 시집가고 싶다고 했습니까? 스승님이 마음대로 정하지 않았습니까. 그리 무시무시한 자린 줄 알았다면 차라리 강 대감 댁 담을 넘어 오라버니를 데리고 나오는 쪽을 택했을 겁니다. 이렇게 모두가 위험할 줄 알았다면…."

개똥이 말끝을 흐리며 눈물이 그렁그렁한 눈으로 마훈을 쳐다봤다.

"아씨."

"무섭습니다. 무서워 죽겠습니다. 저한테 잘해준 모든 이들이 다칠까 봐 무섭습니다. 무엇보다 스승님을 잃게 될까 두렵습니다."

"아씨."

마훈은 개똥의 입에서 나올 다음 말이 두려워 나직이 그녀의 말을 가로 막았다.

"아씨, 국모가 될 여인은 그렇게 쉽게 눈물을 보이면 안 됩니다."

마훈은 소매 안에서 손수건을 꺼내 개똥에게 건넸다.

"스승님이 포기하시면 안 됩니까? 저는 그 자리가 싫습니다. 제가 원한 건 국모 같은 그런 대단한 것이 아니었습니다. 가짜 사대부 여식 행세도 이제 그만하고 싶습니다, 스승님."

개똥은 자신이 맡은 일이 싫다고 처음으로 말했다. 마훈은 개똥의 말에 적잖이 놀랐다.

"그럼 뭘 하고 싶습니까."

"모릅니다. 모르겠습니다. 저는 그저…."

개똥은 이 말을 어떻게 꺼내야 할지 몰라 망설였다. 손수건을 꼭 쥐고 입술을 깨물었다.

'딱 한 번만 용기를 내자. 지금이라도 이 말을 해야 한다.'

그녀는 머뭇머뭇 말을 꺼냈다.

"저는… 스승님과 함께하고 싶습니다. 다른 건 싫습니다."

"…"

"저도 제 마음이 왜 자꾸 이리로 가는지 모르겠습니다."

"…"

"마지막으로 한 번만 이기적이 되고 싶습니다. 딱 한 번만."

그녀는 마훈을 끌어안았다.

"안 되겠습니까?"

개똥의 간절함에 마훈은 숨이 턱 막혀왔다. 그녀가 마지막으로 이기적이 되고 싶은 이유가 자신이라니.

"못 들은 걸로 하겠습니다."

마훈은 손의 떨림을 겨우 감춘 채 그녀의 팔을 풀었다.

"역시 제가 싫으시지요? 제가 신분도, 이름도 없는 여자라 마음에 안 차시는 거지요?"

"그런 게 아닙니다."

마훈은 목구멍까지 차오른 말을 애써 눌렀다. 하지만 개똥은 이미 터져 나온 말을 멈출 수 없었다.

"가짜 양반에, 제 이름 하나 쓸 줄 몰라 허둥대는 제가 욕심이 지나쳤습니다. 이렇게 못나고 고집불통인 년을 누가…"

"네가 다친다고, 네가!"

마훈이 그녀의 팔을 꽉 붙들었다. 마훈의 눈가가 촉촉이 젖었지만 개똥은 그것을 눈치채지 못할 정도로 놀랐다.

"여기까지 온 이상 일이 잘못되면 네가 다친다고! 제발 널 신경 쓰라고, 널!"

마훈은 저도 모르게 뱉은 말을 수습하지 못하고 조사실을 나왔다. 이런 일을 일찌감치 예상했던 윤동석의 경고가 다시 떠올랐다.

'개똥이, 그 아이는 어쩔 텐가?'

어쩔 수 있을까. 일이 잘못돼도 밑져야 본전이라고 생각했다. 성공하면 수연의 복수를 할 수 있고, 실패하면 목을 내놓기밖에 더하겠냐고. 하지만 이 일이 들통나면 가장 위험해질 사람은 마훈이 아닌 개똥이었다. 이 사기극이 들통나지 않는다고 해도 마훈을 향한 마음을 왕에게 들키기라도 한다면 끔찍한 일이 벌어질 것이다.

'개똥아, 개똥아. 널 어찌하면 좋으냐. 개똥아, 개똥아. 난 어찌하면 좋겠느냐.'

마훈의 한숨이 짙어졌다.

× × ×

개똥을 위기에서 구해준 건 다름 아닌 이수였다. 갑작스러운 왕의 행차에 한성부는 요동쳤다.

"변학도를 본 건 나와 이 중매쟁이요. 임시 관직을 주기로 한 일에 대해 의논하려고 만났소."

이수는 평소와 달리 꽤나 무게를 잡으며 관료들을 둘러봤다.

"한데 어찌 윤 처자가…."

"신하들 몰래 나간 것인데 혹시 들킬까하여 수연 낭자에게 주위를 둘러봐 달라 부탁을 좀 한 것인데, 일이 이렇게 커질 줄은 몰랐소."

왕의 행차 소식을 듣고 달려온 도봉수가 잠자코 듣다 물었다.

"알겠사옵니다, 전하. 한데 야심한 시각에 어디로 행차하시던 길이었사옵니까."

이수가 침을 꿀꺽 삼켰다. 이자는 보통이 아니다. 조금이라도 틈을 주면 안 된다.

"이 중매쟁이와 함께 아는 지기의 집으로 갈까 했소. 끝나면 자네들을 만나 할 말도 있었고. 내가 대장장이를 할 때는 말이오, 한밤중에도 여인들과…"

"그만 되었사옵니다."

도봉수가 한심한 듯 그의 말을 막았다. 어떻게 해서든 수연을 붙잡아 실체를 확인하려던 그는 결국 후일을 기약해야 했다. 왕은 입만 열면 대장장이 시절의 얘기를 꺼냈다. 중전 간택을 앞두고 왕의 위엄이 떨어지는 일은 없어야 한다. 아직 새 왕조를 일으킬 때가 아니었다. 모든 일에는 때가 있는 법. 도봉수는 자신이 저지른 일이 너무 커지는 것을 염려해 수연과 변학도를 풀어주기로 했다. 어차피 사람들에게 변학도는 한동안 탐관오리일 것이다.

도봉수는 자신들에게 따로 할 얘기가 있었다는 왕의 말을 떠올렸다.

"따로 하실 이야기가 혹, 대장장이 시절의 얘기는 아니지요?"

도봉수는 왕을 비웃듯 한마디 툭 던졌다. 하지만 이수에게서 나온 말은 뜻밖이었다.

"그것도 나쁘진 않지만, 그보다 중전 간택을 정사암 회의로 할까 해서 말이오."

이수는 충격으로 입이 벌어진 대신들의 반응에 즐거웠다. 백제에서는 대신들이 재상을 뽑을 때 바위 밑에서 비밀 투표를 했다고 한다. 그것이 정사암 회의. 정신 나간 임금이 지금, 한 나라의 왕비를 투표로 뽑자고 한 것이었다. 이것이 마훈이 이수에게 내준 또 하나의 과제였다. 그리고 이수는 처음으로 대신들을 이겨 먹어 볼 참이었다.

16. 단자수신, 심心

"명을 거두어 주시옵소서!"

"통촉하여 주시옵소서!"

아침부터 근정전 앞에는 대소 신료와 성균관 유생이 한데 모여 머리를 조아리고 같은 말을 반복하고 있었다. 왕은 대신들이 투표로 재상을 뽑던 정사암 회의를 중전 간택에 적용하겠다고 선언했다. 대비가 지병으로 누워 있고 제대로 된 내명부도 거의 없는 마당에 심사가 가능하겠냐는 것이 왕의 주장이었다. 이 여파는 며칠이 지나도 계속됐다.

봄이 왔다지만 아직 찬바람이 부는 근정전 앞에서 다시 한번 읍소한 좌의정 강몽구는 자신의 세력을 키우기 위해 대비의 외가를 모두 유배 보낸 지난날을 뼈저리게 후회했다. 그 화가 이런 식으로 되돌아올 줄 알았겠는가. 그는 어젯밤 진짜 목적을 밝힌 왕의 말을 떠올렸다.

"가례도감에 속한 관원들이 초간택과 재간택을 진행할 것이오. 그리고 삼간택에서는 여덟 명의 대신들이 비밀투표를 한 후에 그 결과에 따라 왕비가 결정됩니다."

강몽구는 왕의 터무니없는 발언에 이를 갈았다. 왕은 이미 가례도감에 그 중매쟁이도 넣어놓았다. 왕이 변하기 시작했다. 그 배후에는 분명 누군가가 있을 것이다. 윤동석? 사간원지사로 복직하긴 했으나 아직 그럴 만한 힘은 없을 것이다. 그렇다면 그 중매쟁이가? 강몽구는 좀처럼 감을 잡지 못했다. 지금껏 그가 모르는 왕의 배후는 없었다. 삼간택에서 대신들은 자신에게 가장 유리한 후보를 선택할 것이다. 저마다의 이유로 지지하는 후보가 다를 테고, 이는 왕의 배후가 노리는 것이기도 하다. 강몽구에게 집중된 지지를 분산시키는 것. 즉 배후는 강몽구를 위협하고 있다. 일이 계획대로 되지 않는다면 지화가 중전이 되기는커녕 강몽구의 자리마저 위험해질 것이다.

'이 나라 조선이 어떤 곳인가. 공자의 숭고한 이념을 바탕으로 반상의 법도가 확고한 동방예의지국이 아니던가. 그런데 근본도 모르는 천한 야장 따위가 나라의 근간을 뿌리째 흔들려 하다니…. 반드시 새 왕조를 세우고 내 여식을 국모의 자리에 올리리라. 그리고 저 천한 대장장이를 원래 자리로 돌려보내리라.'

강몽구는 뒤틀린 속을 부여잡고 대신들과 함께 왕에게 다시 한번 항변했다.

"좌상 대감."

가까이 다가온 상궁 하나가 강몽구를 불렀다. 왕을 보필하는 대전 상궁이었다.

"무슨 일이냐."

겁먹은 왕이 꼬리를 내리기로 한 것일까. 기대에 찬 강몽구가 상궁의 다음 말을 기다렸다.

"전하께서 찾으시옵니다. 대전으로 드시지요."

'나를 먼저 찾는다?'

강몽구는 흥미롭다는 표정으로 발걸음을 옮겼다.

"건국 이래 이런 일은 없었사옵니다. 나라의 중차대한 사안을 투표로 결정하다니요!"

강몽구는 대전에 들어가자마자 항의했다. 그런데 항상 잔뜩 주눅 들어 있던 왕이 어쩐지 여유로워 보였다. 앞에는 작은 다과상이 마련되어 있었다. 은은한 작설차의 향기가 다과상 위에서 맴돌다 강몽구의 코끝에 내려앉았다. 이수의 차분한 미소에 강몽구는 거세게 항의하며 들어온 것이 민망해졌다.

"앉으세요, 좌상. 내 좌상과 마주 앉아 차 한잔하고 싶었습니다."

이수의 의중을 살피려는 강몽구가 열심히 곁눈질했지만 알 수 있는 것은 없었다. 그의 앞에 놓인 찻잔에는 어린잎 하나가 동동 떠 있었다.

"중전 간택을 정사암 회의로 결정하는 것은 용납할 수 없사옵니다. 대신들의 반발이 큽니다. 이런 일은 건국 이래 없었습니다!"

"왜 없습니까. 세종대왕께서 새로 개혁한 세법을 놓고 납세자인 백성들을 대상으로 찬반 투표를 한 적이 있소. 참여자가 무려 십칠만 이천팔백육 명이오."

"…!"

"왜요, 무지렁이가 좌상도 모르는 걸 알고 있어서 놀라셨습니까?"

강몽구는 며칠 전과는 전혀 다른 왕의 모습에 간이 떨렸다. 지금껏 본 모습을 숨겨왔던 걸까? 아니다, 평생을 대장장이로 살아온 자다. 배후 세력이 있는 것이다. 강몽구의 의심이 확신으로 변하기 시작했다.

"정 마음에 안 들면 내 선조처럼 백성을 대상으로 투표를 해서 중전을 간택하는 건 어떻소? 아니면 종묘에 가서 조상님께 허락을 구해볼까."

"전하!"

강몽구는 더 이상 왕의 농을 받아주지 않으리라 마음먹었다.

"전하께서 이리 나오신다면…."

'가만히 있지 않겠사옵니다.'

강몽구는 마지막 말을 감춘 채 왕을 겁박하려 했다. 하지만 한낱 대장장이라 생각했던 왕은 오늘따라 여유를 잃지 않았다.

"가만히 있지 않을 것이오?"

강몽구가 화들짝 놀라 고개를 치켜들었다.

"농을 던진 것뿐인데 경은 속마음이라도 들킨 것 같이 놀라는구려."

"아니옵니다. 어찌 소인이 그런 불경한 생각을 하겠나이까."

예상치 못한 이수의 반응에 강몽구의 등줄기에 식은땀이 흘렀다. 철장출신의 무식한 왕이라며 만만하게 여겼다. 그런 그가 자신의 속마음을 꿰뚫어 본 것이다. 강몽구는 자신에게 과감하게 도전장을 내미는 왕의 모습이 불편했지만 금세 마음을 가다듬었다.

'내가 누구인가. 전쟁터 같은 궁궐의 중심에서 이십 년간 단 한 번도 물러나 본 적 없는 좌의정 강몽구가 아니던가.'

"좌상이 이 나라의 실세니 대신들을 설득해주시오. 혹시 압니까. 좌상이 부원군이 되어 내 곁을 든든히 지켜줄 사람이 될지."

강몽구가 양미간을 좁혔다. 그럴 가능성도 있다. 만일 새 왕조를 세우려다가 실패한다면 모든 것을 잃게 될 것이다. 그럴 수는 없다. 실패할 기색이 보이면 노선을 갈아타야만 한다. 게다가 자신과 닮은 도봉수를 온전히 믿기는 힘들었다. 웃으며 뒤를 치는 것이 자신과 도봉수의 특기가 아니던가. 강몽구는 작설차를 한 모금 마신 뒤 자리에서 일어났다. 입안에 차향이 금세 퍼져나갔다.

"신이 대신들을 설득해보겠나이다."

강몽구가 한 발짝 물러섰다. 기회만 온다면 언제든 두 발자국 나아갈수 있는 자리였다.

"고맙소."

강몽구는 엎드려 예를 다하는 것으로 대답을 대신했다. 패를 많이 쥐고 있을수록 승리할 확률이 높다. 무엇보다 지화를 중전 자리에 앉히기만 한다면….

"좌상, 혹시라도 어설프게 방해할 생각은 마시오. 다른 대신들도 차의 풍미를 즐길 줄 아니 말이오."

이수가 쐐기를 박았다. 그렇다고 강몽구가 눈 하나 깜짝할 인사도 아니었다. 아무럼 어떤가. 풍미가 좋은 작설차는 자신에게도 있다. 그가 손짓만 해도 달려올 대신들은 넘쳐났다.

"다음에는 소인이 죽로차를 선물로 올리겠나이다. 작설차는 어린잎을 써서 맛이 부드럽고 풍부하지만 오랫동안 대나무 이슬을 먹은 찻잎보다는 풍미가 덜하지요."

강몽구는 꼿꼿하게, 그리고 당당하게 대전을 나섰다. 이수는 문이 닫히는 걸 확인할 때까지 여유로운 미소를 유지했다. 한 치도 물러설 수 없는 기싸움이었다. 문이 닫히자 이수는 참았던 숨을 크게 뱉어냈다. 긴장이 풀렸는지 곤룡포 안에서 다리가 떨려왔다.

"내가 잘한 것이 맞습니까."

이수가 병풍 뒤에 숨어 있는 이에게 물었다. 마훈이었다. 그 역시 이제야 마음이 놓이는 듯 숨을 크게 내쉬었다.

강몽구, 그의 명성은 괜한 것이 아니었다. 마훈이 미리 일러준 대로 왕은 자신을 작설차의 어린잎에 비유하여 강몽구를 공격했다. 그러자 강몽구는 본인을 깊은 풍미를 지닌 죽로차에 빗대어 반격했다. 예상대로 그는 쉽게 물러서지 않았다.

"잘하셨습니다."

"그런데 죽로차가 무엇이오?"

긴장을 푼 이수의 엉뚱한 물음에 마훈의 웃음이 터졌다. 이럴 때 보면 영락없이 쇠 냄새 풍기는 대장장이 같지만, 그는 역시 왕이었다. 윤동석과 마훈을 번갈아 가며 병풍 뒤에 세우고 대신들을 간파하겠다는 작전을 세운 것이다.

"어떻게 될 것 같습니까?"

"강 대감은 물러설 자가 아닙니다. 자신이 위험해지면 방어하는 대신 독사처럼 물어뜯지요. 그렇게 살아남았습니다. 그는 반드시 정사암 회의를 통과시킬 겁니다. 판이 커질수록 자신이 얻을 게 많다고 생각할 테니까요."

정사암 회의가 통과될 거라는 말에 이수의 얼굴에 미소가 번졌다. 아직 어린아이처럼 순수한 얼굴이 남아 있었으나 근엄한 왕의 용모를 서서히 갖춰가고 있었다.

'저런 사내라면 개똥이를 맡겨도 되지 않을까. 제법 믿을 수 있는 저 왕에게 내 손으로 보내주자.'

마훈은 이길 수 없는 싸움에는 절대 뛰어들지 않겠다고 마음을 다잡았다. 붙잡을 자신이 없다면 그녀를 편안하게 해줄 사람에게 보내주는 것이 자신이 줄 수 있는 마지막 선물이리라.

"초간택 후보들이 궐로 들어오는 날이 내일입니까?"

"예."

대신들이 정사암 회의에 반대하는 석고대죄를 하느라 정무에서 손을 놓은 사이 이수는 가례도감이 초간택 후보들을 발표하도록 했다. 그것 또한 마훈과 윤동석의 작전이었다. 정사암 회의의 충격으로 대신들이 어수선한 사이 빠르게 일을 진행한 것이다. 그렇게 마훈과 도준이 속한 가례도감에서 뽑은 초간택 후보가 열다섯. 명단에는 수연도 포함되어 있었다. 초간택에 오른 후보들은 내일 궁으로 들어와 간단한 면접을 보고 점심을 먹을 예정이다.

"내일 드디어 오는군요. 개똥이가…."

이수가 제 익선관을 더듬더듬 만져보더니 마훈을 바라봤다.

"필요한 게 있으면 언제든지 말씀하세요. 무엇이든 돕겠습니다."

"전하께서는 지금도 잘해주고 계십니다. 그럼 전 가례도감에서 회의가 있어서…."

이수는 돌아서는 마훈의 모습을 불안하게 바라봤다. 자신의 오작교가 되어준 사람. 하지만 다리를 건너는 여인을 마음에 담아버린 사내.

"혹 마음에 두신 처자가 있습니까?"

마훈의 눈썹이 꿈틀거렸다. 왕은 지금 무슨 말을 하고 싶은 걸까.

"없습니다."

"이 일이 끝나면 내 좋은 혼처를 알아봐 드리겠습니다. 매파님이 알아서 잘하실 테지만 중이 제 머리 못 깎는다고…."

이수가 일부러 크게 웃었다. 대전에는 그의 웃음소리만 울려 퍼지다가 금세 조용해졌다. 왕은 불안해하고 있었다. 불안하고 불안해서 어설픈 권력으로 마훈을 압박하고 있는 것이다. 마훈이 그것을 모를 리 없었다.

"상투 틀고 모든 일에 허허실실 좋다고 웃는 여인은 싫습니다. 걸음이 헐렁하고 움직일 때마다 꽃향기 대신 묵은 종이 냄새를 풍기는 여인도 사양합니다. 골이 난다고 멋대로 신발이나 던지는 여인, 제 앞가림도 못 하면서 남부터 돕겠다고 설쳐대는 여인 역시 신물 납니다. 특히 보고 싶었다며 투정 부리는 여인은 다시 만나고 싶지 않습니다. 그런 여인만 아니라면 저는 언제든지 환영입니다."

심술이었다. 그런 여자를 사랑하고 있다고 제 입으로 말한 것이나 다름 없었다. 실수였다. 마훈은 황급히 입을 닫았다. 왕의 의심을 확신으로 바꾸고 만 것이다. 그는 왕의 무너진 눈빛을 제대로 보지 못하고 대전을 급히 빠져나왔다.

×　×　×

운종가로 나선 영수는 고심에 빠졌다. 초간택 심사를 위해 값비싼 다홍색 치마와 송화색 저고리를 골라두었는데 개똥의 매력을 잘 살려주지 못했다. 자신이 골라준 옷으로 갈아입고 나온 개똥을 보며 영수는 깊은 한숨을 쉬었다.

"역시나…."

"영 이상합니까?"

어울리지 않는 것은 아니다. 하지만 생기 넘치는 개똥의 장점이 드러나지 않았다.

"일단 들어가 봐. 옷은 내가 어떻게든 해볼 테니. 이거 하나 해결 못 하면 꽃파당 고영수가 아니지."

벌써 같은 색의 옷만 열두 번째 갈아입었다. 영수는 옷의 맵시나 장신구와의 조화, 작은 주름 하나까지 꼼꼼히 살폈다. 혼자 생계를 책임지느라 제 사정 하소연할 지기라고는 이수밖에 없었던 개똥에게 영수는 자기 말을 열심히 들어주고 안타까워하고, 맞장구쳐주는 또 다른 지기가 되었다. 어쩌면 이번이 마지막일지도 모른다. 개똥은 용기를 내 그의 귀에 바짝 다가가 속삭였다.

"저는 사실 양반집 낭자가 아닙니다. 저는 천한 기생의 딸입니다."

영수는 놀란 듯했다. 진실이 아니라 그것을 말해주는 개똥 때문에. 아무리 보아도 개똥은 윤동석 대감이 곱게 키운 딸 같지 않았다. 다들 그녀의 신분에 대해 수군거렸다. 다만 그녀를 제대로 아는 이가 없기에 아니라고 확실히 말하지 못했다. 자신을 지기라 믿고 사실을 말해준 개똥의 마음에 영수의 코끝이 찡했다. 그는 무언가 결심한 표정으로 개똥의 귓가에 이제껏 누구에게도 말하지 않았던 자신의 비밀을 털어놓았다.

"나도 사실 선비가 아니다. 선비의 탈을 쓴 천한 백정이지."

개똥은 놀란 듯했다.

"왜, 여태껏 존대한 게 새삼 억울하나?"

"그게 아니라, 선비님이 백⋯."

"쉿."

영수는 검지를 들어 자기 입술 중앙에 갖다 댔다. 개똥도 영수를 따라
했다.

"뭐 아무렴 어떻습니까? 이렇게나 좋은 사람인걸."

"좋은 사람? 너 나한테 빠지면 안 된다. 큰일 나. 헤어나올 수가 없지."

영수가 개똥의 코끝을 장난스레 톡 쳤다. 비밀을 공유한 두 사람의 얼
굴에는 어느새 천진한 미소가 맴돌았다. 하지만 누가 말했던가. 비밀은 언
젠가 탄로 나기에 비밀이라고⋯.

"둘이 뭘 그렇게 속닥거려?"

멀리서 두 사람을 바라보던 마훈이 다가와 물었다. 궐에서 막 돌아온 모
양이었다. 하지만 개똥과 영수는 킥킥거릴 뿐이었다.

"따라오너라. 나와 갈 곳이 있다."

개똥이 마훈을 의아한 표정으로 쳐다보았다.

절벽 끝자락에 거침없이 튀어나와 있는 바위가 그 위용을 자랑했다. 절
벽 아래에는 성난 파도가 누구라도 삼킬 듯 들썩였다. 그 절벽 끝에 개똥
과 마훈이 함께 서 있었다.

"여기가 어디입니까?"

용태바위. 도성의 많은 사연을 집어삼킨 곳. 이곳은 수연뿐 아니라 수많
은 여인들이 한을 품고 마지막으로 향한 최종 목적지였다.

"네 이름의 주인이 마지막으로 서 있던 곳이다."

개똥은 발아래에서 세차게 치는 성난 파도를 뚫어져라 쳐다보았다.

"그럼…."

마훈은 가만히 생각에 잠겼다. 이곳에서 수연은 빨간 치마폭에 휩싸여 떨어졌을 것이다. 오명을 뒤집어쓰고 억울하게 죽은 그녀의 마음은 어땠을까.

"오늘을 마지막으로 여기에 오지 않을 것이다. 내일부터 나는 강으로 뛰어든 그 여인을 모른다. 단지 초간택에 오르는 윤수연을 기억할 뿐. 잘 살아야 한다."

"…."

"아씨, 듣고 계십니까. 이제 이 처자가 아가씨의 이름으로 살아갈 겁니다!"

마훈이 절벽 아래를 향해 소리쳤다. 수연을 품은 파도가 그래도 된다고 그녀 대신 허락해주는 것 같았다. 설레는 얼굴로 떠나던 수연의 마지막 뒷모습. 마훈의 눈가가 금세 촉촉해졌다. 그의 얼굴을 보며 개똥은 묘한 기분이 들었다.

"연정을 품으셨습니까?"

개똥의 갑작스러운 질문에 마훈의 눈빛이 흔들렸다. 그것을 연정이라고 할 수 있을까. 마훈은 대답 없이 허공만 바라보았다.

"준비는 다 되었느냐."

"…."

가면 못 돌아올지도 모르는데 아쉬움이라고는 찾아보기 힘든 마훈의 말에 개똥은 서운함을 느꼈다. 마훈은 개똥이 대답하지 않자 답답했는지 다시 물어보았다.

"왜 답이 없어?"

"알아서 잘하고 있으니 걱정 마시오!"

"그 말투! 여태 못 고친 게냐? 너도 참…. 중전 자리에 미리 침이라도 발라두고 가느냐? 태평하긴."

마훈은 저도 모르게 툭 튀어나온 심술에 아차 싶었다. 간택일이 가까워질수록 마훈은 더 까칠해졌다. 개똥의 곁에 더 머물렀다가는 공연히 상처만 주고 보내게 생겼다.

"잘하지 않으면 스승님께서 곤란해지실 게 아닙니까."

"뭐?"

"임금과의 혼담이지 않습니까. 잘못되면 스승님이 위험해지는 게 아니냐고 물었습니다."

"너는 도대체가 끝까지…!"

마훈이 개똥의 팔을 꽉 붙들었다. 단 한 번도 자신을 먼저 생각하지 않는 여인. 마주 본 개똥이 망설이는 표정으로 말했다.

"스승님, 그럼 제가 욕심부려도 되는 겁니까? 하고 싶은 대로 해도 되는 겁니까?"

"…"

파도 소리를 들으며 마훈과 개똥은 아무 말도 하지 않고 서로를 마주 보았다. 마훈은 개똥의 질문이 무슨 뜻인지 잘 알고 있었다. 침묵이 그의 대답을 대신해주었다.

"거 보십시오."

"개똥아."

"괜찮소. 어차피 내 인생은 스승님께 맡기겠다 하지 않았소."

배시시 미소 지은 개똥은 마훈을 위로하듯 그의 손 위에 자신의 손을 가만히 포갰다. 마훈은 저도 모르게 움찔했다. 두근거림. 그것은 분명 두근거림이었다.

"이런 방정맞은 말투도 이제 마지막이겠소."

개똥의 손을 놓은 마훈은 애써 황량한 마음을 감추고 발걸음을 옮겼다. 삼 년 전 자신의 선택을 되돌릴 수만 있다면 산 자의 마음에 죽은 자의 그늘을 덧씌우는 일은 일어나지 않았을 것이다. 왕에게 그녀를 보내지 않아도 되었을 것이다. 지금의 아린 가슴을 그때 알았다면, 그랬다면…

마훈은 개똥에게서 세 보 정도 떨어져 걸었다.

'그랬다면 우리는 지금 나란히 걸을 수 있었을까.'

마훈은 좁혀지는 개똥과의 거리가 무서워 다시 거리를 벌렸다.

× × ×

초간택 당일.

동이 트기 시작한 조용한 새벽, 그간 아무도 사용하지 않아 제 역할을 하지 못했던 꽃파당 부엌에 침샘을 자극하는 냄새가 가득 찼다. 사내가 부엌에 들어가는 것은 수치라고 강조하는 높은 집안의 자제처럼 고고한 용모를 자랑하는 꽃파당 남자들은 역시나 음식에는 재주가 없었다.

앞치마를 두르고 가마솥 뚜껑을 연 개똥은 국수가 잘 익었는지 꼼꼼히 살폈다. 만족스러운 표정으로 면을 건진 그녀는 어설프게 조물거리며 만든 송편까지 정성스레 담아 상에 올렸다. 엉성하고 소박한 세 개의 밥상. 개똥은 그 밥상을 앞에 두고 시간을 들여 천천히 스승에게 마지막 예를 올렸다.

꽃파당 앞에는 허름한 사인교와 간택 심사를 받게 될 개똥을 도와줄 여종 둘이 서 있었다. 초간택에 든 여식을 둔 집안에서 사간원지사 윤동석을 의식해 가마를 빼돌리는 바람에 개똥은 타고 갈 가마를 구하지 못했다. 이를 안 마훈이 폐기 직전의 사인교를 구해와 수리해둔 것이다.

대청마루에서 밖을 바라보는 마훈의 눈빛에 걱정이 서렸다. 가뜩이나 단장에 재주가 없는 개똥을 수모*도 없이 보내는 게 마음에 걸렸다. 한양의 수모는 초간택에 뽑힌 여식들이 모조리 데려간 상태였다. 그렇다고 사내인 영수를 개똥과 함께 궐로 들여보낼 수도 없는 노릇이 아닌가.

"스승님."

마훈은 궐로 나설 준비를 마친 개똥을 바라봤다. 송화색 저고리에 다홍치마, 여기에 까만 피부를 돋보이게 해줄 푸른빛이 도는 덧저고리까지. 제한된 복장 규율 안에서 개똥의 장점을 최대한 살려주려는 영수의 노력이 돋보였다. 이 정도면 됐다. 마훈은 단장한 개똥을 만족스럽게 바라보다가 그녀의 손에 들린 밥상에 눈길이 갔다. 국수와 송편뿐인 단출한 밥상. 마훈은 못 살겠다는 듯 한숨을 쉬며 밥상을 빼앗았다.

"조금이라도 안심할 수가 없다니까. 오늘은 초간택이야, 초간택. 다른 집 여식들은 사흘을 굶어서 살을 쪽 빼온다던데, 너는…"

마훈의 잔소리에 개똥이 웃음을 터뜨렸다. 이제 더는 듣지 못할 마지막 잔소리였다.

"스승님 것입니다."

"내 것?"

개똥은 어깨를 으쓱 올려 보이며 영문을 모르겠다는 표정의 마훈을 자리에 앉혔다.

"서당에는 책 한 권을 뗄 때마다 스승과 벗들에게 음식을 대접하는 세책례라는 풍습이 있다 들었습니다."

"나는 네게 한자 조금 가르쳤을 뿐이다."

"제게 욕심을 가르치셨지요. 살면서 뭘 하고 싶다, 갖고 싶다 하는 마음을 처음으로 갖게 하셨어요. 그건 아무나 가르칠 수 있는 게 아닙니다."

* 전통 혼례에서 신부의 단장 등을 곁에서 도와주는 여자

예상치 못한 개똥의 배려에 마훈의 코끝이 시큰했다. 자신의 제자였지만 되레 많은 것을 가르쳐준 스승이기도 했던 개똥. 마훈은 고개를 숙인 채 밥상을 받았다. 늘 불평불만을 늘어놓던 마훈이 한마디 말도 없이 온면을 단숨에 비워냈다. 따뜻한 온기가 몸속으로 들어와 그의 마음을 흔들어놓았다.

"중전은 못 되어도 음식 장사하면 굶어 죽지는 않겠구나."

고맙다는 말을 에둘러 표현한 마훈의 대답에 그제야 개똥이 긴장을 풀고 숨을 토해냈다. 그동안 자기 잔소리에 눈 하나 깜짝하지 않던 개똥의 새삼스러운 호들갑이 마훈을 미소 짓게 했다.

개똥의 단장을 점검하던 마훈은 흐트러진 옷고름을 보고 손을 뻗었다. 갑작스럽게 가까워진 마훈과의 거리에 개똥은 또다시 숨죽였다. 그러거나 말거나 마훈은 개똥의 옷고름을 반듯하게 매는 데만 신경을 집중했다.

"지금부터는 혼자 싸워야 한다."

덤덤한 마훈의 말에 개똥이 고개를 끄덕였다. 마훈은 아무렇지 않은 척했지만 떨리는 손을 다른 한 손으로 감쌌다. 개똥은 마훈의 움직임을 가만히 바라보다가 저도 모르게 손을 뻗어 그의 어깨에 얹었다. 태연한 척하는 얼굴과는 달리 잔뜩 긴장한 어깨에서 그의 마음이 고스란히 전해져 왔다. 마훈은 개똥의 옷고름을 바로잡는 것을 황급히 마무리하고는 뒤로 물러나려 했다. 개똥이 그런 마훈의 갓끈을 잡아당겼다.

"지, 지금 뭐 하는…."

멀어지던 마훈의 몸이 다시 개똥과 가까워졌다. 스칠 듯 말 듯 아슬아슬하던 두 사람의 코끝이 살짝 닿았다. 개똥은 꽉 잡은 갓끈을 더 끌어당기더니 눈을 꽉 감았다. 바짝 마른 마훈의 입술에 개똥의 새빨간 입술이 닿았다. 마른 논밭 같던 마훈의 입술이 단비를 맞아 촉촉하게 젖어 들었다. 천천히 수줍게 다가와 놓아주지 않는 그 유혹에 마훈은 저도 모르게 개똥의 목을 휘감았다. 찰나의 순간이었다. 천천히 눈을 뜬 개똥이 마훈에게서 떨어졌다. 자신의 행동에 당황한 마훈은 고개를 푹 숙이며 입술을 깨물었다.

"개똥이의 욕심은 여기까지. 저는 사간원지사 윤동석의 여식 윤수연이 아닙니까."

그녀는 제법 덤덤하게 미소까지 지어 보였다. 마훈을 보내는 그녀만의 작별 인사였다. 마훈은 그 갑작스러움이 당황스러웠다. 이제 정말 개똥을 잃은 것 같았다.

개똥, 자신이 찾아낸 여인.

윤수연, 자신이 만들어낸 여인.

마음을 어지럽혔던 두 사람의 자리를 이제는 비워내야 한다.

×　×　×

도준은 밥상을 들고 온 영수를 강몽구의 사가에서 맞이했다. 도준이 천륜을 저버리지 못하고 아버지에게 가는 것은 아닐지 걱정한 강몽구는 도준을 자신의 집에 머물도록 하며 감시했다. 강몽구와 윤동석이 각자의 여식을 중전 자리에 올리기 위해 세를 모으며 대립각을 형성한다면, 이 전쟁의 최종 승자가 마지막으로 겨뤄야 할 상대는 바로 도봉수였다.

'최종 목적지가 아버지라니. 아버지는 무슨 생각으로 잠잠한 걸까.'

도준은 도봉수의 침묵에 긴장하고 있던 터였다.

"먹는 척이라도 하지 그래? 제자의 세책례라는데."

지켜보던 영수가 한 숟갈도 뜨지 않은 도준의 국수를 제 그릇에 옮기려 젓가락을 뻗자 도준이 매몰차게 쳐냈다.

"뜨거우면 그 참맛을 알 수 없다."

영수는 손바닥으로 그릇의 온도를 살피는 도준의 모습에 기가 찼다.

"한양 최고의 망나니가 언제부터 찬밥, 더운밥 가렸다고. 까칠하긴. 서로 등 돌리고 얼굴도 안 본다더니 어째 하는 짓은 큰언니를 쏙 빼닮았구오?"

"…"

"난 누가 이기든 아무 관심 없소. 왕이 이기든 좌상이 이기든. 언니가 이기든 큰언니가 이기든. 난 무조건 개똥이 편이오. 누구든 괴롭히기만 해 보시오."

영수는 일부러 도준을 흘겨보며 으름장을 놓았다. 제 나름의 경고이자 협박이었다. 그러나 젓가락을 든 도준의 얼굴은 태연했다.

"괴롭힐 것이다. 괴롭혀서 내 곁에 둘 것이다. 그래야 내가 좀 사람답게 살 수 있을 것 같다, 영수야."

천륜을 끊고 가장 믿었던 지기까지 외면한 채 외줄 타기를 시작한 도준은 위태로워 보였다. 하지만 그 끝에 수연이 있기만 하다면, 엉망이 된 제 인생이 조금이라도 위로받을 수 있을 거라 생각했다. 그는 국물까지 깨끗이 비워내며 마음을 다잡았다.

단장을 마치고 나온 지화의 미소가 일그러졌다. 도준과 혼인하기 위에 초간택에서 집안 망신을 시킬 작정을 한 지화였다. 댕기를 엉망으로 묶은 채 반쯤 미친년처럼 궁을 설치고 다닐 생각이었다. 그 정도면 아버지도 어쩌지 못할 것이다. 하지만 영수와 도준의 대화를 들은 지화는 마음을 고쳐먹었다.

"단장을 다시 해야겠다. 엉망이구나."

"아까는 그대로 가시겠다더니…"

초간택에 나서면서도 단장을 하지 않겠다던 지화의 고집에 진이 빠진 섬월이 불만을 터트렸다. 지화는 아름다운 미소를 지은 채 섬월의 손가락에서 옥가락지를 빼내더니 부서뜨렸다. 지화의 어미가 그간의 노고를 치하하며 준 선물이었다.

"아…아씨."

잔뜩 주눅이 든 채 지화의 머리를 단장해주는 섬월의 손길이 바들바들 떨렸다. 역시 그녀는 좌의정 강몽구의 딸이었다.

"어여쁜 꽃을 부러뜨리기 위해선 그 꽃보다 향기로워야 한다."

"예?"

'괴롭혀줄 것이다. 부러뜨릴 것이다. 왕과 도준 오라버니, 그리고 그 오만한 중매쟁이의 손이 닿기도 전에 꺾어버릴 것이다. 가장 예쁜 꽃이 되어 이 수모를 되돌려주리라.'

도준이 지화에게서 멀어질수록 그녀의 가여운 마음은 더 독해졌다.

×　×　×

개똥의 가마가 궐 앞에 도착했다. 궁으로 들어가는 문 앞에는 개똥의 가마를 시작으로 초간택에 뽑힌 규수들의 가마가 줄을 이뤘다. 가마를 따라온 몸종과 유모, 수모까지 합치니 인파가 어마어마했다.

"좌의정 강몽구의 여식, 강지화."

관리인이 열다섯 명의 후보 중 지화의 이름을 가장 먼저 불렀다. 사마토 장인이 만든 가장 아끼는 신을 신은 지화가 가마에서 내려 얼굴을 드러냈다. 제 이름을 부르기 전까지 꼿꼿하게 버티려던 규수들도 가마에 난 창으로 얼굴을 빼꼼 내밀었다. 강지화, 왕을 제 마음대로 주무르는 좌의정의 여식이자 이미 중전으로 내정되었다는 소문까지 도는 가장 유력한 후보. 호주의 관직이 가장 높은 지화가 문 앞에 놓인 솥뚜껑 꼭지를 제일 먼저 밟고 안으로 들어갔다. 개똥은 모든 규수들이 들어가고 나서 가장 마지막에 호명되었다. 윤동석이 사간원지사직을 다시 맡은 지 얼마 되지 않아 순서를 매길 수 없었다는 게 가례의 책임을 맡은 강몽구의 말이었다.

가볍게 솥뚜껑 꼭지에 올라선 개똥이 자신의 뒤를 따라오는 몸종에게 시선을 돌리다 수모와 눈이 마주쳤다.

'저 사람은…!'

개똥이 솥뚜껑 꼭지 위에서 비틀거리자 수모의 굵직한 손이 개똥의 기운 몸을 붙들었다.

"선비님!"

능글맞은 웃음, 허름한 수모 복장을 해도 잘빠진 맵시. 그는 다름 아닌 영수였다.

"어, 어떻게…."

영수는 행여 누가 눈치챌까 입술에 검지를 대며 개똥을 조용히 시켰다.

"이만하면 세책례 받은 보답은 하는 거지?"

쪽을 찐 머리를 한 우스꽝스러운 영수의 얼굴에 미소가 감돌았다. 개똥도 영수를 따라 웃었다. 개똥은 든든한 버팀목과 함께 구중궁궐에 입성했다.

초간택에 참여하는 열다섯 명의 처녀들이 별당에 모였다. 개똥, 아니 수연은 화제의 중심이었다. 참의 직제학의 여식 오 씨가 지화에게 다가와 못마땅한 목소리로 속삭였다.

"쟤가 윤동석 대감의 여식 윤수연이라며?"

"그래?"

지화가 모르는 척 개똥을 바라보며 대답했다.

"피접을 갔다 왔다더니 혈색만 좋네, 흥. 그나저나 네 봇짐에는 뭐가 들었어?"

"별거 없어."

"그래도 쟤가 들고 온 것보단 우리가 들고 온 게 훨씬 낫겠지?"

키득거리는 오 씨 옆에서 지화는 차가운 미소를 지으며 개똥을 아니꼽게 바라보았다.

× × ×

북악산과 인왕산을 배경으로 연못 위에 그 우아한 자태를 드러낸 경회루에서는 초간택 심사 준비가 한창이었다. 도준과 마훈은 의도치 않게 상궁들 사이에서 마주 보고 앉게 되었다. 도준은 관복을 입고 심사 기준을 살피는 마훈에게 눈길을 주다가 입가에 빨갛게 번진 무언가를 발견했다.

"자네, 입술에 그게 뭔가?"

"아, 아침에 먹은 건가 보군."

당황한 마훈이 입가를 소매로 닦아냈다. 소매에 묻어난 정체 모를 빨간색 가루. 여인이 입술과 볼에 바르는 홍화 가루였다.

"자네가 그런 걸 묻히고 다니다니 별일이구먼. 그나저나 관복이 이리 잘 어울릴 줄은 미처 몰랐네."

"자네야말로. 누가 망나니라 하겠는가."

마훈이 지지 않고 대꾸하며 도준을 똑바로 바라봤다.

"허수아비, 난 자네를 잃고 싶지 않네. 뒷일이 두려워 그러는 거라면…"

어찌 보면 두 사람에게 수연은 같은 상처였다. 단지 치유하는 방식이 다를 뿐. 도준은 마훈의 상처를 보듬어주고 싶었다. 하지만 마훈은 단호했다.

"나는 내 뒷일이 두려워 수연 아씨를 자네에게 보냈네. 혹시 높으신 도봉수 대감에게 밉보여 다시 중매쟁이를 못 하게 되면 어쩌나. 과거를 앞둔 금수저 도령을 귀찮게 하다가 혹 찍힐까 싶어 그자가 어떤 사람인지도 제대로 알아보지 않았네. 그렇게 나는 내 첫 혼담자를 벼랑 끝으로 내몰았네. 뒷일이 두려워…"

"이보게, 마훈."

도준에게도 수연의 이야기는 곤혹스러운 것이었다. 그에게도 책임이 있었다. 그녀가 용태바위에 오를 때까지 그는 단 한 번도 수연을 자세히 알려고 하지 않았다. 그녀를 벼랑 끝으로 내몬 것은 자신이기도 했다.

"두 번은 못 하네. 조선 최고의 매파가 하는 말이니 새겨들으시게. 자네는 수연 아씨의 짝도, 개똥이의 짝도 아니네."

도준은 대꾸도 못 하고 입술을 잘근 깨물었다. 마훈의 눈빛은 단호했다. 그는 물러서지 않을 것이다. 때마침 두 사람 사이로 검은색 발이 드리웠다. 마훈과 도준은 이제 서로의 윤곽만을 확인할 수 있었다.

"내 봇짐!"

개똥은 봇짐이 보이지 않자 당혹을 감추지 못했다. 분명 여기 있었는데 잠깐 소피를 보고 온 사이에 없어진 것이다. 다소곳하게 앉아 있던 영수는 이 사실이 밖으로 새어나가지 않게 하기 위해 이를 꽉 물고 말했다.

"뭐? 없어졌단 말이…입니까?"

"다시 한번 찾아볼게요."

개똥이 부산스럽게 움직이려 하자 영수가 개똥의 손목을 잡고 웃어 보였다.

"소인이 찾아오겠습니다. 걱정하지 마시고 초간택에 들어가세요."

"꼭 찾아야 하는데. 소중한 것이 들어 있습니다. 부탁드려요."

개똥이 불안한 얼굴로 대답했다. 영수가 개똥의 손을 잡아주며 안심시켰다.

'선비님이 있어서 정말 다행이구나.'

든든한 지원군 덕에 개똥은 어느 정도 마음의 위안을 얻었다.

드디어 곱게 단장한 열다섯 명의 규수가 등장했다. 감탄을 자아내는 기품과 우아함 걸음걸이의 지화부터 한껏 단장한 규수들, 그리고 반듯한 걸음걸이로 사뿐사뿐 걸어오는 개똥. 발에 가린 도준과 마훈의 시선이 그녀에게로 향했다. 살짝 미소를 띠고 있는 개똥은 왠지 조금 불안해 보였다. 하지만 그녀는 어딘가를 보더니 금세 마음을 다잡았다. 비록 발이 드리웠지만 윤곽만으로도 드러나는 마훈의 존재를 알게 되었기 때문이다. 그때 궁호宮號를 받은 선대왕의 후궁들이 들어와 발 뒤에 자리했다.

"자, 그럼 초간택을 시작하겠습니다."

모두가 자리에 앉았다. 맨 앞줄에 꼿꼿이 선 지화는 개똥을 슬쩍 쳐다봤다. 생각과 달리 멀쩡해 보였다. 그녀는 다른 규수들을 꼬여내 개똥의 봇짐을 숨겼다. 개똥은 다음 심사에 쓸 서예 도구가 없을 것이다.

'그래, 잘 견뎌보아라. 그건 시작에 불과하니.'

지화가 곱지 않은 시선으로 개똥을 흘겨보았다. 하지만 아무렇지 않아 보이는 표정과 달리 개똥의 머릿속은 봇짐 생각으로 가득했다. 필요한 건 서예 도구도, 갈아입을 옷도, 아리따운 장신구도 아니었다. 그녀가 찾는 것은 오직 마훈이 준 마음, 단자수신뿐이었다.

"제자는 세책례를 하고, 스승은 단자수신으로 답례를 한다."

궐로 떠나기 전 마훈은 곱게 접은 종이가 담긴 봉투 하나를 개똥에게 건넸다. 스승이 성적표 대신 글자를 담아 건네는 의식, 단자수신. 열심히 노력했지만 잘 따라오지 못한 이에게는 부지런할 근勤 자를, 성미 급한 이에게는 참을 인忍 자를 적어준다는 그 봉투 안에는 마음 심心 자가 담겨 있었다.

"필요 없는 마음은 거기에 넣어두어라. 오라비에 대한 네 걱정, 실패에 대한 두려움. 그런 것들은 다 넣어두고 간택만 생각하라는 의미에서 주는 것이다."

"알겠습니다."

개똥은 마훈의 단자수신을 곱게 접어 봇짐 깊숙한 곳에 넣었다.

✖　✖　✖

지전과 포목전, 방물전을 지나 양순네 주막. 다시 주막을 돌아 방물전, 포목전, 그리고 지전. 영수는 같은 곳을 두어 바퀴 돌았지만 여전히 자신을 따라오고 있는 서너 명의 발소리에 신경을 바짝 곤두세우고 있었다. 아무리 생각해도 미행이 맞았다. 개똥의 봇짐을 찾는 데 실패한 영수는 봇짐을 새로 꾸리기로 했다. 머리에 쪽을 찐 채 잃어버린 봇짐에 들어 있던 물건을 모두 사는 데 성공한 영수는 뒤따라오는 자들이 자신을 미행하는 것이 맞는지 확인하기 위해 일부러 길을 뱅뱅 돌았다. 영수는 방향을 꺾자마자 재빨리 뛰어 다른 골목으로 들어갔으나 그의 앞에는 뒤따라오던 자들보다 더 많은 패거리가 기다리고 있었다.

"아, 정말 바빠 죽겠다고!"

영수는 쪽찐 가짜 머리를 그들에게 던졌다. 잠시 주춤하던 사내들이 순식간에 영수의 눈을 가리고 양쪽 팔을 꽉 붙들었다.

"너희들 뭐 하는 놈들이야! 내가 누군지 알아?"

그들은 호통치는 영수의 입까지 막아버렸다. 영수는 앞이 보이지 않는 상태로 어디론가 끌려갔다.

"이제 색깔을 분명히 해야 할 때가 온 것 같은데. 천하디천한 망나니의 아들, 고영수. 너 말이다."

상석에 앉은 도봉수를 보자마자 영수는 바닥에 코끝이 닿도록 머리를 조아렸다. 그 방에는 강몽구와 매향도 앉아 있었다. 도봉수와 강몽구, 그리고 매향까지. 영수는 자신이 이 자리에 불려온 것이 매우 불안했다.

"대감마님, 어쩐 일로…"

"내 너와 급히 상의할 것이 있어 불렀다."

"대감마님! 일전에 윤수연의 이야기를 해드리는 대신 소인을 놓아주시기로 한 것이…"

"아니지, 아니지. 그 정도는 너무 약하지 않은가. 난 요새 맵고 짜고, 이런 게 입맛에 맞아."

농을 가장한 도봉수의 서늘한 말에 영수의 어깨가 들썩였다. 지난번 개똥의 이야기를 전했을 때도 마음이 편치 않아 개똥의 옷을 고르고 또 고르며 죄책감을 덜어냈던 영수였다. 개똥이 자신을 지기로 대할 때마다 뜨끈한 무언가가 자꾸 그의 속을 쑤셔서 견딜 수가 없었다. 그는 지난번이 마지막이라고 굳게 믿었다. 하지만 도봉수에게는 시작일 뿐이었다.

"내 아들이 윤수연을 찾고 있던 것도, 가짜 윤수연이 나타난 것도 좋은 정보였다. 한데 괘씸하게 하나를 빠뜨리지 않았더냐."

"…"

"가짜 윤수연이 꽃파당에 있었다."

"그, 그것은…!"

영수는 입술을 꽉 깨물었다. 언제부터 간파당하고 있었던 걸까. 무슨 일이 있어도 개똥만은 지켜주고 싶었던 영수였다.

"어쨌든 이번이 마지막이다. 윤수연이 간택에 들어갔다지? 네가 수모로 위장해서 함께 들어갔고."

"나리!"

영수의 가슴이 철렁 내려앉았다.

"세작질하는 자가 말이 많구나. 식솔들은 잘 지내느냐?"

영수의 머릿속에 삼 년 전 그의 모습이 하나씩 스쳐 지나갔다. 망나니의 아들, 고영수. 천민의 자식으로 태어나 짐승만도 못한 존재로 취급당하며 종으로 팔려 갈 뻔했던 자신과 동생들은 지옥을 견디지 못하고 한양으로 도망쳐왔다. 매일 끼니를 구걸하며 살던 그는 뜻밖의 제안을 받았다. 그의 준수한 외모를 알아본 비단 상인이 거래를 제안한 것이었다. 상인은 영수에게 말끔한 옷을 입힌 뒤 한양을 돌아다니라고 요구했다.

"이 옷만 입고 다니면 됩니까?"

"그렇다니까. 멋스럽게, 양반처럼 다니게. 그러다가 누가 이 옷을 어디에서 샀는지 물어보면 조용히 내게 안내해주면 돼."

처음에는 엉거주춤 사람들의 눈치만 살폈으나, 자신이 입은 옷을 사겠다는 사람이 많아지자 자연스레 어깨가 으쓱해졌다. 비단 상인은 영수가 입은 옷을 독점으로 판매했다. 영수에게는 먹고살 만큼의 여유가 생겼고 그의 식솔들은 더 이상 천대받지 않고 살게 되었다. 거기까지가 그에게 찾아온 행운이었다. 상인이 거래하던 것은 비단만이 아니었다. 영수가 입고 다니면서 주문받은 옷의 소매에 아편을 숨겨 팔고 있었던 것이다. 사실 영수도 어느 순간부터 눈치챘다. 하지만 천대받던 과거를 생각하며 불의 앞에서 눈을 꼭 감았다. 이것이 그가 한양에서 자리 잡은 방식이었다. 하지만 그것도 잠시, 한양에서 가장 평판이 좋고 청렴하다던 한성부윤 도봉수에게 들통이 나고야 말았다. 어찌할 줄 모르는 영수에게 도봉수가 거래를 제안했다.

"꽃파당이라고 들어본 적 있느냐."

"들어는 보았으나 실제로 가본 적은 없사옵니다."

"거기에 들어가 내 아들이 무엇을 하는지 샅샅이 보고하거라. 그럼 이 일을 눈감아주지. 밑지는 거래는 아닐 것이다."

영수가 난데없이 중매 업계에 뛰어든 이유였다. 그는 꽃파당에서 화려하게 사는 대가로 도준의 행동을 감시하는 세작이 되어 살아왔다. 그리고 얼마 전 수연의 진실을 이야기하는 것으로 이제 그 거래는 끝났다고 생각했다. 그런데 오늘은 강몽구까지 와 있었다. 쉽게 넘어갈 수는 없을 듯했다. 영수는 떨리는 몸을 추스르며 머리를 조아렸다. 그의 마음속에서는 이 거래에서 영원히 벗어날 수 없을 것이라는 불안함과 어서 개똥에게 봇짐을 가져다줘야 한다는 초조함이 복잡하게 뒤엉키고 있었다. 지금 눈앞에 있는 위협에서 벗어나는 일만큼이나 개똥이 초간택을 잘 치르는 것도 그에게는 중요했다.

"이번이 진짜 마지막이다. 이 일이 잘되면 꽃파당이 네 것이 될 수도 있고 네 이름으로 비단 가게를 열 수도 있어. 뒤는 내가 봐주도록 하지."

비단 가게는 문제도 아니었다. 도봉수의 부탁을 거절하면 자신의 식솔들이 종으로 팔려 가는 일까지 각오해야 했다.

"무, 무엇이옵니까."

영수는 이제 물러설 곳이 없었다.

"사람의 말을 따라 하는 새 이야기를 들어본 적이 있는가."

"새, 새 말씀이십니까?"

"사람의 말을 똑같이 따라 하는 새가 있다지. 본 적이 있는가? 나는 아직 한 번도 본 적이 없어. 대신들도, 윤수연도, 마훈이라는 자도, 왕도… 본 적이 없을 게야."

"…"

"자네는 그저 그 새처럼 연기만 해주면 돼. 일종의 놀이야, 놀이."

"무슨 말씀이신지…"

"따라 할 말은 내 친히 적어주겠네. 그저 말만 하면 돼. 크게, 모두가 들을 수 있도록. 이게 자네가 해줄 마지막 일이야."

영수는 냉기 서린 도봉수의 목소리를 들으며 두려움에 몸을 떨었다. 그가 떨리는 목소리로 대답하자 매향과 강몽구, 도봉수가 광대놀이를 보는 듯이 웃어 재꼈다.

"아, 그리고 자네 식솔들은 걱정하지 말게. 내 집에서 잘 보호하고 있을 테니까. 도망갈 생각은 말게."

"…!"

그는 모든 것을 미리 준비해두었다. 빠져나갈 수 없다. 영수는 두려웠다.

✕ ✕ ✕

그 시각, 경회루에서는 초간택이 한창이었다. 심사는 왕실 사람들이 묻고 규수들이 답하는 형식으로 진행되었다.

"세상에서 가장 깊은 것이 무엇이오?"

"나라의 근간이 되는 만인의 아버지, 전하의 마음이옵니다."

"꽃 중에 제일가는 꽃은 무엇이라 생각하오?"

"목화가 가장 좋사옵니다. 백성들을 따뜻하게 해주기 때문입니다."

연이은 물음에도 규수들은 침착함을 잃지 않고 답했다. 바르고 고루한 답변을 들을 때마다 도준은 동그라미를, 마훈은 세모를 그렸다. 이어 개똥이 질문을 받았다.

"그대는 제 뿌리도 모르는 천인들이 공명면천첩*을 사는 것을 어찌 생각하오?"

발 뒤에 자리한 해명궁의 물음이었다. 선대왕의 숙원淑媛이었던 해명궁은 좌의정 덕분에 궁에서 쫓겨나지 않은 자였다. 공명면천첩에 대한 질문은 근본도 모르는 천인이 어느 날 윤수연이 되었다는 항간의 소문을 듣고

---

* 대가를 받고 천역을 면제하여 천인이 양인이 되는 것

에둘러 공격한 것이었다. 심사를 하던 마훈과 도준은 긴장한 채 개똥을 바라봤다. 개똥은 차분하기 그지없는 얼굴로 운을 뗐다.

"이 나라는 근본도 모르는 이들의 정성으로 뿌리 내린 벼들이 있어 유지될 수 있습니다. 뿌리 없는 이들의 땀 한 방울, 한 방울이 모여 근본 있는 나라의 배고픔을 덜어줍니다. 조상을 알건 모르건, 모두 조선의 자식이옵니다. 죄는 근본을 사는 이들에게 있는 것이 아니라, 그들을 천시하여 근본을 사게끔 하는 이들에게 있사옵니다. 그러니 백성들의 작은 욕심을 나무라기보다는 그들을 보듬는 것이 한 나라를 품은 이들이 마땅히 베풀어야 할 아량이 아니겠습니까."

해명궁은 개똥의 대답에 입술을 깨물었다. 그녀를 곤란하게 하려다 오히려 풍족한 사치를 부리고 있는 제가 나무람을 당한 것이었다. 상궁과 관원의 붓이 빠르게 움직였다. 도준은 동그라미를, 마훈은 작대기를 과감히 그었다.

✕ ✕ ✕

이수는 초간택이 진행되는 경회루를 바라보며 골똘히 생각에 잠겼다. 아침 식사도 하는 둥 마는 둥 했다. 그의 머릿속에는 오직 개똥 생각뿐이었다. 개똥이 했던 말이 가슴에 비수가 되어 꽂혔기 때문이다.

"누구라도 상관없사옵니다."

그것은 자신이 원한 대답이 아니었다. 환호까지 바라지는 않았지만 개똥이 그렇게 말할 것이라고는 생각하지 못했다. 그 말은 포기를 의미했다. 마훈이 혼사를 진행한다고 했을 때, 이수는 개똥이 혼담을 받아들일 것이라고 생각했다. 하지만 그날 개똥을 보니 그녀의 마음은 이미 다른 곳에 가 있는 듯했다. 자신이 아닌 누군가를 기다리던 눈빛. 그건 틀림없이 연정을 품은 여인의 얼굴이었다. 이수는 생각을 털어내려 고개를 저었다.

"무엇을 그리 골똘히 생각하시옵니까?"

이수를 지켜보던 윤동석이 물었다.

"원하는 것을 곧 손에 넣을 것 같은데 기쁘지가 않습니다."

"…"

"그래도 나는 포기하지 않을 것입니다. 한 나라의 군주가 그리 쉽게 포기하면 되겠습니까?"

이수는 힘없이 미소를 지어 보였다. 윤동석은 웃는 것도, 정색하는 것도 아닌 모호한 표정으로 그를 바라보았다. 이수는 이제 제법 왕의 면모를 갖추었다. 한낱 철장이었던 그가 군주의 마음가짐과 행동을 익혀 큰 그릇이 되어가는 것이다. 그러나 애달픈 마음까지는 어찌하지 못하는 이수가 측은해 윤동석은 마음속으로 그를 위로했다.

✕ ✕ ✕

도준은 다른 심사 위원들과 함께 규수들의 점수를 합산하다가 적잖이 놀랐다. 마훈이 수연에게 가장 낮은 점수를 주고 지화에게 가장 높은 점수를 주었기 때문이다.

"이렇게 하면 수연 아씨를 경계하던 대신들이 다음 심사부터 점수를 후하게 주겠지. 그들은 이제 점수가 가장 높은 지화 아씨를 잔뜩 경계하게 될 것이네. 제 여식에게 가장 버거운 상대가 지화 아씨일 테니."

도준은 미처 생각하지 못한 부분이었다. 채점은 상궁들이 하지만 그 뒤에는 그들을 비호해주는 대신들이 있기 마련이다. 상궁들의 채점은 대신들의 채점이기도 했다.

"한 수 배우는군."

도준은 자신의 패배를 인정했다.

"자, 이것으로 재간택 명단이 확정되었군그래."

진짜 전쟁은 재간택에서부터 시작될 것이다. 마훈은 불안한 마음을 애써 누르며 '윤수연'이라는 이름 석 자를 매만졌다.

'부디 버텨내야 한다.'

× × ×

재간택 발표를 앞두고 규수들의 처소에서는 단장이 한창이었다. 심사가 진행될 때가 아니어도 언제나 좋은 모습을 보여야 재간택에서 좋은 점수를 받을 가능성이 크다. 조신하고 기품이 넘쳐야 한다. 잇몸이 드러날 정도로 크게 웃어서도 안 되지만, 미소가 작아 답답해 보여서도 안 된다. 중전 후보가 갖춰야 할 최고의 미덕은 적당. 넘치거나 모자라면 점수를 깎인다. 다른 후보들이 열심히 미소를 연습하고 있을 때 개똥은 웃음기도 없이 새 봇짐만 쳐다보고 있었다. 영수가 봇짐에 있던 서예 도구와 장신구 등 필요한 것들을 사 왔지만, 그녀가 가장 소중히 여기던 단자수신이 없었기 때문이다. 개똥은 저도 모르게 미간을 찌푸렸다.

"어허, 미운 얼굴 더 못생겨진다."

영수가 굵직한 소리로 개똥을 나무라자 모두의 시선이 집중됐다. 놀란 그가 호호호, 웃으며 장옷을 휙 뒤집어썼다.

"왜 그래? 봇짐에 뭐가 빠졌어?"

영수는 아까부터 울상인 개똥이 마음에 걸렸다.

"어떤 못된 것들이 봇짐을 숨긴 게야? 나한테 걸리기만 해봐라. 내가 아주 혼쭐을 내줄 테다!"

으름장을 놓는 영수를 보며 개똥은 희미하게 웃었다. 그러나 그 웃음이 더 서글퍼 보였다.

"초간택 심사 망쳤어? 그렇다면 집에 가자. 내 기가 막히는 혼돈주 집을 알고 있지."

개똥이 여기서 떨어진다면 자신이 개똥을 벼랑 끝으로 밀지 않아도 된다. 영수는 오히려 그렇게 되길 빌었다.

"무슨 일 있습니까?"

개똥 역시 수심 가득한 영수의 표정을 단번에 눈치챘다.

"네가 초반에 떨어져서 집에 가게 될까 봐 그런다."

영수는 아무렇지 않은 척 홍화 가루를 꺼내 들었다. 어쩐지 색이 조금 탁한 듯했지만 물에 개니 괜찮아 보였다. 그것을 세필로 개똥의 입술에 칠하면서 씁쓸하게 웃었다.

"개똥아."

"예?"

"나는 네 생각처럼 좋은 사람이 아니다."

"왜 갑자기 그런 말씀을 하십니까?"

"나는 가족이 우선인 놈이다."

"갑자기 무슨 말씀을. 저도 선비님보다 우리 오라버니가 좋습니다."

"여기서 네 수발이나 들고 있자니 지겨워서 그런다! 얼른 다 잘되어서 나도 집으로 돌아가고 싶구나."

개똥은 영수의 농에 그제야 환히 웃어 보였다. 영수는 붉어진 눈시울을 감추려 고개를 돌렸다.

"아무래도 색이 안 예쁘구나. 내 다른 규수에게 홍화 가루 좀 얻어올 테니 기다려라."

영수는 개똥의 입을 닦아준 뒤 황급히 자리에서 일어났다. 그가 눈을 깜빡이자 커다란 눈물방울이 또르르 떨어졌다.

"선비님."

영수가 발걸음을 멈췄다.

"항상 고맙습니다. 이 은혜는 절대로 잊지 않을게요."

"홍화 가루가 눈에 들어갔나 보다."

영수는 쿨럭이며 성큼성큼 걸어가기 시작했다. 개똥은 알고 있었을까. 그의 눈물이 무엇을 의미했는지….

✕ ✕ ✕

열다섯 명의 처자들이 다시 경회루에 모여 재간택 후보 발표를 기다렸다. 가장 먼저 댓돌에 발을 디딘 지화는 살짝 뒤돌아 개똥의 얼굴을 살폈다. 어쩐 일인지 개똥이 하얗게 질려 있었다. 그녀는 숨이 가쁜 듯 홍화 가루를 바른 입술을 연신 혀로 적시며 호흡을 가다듬었다. 지화는 맨 뒤에 있는 규수 오 씨의 표정을 살폈다. 오 씨의 얼굴에는 일을 마쳤다는 만족감이 떠올랐다.

'잘했다. 이제 됐다.'

지화는 눈빛으로 오 씨를 칭찬하며 미소 지었다. 이것으로 눈엣가시 같은 개똥과 강력한 중전 후보인 오 씨를 모두 떼어낼 수 있을 터였다.

단장한 규수들이 허리를 곧게 펴고 손을 가지런히 모은 채 앉자 마훈과 도준이 등장했다.

"그럼 지금부터 재간택 후보 명단을 발표하겠습니다."

도준은 왕의 인장이 찍힌 두루마리를 펼쳐 들고 한 사람씩 호명하기 시작했다. 지화를 시작으로 오 씨를 포함한 다섯 규수의 이름이 불렸다. 도준이 개똥의 표정을 살피더니 마지막 후보를 호명했다.

"사간원지사 윤동석의 여식, 윤수연 낭자."

개똥은 자신의 이름이 불리자 정신을 차리고 일어섰다. 아까부터 숨이 가빠 호흡이 힘들었다. 술을 마신 듯 정신이 몽롱하고 한기가 들었다. 그런데도 개똥은 마훈이 혹여 걱정할까 싶어 애써 정신을 가다듬고 앞으로 나아갔다.

"호명된 규수들은 전하께서 하사하신 가마와 몸종들을 데리고 집으로 돌아가 내일 있을 재간택을 준비하십시오. 그리고 다른 규수들은 전하께서 허혼하셨으니 이 시각 이후로 다른 혼사를 진행해도 좋습니다."

도준의 말이 떨어지자 재간택에 뽑히지 못한 이들의 표정이 가지각색으로 변했다. 후련한 표정부터 실망 가득한 표정까지…. 호명된 이들 중 불만을 가진 사람도 있었다. 개똥을 마음에 안 들어 하는 오 씨는 누가 봐도 티가 날 정도로 얼굴이 일그러졌다.

'저 아이와 내가 어찌 같은 선상에 선단 말인가!'

오 씨가 분한 마음에 입술을 깨물었다. 규수들을 살피던 도준이 오 씨의 시선을 따라 개똥을 보았다. 개똥의 얼굴은 시들어버린 들꽃처럼 생기가 없었다.

"몸이 안 좋습니까?"

도준의 물음에 개똥은 고개를 가로저었으나 이내 숨이 더욱 가빠졌다. 차마 개똥에게 닿지 못하고 망설이는 도준의 손을 바라보는 지화의 심기가 불편했다.

'두고 보아라. 이제 곧….'

개똥의 몸이 서서히 도준 쪽으로 기울었다. 놀란 도준이 그녀를 받치려고 했을 때, 누군가의 손이 먼저 개똥의 어깨에 닿았다. 연신 개똥의 표정을 살피던 마훈이었다.

"수연 아씨!"

개똥은 입술이 새파래진 채 의식이 없었다.

"어의를 부르시게, 어서!"

그제야 정신을 차린 도준이 상궁들에게 소리쳤다. 하지만 마훈은 어의를 기다리지 못하고 개똥을 둘러업었다. 사내가 중전이 될지도 모르는 규수를 업자 사람들이 웅성거리기 시작했다. 이들에게는 개똥의 생명보다 불경한 행동이 더 큰 문제인 듯했다.

"따라오시게. 내의원이 어디 있는지는 내가 알고 있네."

도준이 앞장서서 길을 안내했다. 마훈은 신발을 신는 것도 잊은 채 도준을 따라 뛰었다. 한시가 급했다.

'개똥아, 대체 무슨 일이 있었던 것이냐!'

17. 단자수신, 연戀

"놋젓가락나물과 투구꽃의 가루입니다. 보통은 약으로 쓰이나 잘못 사용하면 호흡이 가빠지고 온몸에 마비 증상이 올 수 있습니다. 다행히 흡입한 양이 적고 해독제를 빨리 복용해 오늘 내로 집에 돌아가실 수 있습니다."

개똥을 치료하던 어의는 안도의 한숨을 내쉬었다. 소식을 전해 들은 이수가 개똥을 무조건 낫게 해야 한다며 어의에게 엄포를 놓고 갔기 때문이다. 이수는 개똥이 걱정되어 안절부절못했지만 이 사건의 배후를 찾기 위해 개똥을 뒤로한 채 발길을 돌렸다.

"재간택에 참가하는 데는 문제가 없겠는가."

도준은 서서히 혈색이 도는 개똥의 얼굴을 보며 물었다. 내일까지 몸이 회복되지 않는다면 재간택 심사에서 자동으로 탈락될 터였다. 궐은 아픈 이들의 사연까지 보듬어주는 곳이 아니다.

"예, 보아하니 홍화 가루에 섞인 듯한데 아주 소량이라 내일 일정에는 차질이 없을 것으로 보입니다."

"영수 선⋯비⋯님 덕분⋯입니다."

아직 의식이 흐릿한 개똥이 힘겹게 눈을 뜨며 말했다.

"괜찮으신 겁니까?"

도준이 개똥의 얼굴을 자세히 살폈다. 하지만 개똥의 시선은 도준보다 두어 발자국 뒤에서 벽에 기댄 채 다른 곳을 보고 있는 마훈에게 향했다.

"수연 낭자, 정말 괜찮으신 겁니까?"

도준의 물음에 개똥은 정신을 마저 차리고 기억을 되짚어보았다. 단장을 하고부터 자신의 몸을 통제할 수 없는 느낌이 들었는데 아마 독초 때문인 듯했다. 개똥은 무슨 일이 있었는지 더듬더듬 설명하기 시작했다.

"단장을 하는데… 영수 선… 아니 수모가… 홍화 가루 색을 보더니 마땅찮아 했습니다. 물에 개니 괜찮은 듯했는데 막상 입술에 칠하니 빛깔이 좋지 않았습니다. 수모가 그걸 닦아내고… 다른 규수께 홍화 가루를 얻어 단장을 마쳤습니다."

영수가 재빨리 홍화 가루를 닦아낸 덕에 독이 더 퍼지는 것을 막은 모양이었다.

"이만하길 천만다행입니다."

도준이 놀란 가슴을 쓸어내렸다.

"그런데 누가 홍화 가루에…"

"찾아내야지요, 지금부터."

도준이 다짐하듯 말했다. 굳이 찾지 않아도 범인이 누구인지 알 수 있었다. 다만 증거가 없을 뿐. 개똥이 쓰러져 있는 동안 모든 규수들이 집으로 돌아간 터라 범인을 색출하는 데 차질이 생겼다. 그렇다고 조선을 좌지우지하는 대신들의 사가를 모두 뒤질 수도 없는 노릇이었다. 결국 재간택은 예정대로 진행하되 내관들이 독초의 출처를 은밀히 추적하기로 했다.

"제 몸 관리는 스스로 해야 할 것 아닙니까. 낭자가 행여 잘못되면 모든 문책은 우리가 당하게 됩니다. 남 생각도 좀 합시다."

마훈은 속이 상해 마음에 없는 말을 내뱉고는 밖으로 나갔다. 쿵. 문이 마훈의 마음처럼 세차게 닫혔다. 어의가 속상해하는 개똥에게 말했다.

"말은 저리해도 저 나리 덕분에 낭자께서 목숨을 건지셨습니다. 어찌나 열심히 뛰어왔는지 숨이 넘어갈 듯해서 저 양반이 먼저 죽는 게 아닌가 싶었습니다. 그냥 말만 저렇게 하는 양반인가 봅니다."

"압니다. 저도 압니다."

개똥은 고개를 끄덕였다. 도준은 마훈의 마음을 헤아리는 개똥을 보며 불안해졌다.

마훈은 밖으로 나오자마자 겨우 참고 있던 안도의 숨을 내쉬었다. 잔뜩 긴장해 굳어 있던 손마디가 풀리면서 미세한 떨림이 이어졌다. 그러고는 다리에 힘이 풀려 주저앉았다.

'무사해서 다행이다. 정말 잘못되는 줄 알고…'

개똥에게 건네지 못한 말을 홀로 생각하던 마훈의 눈에 영수의 모습이 들어왔다. 모든 게 자신 때문이라 여긴 영수가 차마 안으로 들어오지도 못하고 문밖에서 서성이고 있던 것이다. 마훈은 애가 타 입이 바짝 마른 영수를 향해 고개를 끄덕였다. 그제야 영수의 얼굴에 안심의 빛이 돌았다. 하지만 지금 마훈에게는 안도하고 있을 시간이 없었다.

"영수야, 네가 해주어야 할 게 있다."

"분부 받듭지요."

능청을 떠는 말투였지만 영수의 목소리가 어쩐지 어두웠다.

"수연 낭자의 봇짐이 사라진 이후 처소에 없던 규수를 추리고, 그중 최근 열병을 앓은 이가 있었는지 알아보거라."

"그거야 어렵지 않지만 열병 걸린 이는 갑자기 왜 알아 오라는 거요?"

"개똥이가 흡입한 것은 놋젓가락나물과 투구꽃 가루다. 이 두 가지는 사약에 쓰일 만큼 강한 독성을 지녔지만 열병을 치료하는 약초로도 쓰이지. 아무리 지체 높은 대신의 여식이라 한들 상궁들의 눈을 피해 궁궐에 독초를 들여오긴 쉽지 않을 것이다. 하지만 지병약이라면 얘기가 달라지지. 분명 그걸 수연 아씨에게 사용했을 것이다."

"알겠소. 언니는 개똥… 아니 수연 아씨나 잘 보살펴주시오."

영수는 부탁한다는 말을 몇 번이나 되풀이하고서야 겨우 발걸음을 뗐다. 그러고 보니 영수의 표정이 평소 같지 않았다. 오늘의 사고 때문만은 아닌 듯했다. 중전 간택에 두 대감과의 전쟁까지 준비하느라 바빠 영수를 미처 살피지 못한 것이 마음에 걸린 마훈이 영수를 불렀다.

"영수야."

"왜 그러시오. 언니가 그리 부르니 괜히 겁나잖소. 할 일이 산더미니 이만 가보겠소."

영수가 짐짓 너스레를 떨며 웃어 보였다. 불길한 예감이 스쳤다. 마훈은 멀어져가는 영수의 처진 어깨를 바라보며 괜한 걱정이라 여겼다.

× × ×

개똥은 가만히 누워 지금까지의 일을 생각했다. 아직 몽롱함이 완전히 가시지 않았으나 마훈의 등에서 느낀 온기와 심장의 울림이 희미하게 기억났다. 그러자 개똥의 가슴이 두근거리기 시작했다.

'이제 그만 놓아야 한다. 그를 향한 마음을 없애야 한다.'

"개똥아, 개똥아. 제발 무사해다오."

거친 숨을 몰아쉬며 낮게 외치던 마훈의 목소리가 귓전에 맴돌았다. 개똥은 마음을 가다듬으려 했지만 자꾸만 생각나는 마훈의 모습에 밤잠을 설쳤다.

마훈 또한 마찬가지였다. 아직도 등에 개똥의 온기가 남아 있는 것 같아 자꾸만 뒤척였다. 힘없이 늘어진 개똥의 팔과 다리를 보며 얼마나 가슴 졸였던가.

'혹시라도 개똥이가 잘못된다면 모든 게 이 혼사에 그 아일 끌어들인 내 탓이다. 앞으로 개똥이를 볼 수 없게 된다면…'

그는 버선발인 줄도 모르고 개똥을 둘러업고 뛰었다. 마치 수영을 못 한다는 사실을 잊은 채 무작정 물에 뛰어들었던 그날처럼. 마훈의 한숨이 짙어졌다.

'이제 그만 놓아야 한다. 그녀를 향한 마음을 없애야 한다.'

그날 밤 마훈과 개똥은 같은 생각을 하며 괴로워했다. 지난날 자신의 선택이 후회되어서, 앞으로의 일들이 걱정되어서 막막할 뿐이었다.

✕ ✕ ✕

"삼간택에 오른 규수를 발표하겠습니다."

재간택은 일사천리로 진행되었다. 처음부터 윤동석과 강몽구 집안의 승부였으니 복잡할 것도 없었다. 예상대로 수연은 삼간택에 올랐다. 어명 을 전달하는 도준의 얼굴에는 낭패감이 서렸다. 강몽구에게 약속을 받아 두긴 했지만 개똥이 삼간택에 들면 일이 어려워진다. 게다가 정사암 회의 로 삼간택을 하기로 한 이상, 지화의 간택도 보장할 수 없었다. 도준의 속 이 타들어 갔다.

"좌의정 강몽구의 여식 강지화, 참의 직제학의 여식 오정윤, 그리고… 사 간원지사의 여식 윤수연."

도준의 말이 끝나자 삼간택에 오른 세 여인이 고개를 숙였다. 그 모습 을 보며 마훈은 주먹을 쥐었다. 삼간택이다. 이제 정말 물러설 수 없는 마 지막 관문이다. 선택을 받아도, 못 받아도 이 다리를 건너면 그녀는 왕의 여자가 된다. 감히 바라볼 수 없는 여인이 되는 것이다. 잠시 후 고개를 든 개똥이 도준의 곁에 선 마훈을 바라봤다.

'정말 이대로 괜찮으시겠습니까.'

개똥은 마음속으로 마훈에게 물었다. 그녀는 그가 자신과 같은 마음이기를 바랐다. 이제 그만해도 되니 도망가자고 말해주길 바랐다.

'잘했다, 똥머리. 여기서 그만두면 네가 위험해진다.'

마훈이 그렇게 무언의 답을 보냈다. 힘겹고 고단했을 그녀의 머리를 쓰다듬으며 그렇게 말해주고 싶었다.

'예, 스승님.'

개똥은 속으로 대답하며 마음을 다잡았다.

"윤수연은 가짜입니다! 중전이 돼서는 안 되는 몸입니다! 호적에도 오르지 못한 기생의 딸이 어찌 삼간택에 오른단 말입니까! 재고해주시옵소서! 그 사람은 윤수연이 아니라 개똥이입니다!"

침묵의 작별을 깨고 그곳을 가득 메운 건 한 남자의 외침이었다. 그는 수연의 신분에 관한 비밀을 외쳐대고 있었다. 마훈과 도준이 소리가 들려오는 곳을 찾으려 주위를 둘러보았다. 동쪽에 있는 강녕전 한구석에서 나는 소리였다. 그리고 그것은 분명 귀에 익은 목소리였다. 마훈은 그것이 누구의 목소리인지 생각하다가 저도 모르게 한 걸음 물러났다. 그는 피가 차갑게 식어가는 것을 느꼈다.

"왜 그러는가."

아직 목소리의 주인을 알아채지 못한 도준이 물었다.

"고영수."

"뭐?"

"영수, 그자네."

마훈의 예감은 역시 틀리지 않았다. 불안함과 서글픔이 서려 있던 어제 영수의 눈빛…. 그리고 영수는 지금 수연에 대해 외치고 있다. 마훈과 도준의 얼굴에 당혹감이 드러났다. 병사들이 소리의 근원을 찾아 이리저리 뛰어다녔고 영수는 곧 대전으로 끌려왔다.

"진상을 말하라! 그게 무슨 소리인가?"

영수를 다그치는 대신들의 목소리에는 분노보다 흥미가 묻어 있었다. 곧이어 영수의 길고 날카로운 외침이 대전의 기둥을 타고 번져나갔다.

"윤수연, 저 아이는 윤동석 대감의 여식이 아닙니다! 그러니 부디… 부디 삼간택을 재고하여 주시옵소서."

목이 잠겨 잘 나오지도 않는 목소리로 소리친 영수가 고개를 숙였다. 그 모습이 어딘지 처절해 보였다. 마훈이 영수에게 달려들려 했으나 도준이 제지했다.

"그게 무슨 소리인가? 그럼 사간원지사가 우리를 가지고 놀았다는 말인가? 증거를 가져오시게!"

대신들이 웅성거렸다. 강몽구와 도봉수의 시선이 오갔다.

"증거는…."

영수는 차마 개똥을 똑바로 볼 수 없어 고개만 푹 숙이고 있었다. 개똥의 얼굴에 충격과 의아함이 가득했다. 개똥의 봇짐 하나 찾자고 궐의 담을 넘었던 영수다. 초간택에서 입을 옷을 정할 때는 개똥의 피부색에 맞는 옷을 찾기 위해 몇 시진 동안 장을 돌고 돌아 끝내 그녀를 가장 아름답게 만들어준 그였다. 그런데 왜….

개똥이 정신을 차리기도 전에 도봉수가 턱짓으로 문을 가리켰다. 그러자 그의 사병들이 한 사내를 끌고 들어왔다. 골격은 컸으나 제대로 먹지 못했는지 수척하고 야윈 사내는 두려움에 떨며 한곳에 시선을 고정하지 못했다.

"개, 개똥아. 개똥아."

"오라버니!"

개똥의 하나밖에 없는 혈육, 강이었다. 그는 초췌한 몰골로 밧줄에 묶여 끌려왔다. 그 안쓰러운 모습에 개똥은 눈물 흘렸다.

"저 오라비가… 진짜였어?"

지화의 얼굴에 당혹감이 스쳤다. 개똥이 수연이라는 것을 알게 된 후에 지화는 강을 그저 수연이 오라비같이 아끼는 종놈쯤으로 여겼다. 그런데 진짜 오라비였다니. 여러 가지로 사람 놀라게 하는 재주가 있는 여자였다.

"놓아주십시오!"

분노를 참지 못한 마훈이 소리쳤다. 제 오라비를 구하겠다고 얼굴도 모르는 사내와 혼사를 치르겠다고 한 개똥이다. 그녀의 오라비만은 지켜줘야 한다. 구해줘야 한다. 다른 누구도 아닌 자신이.

길길이 날뛸 줄 알았던 도준은 오히려 조용했다. 그는 영수가 등장했을 때부터 제 아버지를 의심하고 있었다. 이내 아버지의 사병이 강을 끌고 들어오자 그의 머릿속이 복잡해졌다. 개똥을 향한 미안함과 부끄러움, 그리고 아버지를 향한 배신감으로 가슴이 터질 것 같았다. 아버지는 분명 자신과 다른 목적을 가지고 있었다. 약속은 이미 저버린 지 오래였던 것이다.

"오라버니? 저 천것이 윤수연 낭자, 아니 관기 딸년의 오라비라는 것이냐?"

"윤동석 대감은 이 사실을 아는가?"

"감히 이 나라의 조정을 가지고 놀았나?"

"그럼 진짜 윤수연은 어디에 있는 건가? 데려오게!"

대신들은 사실을 확인하기도 전에 그녀를 관기의 딸로 몰아갔다. 그녀가 진짜 수연인지 아닌지는 중요하지 않았다. 그들에게 중요한 것은 가장 유력한 중전 후보 중 하나인 수연과 윤동석을 몰아낼 구실이 생겼다는 사실이었다. 대신들의 비난이 점점 거세졌다. 개똥에게 달려들려는 대신들을 군관들이 겨우 막아냈다.

'미안하다, 개똥아.'

영수는 마음속으로 개똥에게 용서를 빌며 머리를 숙였다.

개똥은 강에게 달려가 밧줄을 풀어주려 했으나 도봉수의 사병들에게 제지당했다. 개똥은 그 자리에 앉아 울부짖었다. 그녀가 할 수 있는 일은 그것뿐이었다.

"개똥아, 개똥아. 개똥이 예쁘다."

강은 자신이 처한 상황을 파악하지 못한 채 피골이 상접한 모습으로 개똥에게 웃어 보였다. 개똥은 그것을 보며 억장이 무너져 꺼이꺼이 울었다. 그녀는 영수를 돌아보았다. 영수의 어깨가 눈에 띄게 떨리고 있었다.

'나는 가족이 우선인 놈이다.'

개똥은 일전에 영수가 했던 말을 되새기며 입술을 깨물었다. 뼈아픈 배신이었다. 지금 여기 있는 모든 이들이 자신의 이야기를 하고 있다. 끝없는 질문이 이어졌고, 개똥은 두려움에 사로잡혀 눈을 감았다.

✕ ✕ ✕

대신들은 침묵을 지키고 있는 왕에게 해결을 촉구했다.

"전하, 어서 결단을 내려주십시오! 이는 조정을 농락한 사건이옵나이다!"

대신들은 이수에게 답을 요구했지만 그는 아무것도 결정할 수 없었다. 그저 개똥의 우는 모습에 가슴이 미어질 뿐이었다.

'내가 할 수 있는 게 무엇일까. 개똥이를 위해 무엇을 해야 하는가.'

왕의 앞까지 끌려온 영수가 또다시 수연에 대해 말하기 시작했다.

"수연 아씨는 삼 년 전 용태바위에서 떨어져 죽었습니다. 이를 본 목격

자도 있습니다. 믿어주시옵소서!"

"그렇다면 지금 여기 있는 처자는 누구란 말인가!"

영수는 지치지도 않는지 크게 항변하며 개똥을 구석으로 몰아넣었다. 소란을 크게 일으켜야 자기 식구들이 무사하다. 영수는 자신을 황망히 바라보는 개똥의 눈빛을 보았다. 개똥의 눈은 굳어버린 돌처럼 멈춰 있었다.

"저 여인의 이름은 개똥. 도망친 기생의 딸로 한양을 떠도는 처자입니다. 그리고 저기, 저자가 그 오라비입니다!"

개똥은 눈을 감았다. 이제 아무것도 듣고 싶지 않았다. 이 자리를 벗어나고 싶었다.

"괜찮다."

등 뒤에 있던 누군가가 개똥의 어깨 위에 가만히 손을 얹었다. 익숙한 대나무 향. 굳이 눈을 뜨지 않아도 알 수 있는 스승의 냄새. 그의 온기가 어깨로 전해져 왔다.

"괜찮다. 이 모든 게 곧 지나갈 것이다."

개똥은 그의 말을 믿고 천천히 눈을 떴다.

"그렇다면 양인도 아닌 관기의 딸년을 두고 우리가 이 고생을 했단 말인가?"

강몽구는 도봉수의 앵무새인 영수의 말에 맞장구를 치며 분위기를 주도했다. 그의 한탄에 중전 간택에 열을 올렸던 대신들의 진노가 한층 더 들끓었다.

"모두들 그 입 닥치시오!"

노기 어린 외침에 모두가 옥좌를 올려다봤다. 하지만 그 굵직한 외침은 젊은 왕의 입에서 나온 것이 아니었다. 호통의 주인공은 윤동석이었다. 거침없이 걸어온 그는 옥좌 바로 아래 있는 개똥에게 다가와 손을 잡아끌었다. 개똥은 늘 종이를 만들던 조선지 장인의 등장에 놀라 입을 다물지 못했다.

"사간원지사, 이게 무슨 무례인가!"

대신들이 역정을 내자 윤동석이 삿대질을 하며 그들을 나무라기 시작했다.

"그대들이야말로 이게 무슨 무례요!"

"사간원지사!"

"내 여식이오! 아내가 출산 중에 세상을 떠서 젖동냥을 해 키운 귀하디 귀한 딸이란 말이오! 그대들이라면 여식이 이런 모욕을 당해도 가만히 있을 것이오?"

윤동석의 말 한마디에 대신들이 입을 다물었다. 윤동석은 맞잡은 개똥의 손에서 애처로운 떨림이 전해지자 화를 내며 소리쳤다.

"젖먹이 때부터 머리카락 한 올까지 내 손길이 안 닿은 곳이 없소. 그렇게 애지중지 키운 내가 내 딸이 맞다고 하는데 도대체 그 어떤 증거가 이보다 확실하단 말이오? 말해보시오! 전하께서 말씀해보시지요!"

그는 원망의 화살을 이수에게까지 돌렸다. 자신이 왜 이렇게 이 아이를 감싸고도는지 그도 알지 못했다. 다만 개똥이 안쓰러워 견딜 수가 없었다. 어깨를 들썩이는 흐느낌이 꼭 제 아이의 눈물처럼 보였다. 개똥은 그 누구도 보호해주지 못한 자신의 딸이었다. 설움 많은 인생을 살다간 딸이 외롭지 말라고 아비에게 보내준 선물이었다. 그런 개똥을 그는 지켜내야 했다. 이수를 보는 윤동석의 눈빛이 매서워졌다.

"아무리 전하라고 해도 내 귀한 딸은 함부로 못 내어드리겠습니다. 오늘의 무례는 내 기필코 갚아드릴 것입니다!"

윤동석은 개똥의 손을 꼭 쥔 채 대전을 빠져나갔다. 기막힌 일이었지만 누구 하나 나서서 그를 말리지 못했다.

"이대로 삼간택 후보 지정을 마무리해도 될 것 같은데 경들 생각은 어떻소? 난 예비 장인에게 밉보이기 싫소."

이수가 당장이라도 뛰쳐나가 개똥을 살펴보고 싶은 마음을 애써 누르며 말했다. 그의 말에 대신들이 침묵했다. 그것은 이러한 논란에도 수연을 간택하겠다는 왕의 명백한 의지가 담긴 발언이었다.

"그렇게 하시지요, 전하."

강몽구가 의미심장한 미소를 지으며 대답했다. 강몽구의 대답에 대신들은 침묵으로 동의를 표했다. 도봉수는 그의 의중을 알 수 없었으나 일단은 따르기로 했다.

"이제 꽃파당으로 돌아가거라."

밖으로 나와 어색한 듯 개똥의 손을 놓은 윤동석의 첫마디였다.

"저, 저…."

개똥은 그를 장인이라 부르지도, 그렇다고 아버지라고 부르지도 못한 채 머뭇거리며 그의 표정만 살폈다. 초가집에서 봤을 때보다 조금 더 노쇠해 보였다. 궁궐에서는 그렇게 호통을 치던 서슬 퍼런 노인이 개똥과 단둘이 되자 손가락만 비비적거렸다.

"입궁하기 전에 식사하러 오거라. 그래도 이제… 내 집이 네 집이다."

개똥은 처음 느끼는 부정에 가슴 한편이 따뜻해졌다. 제 부모조차 버리고 간 자신을 자식으로 받아준 것이다.

"예…, 예, 아버지."

개똥은 그렇게 대답하고는 윤동석을 따라 걸었다.

✕　✕　✕

퍽 소리와 함께 영수가 마당에 나뒹굴었다.

"다신 한양에 발붙일 생각 마라."

"언니, 미안하오. 용서해달라는 말이 아니라, 정말 미안하오. 나도 그러고 싶어 그런 것이…"

"듣기 싫다. 네 식솔이 먼저였다면 최소한 우리에게 언질은 해줬어야지! 네가 지금 누구 인생을 망친 줄 알아? 처음으로 사람답게 살아보려고 한 개똥이 인생을 망친 거야!"

"언니, 미안하오. 내가 정말 잘못했소."

영수는 무릎을 꿇고 마훈의 다리를 붙잡았지만 마훈은 냉정하게 뿌리쳤다.

"네가 사과할 사람은 내가 아니라 개똥이다. 네가 좋은 사람이라고 동네방네 자랑해대던 그 개똥이."

마훈도 짐작은 하고 있었다. 영수가 이유 없이 세작질을 할 인물이 아니라는 것을. 하지만 그는 지금 영수의 변명을 들어줄 마음도, 여유도 없었다. 영수는 그대로 바닥에 엎드려 울부짖었다.

"알고 있소. 내가 괴물 같은 짓을 저질렀다는 걸 알고 있소. 사람을 죽이는 괴물의 아들로 태어나 이제 겨우 사람이 되는가 싶었는데, 사람으로 살기 위해 괴물 같은 짓을 저질렀소. 나는 금수보다도 못한 놈이오!"

영수의 머릿속에 도준과 마훈, 그리고 개똥과 함께했던 지난날이 스쳐 갔다. 그는 가슴이 아파 고개도 들지 못하고 바닥에 엎드려 있었다.

개똥의 이야기는 궐에서 식을 줄 모르는 화제였다. 지화와 오 씨 역시 재간택을 마치고 궁 밖으로 나가는 동안 수연의 이름을 서너 번은 들은 듯했다. 모두가 개똥에게 손가락질을 해대고 있었다.

"그깟 계집이 뭐가 좋다고. 그때 우리가 확실하게 처리했어야 하는데…"

오 씨가 불만을 토로했다. 개똥의 봇짐 속 홍화 가루에 장난을 치자고 먼저 제안한 것은 지화였다. 오 씨는 그것을 실행에 옮겼을 뿐이다. 그러니 모든 일은 지화와 함께한 것이나 다름없었다.

"그래서 말인데 이걸…"

"무슨 소리를 하는지 모르겠다."

지화가 표정을 싹 바꾸고 오 씨의 말을 잘랐다. 당황한 오 씨는 눈이 휘둥그레져서 지화를 쳐다보았다.

"윤수연의 봇짐을 빼돌려 홍화 가루에 독을 탄 건 너잖아. 왜 자꾸 우리라고 하지?"

지화의 눈빛은 당당했다. 오 씨는 그 당당함에 소름이 돋아 뒤로 주춤 물러났다. 그녀는 무언가 한참 잘못되었음을 느꼈다.

"그, 그렇지만 그건 네가…"

독이 퍼져 쓰러진 수연을 보고도 눈 하나 깜짝 안 한 지화였다. 본인이 저질러놓고 막상 개똥이 쓰러지니 놀라서 어쩔 줄 몰랐던 건 오 씨였다.

"그래, 내가 옛 간택 후보들이 강력한 후보를 몰아낼 때 그런 방법을 썼다는 이야기는 해주었다. 한데 그런 옛날이야기 좀 했다고 내가 이번 일을 책임져야 하니? 너 정말 무섭다. 그걸 실천할 줄이야."

"너, 너…!"

'당했다. 완전히 당했다. 이 무서운 계집에게!'

오 씨는 반박하고 싶었으나 틀린 말은 아니었다. 자기 혼자 지화를 공범이라고 생각했을 뿐, 사실 모든 계획을 세우고 실행한 건 자신이었다. 오 씨는 암담해졌다. 그때 군관들이 다가와 조용하지만 빠르게 그녀를 데리고 사라졌다. 오 씨는 끌려가면서도 지화의 이름을 불렀으나 그 소리는 곧 어둠 속으로 사라졌다.

이제 삼간택 후보 중 멀쩡히 남은 이는 지화뿐이었다. 지화는 겁에 질려 끌려가는 오 씨를 보며 만족스러운 웃음을 지었다.

"짐작은 했지만 참의 직제학의 자제까지 매수하시고, 참 대단하십니다."

오 씨를 추포*하러 왔던 도준은 그 배후에 지화가 있었음을 확인하자 실망을 감추지 못했다.

"진짜 대단하신 건 도련님이죠. 날 이렇게 만드셨으니…."

그녀의 몸짓은 당당하고 우아했다. 이런 여인을 추국장**으로 끌고 간들 전부 처음 듣는 이야기라고 발뺌하며 눈물까지 흘릴 게 뻔했다. 도준은 진짜 범인을 눈앞에 두고도 어쩌지 못해 답답했다.

"궁금해서 물어보는 건데, 오라버니는 왜 이 싸움판에 낀 거야? 윤수연을 되찾고 싶어서? 아니면 그 천것을 가지고 싶어서?"

"지켜주고 싶어."

도준의 한마디에 지화는 당혹감을 감추지 못했다.

"그게 다야. 그러니까 너도 이제 그만해."

여기까지 온 이상 도준은 거짓 신분으로 위장한 개똥과 이 판을 만든 마훈, 그리고 걷잡을 수 없이 엇나가고 있는 아버지와 부모의 권력욕 때문에 비뚤어진 지화를 지켜야 했다. 그들을 멈추게 하고 싶었다.

"아니, 나는 너무 멀리 왔어. 앞으로 나아갈 수밖에 없어. 그러니 잘해봐. 나는 내가 갖지 못하는 것은 누구도 가질 수 없게 할 거야. 차라리 망가지는 걸 보는 게 나으니까."

지화는 냉랭하게 도준을 지나쳐 가려다 갑자기 멈춰 섰다.

"참, 아마 눈치챘겠지만 혹시나 해서 말해줄게. 옷맵시 좋은 중매쟁이는 내 소관이 아니야. 윤수연이 사실은 천한 기생의 딸년이라는 고급 정보를 중매쟁이가 술술 불도록 만들 수 있는 자가 한양 땅에 누가 있을까?"

도준은 지화가 하는 말의 의미를 알고 있었다. 그는 딱딱하게 굳은 얼

* 뒤쫓아 가서 잡음
** 조선 시대에 의금부에서 임금의 특명에 따라 중한 죄인을 신문하던 곳

굴로 어디론가 향했다.

×　×　×

"삼간택 날까지 동원할 수 있는 사병이 오백입니다. 내금위*까지 합세하면 칠백은 거뜬합니다."

도봉수는 수하의 보고에 고개를 끄덕였다. 그가 선택한 최후의 패는 이것이었다. 왕은 감히 왕실의 혼담을 일개 중매쟁이에게 부탁하고, 천한 기생의 딸년을 양반으로 둔갑시켜 반상의 법도를 무너뜨렸다. 반드시 그 죗값을 치러야 한다. 그리하여 삼간택일을 반정의 날로 잡았다.

"내금위장과는 확실히 얘기가 된 것이지?"

"그러하옵니다. 약조를 받아냈고 강몽구 대감께서 직접 확인하셨사옵니다."

도봉수는 결국 강몽구와 한배를 타기로 했다. 왕이 노골적으로 윤동석을 옹호하자 더는 가망이 없다고 판단한 것이다.

"한데 어찌 윤수연의 신분만 밝히셨습니까. 이 모든 게 왕과 윤동석 대감, 매파가 계획한 일이란 걸 알고 계셨잖습니까. 그리 큰 것을 두고 왜 그깟 기생 딸만…."

수하는 삼간택에서 수연의 신분이 가짜라는 것만 밝히도록 지시한 도봉수의 의중이 궁금했다.

"일의 성패는 시기가 결정하는 법. 가장 큰 패는 가장 큰 일을 하는 날 꺼내는 것이다. 왕의 사기극이라니 반정의 명분으로 얼마나 좋으냐. 그리고…."

* 왕의 친위 부대

그때 문을 거칠게 열고 도준이 들어왔다.

"아버님! 저와 약속하지 않으셨습니까? 이것이 어찌 된 일입니까?"

궐에서부터 달려오면서도 화가 풀리지 않은 도준이 소리쳤다. 아버지는 삼 년 전처럼 여전히 자신만 생각했다.

"이게 다 너를 위해서 하는 일이다."

도봉수가 도준 앞에 서축* 하나를 집어 던졌다. 거기에는 대신들의 이름이 빼곡히 적혀 있었는데, 맨 앞 자리가 비어 있었다.

"이게 무엇입니까?"

"적어라."

"무엇이냐고 물었습니다."

도준은 그게 무엇인지 알면서도 아버지에게 고집스럽게 물었다. 도봉수는 새로운 배를 만들고 있었다. 지금 탄 배에 구멍을 뚫으며….

"개국공신이 될 사람들이지. 너의 신하들이기도 하고."

도준의 눈빛이 흔들렸다. 강몽구부터 영의정, 우의정을 포함한 여러 대신들의 이름들로 가득한 서축에는 왕으로 추대될 인물의 이름이 들어갈 자리만 비어 있었다. 새 왕조, 그것은 반역만으로 끝날 문제가 아니었다. 일반적으로 역모는 지금의 왕을 끌어내리고 같은 성을 가진 사람을 새로운 임금으로 추대한다. 한데 아버지는 도씨 왕조를 만들려는 발칙한 생각을 하고 있다. 서축에는 개똥도, 마훈도, 그리고 지금의 왕도 없었다. 아마도 그들의 이름은 살생부에 올랐을 것이다. 거기까지 생각이 닿자 도준이 눈을 질끈 감았다.

"싫습니다. 이건 반역입니다. 전 왕의 신하입니다."

"뭐라?"

* 글씨를 쓴 족자

진노한 도봉수가 벼루를 집어 던졌다. 도준의 귀를 스친 벼루는 문에 맞고 바닥으로 떨어졌다. 도준의 귀에서는 피가 흘렀고 사방에 먹물이 튀어 방 안은 순식간에 난장판이 되었다.

"반역이라고? 한낱 철장이 왕이 되어 말도 안 되는 일을 벌이는 것은 반역이 아니더냐? 어떻게 일군 조선 왕조인데 한낱 철장 따위가! 이게 네가 말하는 옳은 길이더냐?"

"그래도 하늘을 버리고 새 하늘을 섬길 수는 없습니다. 저는 그렇게 배우지 않았고 그렇게 하지도 않을 것입니다. 임금의 충직한 신하가 돼라. 저는 아버지의 그 말씀만 되새기고 있겠습니다."

도준은 완강했다.

"빈 곳에 네 이름을 써라."

하지만 도준의 고집이 누구를 닮은 것이던가. 도봉수는 아들이 스스로 이름을 적을 때까지 포기하지 않을 것이다.

"싫습니다."

"새 하늘을 모시는 것이 아니다. 네가 새 하늘이 되는 것이란 말이다. 여기에 네 이름을 쓰기만 하면 너는 왕이 된다. 네가 왕이 되면 윤수연의 탈을 쓴 그 계집도 손에 넣을 수 있다. 천하를 가질 수 있단 말이다!"

도준은 이제 아버지에 대한 일말의 기대마저 사라졌다.

"그렇다면 더더욱 싫습니다."

"내 너에게 다시 한번 실망했다."

"…"

"진짜 윤수연도 아닌 관기의 딸년에게 마음을 빼앗기다니. 정녕 망나니가 되어 이 집안을 무너뜨릴 셈이냐?"

"여인 때문에 이러는 것이 아닙니다."

도준이 단호하게 대답했다. 도봉수는 아들의 눈을 가만히 바라보았다.

날카롭게 빛나는 눈빛. 어디에 내놓아도 손색없는 용모와 성품. 이런 아들이 자신의 곁을 지켜주던 때가 있었다. 그런데 지금은 자신과 등을 지고 있다.

"성공하시면 부디 저부터 죽이십시오. 저는 두 임금을 섬길 마음이 없으니."

도준의 귀에서 흐르는 피는 그의 왼쪽 어깨를 서서히 물들이고 있었다.

"아버님께 실망했습니다."

도준은 이 말을 남기고 뒤돌아섰다. 도봉수는 떠나는 도준의 피로 물든 어깨와 발아래 흩뿌려진 먹물을 번갈아 보았다. 누구를 위한 반역인가. 도봉수는 종에게 새 벼루와 붓을 가져오라고 명령했다.

"그래, 너는 모른 척하고 있어라. 내가 하늘을 가져다 너에게 쥐여줄 것이니…"

도봉수는 집어 던졌던 서축을 펼쳐 빈 곳에 이름을 적어나가기 시작했다.

× × ×

"무슨 일로 예까지 찾아온 게요? 내 직제학과는 따로 할 말이 없소만."

이수는 딸을 의금부에 보내놓고 애가 타는 참의 직제학과 마주했다. 직제학은 이번 사건의 배후에 제 여식이 있다는 사실에 가슴이 철렁 내려앉았다. 소중한 딸을 이렇게 잃을 수는 없었다. 어떻게든 여식을 살려야만 하는 아비의 마음이 급해졌다.

"전하, 부디… 부디 한 번만 눈감아주십시오."

그의 첫 마디는 단도직입적이었지만 간절했다. 이수는 애써 화를 참았다.

"한 낭자가 죽을 뻔했습니다. 직제학의 여식이 저지른 일 때문에 말입니다. 지화 낭자가 함께 꾸민 일이라고 한다지요. 허나 증거가 없습니다. 결국 죄만 더 커질 뿐…."

이수의 단호한 말투에서 절망감을 느낀 직제학이 머리를 조아렸다.

"전하, 제 유일한 자식입니다. 아들은 모두 병으로 죽고 이제 그 아이 하나뿐입니다. 그런 딸을 차가운 바닥에서 죽게 놔둘 수는 없습니다. 이런 아비의 마음을 부디 헤아려 주시옵소서."

이수는 침묵으로 직제학의 애를 태웠다. 조금만 기다리면 그가 스스로 이수가 원하는 답을 말할 것이다.

"아뢰옵기 황공하오나 전하께서 사간원지사의 딸을 마음에 두고 계신다 들었사옵니다. 제 여식을 살려만 주신다면, 사간원지사의 딸이 간택될 수 있도록 힘쓰겠나이다."

이수는 고민에 빠졌다. 개똥을 죽이려 했던 여인이다. 용서할 수가 없었다. 당장이라도 엄벌에 처하고 싶으나….

"이를 윤허해주시면 제가 전하 편에 서서 충성을 다하겠나이다. 부디 허락해 주시옵소서."

이수는 마른침을 삼켰다. 직제학이 자신의 편에 선다면 그를 따르는 대신들의 표도 개똥에게로 돌아간다. 그녀를 왕비로 만들어줄 것이다. 그렇다면…. 이수는 고민에 빠졌다.

× × ×

"이거 네 거니?"

지화의 손에 들려 있는 것은 마훈이 준 단자수신이었다. 개똥은 버선발로 달려가 단자수신을 낚아채려 했지만 지화가 재빨리 뒤로 감추었다.

"상궁이 발견한 걸 내가 가지고 왔다."

개똥은 굳이 이것을 전해주겠다고 꽃파당까지 온 지화의 저의가 궁금했지만 마훈이 준 단자수신을 다시 찾아서 다행이라는 마음이 앞섰다.

"이리 줘."

"이리 줘?"

아무렇지 않게 반말을 하는 개똥을 보며 지화가 가소롭다는 듯이 웃었다. 허나 개똥은 윤동석의 진짜 딸이 된 순간부터 누구에게도 주눅 들지 않겠다고 다짐했다. 그녀는 지화의 비아냥거림에도 지지 않았다.

"싫다면?"

"너한테 필요 없는 물건이잖아. 심술부리지 말고 이리 줘."

단자수신은 마훈이 자신에게 전한 마음이었다. 비록 스승으로서의 마음이지만 개똥에겐 무엇보다 값진 것이었다. 삼간택에 붙어 중전이 되든 떨어져서 후궁이 되든 꼭 지니고 가고 싶었다. 하지만 지화는 개똥의 눈앞에서 보란 듯이 봉투를 흔들며 약을 올렸다. 화를 내거나 분을 삭이지 못할 줄 알았던 개똥이 가만히 쳐다보자 이내 흥미를 잃은 지화가 작정한 듯 말했다.

"그래, 필요 없는 물건이니 찢어버려도 되겠네."

지화의 사악한 미소에 개똥의 얼굴이 하얗게 질렸다.

"그러지 마!"

개똥이 지화의 손목을 낚아챘다. 지화는 개똥의 손아귀에서 벗어나려 온 힘을 다했지만 역부족이었다. 개똥이 누구인가. 무거운 종이 뭉치도 번쩍번쩍 들던 그녀 아니던가. 하지만 지화는 단자수신을 잡은 손에 힘을 주며 찢을 듯 말 듯 한 모습으로 개똥이 함부로 힘을 쓸 수 없게 했다. 행여 찢어질까 조바심이 난 개똥이 먼저 손을 놓았다. 이제 지화는 그녀의 약점이 무엇인지 확실히 알았다.

"나랑 거래하자. 내가 원하는 것을 주면 이걸 넘길게."

"뭔데?"

개똥은 단자수신만 돌려받을 수 있다면 무엇이라도 내줄 듯했다.

"포기해."

"뭘?"

"자리를 내놓으라고. 어차피 네가 넘볼 자리가 아니잖아."

"…"

"네가 포기하면 이 단자수신을 줄게."

단자수신을 보는 개똥의 마음이 흔들렸다. 하지만 결론은 정해져 있었다.

'포기할 수 없다. 내가 포기하면 오롯이 나를 위해 모든 것을 준비한 이수와 나를 딸로 여겨준 윤동석 대감님이 곤란해진다. 그리고 스승님도 해를 입을 것이다.'

"아니, 그렇게는 못 해."

"뭐? 여기 있는 내용이 안 궁금하다 이거야?"

지화는 의외로 단호한 개똥의 거절에 당황했다.

"이미 알고 있어. 글자는 중요하지 않아."

"알고 있다고? 이걸 아는데도 아무렇지 않다는 거야?"

지화가 의아한 표정으로 개똥에게 물었다.

"나는 여기까지 오기 위해 많은 걸 포기했어. 아니, 다른 사람들이 나를 여기까지 올리려고 많은 걸 포기했어. 그 사람들의 포기가 나를 있게 한 거야. 그런데 내가 포기하면 그 사람들은 뭐가 돼? 못 주겠거든 가져. 난 마음만 받아 가면 되니까."

"후회하지 마. 나는 마지막 기회를 주려고 왔던 건데 네가 싫다니 어쩔 수 없구나. 네 말대로 나한테 이건 별 쓸모가 없어."

말이 끝나기 무섭게 지화가 단자수신을 세로로 한 번, 가로로 한 번 찢어버렸다. 그러면서 개똥의 무너지는 표정을 감상했다. 지화는 다 찢은 종이를 천천히, 보란 듯이 바닥에 흩뿌렸다.

"뒤처리는 네가 알아서 해. 선물이야. 아, 그리고…"

지화는 한 치의 미련도 없이 발걸음을 떼며 말했다.

"글자 공부 좀 열심히 하렴."

지화는 바닥에 보이는 글자를 짓밟으며 어둠 속으로 사라졌다. 개똥은 바닥에 흩어진 종이들을 황급히 주워 모았다. 다행히 밤바람이 거세지 않아 종이가 많이 흩어지지는 않았다. 개똥은 소중한 단자수신이 찢어지긴 했지만 이렇게라도 돌려받은 것이 다행이라고 생각했다. 하지만 마음이 아픈 것은 어쩔 수 없었다. 흩어진 종이를 양손 가득 쥔 개똥이 마훈의 방으로 올라갔다. 방에 들어서자 대나무 향이 났다. 그의 향기다.

한 조각, 한 조각 맞춘 종이에 마음 심心 자가 나타났다. 마훈의 정갈함이 느껴졌다. 어려운 글자가 아니라 천만다행이었다. 찢어진 봉투를 모아서 버리려는데 안쪽에 덧댄 종이가 보였다. 굳이 종이를 덧댄 것이 의아해 그것을 떼어보았다. 군데군데 무언가가 쓰여 있었다.

'글자 공부 좀 열심히 하렴.'

지화의 말에는 분명 뼈가 있었다. 개똥은 빠른 손놀림으로 종이를 이어붙였다. 위치만 잘 맞추면 금세 어떤 글자인지 드러날 것이다. 그녀는 피곤도 잊은 채 오직 글자 조합에만 신경을 곤두세웠다.

"다 됐다."

덧댄 종이의 안쪽에는 말씀 언言 자를 가운데 두고 실 사絲 자를 양쪽에 둔 글자가 있었다.

"무슨 글자지?"

마음 심 자와 나란히 놓고 보았으나 무슨 글자인지 쉽게 짐작할 수 없었다. 곰곰이 생각하던 개똥은 불현듯 마음 심 자를 이 글자 아래 두어야 한다는 걸 깨달았다. 그녀는 그대로 종이를 맞추어 보았다. 戀. 한자에 취약한 개똥이 모르는 글자였다.

'한자 공부 좀 열심히 할걸.'

개똥은 재빨리 마훈의 옥편을 꺼내 들고 글자를 찾아보았다. 무수히 많은 글자를 넘기다 마침내 그 글자가 눈에 들어왔다. 사모할 연. 사모할… 연….

마음 심 자에 감춰두었던 마훈의 마음이었다. 개똥은 숨도 제대로 쉬지 못하고 그 자리에 주저앉았다. 그는 마음을 내보인 것이다. 몰래 감춰두었던 자신의 마음을 여기 실어 보낸 것이다. 잡아야 한다. 어떻게든 그의 마음을 돌려야 한다. 마훈이 보고 싶었다. 그가 그리워 미칠 것만 같았다. 개똥은 종이를 쥔 채 운종가를 뛰고 또 뛰었다. 숨이 가빠왔지만 개똥의 머릿속에는 빨리 마훈에게 가야 한다는 생각뿐이었다. 어서 자신의 마음을 전하고 싶었다.

어느새 궐이 코앞이었다. 가쁜 숨을 내뱉었을 때, 누군가가 개똥의 입을 막더니 몸을 들어 올렸다. 다시 땅에 닿았을 때는 이미 입에 재갈이 물린 채 커다란 천에 싸여 몸을 결박당한 뒤였다. 개똥은 자신이 납치되었다는 것을 깨달았다.

'그를 만나야 하는데… 붙잡아야 하는데…'

개똥은 종이를 꼭 쥔 채 울부짖었으나 그 소리는 누구에게도 닿지 못했다.

18. 중매쟁이들의 혼례

내일이면 삼간택이었다. 마훈은 자신의 처소에 들러 마음을 추스를 생각이었다. 피곤한 몸을 이끌고 궐을 나오던 그는 도준과 마주쳤다. 얼마만에 마주하는 것일까. 얼마 전까지만 해도 매일같이 보던 얼굴인데 지금은 낯설기만 했다.

"이 시각에 궐엔 어쩐 일인가."

마훈이 자신을 못 본 척하는 도준을 불러 세웠다.

"전하와 논의할 것이 있네."

도준이 무덤덤하게 말했다.

"원하는 대로 잘 되어가고 있는가?"

"물론이지."

"자네 아버님은 한시름 덜었겠군."

마훈이 날 선 목소리로 말했으나 도준은 마훈의 눈동자만 바라볼 뿐이었다. 밤하늘은 고요했고 오직 환한 달빛만이 그들 사이를 비추고 있었다.

"개똥이에게 가는 것인가."

"수연 아가씨일세. 그리고 난 쉬러 가는 것이네."

마훈이 밤공기를 들이마셨다. 이제 정말 쉬고 싶었다.

× × ×

마훈은 꽃파당 대문 앞에서 망설였다. 이 층 창문에서 불빛이 새어 나오는 것으로 보아 개똥이 있을 터였다. 마훈의 마음이 심란해졌다. 몇 번이나 문고리를 잡았다 놓기를 반복하다가 결국에는 문 앞에 주저앉았다. 그는 개똥에게 단자수신을 전할 때 이미 마음을 접었다. 몰라도 좋았다. 아니 몰라야 했다. 그저 그것을 개똥이 가지고 있다는 것만으로도 만족했다. 마훈은 결국 꽃파당에 들어가는 것을 포기했다. 지금 개똥을 만나면 자신이 무슨 짓을 저지를지 알 수 없었다. 발걸음을 돌리려는 찰나, 대문에 붙은 쪽지 하나가 그의 눈에 들어왔다.

> '윤수연을 살리고 싶다면 오늘 해시까지 연기방으로 오시게. 꼬리가 하나씩 발견될 때마다 그녀의 명도 짧아질 테니 혼자 오든 떼를 지어 오든 자네가 선택하게. 놋젓가락나물 독이 퍼진 몸이 얼마나 오래 버틸 수 있는지는 나도 모르니 되도록 빨리 오는 게 좋지 않겠나.'

강몽구의 서체였다. 마훈의 마음이 급해졌다. 오 씨 여인이 이미 한차례 사용한 독이 개똥의 몸에 다시 퍼지고 있다! 이번에는 그 속도가 더 빠를 터였다.

'강몽구가 무언가를 꾸밀 거라고 왜 생각하지 못했나! 바보같이!'

마훈은 그 자리에 주저앉고 말았다.

'이러고 있을 시간이 없다. 더 늦기 전에 개똥이를 구하러 가야 한다!'

그때였다. 누군가가 낙엽을 밟는 소리에 마훈이 재빨리 뒤를 돌아보았다. 풀숲에 숨어 있던 영수가 화들짝 놀라 도망치려 했지만 이미 들킨 뒤였다.

"언니…."

"너…, 분명 내가 한양을 뜨라고…. 혹시 너도 한패야?"

이미 한 차례 그에게 속은 마훈이었다. 게다가 개똥이 사라진 지금은 누구도 믿을 수 없었다.

"무슨 소리야, 한패라니."

마훈은 영수의 표정을 보고 그가 이 사태에 대해 아무것도 모른다는 것을 알 수 있었다.

"언니, 무슨 일 있어? 얼굴이 파랗게 질려서는…."

마훈은 풀숲에 숨은 영수에게 성큼성큼 다가갔다. 마훈이 갑자기 다가오자 놀란 영수가 뒤로 주춤 물러났다.

"너희 식구들 괜찮은 거지?"

마훈의 말투는 꽤 위협적이었다.

"그, 그럼. 이미 명나라로 가는 배에 태워 보냈어. 흥분하지 마. 나, 나도 내일 저녁에 떠날 거야. 목에 칼이 들어와도 다시는 언니들 배신할 일 없어. 난 그냥 개똥이가 걱정돼서 온 거야. 진짜야!"

초조한 마음에 마훈의 다리가 떨려왔다. 지금 동원할 수 있는 인력은 영수뿐이다. 궐에 있는 도준과 이수에게 연통을 넣을 수도 있지만 그러기엔 시간이 촉박했다. 영수를 믿는 위험을 감수하느냐, 혼자 힘으로 개똥을 구해보느냐…. 그가 결단을 내렸다.

"고영수."

"어?"

분위기가 심상치 않음을 깨달은 영수가 바짝 긴장했다.

"이번에도 배신하면 그땐 내가 네 식구들을 가만두지 않을 거야. 명나라까지 쫓아갈 거야."

"왜, 왜 그래?"

"지금부터 내 말에 무조건 따라야 해. 개똥이가 납치됐어."

"뭐?"

사색이 된 영수와 달리 마훈은 서서히 냉정을 되찾기 시작했다.

× × ×

이수는 좀처럼 침소에 들지 못하고 방 안을 서성였다. 궐에 들어온 지 여섯 달이 다 되어갔으나 한 번도 침소를 둘러본 적이 없었다. 그저 일어날 시간이 되면 일어나고 잘 시간이 되면 누울 뿐이었다.

"내 아버지가 머물렀던 곳이구나."

그는 어릴 때부터 아버지가 어떤 사람인지 늘 궁금했었다. 다른 사람들이 그에게 씨도 모르는 자식이라고 손가락질할 때면 아버지를 미워하기도 했다. 그런 아버지가 왕이었다니. 패설에나 나올 법한 이야기였지만 하나도 기쁘지 않았다. 도리어 단 한 번도 본 적 없는 아버지의 모습을 종묘에서 마주한 순간, 어쩐지 자신과 하나도 닮은 것 같지 않아 낯섦과 씁쓸함을 느꼈다.

'아버지는 왜 나를 숨겨놓았을까. 무엇이 두려웠던 걸까.'

그의 머릿속에 온갖 모욕을 당하다가 억장이 무너진 얼굴로 윤동석의 손에 이끌려 나가는 개똥의 모습이 맴돌았다. 개똥을 지켜주고 싶어 여기까지 왔는데 결국 지켜주지 못했다. 자기 때문에 오히려 더 모진 수모를 겪어야 했다.

그것을 생각하자 아버지를 이해할 수도 있을 것 같았다. 아버지는 하룻밤 연정으로 태어난 아들의 존재가 두려웠던 것이 아니다. 신분이 낮은 여인을 원래 자리에 가만히 두는 것. 그것이 왕인 그가 사랑하는 여인을 위해 해줄 수 있는 전부였을 것이다.

"나는 개똥이에게 무엇을 해줄 수 있을까…."

이수는 이 방에 머물렀던 아버지의 흔적을 가만히 찾아보았다.

"아니 된다고 하지 않았습니까!"

갑작스러운 소란에 이수가 바깥을 지키는 상궁에게 물었다.

"무슨 일이냐."

"전하께 드릴 말씀이 있사옵니다."

도준이었다. 이 야심한 시각에 왕을 찾은 이유가 가볍지는 않을 터였다.

"들게."

도준의 얼굴에는 비장함이 감돌았다. 그 모습에 이수는 불안을 느꼈다.

×　×　×

마훈이 연기방에 도착한 것은 약속한 해시가 되기도 전이었다. 강몽구는 생각보다 빨리 나타난 마훈을 보며 만족스러운 미소를 지었다. '기껏 기생 딸 하나 구하자고 달려올까' 하며 의심했던 것이 우스울 정도로 마훈은 초조해 보였다.

"이렇게 빨리 올 줄 몰랐네. 자네가 윤수연과 몰래 정을 통하고 있다는 말이 사실인가 보군."

"가당치도 않은 소문입니다!"

감정을 억누르고 차분하게 말했으나 마훈의 목소리에서 조급함이 느껴졌다.

"자네에겐 미안하게 됐네."

강몽구는 미안한 기색도 없이 무성의하게 말을 내뱉었다. 납치를 저지른 사람이라고는 생각하기 어려울 만큼 차분해 보였다.

"수연 아씨는 어디 있습니까? 괜찮습니까?"

"괜찮을 수도 있고, 그렇지 않을 수도 있고. 그건 윤수연에게 달렸지."

"그게 무슨 소립니까."

강몽구가 재미있다는 표정으로 마훈을 바라봤다. 처음 딸아이의 이야기를 들을 때만 해도 설마 중매쟁이가 중전 후보를 좋아할까 싶어 별다른 흥미를 느끼지 않았다. 하지만 마훈의 다급한 표정을 보니 지화의 감이 맞았다는 걸 알 수 있었다. 분명 저자는 가짜 수연을 마음에 품고 있다. 흥미로운 전개였다. 어차피 최종 간택 자리에 수연이 나타나지 못하게 하려고 계획한 납치였다. 마훈 역시 그때까지 돌려보낼 생각이 없었다. 강몽구는 재미나 더해볼까 싶어 그에게 말을 붙였다.

"자네가 단자수신에 남긴 그 사모할 연 자 말일세, 우리 딸아이가 그걸 내게 가져다주었네. 자네 어찌 그런 대담한 짓을 했나. 삼간택에 든 처자에게…."

마훈의 가슴이 철렁 내려앉았다. 혼자 간직하고 혼자 표현하고 싶어 몰래 넣어둔 것이었다. 그는 개똥이 그것을 발견하지 못했기를 진심으로 바랐다.

"거기에 윤수연이 궁에서 흡입했던 독초 가루를 뿌려놨지. 그 아이가 자네 마음을 들여다보려 글자 조각을 이어 붙일 때마다 독이 퍼지도록. 밀폐된 공간에서 독은 마치 공기처럼 돌고 돌아 그 아이의 생명을 위협했을 거야. 과연 자네의 가짜 아씨가 살았을 것 같나, 죽었을 것 같나?"

마훈이 거친 숨을 내뱉으며 주먹을 쥐었다. 지화의 삐뚤어진 성정은 절로 생겨난 것이 아니었다. 강몽구에게서 물려받은 것이었다.

"무엇을 원하시는 겁니까."

"원하는 것을 말하면 자네가 들어줄 건가?"

"수연 아씨부터 내어주시지요! 거래는 다음입니다!"

강몽구는 마훈의 대답을 듣고 피식 웃었다.

'거래는 다음이라⋯. 중매쟁이치고는 참으로 당돌한 사내로군.'

강몽구는 오른손으로 천천히 수염을 쓸어내렸다. 저승꽃이 그의 얼굴을 점령해가고 있었으나 그것이 오히려 그의 노련함을 돋보이게 했다.

"우리는 새 왕조를 세울 걸세. 천한 대장장이에게 우리의 충심을 바치기엔 너무 아깝지 않은가. 뿌리까지 썩은 이 이씨 왕조도 슬슬 지겹고."

그는 이토록 큰일을 아무것도 아니라는 듯이 툭 내뱉었다.

"⋯!"

"그렇게 놀란 얼굴 하지 말게. 아직 놀랄 일이 더 남았으니."

이보다 더 놀랄 일이 무엇일까. 하지만 마훈의 신경은 오직 개똥의 생사에 쏠려 있었다. 강몽구는 그런 마훈의 다급함을 즐기듯 여유롭게 말했다.

"자네의 벗이 왕이 될 터이니 자네도 한자리 꿰차는 것이 어떻겠는가. 관복이 의외로 잘 어울리던데."

강몽구가 껄껄거리며 웃었다. 마훈은 아까 궐에서 마주쳤던 도준을 떠올렸다. 야심한 시각에 왕을 찾아가던 도준. 무슨 일인가 벌어지고 있다. 마훈은 불안했다.

'자네 정녕 반역을 일으키고 스스로 왕이 될 텐가!'

마훈은 도준에게 닿을 리 없는 말을 마음속으로 외쳤다.

"자, 이제 자네의 가짜 아씨를 보여줘야지. 이리 오게."

강몽구는 마훈의 표정을 즐기며 병풍을 걷었다. 그 뒤에는 단단한 철문이 숨겨져 있었다.

"여기서 수많은 비밀회의가 열렸지. 왕조가 바뀌기도 했고, 누군가가 죽어 나가기도 했지. 무수히 많은 소문이 태어난 것도 이곳이라네. 그리고 아무리 소리를 지르고 엄청난 이야기를 해도 여기선 아무것도 새어나가지 못한다네."

강몽구가 철문을 열었다. 방 깊숙한 곳에 쓰러져 있는 여인이 보였다. 마훈은 주변을 둘러볼 생각도 못 하고 바로 개똥에게 달려갔다. 강몽구가 바라던 대로였다.

"아무래도 자네에겐 관리보다 중매쟁이가 잘 어울려."

강몽구는 비열한 미소를 지으며 문을 닫았다. 철문이 굳게 잠기는 소리가 마훈의 등 뒤로 들렸다. 그는, 아니 두 사람은 꼼짝없이 갇히고 말았다.

✕ ✕ ✕

"허수아비가 망나니를 찾습니다. 허수아비가 망나니를 찾습니다."

도봉수의 사가. 하인들은 도준의 방을 향해 이상한 소리를 외치는 사내의 등장에 신경이 곤두섰다. 도준은 그 외침을 듣자마자 무언가 잘못되었음을 직감했다. 급할 때만 쓰기로 한 마훈과 도준의 암호. 개똥을 놓고 한 치의 양보도 없었던 그 꼬장꼬장한 양반이 도움을 요청할 일은 하나뿐이었다.

'개똥이! 개똥이가 위험하다.'

도준은 조용히 방을 빠져나왔다. 주위를 둘러보니 얼마 떨어지지 않은 곳에 아버지의 사병들과 군사들이 모여 있었다. 도준은 재빨리 몸을 숨겼다. 그때 복면을 한 영수가 도준 앞에 나타났다.

"언니, 급하오. 큰언니랑 개똥이가 지금…."

"너 이참에 망나니 노릇 좀 해볼래? 썩 나쁘지 않다."

"아니, 급하다는데 지금 그게 무슨 소리요. 설마 지금 내가 생각하는 그건 아니지?"

도준은 긍정도 부정도 하지 않고 영수의 어깨를 툭툭 친 뒤 어디론가 사라졌다.

×   ×   ×

"개똥아! 개똥아! 제발 정신 좀 차려봐. 어이, 똥머리!"

마훈은 하얗게 질린 개똥의 뺨을 연신 툭툭 쳤다. 맥박이 약하고 혈색도 좋지 않았다.

"스, 승…님."

개똥은 눈도 제대로 뜨지 못한 채 힘겹게 종잇조각들을 쥐고 있었다. 마훈은 그 모습에 화가 치밀어 올라 단자수신을 빼앗아 던져버렸다. 종잇조각들이 바닥에 흩어졌다.

"이까짓 게 뭐라고…. 이깟 종이가 대체 뭐라고! 정신 차려라, 개똥아. 제발 정신 차려라."

마훈은 계속해서 개똥을 흔들어 깨웠지만 개똥은 그새 다시 의식을 잃은 듯 미동도 없었다. 개똥의 뺨을 만져보니 벌써 체온이 떨어지고 있었다. 마훈의 마음이 점점 다급해졌다. 그는 자신의 두루마기를 벗어 개똥에게 둘러주고 그녀의 뺨에 자신의 뺨을 가져다 댔다.

'개똥아, 제발 죽지 말아라. 제발 정신을 차려다오.'

그는 해독을 위해 챙겨온 녹두즙을 개똥의 입에 흘려 넣었다. 하지만 의식이 없는 개똥은 조금도 삼키지 못했고 녹두즙은 입가를 타고 흘렀다. 마훈의 입술이 바싹 타들어 갔다. 이대로라면 정말 개똥을 잃을지도 모른다. 또 소중한 사람을 이렇게 잃을 수는 없었다. 다급해진 마훈은 녹두즙을 제 입안에 머금어 개똥의 새파래진 입술 사이로 조금씩 밀어 넣었다. 삼키지 못하고 뱉고 또 뱉어내는 개똥의 입술에 그는 포기하지 않고 천천히 해독제를 흘려 넣었다.

"죽지 마라. 제발 죽지 마라, 개똥아. 내 아직 너에게 할 말이 많단 말이다."

그는 집요하게 개똥의 입술을 파고들었다. 조금씩, 서두르지 않고 천천히. 그의 끈질긴 노력 덕분에 녹색 액체가 조금씩 개똥의 목으로 넘어가기 시작했다. 해독에 충분한 양을 마신 것을 확인하고서야 마훈은 안도의 한숨을 내쉬었다. 그 역시 독에 조금 취했는지 호흡이 가빠왔다.

'개똥이가 우선이다. 반드시 살려야 한다.'

해독즙을 머금은 그의 입술이 다시 개똥의 입술에 닿았다.

× × ×

연기방까지 들어온 도준은 오늘 영업을 안 한다는 매향과 실랑이를 벌였다. 분명 이곳에서 강몽구 대감과 마훈이 만나기로 했다. 하지만 이곳은 사람을 납치해둘 만한 곳이 아니었다. 혹시 다른 곳으로 이동한 건가 생각해봤지만 그럴 리가 없었다. 그렇다면 매향이 이렇게까지 도준을 막을 필요가 없었다. 도준이 영업 안 하는 기방에 뻗어 있던 게 어디 한두 번이었던가.

"오늘은 그냥 돌아가시지요."

"에이, 섬섬이 얼굴 좀 보여주게. 내 얼굴 안 보이는가? 내 사람 노릇 좀 하려고 계집 얼굴을 두어 달 안 봤더니 반쪽이 됐네. 그렇지 않나? 이러다 행수가 내 송장 치겠소."

"…."

매향이 곤란한 듯 한숨을 쉬었다. 도봉수와 강몽구가 아무도 들이지 말라고 신신당부했기 때문이다. 매향은 단 한 번도 도봉수의 지시를 어겨본 적이 없었다.

이 방법이 먹힐 것 같지 않자 도준은 노선을 바꾸어 매향의 귀에 제 입술을 바짝 가져갔다.

"내 측근으로 돌릴 만한 사람들을 모아보라고 했네. 곧 여기서 다들 모일 것이야. 이번 거사의 중심이 누구인지 알고 있나?"

"그야…."

쉿, 하고 도준이 자신의 손가락을 매향의 입술에 갖다 댔다. 매향이 의심의 눈초리로 그의 표정을 살폈다. 도준의 눈빛이 단호하게 바뀌었다. 그는 도봉수의 아들이다. 새 세상의 주인이 될 사람이다. 그런 그가 이 촌각을 다투는 일로 거짓을 말할 리가 없다고 판단한 매향은 얌전히 길을 비켜주었다.

복도로 들어선 도준은 문이란 문은 다 열어젖히기 시작했다.

'마훈, 자네 대체 어디에 있는 것인가.'

한참을 찾아다니던 도준이 복도를 죽 둘러보았으나 마훈이 있을 법한 문은 없었다.

"이런다고 찾을 수 있을 것 같지는 않고. 허수아비가 진짜 허수아비처럼 정신 줄을 놓고 있진 않았을 텐데…."

그는 고개를 숙여 바닥을 찬찬히 살폈다. 반짝이는 하얀색 가루가 끊길 듯 다시 이어지기를 반복하고 있었다.

"그럼 그렇지. 역시 자넨 날 실망시키는 법이 없어."

도준은 가루를 따라 걸어갔다. 그것은 가장 끝 방까지 이어져 있었다. 도준은 그 방의 문을 열어젖혔다. 하지만 기대와 달리 방 안은 텅텅 비어 있었다.

"허 참, 이런 거 허투루 흩뿌리고 다닐 사람이 아닌데…."

그는 별 기대 없이 방 안을 눈으로 훑었다. 다른 방과 다를 바 없어 보였다. 실망하여 밖으로 나가려고 몸을 돌리던 그는 병풍이 살짝 비뚤어져 있는 것을 발견했다. 도준은 황급히 병풍을 걷어냈다. 굳게 닫힌 철문이 보였다. 도준은 이곳에 마훈과 개똥이 있다고 확신했다. 곧바로 걸쇠를 풀고 문고리를 힘차게 잡아당겼다. 문이 조금씩 열리기 시작했다.

×　×　×

"도련님, 대감마님께서 찾으시옵니다."

아까부터 몸종은 일각에 한 번씩 도준의 방 앞을 서성이며 문을 열지 못해 안달이 나 있었다. 대감께서 부른다는데도 도준은 문 열기를 한사코 거부했다. 그도 그럴 것이 방에는 도준 대신 영수가 들어앉아 보기도 싫은 서책을 넘기는 체하고 있었기 때문이다. 개똥을 위해 시간을 좀 더 벌어야 했다. 그러나 도준의 몸종은 포기를 몰랐다.

"서책을 읽고 있다 하지 않았느냐."

"대감마님께서 한시가 급하다고 하셨습니다."

"거 참!"

"실례지만 소인이 잠시 들어가겠사옵니다."

영수는 재빨리 문고리를 잡아 제 쪽으로 당겼다. 하지만 몸종의 힘이 어찌나 센지 영수의 몸이 앞으로 쑥 딸려가더니 그대로 문이 열렸다. 영수가 재빨리 도포를 머리에 쓰며 정체를 감추려 했지만 이미 때는 늦었다.

"댁, 댁은 뉘시오! 우리 도련님은? 대, 대감마님! 대감마님!"

몸종이 놀란 가슴을 진정시키지 못하고 문지방에 걸려 넘어지며 도봉수를 찾았다. 영수는 그런 몸종을 사뿐히 넘어 바깥으로 도망쳤다.

"도둑 잡아라!"

여기저기서 영수를 잡으라는 소리가 울려 퍼졌다. 사가의 종이란 종은 모두 영수 찾기에 나선 듯했다.

"언니들 때문에 내가 제명에 못 죽지!"

그는 심호흡을 세 번 한 뒤 높은 담을 훌쩍 뛰어넘었다.

× × ×

천천히 눈을 뜨자 보이는 건 검은 천장이었다. 번뜩 정신이 든 개똥은 얼른 몸을 일으켰다. 마훈을 만나기 위해 궐로 달려가던 자신이 납치되었다는 게 기억난 것이다. 검은 천에 싸여 붕 떠오르던 느낌이 아직 생생했다.

"괜찮으냐?"

걱정스레 자신의 이마에 맺힌 땀을 닦아주는 마훈의 모습이 개똥의 눈에 들어왔다.

"이게… 어찌…"

마훈은 설명 대신 개똥을 꼭 끌어안았다.

"스…승…님."

"이 혼담은 파기다."

"예?"

"앞으로도 혼담은 없다."

"예?"

개똥은 점점 알아듣지 못할 소리만 하는 마훈의 얼굴을 보려고 몸을 살짝 떼려 했다.

"사모한다."

떨어지려는 개똥을 더욱 세게 안으며 마훈이 말했다. 듣고도 믿을 수 없는 말에 개똥의 눈이 커졌다. 가슴이 제멋대로 널뛰었다.

"네가 이렇게 고생할 줄 알았다면 진작 이 말을 직접 해줄 걸 그랬다. 여기 오는 내내 후회했어. 널 다시 못 보면 어쩌나…. 그게 너무 무서웠다."

"…스승님."

개똥의 눈가가 촉촉해졌다. 개똥은 이런 순간을 바라면 안 된다고 생각해왔다. 이 마음 때문에 다칠 이가 너무 많아 차마 감당할 자신이 없었기 때문이다.

"하지만 그러면 안 되는 것 아닙니까. 이수는… 도준 선비님은… 스승님은 모두 어떻게 되는 겁니까."

"나도 잘 모르겠다. 하지만 그냥 가보기로 했다. 한 번만 이기적인 연놈들이 되어보자. 남들이 손가락질하면 그 비난을 발판 삼아 더 이기적으로 좋아해 보자. 그리 살자. 이기적이고 못되게. 딱 한 번만 나를 욕심내어다오, 개똥아. 내 너를 다시는 놓지 않을 테니."

마훈은 간절한 목소리로 그녀에게 진심을 고백했다. 그의 진심을 직접 들은 개똥은 가슴이 먹먹했다.

"제가 윤수연이 아니라도 괜찮습니까. 저는 이 세상에 없는 사람입니다."

마훈은 헝클어진 개똥의 머리카락을 쓰다듬었다.

"없는 사람이 더 좋다. 나만 아는 사람으로 숨겨둘 수 있으니."

마훈의 달콤한 말에 개똥이 쑥스러워하며 고개를 끄덕였다. 독소를 몸에서 몰아내며 땀으로 물든 그녀의 모습이, 콧등에 맺힌 땀이, 헝클어진 머리카락이 그를 자극했다. 그러고 보니 처음 만났을 때도 비슷한 자세였다.

"그나저나 나도 해독이 필요한 모양이다."

마훈의 입술이 다시 개똥에게 닿았다. 이번에는 절박한 제 마음을 이기지 못하고 다급하게 그녀의 입술을 파고들었다.

"거참, 청춘남녀의 사랑놀이를 꼭 이런 밀실에서까지 해야겠소?"

철컹, 철문이 열리는가 싶더니 투덜거리는 목소리와 함께 영수가 모습을 드러냈다.

"문이 열린 지가 언젠데 아직까지 안 나오고 뭐 하는 게요?"

영수는 지쳐서 제대로 일어나지도 못하는 두 사람에게 손을 내밀었다.

"너, 아직 용서한 거 아니다."

"허 참. 이 정도 했으면 좀 봐주시오."

하지만 개똥에게는 여전히 미안한지 눈길을 피하는 영수였다. 개똥은 용서한다는 말 대신, 괜찮다는 말 대신 그저 그의 손을 꼭 잡아주었다. 영수에게는 충분한 표현이었다. 그는 이제야 겨우 숨을 쉴 것 같았다.

"그나저나 작은언니 못 봤소?"

"작은언니? 도준이를 말하는 것이냐?"

"문까지 다 열어주고 어딜 간 거지? 두 사람, 작은언니가 구한 거요. 뭐, 나도 한몫하기는 했지만."

마훈이 영수의 말을 듣고 주위를 둘러보았지만 도준은 보이지 않았다. 나오는 내내 주변을 살피는 마훈에게 영수가 물었다.

"큰언니, 뭘 그렇게 보시오? 얼른 갑시다."

마훈은 개똥을 소중하게 끌어안고 기방을 나서며 마지막으로 한번 뒤를 돌아보았다. 어딘가에 분명 도준이 있을 것 같았다.

'마훈, 잘 가시게. 내가 할 일은 여기까지니.'

멀리서 그들을 바라보며 도준이 마음속으로 말했다. 그것이 그들의 마지막 인사였다.

× × ×

삼간택을 하루 앞두고 가장 유력한 중전 후보가 종적을 감췄다. 왕의 총애를 받아 가례도감에 들어간 중매쟁이 역시 마찬가지였다. 소문은 눈

덩이처럼 커졌지만 사실을 확인할 길이 없었다.

드디어 삼간택 날, 수연은 끝까지 모습을 드러내지 않았고, 도봉수와 강몽구는 군사를 모아놓고 만족스러운 미소를 지었다.

"자, 이제 출발하세나."

"좋지, 어리석은 왕을 물리친 충신이 되어보자고."

강몽구와 도봉수가 동시에 말안장에 올랐다.

"준비되었느냐."

도준이 고개를 끄덕였다.

"전 일각 뒤에 따라가겠습니다."

도봉수는 도준의 착잡한 마음을 이해한다는 듯한 표정을 지어 보인 후 출병을 알렸다. 도준은 궐로 향하는 길을 한참 동안 바라봤다. 멀고 아득하게만 느껴지는 길이었다.

궐문 앞에 다다른 도봉수와 강몽구가 멈춰 섰다. 문을 열어주기로 약속한 내금위가 두 사람을 향해 활을 겨눈 것이다.

"이곳을 넘는 순간, 반역이다!"

"이게 무, 무엇인가?"

도봉수가 당황하며 강몽구에게 물었다. 하지만 강몽구 또한 이 사태에 대해 아는 바가 없었다. 군사들 사이로 무장한 윤동석과 도준이 모습을 드러냈다.

"너, 네가 어찌…!"

도준은 각오를 더욱 단단히 하려는 듯 아비를 비장한 눈빛으로 바라보았다. 설마 아들이 자신을 배신하리라고는 생각지 못했던 도봉수의 표정에 당혹감이 드러났다. 아들을 베고 올라서고자 했던 자리가 아니었다.

이 모든 것은 이수를 찾아갔던 날 밤, 도준이 결심한 일이었다.

"야심한 시각에 내 침소까지 찾아온 걸 보면 분명 한시가 급한 일일 터. 무슨 일 때문에 왔습니까?"

이수가 태연한 척하며 말했다. 눈앞에 있는 이는 도봉수의 아들이다. 예의를 다하는 척하지만 자신을 한낱 대장장이라고 무시하며 항상 모멸감을 안기는 사람의 아들인 것이다.

"반역이 일어날 것입니다."

"…!"

이수는 반역을 예상하고 있었지만 이를 도준이 직접 말해주리라고는 전혀 예상하지 못했다. 도봉수의 하나뿐인 아들로 총명하고 그릇이 제법 큰 도준이 직접 왕을 알현하여 제 아비의 잘못을 고하고 있는 것이다.

"어찌 나에게 이런 소식을 전하는 것입니까? 모른 척 하루만 있으면 왕이 될 수도 있을 터인데."

"저는 왕이 될 수 없습니다. 신하는 하늘을 섬기지, 탐내지는 않는다 배웠습니다. 제 아버지께 말입니다."

과연 한성부윤의 아들이었다. 이수는 도준의 굳건한 의지에 내심 감탄했다.

"그래서 무엇을 원하는 것입니까?"

"저희 아버님을 살려주십시오."

도준이 머리를 조아리며 부탁했다. 그는 아비와 강몽구의 반역이 분명 실패할 것이라 생각했다. 도준은 요새 궐을 드나드는 대신들의 행적을 감시하고 있었다. 이수의 부름에 한 명씩 오가던 대신들을 파악했다. 거기에는 오직 두 사람, 도봉수와 강몽구만이 빠져 있었다. 대신들이 무언가 약점을 잡힌 것이 분명했다.

권력은 그렇게 이수 쪽으로 이동했다. 그렇다면 반역을 꾀하는 아비가 능지처참에 준하는 형벌을 받을 것은 뻔한 일이었다. 삼 년을 원망하며 살았지만 그래도 도봉수는 도준에게 있어 여전히 천자문과 도를 가르쳐준 스승이자 아버지였다. 아버지가 큰 형벌을 받는 일은 어떻게든 막아야 했다.

"이렇게까지 하는 이유가 무엇입니까."

"저는 제 주변인들을 지켜주고 싶습니다. 개똥이도, 마훈도, 제 아버지도…. 그들 모두를 살릴 방법은 이것뿐입니다."

"지켜주고 싶다…."

이수는 도준의 말에 고개를 끄덕였다. 그도 자신의 마음에 품은 여인을 지킬 준비를 해야 했다.

"처벌은 면할 수 없을 것입니다."

"알고 있습니다."

"알겠으니 이만 물러가 보십시오."

도준이 예를 갖추어 인사한 뒤 떠났다. 적막한 공기만이 침소에 남아 이수를 휘감았다. 이수는 잠자리에 들면서도 도준의 비정한 표정을 떠올렸다.

그렇게 도준이 아버지의 길을 막아선 것이다. 반역을 막겠다는 것은 명분일 뿐이었다. 그는 그저 아버지를 살리고 싶었다. 말에서 내린 도준이 단도를 꺼내 제 왼쪽 어깻죽지를 거세게 베었다. 검붉은 피가 금세 옷 바깥으로 새어 나왔다. 피는 도봉수와 강몽구의 어두운 미래를 예고하듯 멈추지 않고 갑옷을 적셔나갔다.

"준아!"

가장 놀란 것은 도봉수였다. 도준이 제 아비 앞으로 가 무릎을 꿇더니 낡고 작은 검 하나를 내밀었다.

"아버님께서 제게 무예를 가르치시며 처음 사주신 검입니다. 이 검으로 목숨을 걸고 나라를 지키고, 임금을 받드는 충신이 되라 하셨지요. 저는 아버님의 말씀을 따라 목숨을 걸고 충신이 될 것입니다. 아버님은 어쩌시겠습니까."

도봉수의 눈빛이 흔들렸다.

'어찌 이러는 것이냐. 바보처럼! 너를 왕으로 만들어주고 싶었다. 이 아비는 네가 가지고 싶은 것을 다 가지고 더 이상 망가지지 않는 것을 보고 싶었다. 내가 바란 것은 이런 게 아니란 말이다!'

"칼을 내려놓고 돌아가거라."

도봉수가 속마음과 달리 냉정하게 말했다.

"그럴 수 없습니다."

"한번 뱉은 말은 되돌릴 수 없는 법. 나는 생각을 바꾸지 않을 것이다."

"그렇다면…"

도준이 단도를 제 얼굴보다 높이 치켜들었다.

"저를 죽이고 가십시오."

아버지가 고집을 꺾지 않으리라는 것은 예상하고 있었다. 도준은 단도를 자기 목에 가져다 댔다.

"준아!"

도준이 단도를 목에 꽂으려 하자 결국 도봉수가 다급히 소리쳤다. 그는 말에서 내려와 도준의 상처를 보듬었다. 탐욕이 잔뜩 묻은 도봉수의 칼이 덩그렁, 소리를 내며 바닥으로 떨어졌다. 도봉수의 눈에는 눈물이 맺혀 있었다.

"네가 이겼다. 충신이 되거라, 아들아."

강몽구가 낭패라는 표정을 지었다. 이렇게 된 이상 부원군이 되어야 한다. 그는 재빨리 고삐를 쥐고 방향을 돌리려 했다. 하지만 어느새 내금위 병들이 주위를 둘러싸고 있었다. 그는 내금위장에게 비켜달라고 눈짓했다. 이 나라의 실세인 자신의 뜻을 받아줄 것이라 확신했다. 하지만 내금위장은 움직이지 않았다. 강몽구는 말을 멈춘 채 멍하니 앉아 있었다.

'무언가 잘못됐다. 모든 대신들이 나를 배신하고 미천한 왕의 편에 섰단 말인가!'

결국 그는 내금위병들에게 둘러싸여 굴욕적으로 말에서 내려와야만 했다.

×　×　×

이수가 대신들의 마음을 돌린 방법은 간단했다. 그는 평소와 달리 근엄한 얼굴로 왕좌에 앉아 있었다. 이제껏 그는 대신들과 회의를 할 때면 일부러 하품을 하거나 꾸벅꾸벅 조는 시늉을 하며 어수룩한 척했다. 하지만 오늘만큼은 달랐다. 그가 생각에 잠긴 사이 영의정 정인노가 대전으로 들어왔다. 예우를 갖추었으나 은근히 왕을 무시하는 듯한 얼굴이었다.

"영의정 정인노, 전하를 알현하옵니다."

"밤이 깊었는데 오느라 고생하셨소."

"성은이 망극하옵나이다."

"내, 경을 야심한 시각에 부른 까닭은…."

이수가 턱짓하자 내시가 조용히 책 한 권을 들고 와 정인노의 앞에 내려놓았다.

"이것이 무엇이옵니까?"

"한번 읽어보시게."

문서를 훑어보던 정인노의 두 눈이 휘둥그레졌다.

"이, 이것이…."

"혼인 적령기 장부일세."

"저, 전하…."

"오호, 경도 들어보기는 한 모양이군."

이수는 약간의 조소를 띈 채 장부에 대해 설명하기 시작했다.

"여기에는 조선팔도 양반들의 조상, 성품, 그리고 집안 내력이나 신병까지 다 나와 있네. 재산까지 낱낱이 적혀 있으니 이 얼마나 좋은 장부인가."

"전하, 소인은…."

"자네의 녹봉과 재산이 얼마고, 어떤 비리와 죄를 저질렀는지도 나와 있지. 어떠한가. 자리를 내놓을 각오가 되어 있는가."

"전하, 소인 정인노 죽을죄를 지었사옵니다."

정인노가 사시나무 떨듯 하며 머리를 조아렸다. 자신이 몇 해 전에 위폐 사업을 벌였던 것도, 왕실의 재산에 손댔던 일도 낱낱이 적혀 있었기 때문이다.

"경이 속죄할 방도가 있기는 한데…."

"명을 내려주시옵소서. 소인 온몸을 바쳐 명을 받잡겠나이다."

천하의 영의정도 장부 앞에서는 속절없이 무너졌다. 사실 이수도 이 장부를 처음 보았을 때 경악을 금치 못했다. 정상적으로 돌아가는 것이 이상하리만큼 이 나라는 비리로 가득 차 있었다. 당장에라도 단죄를 하고 싶었다. 하지만 그때의 이수는 힘이 없었기에 기회만 노릴 뿐이었다. 그는 언젠가 자기 자리를 위협할 세력이 나타날 것을 알고 있었다.

정인노가 물러간 뒤 대전에는 다시 고요함만 남았다. 달빛이 물결처럼 아름답게 대전 바닥을 비추었다. 긴장이 풀린 이수가 한숨을 내쉬었다. 몇 날 며칠을 잠도 못 자고 되새겨온 일을 이제 막 끝마친 것이다. 이수가 나지막이 운을 뗐다.

"이만하면 잘하였소?"

"잘하셨사옵니다, 전하. 앞으로도 지금처럼만 하시면 되옵니다."

병풍 뒤에 숨어 있던 윤동석이 대답했다. 그렇게 이수와 윤동석은 대신들을 골라내 편을 만들어나갔다.

×　×　×

"이번 중전 간택에서는….."

대신들이 침을 꿀꺽 삼키며 다음 말을 기다렸다.

"어느 쪽도 표를 얻지 못했습니다. 참의 직제학의 여식은 죄를 지어 의금부에 갇혔다가 풀려났고, 사간원지사 윤동석의 여식은 신분을 속였다는 의혹이 있고, 좌의정 강몽구의 여식은 반역죄에 해당하여 자격을 박탈당했으니… 어찌하면 좋겠소?"

이수가 온화한 얼굴로 대신들에게 물었다. 모든 것을 내려놓은 듯한 이수의 표정에 윤동석은 미소 지었다. 이수의 내려놓음은 포기가 아니었다. 강물이 흘러가듯 욕심을 그대로 흘려보내는 것. 그것은 왕이 가져야 할 덕목 중 하나였다. 개똥도 이수의 욕심 중 하나였다.

"나는 경들과 새로운 조선을 만들어볼까 하오. 중전 간택이 중대한 일이긴 하나 그것은 조선이 올바로 서고 난 다음에 해도 무리가 없을 듯한데…."

대신들은 하나같이 토끼 눈을 뜨고 이수를 바라보았다. 하지만 아무도 이수의 말에 토를 달지 않았다. 그의 손에 혼인 적령기 장부가 존재하는 한 어느 누구도 자유로울 수 없었다. 이수는 그들의 두려움을 알면서도 모르는 척 "그럼 그렇게 하고"라고 말하며 스리슬쩍 혼담을 집어넣었다. 혼인을 하라는 대신들의 재촉은 당분간 없을 것이다.

모두가 평화로운 듯했으나 반정에 실패한 강몽구와 도봉수만은 예외였다. 파면은 면했으나 강원도 고성으로 좌천될 수밖에 없었다. 본디 참

형에 처해야 마땅했으나 도준의 충심과 그동안 그들이 쌓았던 업적 덕에
감형을 받은 것이었다. 아마 그들은 죽을 때까지 도성으로 돌아오지 못
할 것이다.

✕ ✕ ✕

"종종 생각이 납니다."

경회루 연못 앞에 선 이수가 나지막이 말했다.

"이렇게 종종 생각이 나다가, 가끔 생각이 나고, 아득하게 잊힐 때가 오
겠지요."

이수의 말에 귀 기울이던 윤동석이 부드럽게 말했다.

"잘하고 계십니다."

그렇게 이수는 첫정을, 윤동석은 가슴으로 받은 두 번째 딸을 떠나보내
는 중이었다.

✕ ✕ ✕

한동안 인적이 뜸해 황량했던 꽃파당 건물에 새 주인이 들어왔다.

"논어, 맹자, 어쩌고저쩌고, 이런 것 모두 사절이네. 오직 소설, 춘화. 둘
을 섞은 거면 더 좋고. 이런 책만 사고파네."

공부할 서책을 사러 왔던 성균관 유생들의 얼굴에 낭패라는 표정이 떠
올랐다. 책쾌*가 된 도준은 나라에서 권장하는 서책은 거들떠보지도 않고
나라에서 금기시하는 것만 일부러 들여왔다. 그래서 단속이 끊이지 않았
지만 매번 이 참봉이 언질을 주어 관아로 끌려가지 않을 수 있었다.

* 책의 매매를 중개하는 상인

"혼례 치르기 좋은 날씨네."

그는 따뜻한 햇살을 받으며 하늘을 올려다보았다. 구름 한 점 없는 쾌청한 하늘이 아득하게만 느껴졌다.

"계십니까? 혹시… 소설가 휘의 신간이 나왔습니까?"

"아직 안 나왔소. 글피에 오면 구할 수 있을 거요. 이름을 적어놓고 가면 내 미리 빼드리리다."

부채질을 하던 도준이 손님을 쳐다보지도 않은 채 예약 장부를 꺼내 들었다.

"이름이 어떻게 되시오?"

"…"

"부끄러워서 그러는 거면 가명을 써도 되오."

"…"

"예약 안 할 것이오?"

고개를 든 도준이 들고 있던 붓을 놓쳤다. 떨어진 붓은 또르르 굴러가 손님의 치맛자락 앞에 멈추었다. 하지만 그의 시선은 붓을 따라가지 않고 손님에게만 머물러 있었다.

"오라버니."

아비와 함께 도망치듯 한양을 떠났던 지화가 그의 앞에 서 있었다.

"잘… 지냈어? 책쾌가 되었다는 소식을 듣고 왔어. 재미있는 책만 판다기에…"

"논어, 맹자, 이런 건… 모두 사절이네. 오직 소설, 춘화. 둘을 섞은 거면 더 좋고."

지화가 웃었다. 화려한 비단도, 장신구도 없이 수수한 차림을 한 그녀는 웃음도 함께 소박해진 것 같았다. 지화와 마주한 도준은 어색한 듯 목을 긁적였다. 지화는 도준을 가만히 바라보다 발밑에 떨어진 붓을 주워 가져다주었다. 어색한 기류가 책방 안을 오래도록 맴돌았다. 먼저 웃음을 터뜨린 것은 도준이었다.

"머리 꼴이 그게 뭐야. 면경은 쳐다도 안 보는 거야?"

도준의 농에 지화의 볼이 빨갛게 물들었다. 재산이 줄었으니 지화의 시중을 들던 계집종의 수도 당연히 줄었을 터였다.

"내 꼴이 조금… 우습지?"

지화가 부끄러운 듯 제 머리를 매만졌다.

"아주 우습구나."

"오라버니도 마찬가지야. 뭐, 망나니 때보단 낫지만."

"이리 와봐. 오랜만에 실력 좀 뽐내야겠다."

지화는 못 이기는 척 도준의 앞에 앉았다. 도준이 그녀의 머리를 풀어 위에서부터 정갈하게 땋아 내려가기 시작했다. 따뜻한 바람이 책방으로 불어 들어와 지화의 치맛자락을 살랑였다.

×　×　×

"쌀 사십칠 석에, 보리 칠 석이라. 좋네. 그 정도 녹봉의 사내면 아주 괜찮지. 그만한 사내가 없지."

빨간 댕기를 한 채 아무렇게나 입은 개똥이 혼사 의뢰를 하러 온 처자를 꼼꼼히 살피며 고개를 끄덕였다.

"그렇지요? 제가 뭐 대단한 걸 바란다고 여기도 퇴짜, 저기도 퇴짜. 그리고 이왕이면 얼굴도 갸름하고 시부모 봉양 걱정도 없는…."

처자가 주변을 살피더니 제 이상형인 듯한 남자를 콕 집었다. 개똥은 씨익 웃으며 손짓으로 마훈을 불렀다.

"아, 이런 사내?"

"네, 얼굴은 딱 제 이상형입니다."

"얼굴은 이 정도에, 정이품, 봉양할 시어머니도 없어야 하고. 어디 보자…."

개똥이 장부를 스윽 훑어 내려갔다. 그러고는 글씨가 빼곡한 장부에서 한 사내를 짚었다.

"아, 있네. 얼굴은 딱 이 정도인데, 아… 아쉽게 기방에서 기둥서방질을 하고 계시네. 정이품은… 아, 찾았다. 그런데 어쩌나? 올해 칠순 잔치하시는데. 부인과는 사별했고. 괜찮겠어요?"

"매파님! 저 놀리시는 겁니까!"

심통이 난 처자가 소리를 꽥 질렀다.

"놀리는 거 맞소. 그런 남자가 처가 식구들 줄줄이 먹여 살려야 하는 것도 모자라 고리대에, 낭자 새 신발 사는 돈까지 감당해야 하는데 미쳤다고 장가를 들겠소? 아따, 양심 좀 있어 보시요잉!"

개똥이 호통을 치자 처자가 당황하여 달아났다.

"개똥아 우리 굶어 죽겠다. 손님한테는 공손해야지."

지켜보던 마훈이 두 손을 배꼽에 가지런히 놓고 얌전하게 인사를 해보였다.

"이걸 다 누구한테 배웠을 것 같소?"

"큼."

마훈이 헛기침을 하며 고개를 돌렸다. 매파 일을 가르쳤더니 어째 점점 자신과 비슷해지고 있지 않은가. 두 사람은 여전히 티격태격했지만 사이좋게 하루하루를 보내고 있었다.

"함 받으시오!"

영수가 큰 소리로 외치며 문을 벌컥 열고 들어왔다. 오늘도 자신에게 꼭 어울리는 옷을 입고 훤칠한 외모를 자랑했다.

"아니 이 집은… 무슨 혼례가 이리 간소하오?"

영수는 제 손에 쥐고 있던 작은 함 모형을 마훈에게 쥐여주었다.

"두 사람 정말 아무것도 안 할 거요? 혼례식도 안 치르고? 목기러기*도 없이?"

"그럴 것이다. 섭섭하냐?"

마훈의 말에 개똥은 고개를 가로저었다.

"매파 일을 하다 보니 이젠 혼례복 입은 모습만 봐도 머리가 어지럽소. 서로 힘 겨루고 예의 차리는 게 지긋지긋한데 나까지 해야겠소?"

마훈이 만족스러운 얼굴로 개똥을 끌어안았다.

"에휴, 날도 좋은데 이런 애정 행각을 보고만 있으려니 배 아프네. 나도 짝을 찾아봐야지. 어디 좋은 사람 없어? 정말 이러기야? 나도 외롭게 늙긴 싫다고!"

영수가 볼멘소리를 하며 꼭 끌어안은 개똥과 마훈을 외면했다.

"그럼 선비님, 조건을 말해보시오. 내가 직접 찾아주겠소."

"정말? 개똥이 네가 찾아줄 거야? 나는 음…, 일단 예뻐야 해. 그리고…."

갸름한 턱을 두 손에 괸 채로 영수는 고민에 빠졌다. 이를 지켜보던 마훈과 개똥은 조용히 뒷문으로 빠져나갔다. 영수는 두 사람이 사라진 줄도 모르고 저 혼자만의 상상에 빠져 여인을 고르고 있었다.

개똥과 마훈은 손을 꼭 잡은 채 산수유나무 아래를 걸었다. 노랗게 핀 꽃의 향긋한 내음이 연인의 코를 간지럽혔다.

"꽃이 참 예쁘게 피었소."

"이 꽃의 이름을 아느냐?"

---

* 나무로 만들어 채색한 기러기. 전통 혼례 때 산 기러기 대신 쓴다

"이름이 뭐가 중요합니까? 예쁘다고 느끼면 됐지."

"그래, 이름이 뭐가 중요하겠냐. 이름이 개똥이면 어떻고 소똥이면 어때? 이렇게 내 옆에 붙어 있고, 나한테만 예쁘면 그만이지."

유치하다는 듯 웃는 개똥의 입꼬리는 어느새 귀에 닿을 만큼 올라가 있었다.

"이 꽃의 꽃말이 무엇일 것 같으냐?"

"나는 그런 거 잘 모르니 알려주시오."

"영원한 사랑이라는 뜻이다."

"아, 그렇구…."

마훈이 산수유꽃을 꺾어 그녀의 귀에 꽂아주었다.

"네가 내 마지막 정이었으면 좋겠다."

마훈이 조금 전 영수가 쥐여주었던 함을 꺼내 열었다. 화려하진 않지만 고운 빛깔의 옥가락지가 들어 있었다. 마훈은 개똥의 거친 손을 매만지다가 왼쪽 네 번째 손가락에 반지를 끼워주었다. 개똥의 손에 끼우니 반지가 힘을 얻고 반짝거리는 듯했다.

"이, 이걸 언제 준비했소?"

"원래부터 생각하고 있었소. 안 받아줄 테냐?"

마훈이 개똥의 말을 따라 하며 장난스럽게 말했다. 개똥은 행복한 얼굴로 마훈의 목을 끌어안았다. 너무 세게 끌어안아 마훈은 숨이 막혔으나 그 팔을 풀지 않았다.

꽃나무 아래 앉은 개똥이 마훈의 어깨에 기대어 물었다.

"왜 이름이 하필 꽃파당이오?"

"그게 왜 궁금한 것이냐?"

"사람들이 그랬소. 꽃같이 낯짝 반반한 사내놈들이 늙은 아낙들이나 하는 천한 매파질을, 한 놈도 아닌 여러 놈이 모여서 하는 괴이한 당이라고."

"듣고 보니 딱히 틀린 말도 아니구나."

"진정 그런 뜻이오?"

"꽃 같은 남녀가 검은 머리 파뿌리 될 때까지 함께 잘 살 수 있게 인연의 끈을 이어주는 당이라는 뜻이다."

"개똥 같은 소리. 인연을 어찌 만들겠소. 인연은 자연히 닿는 것이오."

"아니, 사람 인연은 절로 맺어지는 게 아니다."

"그럼 무엇이오?"

"사람은 우연히 만나지만 그 사이의 끈을 잇는 것은 사람이고, 그것을 두 사람이 인연으로 만들어가는 것이다. 너와 나처럼."

개똥은 마훈다운 애정 표현이 마음에 들어 배시시 웃었다.

"우린 인연을 제법 잘 만들어가고 있는 것 같지 않소?"

"뭐, 지금까진. 앞으로 좀 더 두고 봐야겠지?"

"뭐요? 지금 그걸 말이라고 했소?"

마훈은 도망치듯 일어나 산수유나무 아래를 달렸다. 마훈을 따라 개똥도 힘껏 달렸다. 향긋한 산수유꽃 내음이 사랑의 설렘과 행복처럼 그들의 뒤를 살랑이며 쫓아갔다.

조선혼담공작소 꽃파당

초판 1쇄 발행 2019년 9월 6일
초판 2쇄 발행 2019년 9월 26일

지은이 김이랑
발행인 박영규
총괄 한상훈
편집장 김기운
기획편집 김혜영 정혜림 조화연 **디자인** 이선미 **마케팅** 신대섭

발행처 주식회사 교보문고
등록 제406-2008-000090호(2008년 12월 5일)
주소 경기도 파주시 문발로 249
전화 대표전화 1544-1900 **주문** 02)3156-3681 **팩스** 0502)987-5725

ISBN 979-11-5909-972-4 03810
책값은 표지에 있습니다.